남쪽
계단을
보라

윤대녕 소설

남쪽
계단을
보라

문학동네

차례

배암에 물린 자국

뱀에 물린 것은 10월 초순이었다. 저녁 여섯시경이었다. 양말을 신지 않았던 때문일까? 아닐 것이다. 그랬다고 한들 사정이 크게 달라졌을 리는 없을 것이다. 산이라고 해봐야 해발 이백 미터도 채 되지 않는 집 뒤 야산이니 등산화 따위를 신을 이유란 없었다. 등산화는커녕 맨발에 운동화를 아무렇게나 꿰신고 있었다.

10월로 접어들면서 해가 짧아진 탓에 초저녁의 산길은 어둑어둑했다. 약수를 뜨려던 것도 아니었고 전날 알 만한 계집의 결혼식에 갔다가 퍼마신 술 때문에 종일 배를 싸쥐고 방바닥을 뭉개고 있다가 바람이나 쏘일 겸 나선 참이었다. 그러지 않아도 겨울을 빼놓고는 거의 매일이다시피 오르내리는 길이었다. 야산을 깎아 세운 아파트 단지에서 뒤로 십 분만 벗어나면 바로 오솔길이 나타나고 밋밋한 그 길을 얼마간 빠져나가게 되면 등성이 너머 촌락이 내려다보였다. 말하자면 그 등성이를 경계로 이쪽은 시市가 되고 저쪽은 도道가 되는 지형이었다. 내가 그 산길을 자주 넘어다니는 것은 버스를 탄다거나 하는 아무 구차한 절차 없이 촌락 풍광을 접할 수 있어서였다. 이제는 촌락이라고 해도 앞마당에 자가용이 서 있는 집이 적지 않고 그에 걸맞게 대부분이 양옥이지만, 어쨌든 앞면은 서양화가 뒷면은 동양화가 그려져 있는 부채처럼 등성이만 넘어가면 곧장 색다른 풍경을 대할 수 있었다. 산길을 따라 내려가보면 아직도 논과 밭이 계절에 따라 색깔을 달리하며 누워 있을뿐더러, 밭에서 일하는 농부를 만나 이런저런 얘기를 나누다 상추니 오이니 호박이니 무, 배추니 하는 것들을 싼값에 직접 살 수도 있었다. 그것들을 다듬어 식탁에 올려놓는 것도 분명한 즐거움이었다. 이 년여 전 이곳에 이사를 와서 맞이한 첫번째 봄은 그리하여 나에게 있어선 하나의 은밀한 기쁨이랄 수밖에 없었다. 아침에 눈을 뜨자마자 나는 산을 타고 부락 쪽으로 달려내려가 언 땅을 비집고 올라오는 푸릇한 새싹들의 소곤거림과 쌀뜨물 같은 햇살에 도취돼 때 없이 술 취한 놈처럼 비트적거리곤 했던 것이다. 매일 해 뜨는 시각에 걸음을 맞출 수 없어 이제는 해 질 무렵에 나오는 게 버릇이 돼 있었으나 아무 때 나와도 머리가 통풍이 되는 듯한 깨끗한 기분엔 변함이 없었다.

아무려나 가을 풀섶엔 들어가지 말라는, 어렸을 적 어른들한테 귀가 닳도록 들었던 말을 그날 저녁엔들 머리에 담아두고 있었다고는 할 수 없었다. 물론 이곳에 이사 와 두 해 넘게 사는 동안에 나는 뱀 따위는 구경도 못한 게 사실이었다. 하지만 뱀이 살 만한 충분한 서식조건을 갖추고 있는 것만큼은 분명했다. 개구리, 여치, 벌, 풍뎅이, 잠자리, 다람쥐, 소금쟁이나 우렁이, 거머리는 물론이고 심지어 두더지, 두꺼비까지 심심찮게 눈에 띄곤 했으니 뱀이 살지 말란 법이 없었다. 비록 보지는 못했지만 내가 산길이나 논밭 두렁을 쑤시고 돌아다니는 동안 몇 번인가는 내 발목 근처를 스치고 지나갔을지도 모를 일이었다.

그렇다, 발목께였다. 정확히 말하면 왼쪽 뒤꿈치 바로 윗부분 인대를 그놈의 뱀한테 물리고 만 것이다. 최초의 느낌은, 풀섶에 쓰러져 있는 가시나무 가지에 발목이 긁혔다, 라는 화끈함 정도가 전부였다. 하지만 긁혔다는 느낌은 곧바로 찔렸다, 라는 좀더 기분 나쁜 자각으로 변하더니 급기야는 회초리로 종아리를 사납게 얻어맞은 듯한 아찔함이 전신을 타고 올라왔다. 누가 그 어둑한 저녁에 슬그머니 내게 다가와 회초리 따위로 종아리를 후려쳤을 리는 만무했다. 아차, 싶어 나는 눈알을 부라려 뜨고 그 자리에 주저앉으며 냉큼 왼쪽 발목을 힘주어 싸잡았다. 그 찰나의 순간에도 나는 설마 하는 가당찮은 생각을 품고 있었다. 그러나 아니었다. 문득 풀벌레의 소요가 사라진 풀섶으로, 내 살을 깨물어 놓고 꾸물꾸물 사라지고 있는 시커먼 그림자가 눈에 튀어들어왔던 것이다.

배암! 지금 내 혈관 속으로 독이 퍼지고 있다는 화급한 생각이 뇌수에 들이닥치기도 전에, 순간 나는 맹렬한 앙갚음 혹은 증오 (그걸 살의라고 해도 좋겠지)에 사로잡혀 엉겁결에 눈에 들어온 가시나무를 분질러 들고 풀섶을 마구잡이로 두들겨댔다. 내 달궈진 핏속엔 필시 죽여버리겠다! 란 일념만이 가득 들끓고 있었을 것이다. 아니, 들끓고 있었다. 그 맹렬한 살의에서 미처 놓여나기도 전에 다리통으로 쩌릿한 통증이 휘감고 올라왔다.

뱀에 물려본 적이 없었지만 나는 나뒹군 자세에서 본능적으로 허리띠를 풀어 무릎 아래를 친친 죄어묶었다. 그러는 사이에 급하게 어둠이 내리덮이며 흘끗 바라본 하늘엔 별이 두세 점씩 돋아나고 있었다. 누런 콩잎사귀가 바람에 일렁이고 콩밭 너머로 자줏빛 꽃들을 물고 있는 싸리나무가 가득히 몰려와 있는 게 보였다. 나는 싸리나무 꽃들을 괜히 노려보며 뱀에게 물린 곳을 이빨로 물어뜯어 흡혈귀처럼 피를 빨아대고 있었다.

뱀이라고 해서 다 독이 있는 것은 아니다. 더욱이 낮은 산자락에 덧대어져 곡식이 풍성히 자라고 있는 땅에 독사가 산다는 소리는 들어보질 못했다. 귀동냥으로 들어 알고 있는 것이긴 하지만 흔히 독이 있는 뱀은 가시덤불 밑이나 돌무지 속에 터를 잡고 산다는 얘기다. 하지만 그날 나를 물었던 놈은 어김없이 독사였다. 상기도 몸에 퍼지고 있는 독을 생각하며, 이미 어두워진 산길을 다리를 질질 끌며 적군에 쫓기듯 넘어가는데 늦게야 약수터에 다녀오는 젊은 남자가 보였다. 나는 악다구니를 쓰며 그를 불러 세웠다.

아파트 단지 앞에 있는 병원에 업혀가 응급처치용으로 혈청주사를 맞고 시내 종합병원으로 택시에 실려가는 도중에 나는 그만 혼절을 하고 말았다. 먹물빛 어둠이 관뚜껑처럼 머리 위로 덮이는데 사타구니를 발로 호되게 걷어차인 듯한 통증이 몰려들고 있었다. 그런 자각조차 없었더라면 아마도 나는 영영 깨어나지 못했을지도 모른다. 그 활활한 아픔에 몸을 맡겨둔 채 나는 안도의 한숨을 내쉬며 눈 가까이로 내려오는 어둠만 뚫어지게 쳐다보고 있었다.

겨우 정신이 들었을 때 나는 방금 물에서 꺼낸 시체처럼 내 몸이 둔중하게 부어 있다는 것을 알 수 있었다. 마치 내가 남의 죽은 몸에 들어와 있는 것만 같았다. 움직이지 말아요, 라는 소리가 귓가에서 콧김에 섞여 들려왔다. 살았구나, 이 어처구니없는 봉변으로 하마터면 목숨을 잃을 뻔했구나, 라는 생각이 혈관을 타고 뇌수로 급히 전달돼왔다. 누군가 나를 내려다보고 있다가 이윽고 문을 여닫고 나가는 소리를 들으며 나는 천천히 왼쪽 다리를 안쪽으로 끌어당겨 보았다. 그렇지만 내 다리는 의족인 듯 뇌파의 신호를 제대로 감지하지 못하고 있는 상태였다. 손은 그럭저럭 움직일 수가 있어 관솔처럼 통증이 응어리져 있는 부분을 가만가만 더듬어 내려가보니 낭심께가 메주처럼 부어올라 있었다. 제기랄!

한참 후에 눈을 떴지만 온갖 사물이 사각으로 흐릿하게 기울어져 있었다. 그때엔 본다는 것, 생각한다는 것 자체가 굉장한 신경의 피로를 요구하고 있었다. 진정하려 애를 써도 거친 숨은 좀체 가라앉질 않았다. 광대가 들고 있는 막대기 끝의 접시처럼 몸이 공중에서 빙글빙글 회전하고 있는 듯했다. 차라리 잠이 드는 게 좋겠다 싶어 나는 질끈 눈을 감고, 머리를 비우고, 단색의 어둠을 떠올리며 하나, 두울, 세엣 하는 식으로 숫자를 헤아리고 있었다.

배암, 너 내 손으로 반드시 잡아죽이고 말 테다! 너 귀머거리, 네 머리를 갈아 내 상처에다 몇 겹으로 처바를 테야!

집으로 돌아와 거울 앞에 우두커니 서서 내 몰골을 들여다보니 그야말로 가관이었다. 삼 일을 꼬박 병원에 누워 하루 세 차례씩 궁둥이에 주삿바늘을 찔러댔건만 여태도 눈알엔 핏발이 선연하고 잇몸까지 거무스레하게 변해 있었다. 무엇보다도 숨이 가빠 복날 개처럼 매양 헐떡거려야만 했다. 가장 염려했던바, 남성의 기능을 상실한 건 아니었으나 오줌을 눌 때마다 눈물이 나올 정도로 아랫도리가 저릿저릿했다. 변기로 떨어지는 오줌 방울도 그나마 두세 방울이 고작이었다. 머리맡에 약봉지를 탄띠처럼 널어놓고 며칠 동안 거동도 제대로 못한 채 나는 이불만 뒤집어쓰고 있었다. 허황한 짓이라는 걸 알면서도 나는 내 몸에서 독기운이 빠져나가는 대신 마음속에 시퍼런 독을 키우고 있었다. 하루종일 나를 물었던 뱀 생각, 그놈에 대한 살의를 키우느라 이만 북북 갈고 있었다. 슬슬 시간이 지나면서 그때 어두운 풀섶으로 사라지던 뱀의 생김새가 점차 눈에 잡혀들고 있었다. 칙칙한 땅빛의 등껍질에 일 미터 정도는 될 법한 제법 커다란 놈이었다. 대가리 쪽은 볼 수 없었지만 독사였으니 당연히 세모꼴을 하고 있을 터였다. 그 순간에도 내 눈엔 때 없이 싸리나무 꽃의 환영이 흔들거리고 있었다. 가을이 되면서 싸리나무는 볍씨만한 모란빛 꽃잎을 흐드러지게 달고 있었다.

그놈이 하필이면 왜 나를 물었던 것일까. 제 갈 길로 가던 것을 잡아 부러 해코지라도 했다면 모를까 도대체 나를 물 이유가 어디 있단 말인가. 군에서 야간행군을 하다 물컹, 하고 군홧발로 뱀을 한번 밟은 적이 있는데 그럼 그 일 때문에? 아니면 고추잠자리 몇 마리를 잡아 장난삼아 불뚝거리고 있는 꼬리를 잘라버렸기 때문에? 논두렁을 지나다 벼 모가지를 함부로 땄기 때문에? 아무렇게나 질경질경 풀꽃을 밟고 다녔기 때문에? 하도 내 처지가 딱하고 억울하단 생각이 들어 나는 방바닥을 지고 누워 있는 동안 이런 어처구니없는 상념에 사로잡히기까지 했다.

하나의 사나운 집착(그걸 미혹이라고 해도 상관없겠지)이라고 밖에 달리 말할 수 없는 날들이 10월의 어느 날에 그렇게 우연찮게 내게 닥쳐왔다. 상대가 뱀인지 무언지조차도 잊어버린 채 나는 가슴속에 잔뜩 독을 품은 채 오후 다섯시만 되면 산을 넘어갔다. 등산용 칼로 내 키만한 참나무 가지를 잘라 끝을 Y자로 만들어가지고서 말이다. 그놈의 뱀이 보이기만 하면 그 끝으로 모가지를 눌러 비틀어버린 다음 두꺼운 비닐봉지에 처넣어 천장에 매달아놓을 셈이었다. 그다음엔 어떻게 해야지, 라는 생각은 차라리 뒷전이었다.

내가 뱀에 물린 곳은 산등성이에서 보면 삼각주처럼 생긴 밭작물 지대였다. 말하자면 산자락을 끼고 수수니, 깨니, 배추니, 메밀이니, 고추니, 콩이니, 토란이니 하는 것들을 경작하는 밭이 죽이어져 있었고 분재용 단풍 묘목을 기르는 밭이 축대처럼 그곳을 떠받치고 있었다. 그 아랫녘으론 계단식 논이 부락 신작로 앞까지 차곡차곡 내려가 있었다. 나는 내가 뱀에 물렸던 자리, 곧 콩밭과 단풍 묘목밭 사이의 두렁에 나 있는 구멍이란 구멍은 벌집처럼 전부 쑤셔댔다. 쓰러져 있던 아까시나무를 들어내고 풀까지 뽑아가며 두렁을 아예 뭉개버리다시피 했다.

그날 발목의 피를 빨며 얼핏 보았던 싸리나무 군락은 밭 끝을 둥그렇게 싸안고 있는 산 밑에 자리잡고 있었다. 뱀이 나타났던 곳과 그곳과의 거리는 다시 보니 상당히 떨어져 있었다. 걸음 수를 세어보니 서른두 걸음이나 됐다. 이만한 거리를 사이에 두고 있던 싸리나무 군락이 그때는 왜 바로 눈앞에서 흔들리고 있었는지 새삼 의아스러웠다. 뱀이 두렁 아래로 사라져 그쪽으로 들어갔다고 짐작하는 건 아무래도 무리였다. 그렇지만 나는 싸리나무도 죄 분질러가며 뿌리 밑을 샅샅이 쑤셔댔다. 자줏빛 꽃들이 깩깩 소리를 지르며 발밑으로 쏟아져내리고 남의 묘혈을 파헤치듯 난장판을 치고 있는 사이 해 짧은 가을의 땅거미가 무릎 밑으로 다가왔다.

며칠이 지나 내가 예의 두렁을 마구잡이로 헤집고 있는데 누군가 등뒤로 다가오는 기척이 들렸다. 돌아보니 밀짚모자를 쓴 농부 하나가 몇 걸음 뒤에서 물끄러미 나를 바라보고 있었다. 그는 무심한 얼굴로 한참이나 나를 지켜보다가 무슨 말을 할 듯하더니 그대로 등을 돌려 가버리고 말았다.

살의에 대한 거의 맹목적인 집착. 그 대상이 다만 뱀이 아닐 거라는 사실을 문득 깨닫고 나서도 나는 뱀을 찾는 일에 골몰했다. 일주일, 열흘이 지나도 뱀이 보이지 않자 나는 거의 선병질적으로 변해갔다. 애써 봄여름을 버티고 나서 이제 고개를 숙이고 있는 수수 모가지를 뚝뚝 따버리고 콩밭에 들어가 그 작대기처럼 생긴 참나무를 도리깨질이라도 하듯 휘둘러댔다. 그러고도 분이 풀리지 않으면 약수터로 뛰어가 찬물을 벌컥벌컥 들이켠 다음 도로 콩밭으로 뛰어내려와 숨을 식식거리며 두렁에 퍼질러앉아 있곤 했다. 나타나기만 해봐라, 이놈의 배암, 단번에 주둥이부터 껍질을 벗겨 그 붉은 몸뚱이로 땅바닥을 기게 만들 테다! 하지만 콩밭은 물론이고 묘목밭 주변을 핥듯이 뒤져도 그놈의 뱀은 그림자조차 보이질 않았다. 나는 벼가 익어가는 논에 해그림자가 떨어질 때까지 작대기를 들고 원시 밀림의 병사처럼 풀섶에 버티고 서 있었다.

그때. 해거름녘의 밭두렁에서 그렇듯 위협적으로 무기를 들고 서 있을 때 나는 과연 어떤 얼굴을 하고 있었을까? 내게 그토록 시퍼런 살의가 살아 숨쉬고 있었다니.

이 년 동안이나 생각 없이 오갔던 산길이 조금씩 달라 보이기 시작한 건 10월 중순을 막 넘어서고 있을 때였다. 아니 사실은 그 전부터였는지도 모르겠다. 의식으로 감지 못하는 사이에 조금씩 눈眼의 변화가 찾아오고 있었던 것이다. 그날은 점심을 먹기가 무섭게 산으로 올라갔던 것인데 산문山門에서부터 문득 칼 같은 것이 마음을 슥 베고 지나가는 게 느껴졌다. 그게 무엇인가는 알 수 없었다. 다만 여느 날과는 다르게 부글부글 끓던 마음이 웬일인지 조금은 가라앉고 그 자리에 은빛 투명한 커다란 공혈空穴이 들어와 있는 게 훤히 들여다보였다. 헛배가 부른 듯 거북살스런 현기증이 몰려오며 소나무 가지 사이로 보이는 하늘이 코발트빛으로 흔들리고 있는 게 눈에 들어왔다.

산으로 들어가는 길가에 누군가 서너 평 될까 말까 한 밭을 일궈놓고 있었다. 철이 지났는데도 상추와 쑥갓과 고추가 제법 싱싱하게 자라고 있었다. 밭 주위에는 울타리 삼아 심어놓은 해바라기가 여문 씨를 물고 가만히 고개를 떨어뜨리고 있었다. 나는 산실을 오르다 말고 해바라기대궁 사이에 앉아 밤색으로 꼬들꼬들하게 접혀 있는 상추와 빨갛게 틀어지고 있는 고추를 오래 들여다보고 있었다. 그저 그렇게.

그날 나는 그동안 한 번도 가보지 않았던 산길, 콩밭과 묘목밭과 수수밭과 깨밭을 한눈에 내려다볼 수 있는 반대편 산길로 우연하게 걸어가보았다. 풀벌레 몇 마리가 햇빛 속에 모여 앉아 있다 푸르르 날아오르고 그새 낙엽이 수북이 쌓여 있는 길엔 두꺼비 한 마리가 방심한 채 나와 앉아 피할 기미도 없이 떡하니 버티고 앉아 있었다. 어째서 그동안 이 길을 한 번도 와보지 않은 걸까. 고개도 아닌 비탈을 슬쩍만 찔러 들어가보면 그동안 내가 다니던 길이 이렇듯 만화경같이 들여다보이는데, 어째 이쪽 길엔 들어올 생각조차 하지 않은 걸까. 닳도록 오르내리던 길 코앞에 어디 명부전에도 비할 바 아닌 고요한 숲길이 내 발소리를 기다리고 있었던 것을.

나는 그간 내가 헤매고 다녔던 곳이 가장 잘 보이는 지점에 앉아 울창한 숲 사이로 내비치는 밭들을 내려다보았다 내가 뱀에 물렸던 바로 그 두렁께를. 바람에 가만가만 흔들리며 그렇게 앉아 있는데 웬 사내가 콩밭 고랑을 지나가고 있는 게 눈에 들어왔다. 가만히 보니 전에 내가 땅을 파고 있을 때 등뒤에 다가와 나를 바라보고 있던 그 밀짚모자의 농부였다. 그는 빈 지게를 지고 고랑을 따라 걸어가고 있었다. 나는 그가 움직이는 대로 시선을 옮겨갔다. 그때의 기억으로는 마흔 살쯤 돼 보이는 마른 남자였다. 그는 부드러운 걸음새로 정확한 보폭과 속도를 유지하며 두렁을 넘어 이윽고 토란밭 사이로 소리없이 빠져들어가고 있었다.

그는 누군가 숲속에 앉아 자신을 훔쳐보고 있다는 것을 아는 듯했다.

그는 토란밭을 가로질러 야트막한 산길로 접어들었다. 그러나 눈으로 좇다보니 그는 미루나무가 서 있는 곳에서 방향을 틀어 산 밑에 있는 슬레이트 건물의 마당으로 들어서고 있었다. 그는 마당 가에서 등에 지고 있던 지게를 벗어놓은 다음 펌프에다 입을 댄 채 손잡이를 꾹꾹 눌러 물을 마셨다. 펌프에서 쏟아져나오는 물이 햇빛에 반사돼 이쪽에 앉아 있는 내 눈에까지 튀어들어왔다.

슬레이트 막사는 올봄에 생긴 것인데 나는 그저 무관심하게 보아넘긴 터였다. 처음에는 비닐하우스 모양으로 엉성하게 지어졌던 것이 한 달쯤이 지나자 지붕이 슬레이트로 변해 있었다. 그 막사가 들어서 있는 곳은 원래는 밭이었던 자리였다. 몇 년이나 작물을 심지 않아 잡초가 무성히 자라 있던 땅에 어느 날 불쑥 살림집을 겸한 막사가 들어선 것이다. 당시에 나는 누가 여차저차한 일로 집안이 파산해 그곳을 임시방편의 거처로 삼은 걸로 생각했을 따름이었다. 얼굴도 모르는 남의 일이니 더이상 관심을 둘 일도 아니었다. 하지만 근처 부락민은 아닌 듯했다. 집에 불이 나지 않은 다음에야 부락 주민이 거기다 집을 지을 리는 없었던 것이다. 내 생각이 맞았음인지 봄에 생긴 그 막사는 쉬 철수할 기미가 없었다. 그러기는커녕 아예 거기 눌러살 작정인지 지붕을 해 올리고 나서 며칠 후에는 벽에 창문을 내고 주위의 밭을 갈아엎어 파종을 하더니 여름이 왔을 땐 먼발치에서도 뒤란에 곡식이 가득 자라고 있는 게 보였다. 그리고 어느 날인가 오랜만에 아침 산책을 나왔다가 나는 초등학생으로 보이는 남매가 책가방을 메고 그 집에서 나와 산길을 넘어 등교하는 모습을 보기도 했다. 그뿐이 아니었다. 무더웠던 여름에는 미루나무 옆에 원두막을 지어놓고 거기 올라앉아 기타를 치고 있는 사내의 모습을 목격한 적도 있었다. 아무튼 며칠 전에 내가 보았던 사십대의 농부는 그 막사의 주인임이 분명했다. 무슨 연고로 일가족이 이런 곳에 들어와 허름한 막사를 지어놓고 사는지 알 수 없었으나 겨울이 와도 그들은 떠날 눈치가 아니었다.

그다음 다음날인가 나는 그가 고추 포대처럼 보이는 자루를 자전거에 싣고 부락으로 내려가는 것을 멀리서 지켜보고 있었다.

그가 마을 쪽으로 사라진 뒤 괜한 호기심에 사로잡혀 그 집 언저리를 배회하는데 마당에서 개 한 마리가 뛰쳐나와 사납게 짖어댔다. 그러나 고추가 널려 있는 마당엔 사람이 보이지 않았다. 아이들은 학교에 간 모양이었다. 밤나무 두 그루에 묶여 있는 노란 줄에 걸린 빨래만 펄럭이며 소리를 내고 있었다. 둘러보니 예의 미루나무 원두막에는 덩그러니 기타가 놓여 있었으며 집 뒤편으로 올라가자 고추, 고구마, 가지, 콩 등속을 심은 밭이 보였다. 농사는 잘돼 있었다. 고랑을 일군 솜씨며 작물을 촘촘히 심고 가꾼 솜씨가 보통이 아니었다. 나는 마당으로 도로 내려와 전에 사내가 하던 대로 펌프 주둥이에 입을 대고 손잡이를 눌러 물을 마셨다. 그때 내 눈앞으로 낯선 그림자 하나가 일긋거리며 다가왔다. 나는 입을 훔칠 겨를도 없이 화들짝 놀라 고개를 쳐들었다.

거기엔 머리에 수건을 두른 웬 아낙네가 삭정이 다발을 들고 서 있었다. 색 바랜 쑥색 스웨터에 솔잎 몇 개가 바늘처럼 꽂혀 있었다. 여인의 표정은 고인 물 속의 돌처럼 깊게 가라앉아 있어 이내 잡혀오는 인상 같은 건 없었다. 어떤 놀람도 거부감도 경계심도 그렇다고 반가움도 아닌 심상한 얼굴로 참나무 막대기를 들고 서 있는 나를 지켜보고 있을 뿐이었다. 그러나 나를 향한 그녀의 눈빛에는 내가 무안해하지 않아도 될 만큼의 기묘한 그윽함과 넉넉함이 배어 있었다. 얼결에 꾸벅 고개를 끄덕이자 그녀는 보일락 말락 한 미소를 지어 보이더니 땔감을 내려놓고 물을 떠가

지고는 막사 안으로 사라졌다.

내가 뱀을 본 것은 바로 그날이었다.

어둠이 성긋성긋 내리고 있는 참나무숲을 옆구리에 끼고 어제 농부가 걸어왔던 길로 발걸음을 옮겨놓고 있을 때였다. 열흘 이상 뱀을 쫓아다니면서 이제는 좀 노회해졌던 걸까. 나는 휘파람까지 불어대고 있었다. 밤에 피리나 휘파람을 불면 뱀이 온다는 얘기를 전에 어디서 들은 적이 있었던 것이다. 내 입술에서 흘러나오는 휘파람 소리를 듣고 짐짓 고개를 설레설레 내둘렀던 건 바로 그 맹목적인 살의에 사로잡힌 나를 확인한 때문이었다. 어쨌든 내가 뱀에 물린 곳에서 약 쉰 걸음쯤 떨어진 토란밭 한가운데서였다.

허리께까지 올라와 서걱대고 있는 토란잎 사이를 헤집고 들어가, 논배미를 둘러싼 억새 군락이 그날의 마지막 햇빛에 희게 타고 있는 것을 흘긋거리며 걸음을 옮겨놓고 있을 때 발목 근처로 무언가 시이익, S자로 스치는 소리를 내며 지나가고 있다는 느낌이 전신을 훑고 올라왔다. 그 미묘했던 소리의 반향. 직감적으로 나는 뱀이라는 걸 알아차렸다. 나는 그 자리에 우뚝 멈춰 섰다. 그러나 아래를 내려다보니 토란잎들이 눈앞에 수북이 올라와 있었다. 나는 가만히 숨죽이고 있다가 어깨에 걸쳐놓은 막대기를 슬그머니 내려 단단히 꼬나쥔 다음 소리가 질러가는 쪽에 대고 무사처럼 휘두르기 시작했다. 햇빛에 젖어 가로로 하얗게 떠 있

던 억새띠가 눈앞에서 금세 흐트러지며 내 무릎 아래로 토란대궁
이 후드득 쏟아져내렸다.

이놈의 더러운 배암, 네 놈의 모가지를 이빨로 끊어버릴 테다!

그리고 나는 보았다. 몇 겹으로 쏟아진 잎사귀 사이를 막 질러
가고 있는 뱀의 징그런 몸뚱어리를. 나는 Y자 막대기를 똑바로
고쳐 들고 그놈의 몸뚱어리를 향해 창처럼 세게 내리꽂았다. 토
란잎에 구멍이 뚫리며 뱀의 몸뚱이를 문 막대기 끝이 땅속 깊이
박혀들었다.

꼬리를 잡힌 뱀은 제 몸의 위험을 이내 감지하고 순식간에 막
대기를 휘감고 올라왔다. 그러나 이미 소용없는 짓이었다. 아무
리 몸부림을 쳐도 그놈은 이미 내 손아귀에서 빠져나갈 수 없었
다. 몸비늘을 번뜩이며 그놈은 사납게 고개를 치켜들고 아가리를
쩍 벌린 채 나를 향해 혀를 날름거리고 있었다. 그 전율하던 순간
에 나는 뱀도 소리를 낸다는 생경한 사실을 깨닫고 있었다. 그 소
리는 교접하는 풀벌레의 소리와도 비슷했다. 그 소리를 듣자 온
몸에 소름이 확 돋았다. 뱀도 혼겁하면 소리를 지르는가!

그러나 그놈은 전날 나를 물고 달아났던 뱀이 아니었다. 한 오
십 센티나 될까 말까 한 초록의 꽃뱀이었다. 말하자면 독사가 아
니었다. 그 종족까지 멸해야 속이 풀렸겠지만 나는 막대기를 잡

고 있던 손을 부들부들 떨고 있다가 맥없이 뱀을 놓아주고 말았다. 그 뱀이 나를 물었던 놈이 아니란 이유 때문만은 아니었다. 경내에 뱀이 들어오면 그것을 숨겨준다는 불승佛僧들 생각이 나서도 결코 아니었다. 멀리서 누가 나를 지켜보고 있다는 느낌에 눈을 들어보니, 저쪽 슬레이트 막사 앞에 아까 마낭에서 본 아낙이 이쪽을 향해 우두커니 서 있었던 것이다.

그 아낙은 무얼 보고 있었던 것일까?

토란밭에서 나와 집으로 가기 위해 산길을 올라가는데 자꾸 고개가 뒤로 틀어졌다. 토란밭 한가운데가 우묵하게 패어 있는 게 어둠 속에서도 우물처럼 들여다보였다. 등줄기에 남아 있던 땀이 허리춤으로 흘러내리며 몸이 떨려왔다. 그 떨리는 몸을 이끌고 산을 넘어오면서 나는 이런 생각에 휩싸여 있었다.

……저녁바람 소리를 듣다가 얼결에 목이 달아난 토란 잎새들. 낙엽을 떨구고 있는 가을나무의 뿌리 밑, 저 유수幽邃의 땅속으로 들어가다 되게 혼겁한 꽃배암. 누구를 향한 것인지도 모른 채 그토록 독이 올라, 저녁 대지에 땀방울을 뿌리며 죽어라 무기를 휘두르고 있던 사내…… 그는 과연 누구였을까.

아파트 단지로 넘어가는 산길 모퉁이에서 막사 쪽을 내려다보니 켜켜이 내리고 있는 어둠 속에 아직도 허수아비처럼 서 있는 아낙의 모습이 눈에 들어왔다.

집으로 돌아오자 그새 감기 기운이 도져 있었다. 나는 쿨럭쿨럭 기침을 하며 약국을 다녀온 다음 요를 깔고 일찌감치 자리에 누웠다. 눕자마자 후끈한 열기가 뒤통수 쪽으로 몰려들었다. 도마뱀처럼 몸을 재재 뒤치며 판소리 명창 김소희 여사의 구음口音 한 대목을 듣다 나는 겨우 잠이 들었다. 그리고 새벽녘 비껴 있는 창문을 타고 들어온 한기 때문에 나는 잠에서 깨어나고 있었다. 사방이 흙 속인 듯 어둑했다. 아마도 세시쯤 됐을 거였다. 그 잠듦도 눈뜸도 아닌 혼요한 상태에서 나는 땅바닥에 무더기로 쓰러져 있는 토란잎 위에 떠 있는 아낙의 얼굴을 보고 있었다. 피하려 확확 고개를 틀어도 그녀의 눈길은 내 얼굴에서 떨어지질 않았다. 끈적한 괴로움. 그리고 나는 아낙이 김소희 여사의 구음을 흉내내 내게 외치는 소리를 귀가 멍멍하게 듣고 있었다.

너는 무슨 병을 그리 앓고 있는 것이냐. 그게 어디서 온 마음이 길래. 다쳐서 차라리 단단해진 마음은 다 어디 갔길래. 너는 누굴 할퀴면서 그리 아프다 소리치는 것이냐.

나는 이불 속으로 깊게깊게 몸을 사리며 언젠가 내게 회초리를 들고 아버지가 했던 말을 떠올리고 있었다. 그것은 『한서漢書』에 나오는 고사였다.

제 아비 죽은 이가 있었는데, 그는 다음날 부친의 장례를 치러야 했다. 때는 초봄이었다. 그는 집 뒷산으로 올라가 무덤자리를 보아두고 내려왔다. 그날 저녁, 사립문 밖으로 누가 찾아왔다. 키가 훌쩍 크고 도포를 깨끗하게 차려입은 선비였다. 찾아온 연고를 말하는 즉, 사정이 있어서 그러니 장례를 하루만 미뤄달라는 것이었다. 그 간곡한 말에도 상주는 아니 된다며 고개를 가로저었다. 선비는 어두운 얼굴이 되어 문 앞에서 돌아갔다. 다음날 상주는 보아두었던 무덤자리, 가시덤불 밑을 곡괭이와 삽으로 파헤쳤다. 그러자 덤불 밑에 얽히고 꼬여 있는 수십 마리의 뱀이 나타났다. 그제야 상주는 어제 찾아왔던 선비가 누구라는 것을 알게 되었다. 또한 그가 한 말의 뜻을 깨달았다. 뱀들은, 하루만 시간을 주면 동면에서 깨어나 그 가시덤불 밑에서 빠져나갈 요량이었던 것이다.

　왜 그 새벽에 뜬금없이 어렸을 적에 들었던 아버지의 말이 떠올랐던 것일까. 나는 그 까닭을 알아내려 오래오래 이불 속에서 두 눈을 홉뜨고 있었다.

　나 또한 누구에게 저 상주喪主였던 적은 없었던가. 내 진정 너를 할퀴면서 내가 아프다 소리친 적은 없었던가. 혹은 너의 사랑을 배신이라 이마에 적어놓고 남몰래 서슬 퍼런 독을 키우며 산 것은 아니었을까. 이토록 울혈 진 마음…… 겁내하는 마음……

그렇게 비겁한 자 되어 마침내 아침이 와도 이렇듯 포대기 속에 숨어 총칼을 껴안고 있어야 하는 마음.

약을 먹고 자긴 했지만 감기 기운이 떨어지지 않는 것은 새벽녘부터 내리기 시작한 비 때문이었을 것이다. 하지만 나는 점심을 먹고 휘적휘적 산을 넘어갔다. 비가 와서 풀벌레 우는 소리도 뚝 끊겨 있었고 그 흔하던 고추잠자리 한 마리 보이지 않았다. 낙엽이 수북이 쌓인 길은 무척이나 미끄러웠고 약수터로 내려오자 노인네 두엇이 우산을 쓴 채 물을 받고 있었다. 전에 몇 번인가 봄직한 얼굴이라 눈인사를 건넨 다음 나는 슬쩍 토란밭 쪽을 살펴보았다. 나는 느티나무 옆의 돌무지를 돌아 그곳으로 내려가보았다. 뱀이 나타났던 흔적은 어디서도 찾아볼 수 없었다. 무참히 꺾인 토란대궁만이 어지럽게 바닥에 널려 질펀하게 비에 젖고 있었다. 나는 콩밭 두렁으로 올라와 새삼스럽게 내가 뱀에 물렸던 자리를 살펴보았다. 두렁은·포탄이 떨어진 것처럼 여기저기가 움푹하니 패어 있었다. 모내기철이었다면 논주인에게 호된 야단을 맞았을 게 뻔했다. 이제는 추수도 어지간히 끝나 여기저기 논바닥이 드러나 보였다. 부락으로 내려가는 길엔 타작한 볏단이 줄지어 쌓여 있었다. 벼를 심지 않아 온갖 잡초가 무성히 올라와 있던 논도 갈색으로 낮게 엎드려 있었다. 이 비가 그치고 나면 급히 날이 추워질 터였다.

왜, 라는 생각도 없이 나는 슬레이트 막사로 가는 길로 접어들었다. 가랑비 속에서 미루나무는 얼마 남지 않은 잎새를 원두막 지붕 위에 하염없이 떨구며 웅웅 바람 소리를 내고 있었다. 사과 상자를 뜯어 만든 우리 속에 웅크리고 앉아 있던 개는 내가 마당으로 들어서도 짖지 않고 멀뚱하게 쳐다보기만 했다. 개집 앞에 놓여 있는 양은밥그릇 안으로 빗방울이 소리없이 듣고 있었다. 펌프 아래 놓여진 자주색 양동이 안에도 질금질금 비가 듣고 있었다.

막사 안에서는 그날처럼 아무 소리도 들려오지 않았다. 나는 막사 주위를 한 바퀴 돌아 몇 번이나 미끄러질 뻔하며 밭이 있는 곳으로 기웃기웃 올라갔다. 비가 오는데도 농부는 밭고랑에 주저앉아 고구마를 캐고 있었다. 흠, 하고 인기척을 내자 그가 밀짚모자 끝을 밀어올리며 뒤를 돌아보았다. 그는 여전히 흔들림 없는 얼굴로 나를 바라보더니 다시 고구마줄기를 잡고 호미질을 계속했다. 나는 그의 등뒤로 다가가 알은체를 했다.

비가 오는데요.

서리 내리기 전에 거둬놔야죠.

색이 좋고 알이 굵어요.

이것도 겨울 양식이니 그래야지요.

그의 말씨는 암만해도 흙냄새에 전 농부의 음조는 아니었다. 여기까지 와서 집을 지어 살게 된 무슨 사연이 있을 터였다.

……아주머니는 안 보이시네요.

우산 들고 애들 마중 나갔어요. 아침녘엔 꺼끔하길래 그냥 보냈더니 가을비가 제법 질기게 내리네요.

사내의 등을 내려다보며 데면하게 이런 얘기들을 주고받고 있는데, 건너편 산길로 아이 둘을 거느리고 내려오는 여인의 모습이 보였다. 이참에 뭘 물어볼까 싶기도 했지만 괜한 참견이 될 것 같아 그럼…… 하고 말을 흐리며 돌아서려는데 농부가 호미 끝에 달라붙은 고구마를 빼내며 내게 이런 말을 건네왔다.

들고 다니던 그 참나무 막대기는 어쨌어요?

……다 알고 계셨군요.

그만하면 됐으니 이제 마음을 수습해요.

……글쎄요.

칼은 갈수록 무뎌 보이는 법이에요. 그러고 나선 결국 제 몸을 찌르게 되지요. 어떻게 들릴지 모르겠지만 언제나 독이 독을 꼬드겨 서로 찌르려드는 게 아니겠어요.

한갓 뱀이었는걸요.

안에서 키우고 있던 뱀이었겠지요. 그게 제 몸을 물었던 거예요. 정말 한갓 뱀이었다면 그러고 다니지는 않았겠죠.

……

듣기에 따라서는 귀에 거슬리는 말이었으나 나는 입을 다물고 흙 속에서 튀어나오고 있는 붉은 고구마만 바라보고 있었다.

아니라고, 고개를 저으며 사양하는데도 그는 검은 비닐봉지에 금방 캐낸 고구마를 몇 개나 넣어주었다.

날이 갈수록 초조한 마음이 더해갔다. 이러다간 아니 게 아니라 며칠 내로 서리가 내릴 거였다. 나는 하루도 거르지 않고 뱀에 물렸던 곳에 쭈그려앉아 그놈이 나타나기만을 기다리고 또 기다렸다. 들녘의 풀잎들은 이제 초록의 빛을 완전히 거두고 땅속 깊은 곳으로 뿌리를 내리고 있었다. 부락으로 오가는 길에 때 없이 경운기가 들락거리며 탈곡한 볏섬을 실어나르느라 부산을 떨었다. 그날 이후 농부가 사는 막사에는 찾아가지 않았지만 멀리서 보면 그 집도 서서히 겨울을 날 채비를 하고 있었다. 막사 지붕에 두꺼운 검은 비닐을 덮고 펌프도 짚단으로 싸맸다. 수확한 곡식이 어지간히 되는지 원두막을 헛간으로 개조해 고추며 고구마며 콩이며 옥수수를 져나르는 농부의 모습이 자주 눈에 띄었다.

11월로 들어서자 바람이 거세지며 숲웅우에 빈 가지가 드러나기 시작했다. 산길에도 노란 솔잎들이 깔려 좀체 땅바닥을 볼 수 없었다. 약수터로 내려오는 사람들도 날이 추워지면서 점점 줄어들었고 밭에 쓰러져 있던 깻단이며 수숫단도 어느덧 자취를 감추고 김장용으로 쓸 무, 배추만 밭에 듬성듬성 남아 있을 뿐이었다. 그놈의 배암은 벌써 땅속으로 들어가버렸는지도 모를 일이었다.

때로 나는 양말을 벗고 뱀에게 물렸던 왼쪽 발목 인대를 살펴보곤 했다. 거기엔 아직도 내 이빨자국이 선연하게 남아 있었다. 초조한 마음 뒤편엔 그러나 꼭이 그놈에 대한 살의나 증오만은 아닌 감정이 새로 생겨나 있었다. 겨울이 닥치기 전에 다시 한번만 그놈을 볼 수 있다면 하는 기이한 간절함에 나는 시달리고 있던 것이다.

바람이 몹시 부는 날 초저녁에 산길을 넘어와 보니 마침내 논이며 밭이며가 그 꼬깃한 주름살만 남은 채 텅 비어 있었다. 만종 소리조차 들려오지 않는 논과 밭, 그리고 밤에 퍼붓는 눈처럼 쏟아져내리고 있는 낙엽 속에 서서 나는 내 발목을 깨문 뱀이 땅속으로 들어가버렸다는 사실을 마침내 받아들이지 않을 수 없었다. 단념에서 오는 허망함이야 둘째치고 까닭 모를 막막함이 가슴 밑바닥에서 차오르던 그날 나는 그동안 내가 쏘다녔던 곳들을 더듬더듬 짚어보고 있었다. 그리고 콩밭이었던 곳과 토란밭이었던 곳이 가로로 면해 있는 부근 산자락 무덤에서 나는 뱀껍질 하나를 발견했다.

뱀껍질은 무덤 속으로 머리 부분이 십 센티미터쯤 파고들어간 상태에서 밖으로 비죽이 나와 있었다. 나는 재처럼 바삭거리는 그것을 손가락으로 잡아 조심스럽게 앞으로 당겨보았다. 뱀껍질은 힘없이 끊어져버렸다. 나는 오른손 검지를 뱀이 파고들어간 구멍에다 깊숙이 찔러넣어보았다. 그런 다음 한참을 그대로 있었다. 허나 안에서는 아무런 기별도, 기척도 없었다. 물론 내 손을 다시 깨물거나 하는 일도 일어나지 않았다.

강원도 인제인가 어디에 여느 해보다 보름이나 빠른 첫눈이 내렸다는 뉴스를 들은 날 나는 미지막으로 그곳에 가보았다. 슬레이트 막사가 바라다보이는 밭두렁에, 뱀껍질을 보았던 무덤에, 내가 악에 받쳐 아무 데고 막대를 휘두르던 토란밭에, 논바닥에, 비죽이 대궁이 잘려 날카로운 모가지를 내밀고 있는 깨밭에, 콩밭에……

그리고 밤이 깊어 나는 뱀처럼 귀를 닫고, 고개를 숙인 채 이윽고 발소리를 죽이며 집으로 돌아왔다. 그렇게 돌아와서 나는 다시 산을 넘어가지 않았다. 급하게 날이 추워지며 이제는 억지로 부지런을 떨며 산에 갈 엄두가 나지 않았던 것이다. 물론 뱀에 대한 생각도 차츰 잊어버리고 있었다. 그사이에 나는 결혼해 이탈리아로 가버린 계집한테서 한 통의 편지를 받았고 원양어선을 타고 나갔던 아버지가 무사히 돌아왔다는 소식을 들었고 오래전에 감옥으로 귀양갔던 친구가 뒤늦게 돌아왔다는 풍문을 스쳐 듣기도 했다. 물론 신문新聞 같은 날들은 여전히 계속되고 있었다. 그러던 어느 날 내가 살고 있는 중부 산간 지방에도 마침내 겨울이 찾아와서 12월 초순께 첫눈이 뿌렸다.

새벽이었다. 혼곤히 잠들어 있다 누가 창밖에서 사각사각 눈 밟는 소리를 듣고서 나는 눈을 떴다. 슬며시 창문을 열어보니 웬 젊은 여자가 새벽하늘을 올려다보며 마당가를 하염없이 서성이고 있었다. 나처럼 눈 내리는 소리에 깨어 슬그머니 밖으로 나온 모양이었다.

무성영화 한 편을 감상하듯 오래 그 여자의 모습을 훔쳐보고 있다가 나는 도로 창문을 닫고 좀더 자두기 위해 이불 속으로 들어갔다. 그러자 눈앞에 불현듯 지난가을의 일들이 한 겹 두 겹 밀려왔다. 나는 적외선 안경을 쓰고 푸른 밤 풍경을 보듯 눈앞에 떠오르는 장면들을 희미한 미소를 지으며 바라보고 있었다. 이런 생각에 휩싸여.

저 가을에 나를 물었던 그 배암, 그놈은 눈 내리고 있는 지금 어느 유수의 깊은 땅속에서 온몸의 힘을 풀고 태연히 잠들어 있겠지. 그때 나처럼 제 꼬리를 입에 물고서 말이다. 한데 내 몸에 그토록 독한 향기를 부어놓고 사라진 그놈은 이 새벽 내가 저를 생각하듯이 나를 생각하고 있기는 한 것일까…… 아, 그리고 우리가 그때 그렇게 만났던 것은 정녕 잘못된 일이었을까?

한동안 이런 상념에 시달리다. 나도 머리에 눈 내림을 보며, 밖의 발자국 소리에 귀를 기울이며, 다시 깊은 잠에 빠져들어갔다.

신라의 푸른 길

1

혹은 내가 투구게처럼 갑갑하게 느껴지고 이 한 줌 하찮은 삶도 갑자기 자갈밭을 갈고 있는 보습처럼 못 견디게 더워져서, 마침내 삶의 화두가 뻗쳐올라와 물집투성이인 얼굴이 되었을 때 다시금 나는 떠나지 않고는 배길 수 없다는 생각을 하고 있었다. 나는 석굴암 본존불상 아미타불과 경주에서 강릉까지 가는 7번국도를 떠올리고 있었다.

불현듯 행장을 꾸리고 나는 정말 투구게 같은 모습으로 남몰래 어깃어깃 길에 올랐다.

나는 경주에 가서 석굴암 본존불을 알현한 다음 동해로 가서 삼촌을 만나볼 셈이었다. 삼촌은 내게 있어서 하나의 생불生佛이었다. 나는 그렇게 두 개의 부처와 그 광배光背를 참견해야 할 것만 같았다. 또한 그 두 개의 부처 사이를 잇고 있는 7번국도를 조선 사람 김정호처럼 짚어가고 싶었다. 그리하여 서울에서 경주까지 가는 길이 내게는 하행이 아니라 되레 상행이랄 수밖에 없었다. 경주는 내가 기어올라가고자 하는 길 오르막에 있는 중도불국中道佛國이었으니 말이다.

밤차를 타고 경주로 내려가는 동안 나는 하나의 소리에 귀를 기울이고 있었다. 그것은 얼마 전 어느 지방문화재 행사에 우연히 참석해 보게 된 사물놀이패의 〈삼도농부가락〉 소리였다. 그 네 개의 타악기가 격렬하게 혹은 유장하게 빚어내는 소리를 들으며 나는 내게도 하나의 뜨거운 얽힘, 말하자면 옹이 같은 맺힘이 마음속에 자리하고 있음을 선연히 깨닫고 있었다. 사물놀이패의 소리는 얽힘에서 풀림으로 뒤치며 서서히 잦아들었지만 나는 그 맺힘의 화두 하나에 옭매인 채 그저 전율하고 있었다. 그때 내가 경주에서 포항을 거쳐 강릉까지 바다를 끼고 가는 7번국도를 타고 있었다면 가슴에 맺힌 시퍼런 멍이 녹둣빛으로 넉넉히 풀어졌으리라. 어쨌거나 그 〈삼도농부가락〉이 내게 던져준 '맺힘'은 나로 하여금 석굴암 본존불을, 그 '풀림'은 7번국도의 풍광을 떠올리게 했던 것이다.

그리하여 길은 사방 어디서나 몰려오고 또 사방 아무 데로나 뻗어 있었으나, 지금 내가 가고자 하는 길은 아무도 눈치챌 리 없는 그 첩첩 천 리 신라의 길에 다름아니었다.

1285년경에 고려 중 일연이 쓴 『삼국유사』에는 경주를 '절은 하늘의 별처럼, 탑은 기러기떼처럼 솟아' 있는 곳이라 적고 있다. 또 누군가는 경주를 두고 '땅 위의 극락' '동방에서도 아침햇빛이 맨 먼저 닿는 땅'이란 표현을 쓰기도 했다고 한다. 아무려나 그 달月의 고도 경주에 도착한 것은 밤 아홉시가 좀 넘은 시각이었다. 나는 불국사역에 내려 어둠 저 앞에서 흐르고 있을, 형산강의 한줄기인 남천의 물소리를 들어볼 요량으로 목을 늘이고 있다가 곧장 토함산으로 가는 택시를 탔다.

나는 한국관 옆에 있는 식당에서 산채백반으로 식사를 한 다음 근처 경남여관에 여장을 풀었다. 거기서 버스로 동산령을 넘어가면 석굴암까지는 불과 한 시간 남짓한 거리였다. 경주에 오면 누구나 신라인이 되고 누구나 불자가 된다는 말을 되새김질하며 나는 이 밤에도 저 노송의 뿌리가 내리뻗어 있는 석실에서, 연화문이 새겨진 대좌 위에 결가부좌를 틀고 앉아 있을 아미타불의 나발두상을 떠올리고 있었다. 그리고 지금 내가 그 어둔 산자락 아랫녘에 당도해 있다는 생각이 들자 개펄이었던 마음에 벌써부터 시퍼런 바닷물이 달겨들고 있는 듯싶었다. 자리에 꿍, 하고 눕자 어디선가 〈삼도농부가락〉 소리가 들려오는 듯했으나 나는, 동경 명기월량東京明期月良 히는 「처용가」의 첫 구절을 외다 그만 혼곤한 잠에 빠져버리고 말았다.

올 적마다, 경주에서의 잠은 신혼의 밤처럼 설레는 꿈을 꾸게 만들었다. 그러나 아침녘에 외진 처소에서의 잠에서 설핏 깨어나 이불 속을 소경처럼 더듬어보았으나 그 아사녀를 닮았을 신부는 좀처럼 손에 닿지도 만져지지도 않았다. 아마도 신새벽에 일어나 나보다 먼저 7번국도를 따라갔으리라, 하고 웅얼거리며 나는 허청 웃음을 웃으며 자리에서 일어났다. 정갈하게 목욕을 하고 나와 나는 산자락을 한번 휘 둘러본 다음 소를 몰고 가듯 이랴, 이랴 하며 동산령을 넘어갔다.

2

아직도 수두水痘에 걸린 듯한 맑은 얼굴로 나는 신라 사람 김대성이 전생의 부모를 위해 지었다는 석굴암에 들어가 무려 천이백 여 년 동안이나 한자리에 웅장한 모습으로 앉아 있는 본존불 아미타불을 친견했다. 거기서 나는 잔잔히 무릎 밑으로 밀려오는 천이백 년 전 신라의 숨결에 발을 빠뜨리고 삼도三道와 자비와 영원과 미타정토彌陀淨土 따위의 말들을 곱씹고 있었다. 그러는 사이에 뒷전에서 은은한 목탁 소리가 귓전에 울려오고 있었다. 그 앞에 붙박여 서서 오래 눈을 감고 있자니 몸이 홧홧하게 달아오르기 시작했다. 그리고 붉어진 내 몸뚱이 앞에 창망한 동해의 환영이 나부끼고 있는 게 보였다. 그처럼 온갖 비의에 휩싸여 비틀거리다가 나는 내 몸도 그만 돌이 되어버릴 것만 같아 어기적어기적 뒷걸음질을 쳤다.

놓아나오는 내 등에다 대고 이 서방정토의 돌부처는 바닥에 꽃 한 송이가 떨어졌다, 라고 말하고 있었다. 그 소리에 놀라 뒤를 돌아보았으나 석실 바닥은 텅 비어 있었다.

미열에 들떠 중앙동 시외버스터미널로 나오니 어느덧 정오가 가까워져 있었다. 나는 강릉행 직행버스의 동해까지 가는 표를 끊고 가까운 찻집에 앉아 차가 출발할 시간을 기다리며 녹차 한 잔을 주문해 마셨다. 그때서야 나는 〈삼도농부가락〉 한 매듭이 어느덧 느슨하게 풀려 있다는 사실을 문득 깨달았다. 남은 시간 동안에 나는 서울에 있는 누군가에게 엽서를 써서 터미널 앞에 있는 우체통에다 넣고 싶다는 생각을 하고 있었다.

나는 이제 곧 7번국도, 신라의 저 푸른 길로 가리라. 동해에 내려 이번에는 오십 년생 젊은 생불을 보리라. 가는 동안에 이 붉디붉은 마음은 푸른 포말로 흩어져 바다에 섞이리라. 이 엽서 한 장을 쓰기 위해 내가 혹 여기 온 것은 아닌가 모르겠다…… 하는.

출발 시각에 딱 맞춘다고 딴에는 요령을 부렸던 것인데, 차에 올라타고 보니 운전사 바로 뒷자리밖에 빈자리가 보이지 않았다. 바다를 옆구리에 끼인고 기려면 오른쪽 창가에 앉아야 할 텐데 싶어 나는 다음 버스를 탈까 망설이다가 그나마 앞창이 트여 있다는 걸로 마음을 수습하고 그 자리에 가 앉았다. 그런데 버스가 막 출발하려는 참에 웬 젊은 부인이 승강구로 허겁지겁 올라왔다. 그러더니 아까 나처럼 남은 자리를 찾느라 뒤꿈치를 들먹거리며 몸을 기웃거렸다. 나는 옆자리에 놓여 있던 내 여행가방을 집어 무릎 위에 올려놓고 무심한 척 창밖으로 시선을 돌렸다. 여행을 하면서 기차나 버스를 타게 되면 옆이 허전한 채로 다만 혼자서 가고 싶다는 생각이 들 때가 있고, 한편으론 누군가 옆에 와 앉아주었으면 하고 바랄 때가 있다. 이것은 다분히 그날의 기분에 좌우되는 것이긴 하나 후자의 경우라 하더라도 상대가 누구냐에 따라 마음이 또 달라지는 수가 있다. 적어도 거북한 마음까지는 들지 말았으면 싶은 것이다. 나로 말할 것 같으면 하늘에서 우연히 별이 떨어지는 식의 기대 같은 건 아예 안 하고 사는 사람이므로 그때그때의 형편이야 어떻든 혼자 앉아서 가는 것을 바라는 편이다. 하지만 무려 천 리를 달려가야 하는 만원 직행버스에서 그같은 바람을 갖는다는 건 어쨌거나 지나친 욕심이다.

선택의 여지가 없다는 것을 알았음인지 그녀는 주춤주춤 내 옆에 와 앉았다. 이따가 바닷길이 나오면 아무래도 그녀 쪽으로 얼굴을 돌려야 할 텐데 싶어 나는 벌써부터 거북한 생각이 들었다. 포항쯤 가서 버스가 승객을 갈아 태우기 위해 정차를 하면 그때 뒷자리로 옮기리라 생각하며 나는 슬그머니 왼쪽 창가로 몸을 비틀었다. 그러나 버스가 나원, 사방을 거쳐 포항 쪽으로 이십여 분

달려가고 있을 때 마침내 나는 다리를 바꿔 꼬기도 여의치 않아 점점 더 불편하다는 생각이 치밀기 시작했고 아직 빈자리가 나지 않았다는 것을 알면서도 자꾸 뒤를 돌아보았다. 그녀도 뭐 그리 편한 자세로 앉아 있었던 건 아니있다. 기차와 달리 옆사람과의 공간이 전혀 없다는 게 버스의 큰 단점이다. 내가 뒤를 흘끗거릴 때마다 그녀도 또한 몸을 들썩거리기는 마찬가지였다.

아무튼 그러는 사이에 그녀의 행색이랄까, 뭐 그런 게 내 눈에 슬쩍슬쩍 비쳐들었다. 가방 안에 박용숙이 쓴 『한국의 미학사상』이란, 어제 읽다 만 책이 들어 있었으나 그걸 꺼내 읽을 기분도 아니어서 나는 옆에 앉아 있는 여자에 대한 제멋대로의 상상에 잠시 빠져 있었다. 기혼? 물론 기혼이겠다. 서른다섯 살쯤 돼 보이니 말이다. 집에서 살림만 하는 여자? 글쎄, 그건 아닌 것 같다. 나이에 비해 손가락에 아직 길쭉한 선이 남아 있다. 여자 나이 서른다섯쯤 되면 누구나 손마디가 굵어지게 마련이다. 직장 여성? 그렇다면 서른다섯 살의 여성이 가질 수 있는 직업이란 어떠한 것들이 있을까. 공무원, 피아노나 미술선생, 어디 협회 소속의 카운슬러, 옷가게나 화장품점 아니면 문구점 주인? 이런 답답하고 고지식한 생각을 하며 나는 그녀의 얼굴을 곁눈질로 훔쳐보았다. 몰랐는데, 새삼스럽게 눈여겨보니 우아하고 아름다운 얼굴선을 가지고 있었다. 그리고 그 순간에 왜 오늘 아침 선잠 속에서 소경처럼 헛손질을 하며 찾고 있던 아사녀가 떠올랐는지 나도 모르겠다.

그녀는 둥그런 단발머리에 채송화무늬가 듬성듬성 박혀 있는 살굿빛 원피스를 입고 있었다. 무릎 위에는 쥐색 핸드백과 양산, 그리고 희한하게도(그렇게 보였다) 아베 코보의 소설 『모래의 여자』가 놓여 있었다. 그녀는 무심한 표정으로 운전사 앞 차창으로 달려오는 7번국도만 바라보고 있는 중이었다. 버스는 편자처럼 생긴 영일만에 닿는가 싶더니, 오른쪽에다 냉큼 버리고 포항 시내를 거쳐 바닷길을 향해 부지런히 달려갔다. 삼척 거쳐 동해에 닿으면 좋이 예닐곱시는 되리라. 나는 병풍 속의 여인처럼 미동도 않고 앉아 있는 그녀의 몸에서 풍겨나오는 분냄새를 맡으며 감자꽃 도라지꽃 하는 말들을 허황하게 읊조리고 있었다.

　마침내 먼빛으로 바다가 보이기 시작하는 덕성, 광천쯤에 이르러서인가. 그리도 오래 기다렸던 가쁜 설렘으로 모가지를 빼고 청람, 창망 하며 시선을 전짓불처럼 창밖으로 휘두르고 있는데 오른쪽 어깨가 무슨 수박을 올려놓은 것처럼 무지근하게 내려앉고 있었다. 웬일인가 싶어 옆을 쳐다보니 단발머리가 비스듬히 내 어깨에 떨어져 있었다. 거북하고 안 하고를 떠나 순간 나는 얼굴이 확 달아올랐다. 창포 냄새가 나는 머리칼 밑으로 곤하게 눈을 감고 있는 그녀의 얼굴이 내 목덜미까지 와 있었기 때문이었다. 아무리 피곤해도 그렇지, 어찌 낯모르는 남자의 어깨에 이렇듯 태연히 기대 잠이 들 수 있단 말인가. 남들이 보면 필시 부부인 줄로 착각했으리라. 핸드백 위에 가지런히 놓여 있는 손가락

열 개도 그 살빛 긴장을 잃고 마디마디가 힘없이 풀어져 있었다. 하지만 내 몸에 쓰러져 있는 그녀의 몸에서 내가 느낀 것은 묘하게도 측은하고 고단한 아름다움 같은 것이었다. 더위에 지쳐 처마 아래서 줄기를 늘어뜨리고 있는 재송화처럼 말이다. 그렇지만 아침이 되면 이슬을 툭툭 털고 다시 생생하게 피어날 밝은 빛의 어여쁨.

3

"저는 대학교 삼학년 여름방학 때 이 동해 바닷길을 맨발로 일주한 적이 있어요. 그때는 거꾸로 강릉에서 경주를 향해 내려갔었죠. 경포에 갔는데 이상하게 에밀레종 소리가 간절히 듣고 싶어지는 거예요."

"마음도 참 젊었군요."

"젊기도 했지만 그땐 하루하루가 뭔가 사무쳤더랬어요. 아마도 그리움 같은 게 아니었을까 싶기도 한데…… 하긴 나이가 조금씩 들어가니 경포대가 낙산사 해수관음상으로, 에밀레종 소리가 석굴암 본존불로 바뀌긴 하데요."

"……몇 살이신데요?"

"우리 나이로 서른넷이에요. 아내는 서른둘이고 지금 동경에

있는 광고스쿨에 다니고 있죠. 그 계통에서 몇 년간 직장생활을
했는데 말하자면 늦공부를 시작한 셈이죠."

"그럼 선생님은요?"

"저야 뭐 보시다시피 처용가를 부르며 신라를 떠돌아다니고
있는 중이죠."

"……부럽네요."

"누가요? 제가요, 아니면 제 아내가요?"

"네? 글쎄요, 그건 잘 모르겠네요."

이렇게 말하며 그녀는 뜨악한 표정으로 나를 쳐다보더니 고개
를 바다 쪽으로 돌리며 픽 하고 웃었다. 밖을 내다보니 대진 지나
명사이십리의 풍경이 관광엽서처럼 펼쳐져 있었다. 내게 기대 있
던 그녀가 정신이 든 것은 버스가 영덕 시외버스정류장에 잠시
정차했을 때였다. 그리고 잠에서 깨는 순간 그녀는 그동안 내 어
깨에 기대고 있었음을 깨달았는지 얼굴이 홍옥처럼 붉어져 어쩔
줄을 몰라 했다. 잠시 자리를 피해주는 게 좋겠다 싶어 나는 버스
에서 내려 화장실을 다녀온 다음 주스캔 두 개를 사가지고 올라
와 괜찮으시다면 하는 얼굴로 그녀에게 하나를 내밀었다. 그녀는
여전 민망하고 쑥스러운 표정을 지우지 못하고 있다가 고마워요,
하고 눈인사를 하며 겨우 손을 내밀었다. 싫지도 좋지도 않은, 어
쩐지 조금은 경계하는 듯한 얼굴이었다. 주스캔을 무슨 트로피처
럼 들고 염불을 외는 듯한 모습으로 앉아 있는 것만 봐도 그랬다.

어쨌거나 그녀의 목소리에선 왠지 노래를 많이 불렀다거나, 시집 따위를 많이 읽었다거나 하는 기묘한 음조 같은 게 배어 있었다. 나이, 이름 따위를 물어볼 수는 없었지만 그녀는 친정이 있는 경주에 왔다가 시댁이 있는 강릉으로 돌아가는 길이었다. 좀더 지난 다음에 알고 보니 남편은 무슨 무슨 공사公社에 다니는 공무원이었고 그녀는 아니나 다를까 어느 여학교의 음악교사였다. 그래, 음악선생님. 갑자기 무슨 얘깃거리라도 생긴 것처럼 나는 끝간 데 없이 담녹색으로 밀려오고 밀려가고 있는 바다를 내다보며 두서없이 이런 말을 늘어놓았다. 빨래를 해서 널었으면 좋을 듯 싶은 맑은 날씨였다. 아침에 석굴암에서 부처가 내 발밑에 떨어져 있다고 말한 그 꽃이 저 먼바다 어딘가에 피어 있다는 생각이 들었다.

"바다는 그냥 푸른 게 아녜요. 코발트빛에서 연둣빛 사이를 그야말로 밀물과 썰물처럼 왔다갔다하죠. 사람의 목소리로 따지자면 아마도 마리아 칼라스가 그렇지 않을까 싶군요."

"아, 아세요? 마리아 칼라스!"

내가 아까 그녀의 무릎에 놓인 아베 코보의 소설책을 보고 희한하다고 느꼈던 것처럼, 그녀도 그와 비슷한 표정으로 내 눈을 쳐다보았다. 그녀의 눈에는 그때까지 감추지 못하고 있던 경계심 같은 게 얼마간 누그러져 있었다.

"그래요. 특히 푸치니의 오페라 〈잔니 스키키〉에 나오는 〈오

다정한 나의 아버지〉를 듣고 있으면 말할 수 없이 마음이 사무쳐요. 그러고 보니 그녀의 목소리를 따라 이 7번국도를 가고 있다는 느낌이 들기도 하네요. 푸르디푸르게 엉켰다가 이따금씩 풀어지는 목소리를 따라서 말이죠. 그녀를 두고 누가 '오페라의 성녀'라는 말을 했다죠."

이미 찬 기운이 가셨을 텐데 그녀가 주스캔의 꼭지를 따려고 했다.

"제가 따드릴게요. 잘못하면 손톱이 상하더라구요. 제 아내는 이런 음료캔에 대한 일종의 강박을 가지고 있죠."

"재밌네요."

그녀가 주스 두 모금을 마신 다음 손수건으로 조심스럽게 입술을 닦아내며 이런 말을 했다.

"사람들이 그녀가 부르는 노래를 두고 '목소리의 얼굴'이라고 했대요. 하지만 불행한 여자였어요. 재클린 케네디에게 오나시스를 뺏기고 말년에는 파리에서 고독하게 살았으니까요. 베르디의 〈라 트라비아타〉 3막 중에 나오는 〈지나간 날들이여 안녕〉처럼 말이죠. 하지만 신라를 유랑한다는 분이 마리아 칼라스라니 좀 안 어울리네요."

"그럼 뭐 제가 가짜란 말입니까?"

그러자 그녀가 다시금 내 얼굴을 외면하며 홍 하고 웃었다. 그리고 버스가 명사이십리가 끝나는 병곡휴게소에 다다를 때까지 그녀는 무슨 생각인가에 깊이 빠진 얼굴을 줄곧 바다에 두고 있었다. 휴게소에서 약 이십 분 쉬는 동안 그녀는 버스에서 내려 바다가 내려다보이는 지점에서 옷자락을 휘날리며 서 있었고 나는 버스에 앉아 그녀의 뒷모습을 눈여겨보고 있었다. 그때 나는 아사녀가 아닌 신라 여인 아무개를 생각하고 있었던가.

이번에는 그녀가 비스킷과 초콜릿을 사들고 올라왔다. 버스는 이내 백석해수욕장을 지나 바다를 몇 미터 곁에 두고 내처 평해 쪽으로 내닫고 있었다. 꼭이 만회하려는 심사는 아니었지만 흔들리며 이어지고 있는 푸른 길에 홀려 나도 모르게 이런 말을 꺼냈다.

"이 길은 신라 전설에 나오는 삼화랑三花郞들이 다니던 길이었답니다. 또 스님들이 노래를 읊으며 지나다니던 길이기도 하구요. 물론 다 듣고 읽은 얘깁니다만…… 어쨌거나 이 길은 신라의 길이면서 또한 땅과 바다가 만나는 영원의 길이라는 겁니다."

듣는지 마는지 그녀는 대꾸 없이 앞만 쳐다보고 있었다. 하지만 그녀의 귀가 열려 있는 것 같아서 나는 나오는 대로 또 내뱉었다.

"「헌화가」에 나오는 수로부인도 경주에서 강릉까지 이 바닷길을 따라갔다고 하죠? 그러니까 남편 순정공이 강릉 태수가 되어 종자從者를 데리고 경주를 떠나는데 수로부인도 동행했던 거죠. 아마도 그런 이야기가 있어서 이 길이 더욱 아름답게 생각되는 걸 겁니다."

"……저도 학교 때 배운 것 같네요. 그게 어디 『삼국유사』에 나오는 얘긴가요?"

"그렇다고 합니다. 정사보다는 야사가 많아 사료적 가치 운운 하기도 하는 모양이지만 대신 『삼국사기』보다는 훨씬 문학적이 잖아요."

아까 내 직업을 물어올 때 얼버무렸던 탓인지 그녀의 얼굴에 다시 그런 궁금증 같은 게 무늬져올라왔다.

"언제 그런 걸 다 읽으셨어요?"

"맨발로 이 길을 일주할 때 『삼국유사』를 배낭에 넣고 다녔죠. 군에 있을 때도 훈련을 나가게 되면 컴컴한 동굴에서 전지를 켜 놓고 읽곤 했어요. 그러다 기합도 받긴 했지만요."

"어디 국어선생님이세요?"

그렇게 묻기가 그래도 편했던 모양이었다.

"정년퇴직하시고 지금은 시골에 가 계시는 제 아버님이 그랬 죠. 저는 뭐 그냥 신라 밀렵꾼이에요. 가끔 뭘 쓸까도 하지만 잘되질 않고 현실적으로 말하면 어디 시사주간지의, 기획특집부 의 말단 기자예요."

아, 네…… 하고 그녀는 고개를 주억거리며 뭘 알겠다는 얼굴 이었다.

"그럼 취재여행중이신가보죠?"

"사실은 무단결근중이에요."

"그래도 돼요?"

언젠가 내가 또 무단으로 제주도를 쏘다니다 돌아왔을 때 아내가 내게 하던 말투로 그녀가 물어왔다. 걱정이 된다는 뜻이었다.

"물론 안 되죠. 싫은 얼마 전까지 육 년 동안이나 문화부에 있었는데 일방적으로 기획특집부로 발령을 받은 거예요. 무단결근은 일종의 농성에 속하는 걸 텐데, 이런 투정이야 받아들여질 리 만무하고 이런저런 생각에 머리가 복잡해져 있어요. 나름대로 애정과 소신을 갖고 열심히 일했거든요. 사실 이건 좌천도 뭣도 아닌데 왠지 참담한 생각까지 드는 거예요. 사람이 제가 있어야 할 적당한 자리를 찾는다는 게 그리 쉬운 일이 아니잖아요. 고래를 어항에다 키울 수도 없는 노릇이지만 금붕어를 바다에 키울 수도 없는 거잖아요."

그녀는 또 아, 네…… 하는 표정으로 내 눈을 잠깐 응시했다. 순간 나는 그녀의 눈빛이 청와빛으로 변해 말갛게 빛나고 있는 것을 놓치지 않고 보았다. 강진 어디 바다에 가면 고려 때 청자, 청와를 싣고 중국으로 가던 배가 난파해 정말 바닷물이 청와빛으로 보인다지? 이런 생각에 빠져 상대의 눈을 맞받아 응시하고 있는 터에 그녀는 화닥 잠에서 깬 얼굴을 하며 아래로 눈을 내리깔았다.

"아무튼 이 바닷길을 수로부인과 함께 여행하게 되다니 감개가 무량하군요."

"네? 그게 무슨 말씀이에요?"

뭘 염두에 두고 한 말이 아닌데 그녀가 깜짝 놀라며 얼굴을 붉혔다. 그저 말머리를 돌리고자 하는 뜻으로 무심코 지껄인 말이었는데 말이다.

한 삼십 분이나 그녀와 나는 싸우다 지친 아이들처럼 비스킷과 초콜릿 먹는 일에만 열중했다. 어쩌다 툭 튀어나온 「헌화가」, 아니 수로부인이란 말을 듣고 나서부터 그녀는 못내 좌불안석인 눈치였다. 어색한 기분에 빠져 그녀를 훔쳐보니 손끝까지 투명한 분홍빛으로 달아올라 있었다.

그녀는 그 흔하디흔한 안인숙이란 성과 이름을 가지고 있었고 나이는 나와 동갑인 서른넷이었다. 올해 유치원에 들어간 혜란이라는 이름의 여섯 살 난 딸 하나를 두고 있었다. 남편은 술 담배도 잘 안 하는 그야말로 청백리인데다 지극히 가정적인 사람이었다. 그녀는 그것에 대해 어딘가 모르게 행복한 것만은 아닌 어조로, 반쯤은 남의 집안 얘기를 하듯 말했다. 사람이 산다는 게 어쨌든 완전할 수도 또 완전하지도 않은가 싶다. 만약에 그렇다면 왜 세상에 그렇게 사람 수만큼이나 많은 노래가 있고 또 숱한 사연이 있으랴.

버스가 평해를 지나갈 때쯤에 그녀와 나는 어느덧 달뜬 마음으로 「헌화가」에 대한 얘기를 길게 주고받고 있었다. 마치 교실에 앉아 늙은 선생님한테 『삼국유사』를 배울 때처럼 혼곤한 표정들로.

52

4

"신라의 시가詩歌는 대개가 이 바다와 육지가 만나는 지점에서 만들어졌다고 해요. 「처용가」도 물론 마찬가지구요. 그러니까 천리 해안선을 따라 생겨난 노래들이랄까요."

"듣고 보니까 확실히 그런 것 같네요."

"수로부인을 두고 신라인의 영원한 애인이라고 말한 학자가 있어요. 단지 한 남자의 아내가 아니라 강릉까지 가는 바닷길에서 퍼레이드를 벌인 미세스 신라였다는 말이지요."

"그 내용이 구체적으로 어떻게 되죠?"

버스는 굽이굽이 틀어진 길을 가마처럼 흔들거리며 오르락내리락하고 있었다. 뒤에는 하나둘 빈자리가 나기 시작했고 시계는 오후 세시 삼십분을 가리키고 있었다.

버스 안에서는 살구가 자꾸 익어가고 있었다.

그제도 파도는 겁 없이 길섶으로 양떼처럼 밀려들고 있었다.

"순정공이 강릉 태수로 부임하던 도중 수로부인이 절벽 위에 있는 철쭉꽃을 꺾어달라고 하자, 소를 몰고 가던 노인이 그 꽃을 꺾어 바치며 읊은 노래라고 합니다. 임해정이란 곳에서 점심을 먹을 때였다고 하죠, 아마."

"……"

"붉은 바윗가에, 암소를 잡은 손 놓으시고, 나를 안 부끄러워하

신다면, 꽃을 꺾어 바치오리다 하는 거죠. 아무튼 수로부인이 절세미인이었던 것만큼은 분명한 사실인 모양입니다."

"왜 남편도 있고 종자들도 있는데 하필이면 노인네가 꽃을 꺾게 놔뒀을까요?"

"그렇다면 우선 「헌화가」란 향가가 나오질 않았겠죠. 순정공은 아마도 절벽에 올라갈 만큼 용기가 없었던 사람 같습니다."

"하지만 노인네도 올라가잖아요."

"옛날 시가는 오늘날의 시보다 훨씬 더 상징적이라고 해요. 그러니까 그게 꼭 노인네인가 하는 것은 여러 가지 의심할 점이 많아요. 노인이란 학식이 깊었던 현자를 일컬을 수도 있다는 거죠. 또한 소 얘기가 나오잖아요? 소는 불교에서 흔히 말하는 그 심우尋牛의 소인 경우가 대부분이죠. 그러니까 소에게 풀을 먹이고 있던 현자란 웬 젊은 스님이었을지도 모른다는 거예요."

"아, 그럴 수도 있겠네요. 그러니까 이쪽에서 보면 불륜, 저쪽에서 보면 파계 뭐 그런 거네요."

"수로부인은 정절을 강요받은 조선의 춘향이하고는 다릅니다. 물론 그렇다고 해서 그 아름다움이 사라지는 것은 아니지만요. 신라사회의 분위기는 의외로 제도나 도덕보다도 미를 우선 가치로 삼았는지도 몰라요. 또 미美라는 건 구경꾼이 있을 때 비로소 완성되는 거잖아요. 창밖의 여자, 창 안의 남자 하는 식으로 말이에요. 저는 개인적으로 조용필의 노래를 좋아하지 않지만 이 노래는 그런 점에서 연구해볼 만한 가치가 있다고 생각해요."

"듣고 보니 그렇군요. 굉장한 억지에 제가 속고 있는지도 모르지만요."

그렇게 말하고 나서 그녀와 나는 잠깐 동안 파안대소했다. 운전사가 그동안 우리가 하는 얘기를 엿듣고 있었다는 걸 안 것은 그가 함께 따라 웃었기 때문이었다. 하지만 그리 거슬리는 웃음소리는 아니었다.

"수로부인은 강릉까지 가는 동안 여러 번 수난을 겪었다고 합니다. 바다 용에게 납치되었다가 돌아오기도 하구요. 굉장히 아름다웠던 모양입니다. 스님이 파계를 하고, 바다의 주관자이자 신물神物이라는 용까지 덤벼드는 걸 보면요. 하지만 수로부인은 끝까지 남편 순정공을 따라 강릉까지 갑니다. 정절도 지키고 바람도 피운 거죠. 그렇지 않았다면 '헌화가'가 아닌 '창부타령'이 됐겠지요."

"보기보단 입이 꽤 거치시네요."

그만큼 긴장이 풀려 있다는 증거일 거였다. 그닥 불쾌해서 한 말이 아니란 걸 알고 있었으나 나는 얼마간 입을 다물고 맹한 눈으로 바다, 바다, 바다를 바라보며 동경에 가 있는 아내 생각에 빠져 있었다.

벌써 한 날째 그녀에게선 연락이 없었다. 누구보다 자신에게 냉정하고 또 그만큼 상대에 대해서도 엄격한 아내는 결혼이라는 일상성에 자신이 마모되는 것을 거의 무서워할 정도로 경계했다. 무자식이 상팔자란 말 때문이 아니라 아내는 오직 자기 자신 때문에 불임을 주장했고, 직장에서 꽤 능력을 인정받고 있었음에도 불구하고 그동안 스스로가 벌어 저축한 돈으로 유학을 떠났다. 나를 사랑하고 있었으나 그 방법에 있어서는 안쓰러울 만큼 이기적이고 또 그 이기적이란 것 때문에 끊임없이 초조해했다. 내 탓도 있었으리라. 걸핏하면 영혼이 길 위에 있기 때문에, 라는 같잖은 말로 아내의 입을 막으며 휑하니 어디로 떠나곤 하는 내 기질 말이다. 우리 부부는 서로를 너무 잘 이해하고 있어서 깊이 사랑하고 있기도 했지만, 똑같은 이유로 서로를 구속하는 힘을 행사할 수가 없었다. 일본행을 결정하는 과정에서 아내와 나는 심각한 위기에 직면해 있었다. 물론 나는 반대하는 입장이었다. 나이 서른넷에 아이 하나 없이 산다는 건 그렇다 치고 아내까지 섬나라로 보낸다는 게 무슨 이혼을 당하는 듯한 기분이 들었던 것이다. 아닌 게 아니라 끝까지 내가 수긍을 못하자 아내는 이혼 운운하며 눈물을 글썽였다. 천둥이 치는 소리를 들으며 나는 삼 년의 유학 기간을 이 년으로 한다는 조건으로 그녀의 뜻을 받아들였다. 일 년이 줄어들었다고 해서 그게 무슨 큰 의미가 있었던 건 아니었다. 나는 끝까지 남편임을 주장하고 싶었고 또한 아내가 그걸 수긍했으면 하고 바랐던 것이다.

시대와 문화가 바뀌어서 그런지 사는 방법도 사랑하는 방법도 이렇게 달라졌다. 그러나 역시 변하지 않은 게 있다면 남자라는 건 아내에 대해서 늘 보수적이게 마련이라는 거다. 그렇지 않다는 걸 보여주기가 때로는 몹시 힘이 든다. 사랑하지만 사랑하는 모습을 보여주기가 결코 쉽지 않다는 것이다. 역시 사람은 늘 혼자인 모양이다. 아니, 혼자라는 사실부터 먼저 깨달아야 하는 모양이다. 아내는 애초부터 그걸 알고 있었을 것이다.

버스는 울진을 지나 양정, 봉평해수욕장을 지난 다음 죽변에 있는 휴게소에서 다시 십여 분간 정차했다. 거기까지 오는 동안 그녀와 나는 아무 말도 없이 각자의 생각들에 골몰해 있었다. 간혹 차가 길을 틀 때마다 서로의 몸이 닿는 느낌을 빼놓고는 옆자리에 누가 앉았는지조차 그만 까맣게 잊고 있었던 것이다. 하지만 그런 침묵도 그때 가서는 별로 부담스럽거나 불편하게 느껴지지는 않았다. 차가 멈추자 나는 그녀에게 같이 뭣 좀 드실래요? 하고 말했고 그녀는 그러마고 핸드백만 챙겨들고 휴게소 안으로 나를 따라 들어왔다. 가락국수 두 그릇을 주문하고 그게 나오길 기다리는데 그녀가 계산대에서 지불을 하면서 뭘 또 주섬주섬 챙기는 눈치였다.

"집에서는 도저히 먹을 수 없는 음식인데 길을 가다 먹으면 제법 입맛이 느껴진단 말이에요. 그렇지 않아요?"

한 스무 가닥쯤 되는 퉁퉁 불은 구수에 허연 단무지 서너 개가 양념 대신 같이 섞여 있는 걸 먹으며 나는 아무 뜻도 없이 그런 말을 했다. 그냥 국수만 먹고 있기가 뭣해서였을 것이다.

"배고플 시간이잖아요. 그런데다 차 타고 다니는 것도 좀 힘든 게 아녜요. 보름마다 강릉에서 경주까지 이 길을 왕복한다고 생각해봐요. 또 그때마다 처용이나 파계한 스님을 만나는 것도 아니잖아요. 저도 악장 구분 없이 단조로운 것보단 띄엄띄엄 바다를 완상하며 쉬었다 가는 게 좋긴 하지만 아무리 신라니 뭐니 해도 매번 길이 아름답게 보일 리는 없죠."

어두운 낯빛으로 그녀가 국물까지 깨끗이 비우며 그렇게 혼잣말처럼 중얼거렸다.

"무슨 좋잖은 일이라도 있나보죠? 그렇게 자주 내려가시게요."

묻지 말 것을, 이라고 생각한 것은 말이 나오고 난 다음이었다.

"네…… 말하자면 병간病看차 왔다갔다해요."

더듬더듬하며 그녀가 하기 싫은 소리를 할 때의 표정으로 그렇게 말했다. 내키지 않는다는 기색이 역력했으므로 나는 더이상 묻지 않았다.

"사실은 그게 힘든 게 아녜요. 친정아버지 병간이 왜 힘들겠어요."

"……"

그때 밖에 서 있는 버스가 경보음을 울렸으므로 나는 급히 캔 맥주 몇 개를 되는대로 달라고 해서 그녀와 함께 차로 뛰어갔다.

길 끝에 길이 있다. 때로는 게처럼 짜디짠 눈을 달고, 숯불 같은 마음이 되어 바다로 가고 싶은 것이었다. 삶의 거적때기를 벗고, 닫혔던 모든 문을 열고, 사랑이라는 것도 훌렁 벗어버리고 때로 길 떠나자 하는 마음을 이찌하랴. 이렇게 불현듯 실종되고자 하는 울울한 마음인들 어찌하랴. 오늘도 저 바다는 시작도 끝도 없이 출렁이고 있다. 누군가 길 끝에서 처용무를 추며 노래를 부르고 있다.

상대가 받으리란 생각도 없이 나는 캔맥주 하나를 권했다. 그녀는 역시 살래살래 고개를 흔들었다. 내가 그냥 의례적으로 그랬다는 걸 그녀도 짐작으로 알았을 터이고 또 술까지는 받아먹을 수 없었을 것이다. 버스는 조팝나무가 지천으로 무리져 있는 희디흰 들녘을 막 지나고 있는 중이었다. 캔맥주 두 개에 벌써 취기가 올라왔고 나는 코를 킁킁거리면서 두 번쯤 자세를 고쳐 앉았다. 경주에서 그녀와 처음 합석할 때보다는 자리가 많이 편해진 게 사실이었지만, 다른 한편으론 느낌이 썩 달라진 거북살스러움 같은 게 느껴져 나는 몸이 뻣뻣하게 굳어 있었다.

손수건을 꺼내 이마의 땀을 꼭꼭 찍어낸다 싶었던 그녀의 손동작이 심상찮다고 느낀 것은 차가 좀처럼 끝나지 않을 것 같은 조팝나무 길을 내닫고 있을 때였다. 얼른 곁눈질로 보니 그녀의 손이 웬일인지 눈께를 더듬고 있었다. 뭘 물어보고자 해도 괜한 참견으로 생각할까봐 어물쩍거리고 있는 사이 그녀가 내 그런 마음을 꿰뚫어 보았던지 코가 부은 소리로 입을 열었다.

"너무 눈이 부시네요. 오후 햇살을 받아서 더 그런 걸 거예요."

산엔, 햇빛에 투명하게 젖은 꽃들이 신라의 넋처럼 무성히 피어 바람에 서걱이고 있었다. 그런데다 바로 건너편에는 예의 옥빛 바다가 여태도 떠나가지 않고 끝 간 데 없이 너울거리고 있었다.

"몇 년 전인가 불영사 계곡에 들어갔다가 아카시아꽃이 저렇게 무더기로 피어 있는 걸 보았더랬어요. 그때도 지금처럼 까닭 없이 눈물이 나데요."

"……"

"근데 저 꽃 이름이 뭐죠? 어려서부터 많이 봐오긴 했는데."

그녀가 그렇게 묻는 순간에 조팝나무 길이 뚝 끊어져 뒤로 달아나버렸다. 엉겁결에 나는 고개를 홱 뒤로 돌리며 말머리를 잡느라고 머릿속을 헤적거렸다.

"우리나라에 아주 흔한 꽃이에요. 조팝나무라고…… 멀리서 보면 쌀밥을 엎질러놓은 것 같죠?"

이제 삼척, 동해까지 한 시간 반쯤 남았다. 길게 왔다. 인연이든 우연이든 수로부인을 만나서 오래 함께 왔다, 라는 사실조차 문득 잊어버린 채 말이다. 그러한 동안에 그녀와의 스침이 점점 잦아지고 그때마다 희번덕하니 놀라 말을 잃고 짐짓 몸을 비틀기도 하면서.

"그럼 동해엔 무슨 일로 가시는 거죠?"

울고 난 뒤라 그녀의 목소리엔 아직도 하얀 소금기가 남아 있었다.

"생불을 보러요. 경주에선 석불을, 동해에선 생불을······"

"생불이라뇨?"

"몇 년 전부터는 매번 코스가 같아요. 서울에서 경주 석굴암으로, 경주 석굴암에서 동해 생불에게로, 동해에선 기차 타고 도로 서울로, 그리고 또 어느 날엔가는 서울에서 불쑥 다시 경주로 향하겠지요."

"아니, 생불 말이에요."

겨우 핏기가 가신 눈으로 그녀가 나를 돌아보며 사뭇 궁금한 듯 재촉했다.

"실은 삼촌이 거기 살아요. 삼척에 있는 대학에서 영문학을 가르치고 있는데 집은 동해에 있죠."

"그분이 그럼 생불이에요?"

"제게는 그래요. 쉰 살이 다 됐는데 아직 독신인데다 동자꽃 같은 사람이죠. 환생한 처용 같기도 하구요. 몇 년 전까지 서울에 있는 모 대학에서 강의를 했는데 어느 날 갑자기 짐을 꾸려서 동해로 가데요. 동해에다 뼈를 묻겠다구요. 바다 앞에다 율무를 심겠다구요."

"율무라뇨?"

"염주를 만드는 데 쓰는 열매죠. 죽을 때 바다 앞에 앉아 염주를 목에 걸고 있겠답니다. 그럼 나중에 그 자리에서 다시 율무가 자란다는 거죠. 무슨 책인가를 보니 율무는 육십 년 내지 칠십 년을 목에 걸고 다니다가 땅에 떨어져도 싹이 튼다고 해요. 그래서 스님들은 산길을 가다가 율무가 무성하게 자라 있는 것을 보면 걸음을 멈추고 반야심경을 왼 다음 지나간다고 합니다."

"아, 그렇군요."

"삼촌은 속세에 있지만 사실은 탈속한 사람이에요. 자기 말로는 고등학교 땐가 길을 가다가 햇빛 속에서 우연히 마음에 벼락을 맞았답니다. 쉽게 말하면 존재에 대해 뭘 깨우쳤다는 얘기죠. 아무튼 머리가 뒤숭숭하고 마음에 피멍이 도졌단 느낌이 들 때면 휘이 찾아가서 마주 앉아요. 그럼 정말 이상하게도 저 창밖의 바다처럼 마음이 조용히 풀어져요. 그러니 제겐 생불이랄 수밖에요."

"그렇겠네요. 저한테도 어디 그런 분 안 계신가 모르겠네요."

"사실은 모든 것이 다 제 마음 안에 있는 거겠지요. 그걸 모르고 저도 때 없이 이러고 다니는 모양입니다."

"하지만 나빠 보이진 않아요. 아까도 말했지만 부럽기도 하구요. 문을 열고 나가기가 어디 그리 쉬운 일인가요. 아무리 영혼이 길 위에 있다고 해도 말이에요."

"글쎄요, 길 가다 뭘 보고 또 누굴 만나느냐 하는 것이 보다 중요하겠죠."

또다시 그녀의 귓불이 여태 함께 술을 마신 것처럼 붉어지고 있었다. 그녀의 몸이 단추가 하나 풀린 것처럼 가갸거겨하며 소리없이 흔들리고 있었다.

버스가 원덕을 지나 오후 다섯시가 가까워졌을 때 나는 그녀와 내가 애초에 앉았던 마음의 자리가 아닌, 어딘가 이슥한 곳에 와 있다는 것을 환하게 깨닫고 있었다. 말하자면 서로가 예기치 못했던 곳에 이미 발을 들여놓고 있음을 감지했던 것이다. 그것은 내가 내려야 할 동해가 불과 한 시간 남짓한 거리에 와 있다는 묘한 절박감에서 비롯된 것이라는 걸 그녀와 나는 교신하듯 뚜렷이 알고 있었다. 그럴수록 그녀와 나는 어떤 말도 먼저 꺼내지 못하고 부러 딴 데로 시선을 돌리고 있을밖에 없었다. 이 무슨 어이없는 수작들이란 말인가. 아까부터 뒤가 텅텅 비어 있는 자리를 놔두고 어찌하여 한자리에 붙박여 앉아 꼼짝들을 못하고 있단 말인가.

나는 등받이에 몸을 기댄 채 눈을 감고 들릴 듯 말 듯한 파도 소리에 오래오래 귀를 던져두고 있었다. 생각에서 놓여나기 위해, 이 어이없음을 스스로 꾸짖으며, 애초의 자리로 돌아가기 위해…… 그리고 내가 이런 생각에 골몰해 있는 동안 그녀도 나와 똑같은 생각에 빠져 있다는 걸 나는 느낌으로 알 수 있었다.

버스가 삼척에 도착하고, 아 이제는 어지간히 마음이 수습됐다라고 느끼며 눈을 번쩍 떴을 때 그러나 나는 내가 고장난 시계의 태엽을 억지로 감고 있었다는 걸 문득 깨달았다. 내 옆에, 아주 현실적으로. 여전히 한낮의 채송화처럼 앉아 있는 그녀를 보자 나는 가슴이 서늘하게 내려앉고 말았다. 적어도 오늘만큼은 그녀가 이미 타인일 수 없다는 집요한 유혹에 나는 시달리기 시작했다. 고단한 날들에도, 아침에 눈을 뜨면 어김없이 세상이 눈에 밟히듯, 어쩌면 오늘 그녀를 거부할 수 없다는 체념 같은 게 강박처럼 내게 달겨들었다. 뭘 어쩌겠다는 생각이 들었던 것도 아니었다. 다만 몇 시간 동안이나 함께 차를 타고 오면서 그녀와 나 사이에 어느덧 매듭 같은 게 생겼다는 걸 깨달았던 것이다.

어떤 경우엔 이렇듯 기이한 힘에 팔다리가 묶여 자신을 향해 두 눈을 부라리게 되는 경우가 있음을 알게 된다. 더욱이 상대 또한 나와 같은 상태라고 믿게 되면 참으로 난감한 일이 아닐 수가 없다. 입을 굳게 다물고 무표정하게 앉아 있었지만 그녀의 얼굴에서도 나는 비슷한 그 무엇을 읽어낼 수가 있었다.

이제 동해까지는 약 십오 분밖에 남지 않았다.

동해까지 다 왔다.

5

나는 선뜻 자리에서 일어나지 못하고 숨을 죽인 채 돌처럼 버티고 앉아 있었다. 그녀와 내가 타고 온 버스는 곧 강릉으로 출발할 터였다. 그녀 또한 가쁜 숨소리를 토해내며 마네킹처럼 앞만 똑바로 주시하고 있었다. 아무 가벼운 작별의 인사조차 구하지 않고, 어쩌면 이러고 있는 나를 묵인하거나 동조하는 모습으로 말이다. 나는 그녀와 내 손이 수갑 같은 것에 한 짝씩 묶여 있다는 생각에 사로잡혀 있었다.

때로 그게 사랑이라는 것은 아니어도, 어스름한 저녁에 깨어나 지붕에 후득이는 빗소리를 들을 때처럼 마음이 간절하게 사무치는 때가 있다. 벽 구석에 몸을 말아붙이고 앉아 손가락 하나로 아무렇게나 건반을 꾹꾹 눌러보고 싶은 순간이 있다.

나는 바람 속의 장작불처럼 사납게 타오르고 있었다. 그리고 그 뜨거움을 더이상 견딜 수 없었던 순간에 돌연 내 마음을 번개처럼 밝히고 지나가는 생각……

그래, 그러나 다시 멋쩍은 타인으로 돌아가 서로 건너편에 서서 바다로 흘러가는 강물에 어른거리는 당신의 더운 그림자를 들여다보고 있는 게 더 좋을 때가 있다. 불러도 서로 들리지 않는 멀찍한 거리에서 우리는 만난다. 가끔은 팽팽해지기도 하고 느슨해지기도 하는 그 거리의 아름다움을 확인하기 위하여. 우리는 모두가 타인이며 또한 이렇게 모두가 타인이 아니다. 그래, 나는 자주 부싯돌 같은 마음을 꿈꾼다. 겨우 환해졌다가는 이내 눈귀를 막고 단단한 어둠으로 스스로 돌아갈 줄 아는…… 이러한 생각 끝에 나는 조금은 다급한 마음이 되어 먼저 이런 말을 꺼냈다.

"오는 동안에 임해정이 어디란 걸 알았다면 내려서 철쭉꽃을 꺾어드렸을 텐데요."

미수米壽인 노인네의 목소리도 이렇게 보리대궁처럼 껄끄럽진 않으리라.

"!……"

"내일 아침에 일어나면 바다에 떠 있는 살구나무 채송화가 눈에 보일 겁니다."

그러자 가뭄처럼 쩍쩍 갈라진 수로부인의 목소리가 저쪽 어딘가에서 들려왔다.

"그래요, 바다는 해안선이 있어서 아름다운 걸 거예요. 땅도 아닌 물도 아닌."

이번엔 내가 말을 받았다.

"……7번국도엔 언제까지 버스가 지나다닐까요?"

"사람들 기억 속에서 「헌화가」가 완전히 잊혀질 때까지는 아마 운행을 계속하겠죠?"

그녀의 목소리가 겨우 가까이 와 있었다.

"나중에 그 막차를 놓치지 않고 탈까 싶네요. 용도 태워준다면요."

돌연한 그녀의 웃음소리가 까치떼처럼 귓전으로 날아왔다.

"그럼 버스에서 내려 바닷물에 한번 들어갔다 나와야겠네요."

이렇게 말하며 그녀가 다시 웃었다. 나는 까악까악 귀가 가려웠다.

"그때까진 임해정이 어디에 있는지 알아놓겠습니다."

운전사가 올라왔으므로 나는 천천히 수갑을 풀고 자리에서 일어났다. 다리가 저려 아랫도리가 사뭇 떨려왔다. 그러고 나서 그녀와의 마지막 눈길의 마주침. 마주쳐오는 그녀의 눈빛 속에서 나는 짜디짠 바닷물 한 방울을 보았던가. 나는 석굴암 본존불이 석실 바닥에 떨어져 있다고 말한 그 꽃이 그녀의 구석진 가슴 어디에 떨어져 있었다는 걸 확연히 깨달았다. 제대로 인사말을 할 겨를도 없이 마침내 차가 움직이기 시작했다. 나는 뒤를 돌아보며 달아나듯 승강구에서 훌쩍 뛰어내렸다.

밤이 오기 시작했고 나는 허수아비마냥 거기 길모퉁이에 서서 버스가 사라진 어둠 속에다 대고 손을 흔들었다.

6

삼촌의 집을 향해 뚜벅뚜벅 걸어가며 나는 이런 말을 혼자 중얼거리고 있었다.

길에 끝이 어디 있으랴. 혹은 가다 말고 아무 데서나 천막 하나 치면 되지. 너를 어디 가서 만나랴. 거기 천막에 혼자 들어가 문을 닫고 앉아야겠지. 허리를 곧게 펴고 눈을 감으면 보이겠지, 마

침내 푸른 사랑도 바다도. 목에서 염주들이 우수수 떨어질 때쯤
이면.

남쪽 계단을 보라

그날 아침, 내게 무슨 일이 일어났던가. 신기루를 보았던가. 혹은 4월에 6월의 여자를 보았던가. 그것은 실재하는 것이었던가, 아니면 실재하지 않는 것이었던가. 하지만 그걸 알고 있는 사람은 오직 나뿐일 터이다.

  창문이 한 뼘쯤 비껴 있었다. 담배 연기가 빠져나가도록 전날 밤 일을 시작하기 전에 열어놓았을 것이다. 또한 입을 아, 하고 벌린 감자 모양의 재떨이 속엔 담배꽁초가 가득 들어차 있었다. 그리고 찌꺼기가 말라붙은 커피잔, 줄리니가 지휘하고 비엔나 필이 연주한 슈베르트의 〈미완성교향곡〉이 돌아가고 나서 ON 표시만 빨갛게 남아 있는 오디오 앰프, 쉼 없이 깜박거리고 있는 컴퓨터 화면 속의 커서, 그날 오전 예정돼 있는 신상품 기획회의에 참석하기 위해 밤새 작성한 보고서와 각종 자료 들, 책상 위에 드리워져 있던 검은빛 코냑 술병의 기다란 실루엣…… 뭐 이런 것들의 영상이 우선 떠오른다. 그래,

나는 컴퓨터 옆에 놓여 있는 황의동이란 사진작가가 찍은 〈진달래 동산〉이란 컬러사진을 들여다보고 있었다. 그것은 삼성생명에서 『1994/산악』이란 제목으로 연초에 고객들에게 나눠준, 마흔여덟 장의 산山 사진을 일주일마다 한 장씩 넘겨볼 수 있게 만들어놓은 꽤 고급스런 탁상용 다이어리였다. 말하자면 〈진달래 동산〉은 4월 4일부터 10일까지 볼 수 있는, 마흔여덟 개 산 중의 하나인 셈이었다. 여수반도에 위치한 영취산의 한 자락을 찍은 아름다운 사진이었다. 나는 거의 한 시간 동안이나 그 사진을 골똘히 들여다보며 신새벽 창밖에서 땅거죽을 슬그머니 들추고 올라오는 풀잎들의 노란 수군거림을 듣고 있었던가. 그러다 불현듯 봄, 서른 살이라는 나이, 과거의 고통스러웠던 젊음과 쓸쓸한 추억, 돌연 낯설게 느껴지는 자신, 혹은 곧 예기치 못했던 일이 벌어질지도 모른다는 막연한 기대와 불안감에 사로잡혀 있었다. 그리하여 지금부터라도 조금은 달리 살아보고 싶다는 은밀한 욕망에 시달리느라 채 한 시간도 눈을 붙이지 못하고 그만 밤을 꼬박 새우고 말았다. 오전 아홉시 반부터 회사에서 열릴 기획회의가 염려되긴 했으나 이미 잠을 자두기에는 늦은 시각이었다.

그런데 그런 다음엔 도대체 내게 무슨 일이 일어났던가.

암만 생각해도 전날과 다른 것이라곤 아무것도 없었다. 다만 밤을 꼬박 새우고 났을 때의 둔중한 피로감이 몸과 마음에 침침하게 배어 있다는 것 정도였다. 이윽고 여섯시 삼십분이 되자 나는 의자에서 일어나 청소를 하고 간단하게 아침식사를 한 다음 옷을 갈아입고 일곱시 반에 집을 나섰다. 그 시간에 집을 나서면 잠실에 있는 회사에는 보통 여덟시 오십분에 도착하게 돼 있었다. 그러니까 일요일을 제외하면 그날도 매양 같았던 아침나절의 그렇고 그런 풍경이었던 것이다.

집에서 전철역까지는 걸어서 약 십 분. 주택가 골목을 빠져나오면 곧바로 단풍나무 길이 전철역까지 길게 이어져 있다. 마치 오아시스로 가는 길처럼. 여름이 되면 나뭇잎이 우거져 아치형의 숲길을 만들어놓는다. 서울역에서 불과 한 시간 남짓한 거리지만, 이곳엔 지척에 산이 있고 낚시터가 있고 논밭이 있는 말 그대로 전원이었다. 일요일마저 서울에서 살기가 싫어 나는 두 해 전에 이곳으로 이사를 왔던 것이다. 아침녘의 청람빛 싱그런 공기를 마시며 전철역까지 걸어가는 순간이야말로 하루 중 가장 느꺼운 순간이 아닐까 싶다. 길가에서 봄 이슬을 털고 쑥쑥 올라오고 있는 푸른 풀잎들을 곁눈질로 훔쳐보며 걷고 있는 순간만큼은 그 갑갑한 양복쟁이라는 생각을 잊어버릴 수 있는 것이다.

그래, 그날 아침 나는 단풍나무 길에서 한 여자를 만났다. 아니 만났던 게 아니다. 그저 한 여자의 뒷모습을 우연히 목격했다고

함이 옳다. 그녀는 나로부터 오십 미터쯤 떨어진 전방에서 전철역을 향해 느릿느릿 걸어가고 있었다. 가냘픈 몸매에 투명할 정도로 얇아 보이는 하늘색 원피스를 입고 있었으며 긴 머리에 검은색 핸드백을 오른쪽 어깨에 메고 있었다. 어쩐지 철이 이르다 싶은 옷차림이었다. 4월 초순인지라 아침녘엔 바람에 차디찬 물기가 배어 있을뿐더러 대낮이라고 해도 꽃샘바람이 불어 아직도 내복을 입고 다니는 사람들이 있는 것이다. 하지만 남자인 내가 보기엔 사정이야 어떻든 눈이 부시게 화사한 옷차림이었다. 계절에 둔감한 여자보다야 일찍 철을 타는 여자가 매력 있어 보이는 것은 어쨌거나 사실이다. 아침에 멀리 연둣빛 산자락이 보이는 한산한 길에서, 그것도 앞이 아니라 뒤에서 목격한 신비한 하늘색 여자의 뒷모습. 불면으로 침침해져 있던 머릿속이 깨끗이 밝아오며 나는 절로 발걸음을 빨리하고 있었다. 저 여자와 같은 전철칸에 타고 가는 것도 그리 나쁘달 것은 없다는 생각이 들어서였겠지. 그녀는 몽유병 환자처럼 느릿한 걸음으로 남쪽 계단을 올라가고 있었다. 그녀의 하늘색 옷자락이 실크 커튼처럼 바람에 한번 후르르 흔들리는 게 보였다.

한데 그녀와 나와의 거리가 약 삼십 미터쯤으로 좁혀졌으리라 생각하고 있던 그때, 내 머릿속을 찌르고 지나가는 생각이 있었다. 지난밤부터 줄곧 깨어 있었기 때문에, 아침에 수선을 떨 필요도 없었고 그래서 제법 꼼꼼하게 출근 준비를 했다고 믿었던 것인데 무언가 중요한 것을 빠뜨리고 나왔다는 생각이 들었던 것이다. 그리고 나는 이미 그게 무엇인가를 직감적으로 깨닫고 있었다. 혹시나 싶어 길바닥에서 서류가방을 뒤져보았으나 참고자료들만 가득차 있을 뿐, 밤을 꼬박 새워 만든 회의보고서가 빠져 있었다. 빌어먹을! 매양 시간에 쫓겨 서두를 때는 오히려 이런 일이 없었건만 대체 이 무슨 꼴이란 말인가. 집에까지 뛰어갔다 오면 가까스로 출근시간까지는 회사에 도착할 수 있을 듯했다. 그러한 와중에 슬쩍 남쪽 계단을 보니 하늘색 여자는 막 전철역 입구로 들어서고 있는 참이었다.

그런데 뒤미처 계단 모퉁이를 돌아가던 여자가 그 자리에 우뚝 멈춰 섰다. 그러고는 무슨 소리를 들은 사람처럼 이쪽을 아득히 돌아보는 게 아닌가. 나는 전봇대처럼 꼼짝 않고 서서 한동안 그녀와 무연히 마주 보고 있었다. 허나 그녀가 꼭 나를 쳐다보고 있었다고는 할 수 없었다. 왜냐하면 그녀와 나는 서로 얼굴을 알아볼 수 없는 거리를 사이에 두고 있었다. 아마도 전철역에서 누굴 기다리기 위해 서 있는 거겠지. 그런 생각이 들고 나서야 나는 도리질을 하며 왔던 길을 급히 돌아가고 있었다.

그로부터 내가 다시 그녀를 본 것은 불과 십 분 후다. 허겁지겁 집에 들렀다 나와 다시 단풍나무 길로 들어섰을 때, 그녀는 아까처럼 전방 오십 미터 지점에서 하늘빛 옷자락을 흔들며 걸어가고 있었던 것이다. 남쪽 계단 위에 서 있는 게 아니라, 내가 걷고 있는 단풍나무 길에서 말이다. 이를테면 십 분 전에 돌아간 영사기의 필름을 거꾸로 다시 돌리고 있을 때와 같은 형국이었다. 그동안에 변한 것이라곤 손목시계의 분침이 열 개의 눈금을 지나친 것밖에 없었다. 또한 이번에는 서류가방 안에 보고서가 제대로 들어 있다는 것 정도밖에는.

그녀는 남쪽 계단을 또 느릿한 걸음으로 올라가 잠시 멈춰서 이쪽을 스윽 돌아보더니 곧바로 전철역 안으로 사라졌다. 무엇에 쐰 듯 나는 부리나케 전철역으로 뛰어들어갔다. 그러나 아무리 주위를 둘러봐도, 어디로 갔는지 그녀의 모습은 감쪽같이 사라지고 없었다. 잠시 후 꽈애 하고 승강장으로 전철이 들어왔으므로 나는 머뭇거리다 맨 뒤쪽 칸에 올라탔다.

회사까지 오는 동안 나는 완전히 멈춰져 있던 그 십 분에 대한 생각에 사로잡혀 있었다. 예기치 못했던 그 일로 하여 나는 돌연 중심을 잃고 흔들리고 있었다. 잠을 못 잔 탓이려니 싶었지만, 그래서 허깨비를 본 모양이라고 치부해버리려 했지만, 나는 피사의 사탑처럼 이미 중심각도가 기울어져 있는 나를 발견하고 있었다. 이를테면 그때부터 나는 '세계'의 십 분 앞이거나 혹은 십 분 뒤인 장소에 버려졌다는 묘한 느낌에 시달리기 시작했다. 그러니까 남들은 아홉시에 존재하고 있는데 나만이 아홉시 십분에 존재하게 되었다고 하는. 문제는 앞이거나 뒤가 아니라 '세계'와 '나' 사이에 간격이 발생했다는 것일 터였다.

누가 나를 '세계'의 바깥으로 슬쩍 밀어놓은 것일까. 누가 그날 아침에 하늘색 옷자락 한 조각을 그 후미진 전철역 남쪽 계단에 떨어뜨려놓았던 것일까.

회사에 도착한 것은 아홉시 오분이었다. 오 분 일찍 출근하는 것과 그만큼 늦게 출근하는 것의 차이는 종종 끌고가느냐 혹은 끌려가느냐의 형태로 나타나게 마련이다. 가령 늦었을 경우, 그 때부터 왠지 여유 없이 쫓기게 된다는 것은 누구나가 경험해보았을 것이다. 월례회의, 그것도 계절에 민감하게 마련인 여성의류 신상품 기획회의의 기조실 담당자가 지각을 했다면 그 흔들림의 정도가 예사로울 수 없다고 봐야 한다. 아무튼 회사에 도착하자마자 정리해온 보고서의 사본을 여러 개 만들고, 홍보부와 영업부 그리고 디자인실에서 기조실로 제출한 참고자료와 품의서 들을 미처 다 정리하기도 전에 회의시간이 다가왔다. 나는 등에 식은땀을 흘리고 있었다. 그리고 회의가 진행되는 동안 나는 저 출근길에 발생한 '시차'를 극복하지 못하고 낭패다, 낭패다 하고 속으로 중얼거리며 내내 허둥대고 있었다. 내 모습이 각 부서 중역들 눈에 어떻게 비쳤는가는 두말할 필요조차 없었다. 내 눈에 비친 그들의 모습이 핀트가 안 맞은 사진처럼 보였으니 말이다.

종일 나는 안절부절못하고 그저 퇴근시간만을 초조하게 기다리고 있었다. 도저히 일이 손에 잡히지 않아서였다. 올해 남들에 비해 상대적으로 빨랐던 진급 때문에 그렇지 않아도 위아래서 눈여김을 받고 있는 터여서 나는 이제나저제나 긴장된 직장생활을 하고 있었던 것이다. 부장의 눈치를 보며 전전긍긍하고 있던 나는 모르겠다 싶어 홍보부 휴게실에 처박혀 온종일 〈황금 골무상 파리 패션쇼〉 비디오테이프를 틀어놓고 건성으로 바라보고 있었다. 그도 견디기 힘들어 나는 퇴근 후 술이나 마실까 싶어 다섯시쯤 세희가 근무하는 자동차 회사의 디자인실로 전화를 해보았으나 그녀는 외출중인 상태였다.

퇴근시간이 돼 자리로 돌아왔을 때 책상 위에 한 통의 전화 메모가 돼 있었다.

곽우길씨, 17:30, 퇴근시간에 다시 전화.

곽우길? 얼른 기억이 나지 않았으나 머릿속을 뒤적여보니 나와 고등학교 동창인 친구였다. 그러나 고등학교를 졸업한 후로는 몇 번 나가지도 않은 동창회에서, 그것도 먼발치에서 한두 번 보았을 뿐인 그리 가까운 친구는 아니었다. 전북 부안인가 출신으로 대학을 나와 어디 오퍼상으로 근무한다는 소리를 전에 들은 적이 있으나 그것도 벌써 몇 년 전의 일로 지금은 무얼 하고 있는지조차 나는 알지 못하고 있었다. 그가 개인적으로 내게 전화를 걸어온 것은 이번이 처음이었다.

여섯시 십분에 그로부터 전화가 왔다.

"오래간만이야. 근처에 올 일이 있어서 전화해봤어. 저녁에 시간 있으면 술이나 한잔할까 싶어서."

딱히 거절할 만한 이유도, 거절할 수도 없었으므로 나는 그러마고 그가 있는 데를 물었다. 그의 목소리는 어쩐지 건전지가 떨어져가는 시계의 초침 소리처럼 들렸다.

"롯데호텔 커피숍이야. 하지만 여기서 술을 마시긴 좀 그렇잖아? 누에나루에서 만나지 뭐. 강바람도 쐬일 겸 선상카페에서 말이야."

롯데호텔이라면 내가 근무하는 회사 바로 옆이었다. 그런데 누에나루? 롯데호텔이 아니더라도 근처에 술을 마실 데는 얼마든지 있었다. 물론 누에나루라고 해도 회사에서 택시로 십오 분밖에는 걸리지 않지만, 아파트 뒷골목으로 해서 도로 밑 컴컴한 터널 하나를 지나야 하므로 연인 사이라면 몰라도 밤에 일부러 찾아가기는 좀 귀찮은 곳이었다. 선상카페에서, 그것도 몇 년 만에 각별한 사이도 아닌 고등학교 동창을 만나야 하다니. 잠시 주저하다가 나는 또 그러마 하고 전화를 끊은 다음 그와의 약속시간을 지키기 위해 곧바로 회사를 빠져나왔다. 그에게 전화가 걸려오지 않았더라도 어차피 오늘밤엔 술을 마셨을 것이다.

누에나루 선상카페에 도착했을 때 그는 먼저 와서 맥주를 마시고 있었다. 그는 앉은 채로 내게 손을 내밀며 악수를 청했다.

"나보다 십 분 늦었군. 내가 자네와 통화를 끝낸 다음 두 군데 더 전화를 하고 출발했으니까, 내 계산대로라면 우린 거의 동시에 도착했을 텐데."

"아니, 전화를 끊자마자 곧바로 출발했는데."

나는 어리둥절한 기분으로 변명 아닌 변명부터 하고 있었다.

"아냐, 자네는 정확히 십 분 지체했어. 누구한테 전화를 했다든가 화장실에 갔다든가 하는 일 때문에 말이야. 그걸 따지자는 게 아니고 기다리기가 뭣해서 먼저 맥주를 주문했다는 거야."

그는 무표정한 얼굴로 그렇게 말했다. 그렇지만 내 손목시계는 분명 여섯시 이십오분을 가리키고 있었다. 늦은 게 아닌 것이다. 나는 그가 내게 두번째 전화한 시간이 정확히 몇시였는가를 묻지 않을 수 없었다. 퍼뜩 하늘색 옷을 입은 여자의 모습이 떠올라서였다.

그는 여섯시 정각, 이라고 짧게 끊어 말하고 어쩐지 기분이 상한 눈으로 나를 바라보았다.

"조금 늦을 수도 있지 뭘 그래. 자네 전보다 많이 예민해졌군."

"……좀 과민해 있어. 실은 어제 한숨도 못 잤거든."

나는 맥주 다섯 병과 훈제연어 요리를 추가로 주문하고 서서히 어둠이 내리고 있는 강으로 눈을 돌렸다. 머리에 색동 터번을 두른 유람선이 선착장을 떠나 여의도 쪽으로 슬슬 미끄러져 내려가고 있었다. 그 현란한 불빛이 우리가 앉아 있는 이물 쪽 수면까지 길게 뻗쳐와 무지갯빛으로 소용돌이치고 있었다. 맥주가 나오는 동안 나는 속엣말로 이렇게 중얼거리고 있었다.

이 친구는 아까 누에나루, 이 선상카페에 앉아 내게 전화를 했을 것이다.

하지만 나는 그에게 이런 말을 할 수가 없었다. 각도가 기울어 있는 것은 그가 아니라 나일 거라는 생각이 들었던 것이다. 그가 먼저 내게 잔을 권하고 술을 따랐다. 나도 의례적으로 그렇게 했다. 그사이 나는 초조한 마음으로 세희를 생각하고 있었다. 그리고 나는 지금 궤도 이탈중은 아닌가 하는 엉뚱한 생각까지 하고 있었다. 그도 무슨 생각에 빠져 있는지 맥주잔 안에 시선을 박은 채 한동안 말이 없었다. 그는 내가 모르는 수년간 무슨 일을 하고 살았던 것일까. 그리고 오늘은 무슨 이유로 갑자기 나를 찾아온 것일까. 낚시꾼들이 켜놓은 칸델라 불빛들이 긴 제방선을 따라 반딧불이처럼 깜박이고 있는 게 보였다. 그다지 할말이 없었으므로 나는 이런 경우 대개 그러하듯 그의 근황부터 물었다.

"오퍼상을 그만둔 지는 오래됐지. 한 이삼 년 외국에 나가 있었고 그동안 결혼을 하기로 약속했던 여자와는 헤어졌고 또 뭐 이런저런 일을 많이 겪었다고 할 수 있지. 도깨비처럼 살아왔어. 하긴 산다는 게 원래 도깨비장난이긴 하지만."

나는 묵묵히 그의 얘기에 귀를 기울이며 시야에서 멀어져가는 유람선의 꼬리를 눈으로 좇고 있었다. 강바람이 꽤 차가웠으나 견딜 수 없는 정도는 아니었다. 무슨 얘긴가 끝에 그가 밑도 끝도 없이 이런 말을 해왔다.

"이봐, 강물을 쳐다보고 있으면 푸른 카펫 생각이 나지 않아?"

"카펫?"

"그래, 카펫. 코발트빛 카펫 말이야."

〈태양의 카펫〉이라는 노래가 있기는 하지, 라고 나는 속으로 중얼거렸다.

"글쎄, 바다라면 또 모를까. 컴컴한 강물을 내려다보면서 코발트빛 카펫이라는 게 좀 그렇군."

"바다? 그렇군…… 바다."

그는 거푸 맥주잔으로 손을 가져가며 내내 강물에 시선을 던져두고 있었다. 이 친구가 왜 나를 찾아온 것인지 시간이 갈수록 궁금하고 한편으론 답답하기까지 했다. 도대체 무슨 말을 하고 싶어서 이렇듯 뜸을 들이고 있는 것인가. 피로한 몸에, 공복에 맥주가 몇 잔 들어가자 현기증이 우우 몰려들었다. 나는 중심을 잃지 않기 위해 술 먹는 속도를 조절하기 시작했다.

"실은 얼마 전에 누군가의 집에 찾아갔었어. 나는 밀폐된 응접실에서 두 시간이나 집주인을 기다리고 있었다네. 납골당 같은 방이었지. 벽 사면에 죽은 사람들의 사진이 죽 걸려 있는 이상한 방이었어. 아마 집주인의 조상이나 친척 들 사진이었겠지. 아무튼 나는 그 방에서 두 시간이나 꼼짝없이 혼자 앉아 있었단 말일세. 그 방바닥에 아까 말한 그런 카펫이 깔려 있었지."

"그랬군…… 그런데?"

"나는 마치 푸른 심해에 들어와 앉아 있는 것 같더군. 그러니까 벽에 붙어 있는 사진 속의 사람들과 함께 말이야. 어느새 그들과 무슨 얘긴가를 두런두런 주고받으며 말이야. 지금은 기억나지 않지만 그들과 무슨 말을 한참이나 주고받았네. 한데 그게 그다지 두렵다거나 괴이쩍다는 생각이 들지 않더군. 차라리 안식일 같은 기분이 들더란 말일세. 어디선가 관솔 타는 냄새가 나기도 하고 말이지."

"왜 그런 얘길 하는 거지?"

"글쎄 정확하게 뭐라는 얘기가 아냐. 다만 그때 이런 걸 느꼈다는 거지. 이를테면 세계가 우리가 아는 것처럼 단면이나 평면으로 이루어지지 않았다는 거. 말하자면 양면도 아니라는 거. 쉽게 말하면 회전문처럼 빙글빙글 돌아가고 있는 어느 한쪽 면, 한쪽 칸에 속해 우리가 살아가고 있다는 거. 그러다가 어느 순간에는 투명한 저쪽 면을 볼 때가 있다는 거. 그래서 갑자기 혼란이 온다는 거."

"혼란?"

"그래, 혼란. 아까처럼 나는 아주 낯선 장소라든가 예외적인 시간 따위를 가끔씩 경험하곤 한다네. 우리가 갖고 있는 이 단면적 인식으로는 접할 수도 볼 수도 없는 그런 이질적인 세계에 대한 경험 말이야."

낯선 장소. 예외적인 시간. 나는 다시금 아침에 보았던 하늘색 원피스의 여자를 떠올리고 있었다. 투명한 회전문 저쪽 칸에 서 있는.

"심각한 건 그게 정말로 실재하는 세계라는 생각이 든다는 거야."

"심각하군."

"나도 그렇게 생각해."

이런 말을 주고받는 사이 다시 이물 쪽 수면에 색동 불빛이 어른거리는 게 보였다. 둥그렇게 말린 화환을 쓴 배가 이번에는 여의도에서 누에나루 쪽으로 올라오고 있었던 것이다. 내 눈을 좇아 유람선을 물끄러미 쳐다보고 있던 그가 다시 말을 이었다.

"나는 지금껏 줄곧 실패만 하며 살아왔네. 그렇다고 남들보다 능력이 없었다고는 생각하지 않아. 다만 내 인생이 그렇게 운명적으로 실패를 예정하고 있었다고 느끼기는 하지. 나이가 들면 그런 게 느껴지거든. 그런데 이제 더이상 실패하는 인생을 살 수 없다는 생각이 들어. 어째서 인생은 고등학생이나 풀 수 있는 숙제를 초등학생에게 맡기곤 하는 걸까. 사랑하는 여자로부터의 배신, 파산, 가까운 자의 때 이른 죽음, 청춘의 기쁨과 희망 같은 건 벌써 사라졌고 이제는 짊어지기 힘든 것들만 남아 있어."

"……"

"요컨대 나는 전혀 다른 삶을 생각하고 있는 중일세. 세계가 정말 단면으로 이루어진 게 아니라면 말일세."

전혀 다른 삶이라고? 하지만 그렇게 말하는 그의 목소리에선 기이하게도 다른 삶을 찾고자 하는 그 어떤 힘도 의지도 느껴지지 않았다. 나는 선착장에 도착한 배에서 쏟아져나오는 사람들을 망연히 바라보면서 저들과 나는 과연 하나의 세계, 그러니까 하나의 면에 속해 있는가를 생각하고 있었다. 그와 나는 벌써 여덟 병째의 맥주를 마시고 있었다. 소주병만한 맥주였지만 역시 여덟 병은 여덟 병인 것이다. 몸이 점점 떨려오고 있었다.

"오래전에 나는 어디선가 이런 얘길 들은 적이 있다네. 사라진 사람들에 대한 얘기지."

"사라진 사람들?"

"어느 날 갑자기 주위에서 훌쩍 사라지는 사람들이 생기는 거야. 그중에는 의사나 변호사도 있고 자네같이 평범한 샐러리맨도 있고 화방주인도 있어. 이들은 한결같이 가정적으로나 사회적으로 아무 문제가 없던 사람들이야. 누가 봐도 그럴 만한 이유라곤 없는 사람들이었던 거지. 그런데 돌연 공중으로 붕 떠버리듯 순식간에 흔적 없이 사라져버리는 거지. 그러고 나서 오랜 세월이 지나 우연히 그들을 알고 있던 사람들 눈에 발견되는 경우가 있다는 거야. 가령 의사였던 사람은 어느 낙도에서 낚시를 하며 횟집을 하고 있고 변호사였던 누구는 촌읍에서 택시기사를 하고 있다는 거지. 하지만 그들은 이쪽 사람들을 몰라본다는 거야. 내지는 발견되고 나면 또 훌쩍 사라져버린다는 거야."

"왠지 그럴 수도 있다는 생각이 드는군. 하지만 어째서 그런 일이 생기는 거지?"

"어쩐지 그들은 자의에 의해 사라진 것이 아닐지도 모른다는 생각이 들어. 그들은 어느 순간엔가 갑자기 다른 세계로부터 거부할 수 없는 명령 같은 걸 받았다는 생각이 드는 거야."

"글쎄, 그럴 수도 있겠지."

"이봐, 사실은 나도 일종의 그런 명령을 받고 있다는 느낌이 든다네."

"!⋯⋯"

"얼마 전부터 설명할 수 없는 일들이 자꾸 내게 발생하는 거야. 문득문득 내가 밟고 있는 이 세계라는 것이 아주 이질적으로 느껴지면서 전혀 다른 세계의 모습이 눈에 어른거리는 거야."

"그게 도대체 어떤 세곈가?"

"모르지. 그걸 어떻게 알 수 있겠나. 그래서 두려운 거지. 혹시 내가 예기치 못했던 순간에 미지의 그쪽으로 홀연 사라져버릴 것 같아서 말이지. 어쩌면 내가 새롭게 속하게 되는 세상이 다시 연옥 같은 세상일지도 모른다는 생각이 들어서 말이야."

"그렇다면 아까 말한 그 명령은 어떡할 텐가?"

내 말을 못 들었는지 그는 입을 닫고 한동안 강물만 내려다보고 있었다. 그의 모습이 마치 내 그림자같이 느껴졌다. 바람이 불고 있었고 일그러진 그림자 두 개가 수면에서 유령처럼 어른거리고 있었다.

"지금 나는 내 불안한 욕망과 타자의 명령 사이, 요컨대 그 중간에 있는 하나의 미끄럼틀 위에 서 있다네. 또한 이것도 알고 있지. 미끄럼틀을 타고 내려가면 푸른 카펫이 있는 바닥에 떨어진다는 것을."

그게 무슨 말인가 싶었지만 나는 되묻지 않았다.

"요즘 나는 그동안 알고 지냈던 사람들을 만나고 다닌다네. 왠 줄 아나? 말하자면 미끄럼틀 위에 서 있는 시간을 연장하고 다니는 셈이지. 그래, 내가 자네를 만나고 있는 이 순간도 그 연장의 시간인 셈이야."

그러나 그는 이미 미끄럼틀을 타고 내려가고 있는 중인 것 같았다. 나는 돌연 섬뜩한 느낌이 들어 진저리를 치고 있었다. 그의 눈은 붉게 충혈돼 있었고 간헐적으로 몸을 떨고 있었다. 나는 말없이 맥주를 들이켜며 대꾸할 말을 찾고 있었다. 그저 가만히 듣고 있을 수만은 없다는 생각이 들어서였다.

"그럼 내일은 누구를 만날 텐가? 중학교 동창? 그리고 그다음 날은 초등학교 동창을 찾아갈 텐가?"

"……"

내 의지를 거역하고 나도 모르게 튀어나온 말 앞에서 그는 당황했는지 잠시 눈빛이 흔들리고 있었다. 무거운 피로를 어깨에 짊어지고 나는 억지로 버티고 있었던 것이다. 그렇지만 나는 어쩔 수 없이 좀더 버텨야만 하리라는 생각을 하고 있었다.

"솔직히 말하면 나도 오늘 아침에 이상한 경험을 했네. 세계와 나의 시간이 어긋난 거야. 지금도 나는 그 시차 때문에 중심을 잃고 있네. 자네와 나는 지금 각기 다른 시간 속에 앉아서 얘기를 주고받고 있는지도 몰라. 그게 십 분 차이라고 해도 좋아. 물리적으로 보면 아주 미세한 차이지. 그러나 중요한 것은 자네와 내가 적어도 오늘 아침부터 서로 어긋나 있다는 거야. 영영 회복할 수 없는 어긋남인지도 모르고 또 내일쯤에는 십 분이 아니라 한 시간이 어긋나 있을 수도 있어. 사실은 지금 나도 두렵네. 왜 이런 일이 생겼는지 모르겠단 말일세."

"그렇군."

"그래."

그와 나는 오래오래 말을 잃고 점점 깊어져가고 있는 강물을 내려다보며 기계적인 동작으로 술을 마셔대고 있었다. 그사이에도 삼십 분 간격으로 유람선이 들어오고 나가고 사람들은 또 무얼 아구아구 먹으며 쏟아져들어가고 나오고 있었다. 손목시계를 보니 여덟시가 넘어 있었다. 배가 고프다는 생각이 들었으나 식욕은 전혀 느껴지지 않았다. 식욕 따위가 있을 리 없었다. 나는 지금 제자리로 돌아가야 하는 것이다. 회전문의 다른 칸에 들어와 있다면 한시바삐 제 칸을 찾아 돌아가야 하는 것이다.

"몹시 춥군."

그가 맥주잔을 내려놓고 점퍼의 지퍼를 올리며 유령처럼 웅얼거렸다. 나는 다시 손목시계를 들여다보았다.

"이봐, 어디서 개구리 소리가 들리지 않아?"

그사이 목소리를 바꾸더니 그가 또 엉뚱한 말을 내뱉었다.

"글쎄…… 아니, 그런 소린 들리지 않는데. 들리지 않아!"

나는 얼른 정신을 차리고 이제 더이상은 균형을 잃지 않으려고 완강하게 그의 말을 부인했다.

"알고 있겠지만 얼마 전에 내 고향에서 대형참사가 났었잖나. 부안군 위도 말이야. 그 근처에 조기잡이로 유명한 칠산어장이 있다네. 지금이 바로 산란기인 조기잡이 철이야. 4월에 그곳에 가면 제주도 근해에서 북상하는 조기떼들이 개구리 울음소리를 내며 바닷물 위로 뛰어오르는 걸 볼 수 있다네. 수놈이 암놈을 부르는 소리라고들 하지. 또 썰물 때면 조기떼가 수면 가까이에 떠서 퇴거하기 때문에 마치 바람에 숲이 우는 소리 같은 게 들린다네. 어릴 때 배를 타고 나가 바닷물 속에 대나무를 꽂고 조기떼 우는 소리를 듣곤 했지. 살구꽃이 필 때면 수백 수천의 안강망 어선이 운집해 일대 파시를 이루는데 밤이 되면 그야말로 장관이라네. 이봐, 봄이 되고부디 니는 자주 조기떼 꿈을 꿔. 그들과 함께 푸른 카펫이 깔린 바닷속을 유영하는 꿈을 말이야."

"……"

"얼마 전에 사고로 죽은 그 사람들은 다 어디로 간 걸까. 조기 떼를 따라간 걸까? 바다는 푸른 카펫이 깔린 납골당이야…… 밤 이면 어디선가 아득히 조포 소리가 들려."

말을 마치고 그는 미끄럼이라도 타러 가는 사람처럼 스윽 자리 에서 일어났다.

그러나 그는 십 분을 기다려도 오지 않았다. 이십 분을 기다려 도 오지 않았을 때 나는 그가 먼저 가버렸다는 사실을 깨달았다. 여의도로 떠나는 마지막 유람선이 막 선착장에서 뱃머리를 돌리 고 있는 참이었다. 그리고 나는 스쳐지나가듯이, 배의 고물에 실 루엣처럼 어둑하게 서 있는 그의 모습을 보고 있었다.

저 배는 조기떼의 바다를 꿈꾸는 사내 하나를 태우고 어디까지 퇴거해갈 작정이란 말인가.

외롭다, 라는 생각이 든 것은 누에나루에서 신천역까지 걸어 와 집으로 가는 전철을 타려고 했을 때였다. 그냥 외롭다는 정도 가 아니었다. 그야말로 고도 같은 외로움이었다. 나는 그 때문에 눈시울까지 붉어져 있었던 것이다. 그것은 나만이 정든 세계에서 추방돼 낯선 어둠 속에 버려져 있다는 참담한 외로움이었다. 지 금 눈에 보이는 어떤 것도 내 손에 만져질 것 같지 않은 저 남극 같은 외로움!

90

나는 전철역 매표구 옆에 있는 공중전화부스로 다가갔다. 앞에 서 있는 두 사람이 통화를 끝낼 때까지 나는 깊은 두려움에 빠져 있었다. 내가 지금 통화하고자 하는 사람이 그곳에 있을 것인가 하는 마음 때문에. 과연 그 사람이 나를 어제처럼 알아볼 수 있을까 하는 염려 때문에. 그러니까 내가 지금 이 순간 그 사람과 같은 면面에 속해 있는 것인가 하는 의구심 때문에.

여섯 번의 발신음이 울리는 동안, 따지고 보면 단 몇 초밖에 안 되는 그 사이에 나는 차라리 전화를 끊어버리고 싶은 마음이 들 지경이었다. 러시안룰렛이라도 하고 있는 기분이었으니 말이다. 그리고 일곱번째의 발신음이 울리고 아주 귀에 익은 사람의 목소리가 흘러나왔다. 너무 귀에 익어 있어서 지금은 차라리 생소하게 느껴지는 목소리.

"세희? 나야. 왜 그렇게 전화를 늦게 받아."

"어머, 정명씨! 이렇게 늦게 어쩐 일이에요? 나 샤워중이었어요."

그녀와 나는 올가을에 결혼을 하기로 약속이 돼 있었다. 그러나 저녁 여덟시가 넘으면 누구에게든 전화하지 않는 게 평소의 내 관습이었다.

"지금이 도대체 몇시지?"

아프게 잠긴 목소리로 나는 그녀가 속해 있는 시간부터 물었다.

"아홉시쯤 냈을 거예요."

"아니, 정확히 말이야. 미안하지만 시계 좀 봐주겠어?"

"아니 왜요? …… 알았어요, 잠깐만요."

그녀는 내게서 어떤 기미를 느꼈음인지 얼핏 허둥대는 눈치였다. 머리에서 물이 뚝뚝 듣는 그녀의 모습이 눈에 선하게 비쳐들었다. 초조한 마음으로, 나는 내 뒤에 와 기다리고 있는 사람들의 수를 헤아리고 있었다.

"여덟시 오십사분 삼십초. 됐어요?"

나는 얼른 내 손목시계로 눈을 가져갔다. 여덟시 오십팔분이었다. 삼 분 삼십 초. 나는 그 삼 분 삼십 초가 마치 암종癌腫 거스러미처럼 느껴졌다.

"아니, 아무래도 좋지가 않아. 실은 내게 심각한 일이 발생해 있어. 난 지금 유괴돼 있는 상태라구."

"유괴요?"

내 정세를 청취하고 있는 그녀의 전화선이 전깃줄처럼 떨리고 있는 게 느껴졌다.

"그래, 일종의 그런 상태. 나는 지금 이상한 곳에 운반돼 와 있어. 여기가 어딘지 모르겠어. 하지만 확실히 그쪽의 건너편에 와 있는 것 같아."

다급하게 이런 말을 하는 사이 뒤에 서 있는 사람 중 하나가, 거 전화 좀 빨리 씁시다! 하고 볼멘소리를 했다. 그때쯤 해서 세희도 내가 심각한 상태에 빠져 있다는 걸 뚜렷이 감지한 모양이었다. 그녀의 목소리가 마침내 떨리고 있었다.

"그럼 제가 어쩌면 좋겠어요. 네? 어서 말해봐요."

그녀가 어떻게 해야 하는지는 나도 모르고 있었다.

"괜찮으니까 어서 말해봐요. 네?"

뒤에서 누가 또 씨부렁거리는 소리가 들려왔다.

"함께 있어줬으면 좋겠어."

엉겁결에 나는 그렇게 말하고 말았다. 그녀를 만나온 이 년 동안 한 번도 해보지 않은 말이었다. 사랑에 관해서만큼은 결벽하고자, 때로 힘들고 안타까운 순간이 와도 인내하면서 그녀를 아껴왔던 것이다. 나는 눈을 꾹 감고 있었다. 하지만 의외로 빨리, 그러나 침착하게 그녀가 내 말을 되받았다.

"머리를 말리고 옷을 갈아입어야 하니까 삼십 분쯤 걸릴 거예요. 롯데호텔 커피숍에 가 있어요. 움직이지 말고 그대로 가만히 앉아 있는 거예요. 알았죠?"

알았다고 말하고 나는 전화를 끊었다. 맥없이 몸이 부르르 떨려왔다.

아홉시 삼십분에 그녀가 커피숍으로 들어섰다. 서둘러 나온 기색이 역력했다. 방배동이라곤 하지만 이 시간에 도착하기 위해 택시를 타고 또 운전기사를 재촉했을 것이다. 흰 재킷에 간단한 청바지 차림이었고 화장기마저 없었다. 머리칼도 아직 덜 마른 상태였다. 그녀는 커피를 마시는 동안 아무 말 없이 탐색하는 눈빛으로, 그러나 걱정스런 얼굴로 나를 바라보고 있었다. 드보르

자크의 첼로협주곡이 무심하게 흘러나오고 있었다.

"저녁은 했어요? 안 했죠?"

그녀는 커피잔을 내려놓고 자리에서 일어나더니, 내 손을 끌고 카운터로 다가가 요금을 지불하고 지하에 있는 레스토랑으로 나를 데리고 갔다.

"무슨 일이 있는지는 몰라도 이럴 때일수록 정공법으로 나가야 하는 거예요."

"정공법?"

"그래요. 우선 식사부터 하는 거예요. 소처럼 되새김질까지 하면서 아주 천천히 말이에요."

그녀는 평소의 내 식성을 알고 있는지라 새우정식과 야채수프를 주문했다. 안 먹겠다고 할 수가 없었다. 그때도 식욕이 없긴 마찬가지였으나 나는 접시 위에 있는 것을 깨끗이 비우고 후식으로 또 커피까지 마셨다. 그녀는 내가 식사를 끝낼 때까지 팔을 식탁에 올려놓은 채 참을성 있게 기다리고 있었다.

"가벼운 걸로 한잔해야죠? 지금부터 조금씩 긴장을 푸는 거예요. 걱정하지 말아요."

얼음통에 담긴 마주앙과 샐러드가 나왔다. 안에는 손님이 우리 둘뿐인 듯했다. 유리로 만든 출입문 저쪽에서 차들이 불빛을 끌고 어딘가로 밀려가고 또 밀려오고 있었다. 그러한 유리색 풍경 위에 그녀와 나의 모습이 어른어른 겹쳐 보였다.

"자, 이제 말해봐요. 무슨 일이 있었는지."

포도주를 한 잔 마시고 나서 그녀가 골똘한 눈으로 나를 들여다보며 조심스럽게 말문을 열었다. 둔중한 피로가 밀려들고 있었으므로 나는 얼른 내꾸를 못하고 곤혹스런 표정부터 지었다.

"얘기하기 어려우면 지금 하지 않아도 돼요. 잠자리에 든 것처럼 편안한 기분이 되면 하세요."

잠자리에 드는 기분을 떠올리며 나는 어렵게 말문을 열었다.

"갑자기 모든 게 제멋대로라는 생각이 들어. 시간이 쭈글거리기 시작하고 원치 않는데도 다른 세계가 내게 개입하려 하고 있단 말이야. 자기 죽음을 연장하기 위하여 돌연 먼 친구가 찾아오기도 하고 말이지."

"구체적으로 얘기해봐요."

"가령 지금 운행되고 있는 세계와 나 사이에 틈이 벌어져 있다는 거지. 누가 내 발목을 잡고 있거나 혹은 뒤에서 등을 마구 떠밀고 있다는 거야. 이를테면 타자의 속도라는 게 내게 개입해 있어."

"……정명씨, 차종에 따라서는 최고시속이 백 킬로도 있고 이백 킬로도 있고 삼백 킬로도 되는 게 있어요. 하지만 그게 다 알맞은 속도라는 건 아니에요. 또 어떤 때는 아차 하는 순간에 도난 차량을 타게 되는 경우도 있는 거예요. 알았죠? 제가 하고 싶은 말은 그때마다 제 속도를 유지할 줄 알아야 한다는 거예요."

"그럴지도 모르지. 하지만 벌써 궤도를 이탈한 상태라면 어떻게 해야 하는 거지? 이미 돌이킬 수 없는 상태라면 말이지. 세희, 우리가 보고 느끼는 대로 세상은 정말 단면이거나 평면이 아닐지도 몰라. 전혀 다른 세계가 가까이에서 끊임없이 우리를 위협하고 또 유혹하고 있다는 생각이 들어."

"그런 세계를 꿈꿔요? 말하자면 그런 욕망을 갖고 있냐구요."

"그렇다면 왜 내가 세희한테 전화를 했겠어."

"아녜요. 사실은 사람들마다 잠재의식 속에서 그런 세계로부터의 유혹을 바라고 있는지도 몰라요. 다만 우리는 의혹과 망설임이란 제동장치만 갖고 버티고 있을 뿐이에요. 꿈꾸지 않는 한 다른 세계라는 건 존재하지도 눈에 보이지도 않잖아요."

……그래, 실은 너를 사랑하고 있으면서도 새벽녘에 불현듯 노크 소리 같은 걸 듣고 홀로 깨어나게 되면 나도 그 소리에 화답하고 싶은 순간이 있었던 것 같다. 아니, 있었다. 어떻게든 한번쯤은 지금과는 다른 삶을 살아야겠다고 생각한 순간들이 있었다. 우리는 지금 모두가 진흙밭에서 벌거벗은 채 다투고 있는 중이 아닌가. 무엇 때문인지, 무얼 위해서인지도 모른 채. 주기적으로 한 라운드가 끝나면 울리게 마련인 호각 소리도 듣지 못한 채.

"제 얘기는 아직도 이쪽 세계에 속하고자 하는 의지가 있냐는 거예요."

"……"

"정명씬 아직 이쪽에 속해 있고 싶은 거죠? 그렇죠?"

그녀가 내 손을 슬그머니 잡더니 안타까운 눈빛으로 나를 쳐다보며 말했다. 확인하고자 하는 눈빛이었다.

"그런 것 같아. 하지만 그럼 지금부터 나는 어떻게 해야 하는 거지?"

그녀는 미동도 하지 않고 한동안 더 가만히 나를 쳐다보았다. 이번에는 나를 간절히 믿고자 하는 눈빛이었다.

"원한다면 어긋난 건 다시 맞출 수 있어요. 안심해요. 그리 심각한 상태는 아니라는 거예요."

이렇게 말한 다음 그녀는 주위를 한번 휘이 둘러보더니 내게 시간을 물어왔다. 그녀가 주위를 휘이 둘러봄으로 해서 균형을 잃고 흩어져 있던 사물들이 제 공간으로 다투어 돌아가고 있는 것 같았다. 나는 숨을 길게 내쉬었다.

"열한시쯤 되지 않았을까?"

"아니, 정확히 말이에요. 미안하지만 손목시계 좀 봐줄래요?"

내 손목시계는 열시 오십오분을 가리키고 있었다.

"제 시계보다 삼 분 삼십 초가 빠르네요. 우선 정명씨하고 제 시곗바늘을 정확히 맞추는 거예요. 누구 시계에다 시간을 맞출까요?"

나는 그녀의 시간에다 내 시간을 맞췄다.

"좋아요. 그럼 지금부터 아침까지 함께 있는 거예요. 둘 다 잠을 자지 않고 뜬눈으로 말이에요. 그리고 가만히 지켜보는 거예요. 더이상 어긋나거나 틈이 벌어지지 않도록 감시하는 거예요. 내일이 토요일이니까 좀 무릴 해도 괜찮겠죠?"

오늘이 금요일이었던가. 이틀째 밤을 새울 자신이 없었으나 나는 그러마고 고개를 끄덕였다.

택시를 타고 방배동에 있는 그녀의 아파트까지 가는 동안 그녀는 줄곧 내 손을 완강히 움켜쥐고 있었다. 마치 어떤 일이 있어도 놓치지 않겠다는 듯이. 그녀는 아직도 나에 대해 뭔가 불안해하고 있는 게 분명했다. 문득 옆을 돌아보니 휘황한 네온사인의 불빛에 그녀의 얼굴이 참혹하게 얼룩져 일긋거리고 있는 게 보였다. 그때서야 나는 오늘 내게 일어났던 일이 비단 나에게뿐만이 아니라 그녀에게도 종종 일어나고 있을지도 모른다는 생각이 들었다. 또한 이 평상平床의 모든 사람들에게도 마찬가지로 말이다.

정말 어딘가에는 우리가 꿈꾸는 그런 세계가 존재하는 것일까. 그렇다면 우리야말로 미끄럼틀 위에서 비틀거리고 서 있는 한갓 어린아이들이 아닌가.

그녀의 아파트까지 왔을 때 나는 걷잡을 수 없는 피로 때문에 몸조차 제대로 가눌 수 없는 상태였다. 그리고 현관에서 삼층 그녀의 아파트에 들어섰을 때 갑자기 그녀가 내 양복 앞자락을 잡고 이렇게 말했다.

"두렵고 불안해요."

"!……"

"우리 어서 결혼해요."

그녀는 눈물이 그렁그렁한 눈으로 나를 쳐다보며 또 이렇게 말했다.

"성명씨 때문이 아녜요. 저한테도 그런 일이 자꾸 일어나고 있다는 거예요. 분명 화장실의 불을 껐는데 다시 보니 켜져 있다든가, 식탁의자가 방 안에 들어와 있다든가, 빈 공장에서 밤새 기계 돌아가는 소리가 들린다든가, 자정에 냉장고가 어린아이의 울음소리를 내며 운다든가, 달력이 넘어가 있다든가, 밤늦게 집에 돌아오면 거실 바닥에 구둣발 자국이 보인다든가 하는 일들이 자꾸자꾸 일어나고 있다는 거예요."

그녀와 나는 소파에 앉아 어깨를 끌어안고 바흐를 들으며 캔맥주를 하나씩 마셨다. 맥주를 마시면서 나는 별 뜻도 없이 그녀에게 이런 말을 하고 있었다.

"세희, 우리는 어느 세계의 귀퉁이에 이렇듯 힘겹게 웅크리고 앉아 있는 것일까."

"……"

밤은 파이프오르간 소리를 내며 깊어가고 있었다. 잠시 나는 조기떼 생각을 하고 있었던가. 내 품 안에서 그녀는 죽은 듯 오래오래 소리가 없었다. 저 코발트빛 어둠 속에다 대나무를 꽂고 애타게, 무슨 소리를 들으려 하고 있는 사람처럼.

……잠이 들었는가.

나는 그녀를 안아 침대에 뉘고 다시 소파에 앉아 오늘, 아니 어제 내게 무슨 일이 일어났었는가를 곰곰이 되짚어보고 있었다. 어제 아침부터 오늘 이 시간까지 내게 도대체 무슨 일이 일어났었던가를.

　그러다 나도 소파에 앉은 채로 잠이 들었고, 아마 새벽이었을 터인데…… 어느 순간엔가 문득 잠에서 깨어났을 때, 나는 다시금 저 남쪽 계단 위에 하늘색 옷을 입고 서서 홀연히 이쪽을 쳐다보고 있는 한 여자의 모습을 뚜렷이 목도하고 있었다. 나는 두려운 생각에 빠져, 자리에서 벌떡 일어나 먼 데 섬처럼 잠들어 있는 그녀를 깨우기 위해 침대 모서리로 급히 다가갔다.

지나가는 자의 초상

서른다섯 살인 지금의 나는 일 년에 단 몇 시간도 텔레비전을 시청하지 않지만, 어렸을 적엔 그 괴물상자에 완전히 홀려 있던 아이였다. 방문을 걸어 잠그고 방구석에 우두커니 앉아 텔레비전을 보는 것은 참으로 멋진 일이었지. 겨우 들을 수 있을 만큼만 소리를 죽여놓고 말이야. 나는 초등학교 때 이미 도수 높은 안경을 끼고 있었어.

　그때 내가 가장 좋아했던 프로그램은 〈동물의 왕국〉이었지. 물론 그때는 흑백텔레비전이었지만 말이야. 하지만 실제로 브라운 관에서 흘러나오는 빛은 하얗고 까만빛이 아니었어. 파란 분필가루 같은 미묘한 색깔이었지. 오후 다섯시에 시작하는 〈동물의 왕국〉을 보고 있으면 어느 곁에 문틈으로 슬슬 어둠이 스며들어와 방 안이 온통 물속처럼 변해버리곤 했어. 그래서였을까. 이상하게도 나는 텔레비전을 보다가 곧잘 잠이 들곤 했어. 화면 속에서 왔다갔다하는 야생동물이나 물고기 들을 보고 있다가 스르르 잠이 들어 거기서 메마른 꿈을 꾸곤 했던 거야. 무슨 꿈이었냐구?

텔레비전 수상기 속에 있던 동물들이 슬그머니 방 안으로 걸어나와 방구석에 웅크리고 앉아 있는 내 주위를 어슬렁거리곤 하는 꿈이었어. 콧김을 쉭쉭 내뿜기도 하고 털이 북슬북슬한 머리를 내 잠든 얼굴에 비벼대기도 하고 혹은 방귀를 뀌기도 하면서 말이야. 아, 그 꿈은 얼마나 황홀했던지.

깨고 나면 매양 캄캄한 밤이었어. 코뿔소, 호랑이, 표범, 코끼리, 악어, 원숭이, 북극곰, 고래, 상어, 나비…… 들은 도로 브라운관 속으로 들어갔는지, 아니면 어디 다른 곳으로 갔는지 감쪽같이 사라지고 어둑한 방 한구석에서 텔레비전만이 해저의 탐조등처럼 외롭게 푸른빛을 발하고 있었어. 그들은 내가 잠든 동안에만 그렇게 찾아왔다가는, 아무런 흔적도 남기지 않고 사라져버리곤 했던 거야. 그들이 다 어디로 갔는지 누가 얘기해주련?

고등학교에 들어가서부터 나는 텔레비전을 볼 수가 없었어. 시력이 굉장히 나빠져 어머니가 내 방에서 그놈의 전기상자를 치워버렸거든. 사실 그때부턴 공부라는 것도 해야만 했지. 하지만 삼년이란 기나긴 시간을 견뎌 마침내 교복에서 해방됐을 때, 텔레비전은 다시 나의 관심을 끌지 못했어. 난 이미 어렸을 적의 내가 아니었던 거야. 어쨌든 고등학생이 된 이후로 나는 〈동물의 왕국〉이란 텔레비전 프로그램을 볼 기회가 없었던 거지. 그래, 지금까지 단 한 번도 말이야. 솔직히 말하면 내가 지독한 텔레비전 중독자였다는 사실조차 이제는 실감이 나지 않아.

1

1988년? 아니면 1989년?

과거의 흔적들을 뒤적이다보면 내가 지금 떠올리고 있는 기억의 정확한 생성연도를 산출해낼 수도 있을 것이다. 하지만 나는 일기 따위의 연대기를 기록해두는 인간은 아니며 더욱이 삶의 사실에 관계된 것들에 그닥 집착하며 살아가는 타입도 아니다. 사실事實이란 문득 또하나의 환영에 불과한 것이어서 사소한 기억들은 때로 피처럼 생생하면서도 그것을 포함하고 있는 공간은 무너져 있기가 일쑤다. 살아가면서 겪게 되는 일들이란 내게 있어선 대개가 그렇듯 새벽녘의 창에 형체 없이 어른거리는 물상物像처럼 보일 뿐이다. 과거에 있었던 일은 물론이고 지금 일어나고 있는 일도, 앞으로 생길 일도 내겐 모두가 그렇게 생각된다. 때로는 무엇에 집착하고 매달려도 보았지만, 오직 나의 이름을 부르며 내게 다가왔던 것들조차 얼마 후년 한결같이 나를 외면하고 멀어져갔으며 곧이어 또다른 일이 밀어닥치곤 했다. 나는 당장에 내게 일어나는 일을 추스르는 데 급급하며 살아왔다고 해도 과언이 아니다. 바닥이 뚫린 배에서 정신없이 물을 퍼내듯이 말이다. 그리하여 내 가난한 젊은 날의 책상 위에는 매양 밀린 숙제들이 잔뜩 쌓여 있어, 고개를 숙이고 앉아 있으면 아무도 내 모습을 발견할 수가 없었다.

그러다 잠깐의 휴지기처럼, 아무 돌출적인 사건도 없는 그야말로 조용한 내 인생의 짧은 한때가 시작되려 하고 있었다. 그리고 그 적막한 시기의 한가운데서 나는 누군가를 만났던 것이다. 그러나 지금에 와서 그게 정확히 언제였는가를 말하기란 쉽지 않다. 그것은 곧 초등학교를 몇년도에 졸업하고 고등학교를 몇년 몇월 며칠 무슨 요일에 입학했는가 하는 식의 산술적인 계산을 필요로 하는 일이다. 하지만 어째서 그런 짓을 하고 있어야 한단 말인가. 그때그때 생겼던 일들은 세월이 지나다보면 그 생성연대와 함께 소멸하게 마련이다. 다만 그 부스러기들만이 강물 속의 모래처럼 쓸려내려가 기억의 하구에 무덤처럼 쌓일 뿐이다. 고고학자가 아닌 다음에야 거기 모래톱의 연대를 측정하는 식의 번거로운 일을 시도할 필요는 없으리라. 실제로 나는 내 자신이나 누군가의 과거사에 대해 별다른 관심이 없다.

하지만 삶에 있어서의 어떤 일들은 왜 그때마다 우연인 양 내게 다가와, 가슴에 지워지지 않는 자국을 남긴 채 달아나버리고는, 이토록 오랜 시간이 흐른 다음에야 마음속에 걷잡을 수 없는 파문을 불러일으키는 것일까?

어쨌든 1988년이라면 내가 스물여덟 살일 때고 1989년이라면 스물아홉 살 때가 된다. 그러나 아까도 말했지만 그게 그렇게 중요한 문제는 아니다. 그때 나는 시립도서관에서 막 사서 노릇을 시작하고 있었다. 대학을 졸업할 때까지(스물여섯?) 나는 모든 일들이 다만 어리둥절하고 불가해하기만 해서(적어도 서른이 되기 전까지 나는 내가 생각해도 정말 우둔하고 나약한 자였다) 때 없이 삶으로부터 뜻하지 아니한 상처를 받고 비틀거리며 한숨을 내쉬곤 했다. 그러다보니 나는 나만의 감방 같은 생활을 원하게 되었고 이삼 년간 무역회사에서 통역업무를 하다가 도서관으로 자리를 옮기게 되었다. 비록 준사서였지만 그 일은 대체적으로 내 적성에 잘 맞았다고 생각한다. 비로소 나는 그때까지 내내 추스르기 힘들어했던 이 정체불명의 '나'라는 존재에 대해 겨우 안도하고 있었다. 그때부터 세상은 내게 있어선 한갓 도서관의 먼지 낀 창밖으로 내다보이는 흐린 풍경화에 불과했다. 나는 거친 바다에서 표류하고 있다가 육지에 발을 내디딘 기분이었다. 항상 고장이라도 난 것처럼 떨고 있던 나침판의 바늘도 이윽고 정확히 동서남북을 가리키며 가만히 멈춰 있었다.

시립도서관엔 쉰다섯 살의 관장 외에 스물세 명의 상근직원이 있었다. 그중 사서는 셋이었는데 남자 직원은 나 하나뿐이었다. 모두가 조용하고 예의바른 사람들이었다. 사서직은 격주로 일요일에도 출근을 해야 했지만, 아침 아홉시에 출근해 오후 다섯시만 되면 어김없이 퇴근을 했기 때문에 일반 기업체보다 근무조건은 물론이고 부대낌도 한결 덜한 편이었다. 출근한 지 일주일 만에 나는 내가 하는 일에 곧 익숙해졌다. 아직 전산화 작업이 마무리되지 않은 상태여서 일이 적은 건 아니었지만, 나는 도서를 분야별로 정리해 카드를 만들고 프로그램을 짜서 전산화시키는 데 금방 솜씨를 발휘했다. 또한 열람자들이 신청한 카드나 신문을 보고 새로 구입할 책의 목록을 작성한다거나 신경이 많이 소모되게 마련인 자료조사표를 만든다거나 심지어는 낡은 책의 장정을 새롭게 하는 일에 조금도 싫증을 느끼지 않았다. 나는 그닥 말이 없는 편이었지만 함께 근무하는 여직원들은 그런 나에게 호의를 가지고 대해주었다. 나는 가끔 그녀들과 함께 점심식사를 하기도 하고 찻집에 앉아 커피를 마시기도 하고 어떤 때는 퇴근 후에 약간의 술을 마시면서 서로를 자극할 리 없는 심상한 대화를 나누기도 했다. 남들이 보면 지루하고 단조롭게만 보였을 이런 생활에 그러나 나는 꽤 만족하고 있었다. 무엇보다도 나는 도서관이라는 공간을 내 집처럼 좋아하고 있었다. 남들이 다 퇴근한 후에 서가 한쪽 구석에 물끄러미 앉아 있노라면 산사의 뒤란에 나와 앉아 혼자 풍경 소리를 듣고 있는 것만 같은 기분이 들었다. 책들은, 아무 조바심도 없이 제 이름표를 등燈처럼 들고 누가 불러주기만을 기다리는 동자승과도 같았다.

나는 도서관을 왕래하는 일 말고는 밖에 나가는 일이 거의 없었다. 나에겐 별다른 취미가 없었을뿐더러 그렇다고 술을 즐기는 편도 아니었다. 따라서 아무 때나 전화를 걸어올 만한 친구도 없는 쪽에 속했다. 나는 퇴근하면 곧장 집으로 돌아와서는 식사를 하고 음악을 듣거나 책을 보면서 저녁시간을 보냈고 불면증에 시달리는 일 없이 자정에 잠이 들어 아침 일곱시면 일어나 남들보다 조금 일찍 출근을 했다. 도서관에 나가지 않는 일요일에도 마찬가지였다. 아침엔 자전거로 강변공원을 한 바퀴 돌고 와서는 목욕을 한 다음 밀린 세탁을 하고 시간이 남으면 가까운 극장에 가서 영화를 보거나 찻집에 앉아 책을 읽거나 구경 삼아 남대문시장에 가보는 것이 고작이었다. 대학을 졸업하고 직장생활을 시작하면서 시골에 계신 홀어머니가 몇 달 올라와 있었지만 아무래도 서울생활에 익숙해지지가 않았던 모양이었다. 어느 날 어머니가 도로 시골로 내려가고 싶다는 말을 슬그머니 꺼냈을 때 나는 그동안 어머니에게 무심했던 나를 탓하며 얼른 그 말에 동의했다. 어머니는 외아들 옆에 있기보다는 남편의 무덤 가까이에서 여생을 보내고 싶었던 것이리라. 그렇다고 해서 내가 생활에 불편을 겪게 되었다고 말할 수는 없었다. 결혼을 했다면 모를까, 나이가 들어 어머니(특히 홀어머니)와 함께 산다는 것도 어쩐지 거북한 일이란 생각이 들 때가 종종 있었던 것이다. 결혼이라는 말이 내 귀에 심심찮게 들려오기도 했지만 나는 그것에 대해서는 미숙아처럼 무관심하기만 했다. 아마도 타자를 받아들일 마음의 넓이와 깊이가 부족한 탓이었을 터이고 무엇보다도 여자에 대한 상상력이 부족한 때문이었을 것이다. 이제 와서 고백하건대, 여자와의 사랑이란 도대체 상상력이 없이는 불가능한 일이다.

2

시립도서관으로 자리를 옮긴 지 다섯 달쯤이 지났을 때(무려 오 개월 동안이나 나는 그렇게 대기 혹은 지연의 상태를 방심한 채 즐기고 있었다는 말이 된다) 내게 예기치 않은 일이 조심스럽게 발생했다. 삶이란 아무리 낮게 엎드려 있어도 때로 조사관처럼 어떤 응답을 요구해오게 마련인가보다. 비록 내가 원하던 바가 아닐지라도 서둘러 무슨 신호를 보내야만 할 때가 있는 법인가보다. 한데 이런 종류의 일은 대개가 무표정하게, 뒤에서 허를 찌르며 무슨 전조처럼 다가오곤 한다.

토요일이었다. 퇴근 무렵이 되었을 때 함께 근무하는 사서 중의 한 여자가 내게로 다가왔다. 늘 그랬듯이 지극히 일상적이고 사무적인 태도였다. 그녀는 반환해 들어온 책을 정리하고 있던 내 옆에 소리없이 의자를 끌어당겨 앉았다(얼마나 자주 그런 식으로 내 옆에 와 앉았던고). 그녀는 무덤덤한 표정으로 내 일이 끝날 때까지 가만히 앉아 있었다. 아무리 급한 일이 있어도 그녀는 상대방이 일을 하고 있는 동안에는 끝까지 기다리는 여자였다. 얼마 후 내가 일을 정리하고 일어나 옷걸이에서 외투를 집어드는데 그녀가 대수롭지 않은 투로 내게 이런 말을 던져왔다.

"오후에 별일 없으면 저와 데이트 좀 해요."

데이트? 하고 반사적으로 되받으며 나는 그녀를 돌아보았다. 상대의 의향을 묻는 것도, 동의를 구하는 것도, 그렇다고 강요를 하는 것도 아닌 묘한 말투였다. 표정도 시큰둥하기만 했다. 내가 이내 대답을 못하고 있자 그녀의 눈빛이 초점을 잃고 잠시 흔들렸다.

"놀라셨어요?"

놀랐다기보다는 상대방의 진심을 헤아리고 있는 중이었다. 데이트라는 말 자체가 어쩐지 생소하게 들렸던 것이다. 하지만 그녀의 얼굴에서 여자가 먼저 남자에게 데이트를 신청할 때 엿보이는 부끄러움이나 떨림 따위는 찾아보기가 힘들었다. 그렇다고 정말 아무 표정이 없다, 라고 말할 수도 없었다. 나는 얼마간 혼란스러운 상태에서 그러자고 고개를 끄덕였다. 가끔 그랬듯이 함께 식사나 하자는 거겠지.

그녀와 나는 시내로 나가 레스토랑에서 늦은 점심식사를 했다. 둘이서만 만나 시내까지 나온 것은 이번이 처음이었다. 허나 장소만 옮겨졌을 뿐으로 여느 날과 달리 느껴지는 것은 별로 없었

다. 적어도 겉으로는 그랬다. 얼마간 곤두서 있던 신경도 한 시간
쯤이 지나서는 토요일 오후처럼 느슨하게 풀어져버렸다.

한데 기이하게도 그때의 기억이 아직도 내 뇌리에 생생하게 각
인돼 있다. 포크와 나이프를 쓰고 있던 그녀의 손동작 하나하나,
귀고리는 그만두고 이미테이션 목걸이 하나 걸려 있지 않아 사뭇
썰렁해 보이는 목덜미, 화장기조차 없는 밋밋한 얼굴, 담뱃불에
한쪽 모서리가 지져진 붉은 식탁보, 대나무 모양의 커피잔, 접시
에 깔끔하게 반쯤 남긴 비프커틀릿, 그녀가 입었던 단색의 회색
재킷, 누가 보거나 말거나 옆자리에서 입을 맞추고 있던 이십대
초반의 남녀, 그들의 소곤거림 혹은 숨죽인 웃음소리…… 왜 이
런 먼지 같은 기억들이 내 무의식의 점막에 그토록 완강히 달라
붙어 있는지 모르겠다. 그녀의 마음속에 내가 미처 생각지도 못
했던 감정이 도사리고 있어 나를 흡인하고 있었던 걸까. 사이사
이 나는 등이 가려운 사람처럼 몸을 비틀어대고 있었다. 말로는
미처 설명할 수 없는 기묘한 빛깔의 그림자가 언뜻언뜻 그녀의
얼굴에 드러났다가 사라지곤 하는 것을 나는 조용히 지켜보고 있
었다. 그녀는 내게 무언가를 열심히 전달하려 애쓰고 있는 듯했
다. 그러나 그게 무엇인지는 뚜렷이 알 수 없었다. 그런 느낌만을
가지고 상대의 마음이 어떻다고 섣불리 판단할 수는 없는 일이었
다. 설혹 상대의 마음이 어떻다 하더라도 그다음엔 또 내 마음이
라는 게 남아 있었다. 나는 한 번도 그녀에 대해 직장동료 이상의

감정을 가져본 적이 없었다.

김은애金銀愛······ 이렇게 말해놓고 나니 어쩐지 새삼스럽다. 훗날 나는 이 여자에 대해 아주 각별한 감정을 품게 된다. 그때 내 어찌 그런 일을 짐작인들 했으랴. 나보다 한 살이 많은 여자였다. 노처녀라곤 할 수 없었지만 왠지 그녀의 주변엔 사람이 없어 보였다. 쌍둥이로 태어나 다른 한쪽에 자신의 반을 빼앗기고 사는 여자 같았다. 그것이 외아들인 나와 어딘가 모르게 비슷하면서도 한편으론 완전히 다르게 느껴지는 점이었다.

그녀의 눈빛은 얼마간 권태로워 보였고 왠지 지친 듯한 표정을 하고 있었다. 옷차림새는 언제나 깔끔했으나 매일 이것저것 바꿔 입는 스타일은 아니었다. 그것도 남의 눈에 띄기 쉬운 밝은 계통의 단색은 피해 입었다. 안 그래도 식당에 가는 일이 있으면 그녀는 메뉴판을 보는 시늉조차 하지 않고 매번 설렁탕요, 김치찌개요, 하고 귀찮은 듯 내뱉곤 했다. 노숙한 것인지, 그녀는 실제 나이보다 몇 살이나 더 많이 들어 보였다. 어떤 땐 남몰래 애까지 낳고 사는 여자는 아닌가 하는 의구심마저 불러일으켰다. 무슨 일에 싫증을 내거나 직접적으로 불만을 표시하는 경우는 없었으나 그 이면에는 벌써부터 사람에게 흥미를 잃어버린 권태로움이 굳은살처럼 박혀 있었다. 그녀를 보고 있으면 벽에 걸려 있는 철 지난 달력이 생각나곤 했다. 하지만 그녀는 그런 자신을 완벽하리만치 철저하게 숨기고 있었다. 나이 때문에 눈가에 어쩔 수 없이 생긴 잔주름(하지만 화장으로 얼마든지 감출 수 있는)을 감안하더라도 잘 뜯어보면 확실히 미인에 속하는 여자라는 걸 무엇보다도 자신이 잘 알고 있었을 텐데 말이다. 여자에게 있어서 외모야말로 나이를 상쇄시킬 수 있는 유일한 무기가 아닌가.

오후 세시가 되어 그녀와 나는 극장에 가서 영화를 보았다. 시시한 할리우드 영화였다. 그리고 다섯시경에 백화점에 가서 일층부터 십층까지 순례했다. 무얼 사는 줄 알고 따라왔더니 두 시간 동안 구두매장, 숙녀복매장, 액세서리매장, 화장품매장, 심지어는 가구, 그릇매장까지 죄 훑어보고는 빈손으로 도로 아래층으로 내려왔다. 그렇다고 구경 삼아 온 것만도 아닌 듯했다. 참으로 맥빠진 토요일 오후였다. 일층 현관문 쪽으로 걸어가면서 그녀가 넥타이를 하나 선물하고 싶다고 말했으나 아무래도 건성으로 들려 나는 사양하고 말았다. 솔직히 말하면 그만 헤어져 집으로 돌아가고 싶은 생각이 간절했다. 하도 답답하길래, 저녁 대신 생맥주를 한잔하는 게 어떻겠냐고 제의한 것도 분명 나였다.

그녀와 나는 백화점 지하에 있는 맥줏집으로 내려갔다. 그리고 빈자리를 찾느라고 여기저기를 두리번거리고 있는 사이 저쪽 어딘가에서 누가 우리를 부르는 소리가 들려왔다. 아니, 우리가 아니었다. 공교롭게도 김은애와 안면이 있는 사람들이 거기서 술을 마시고 있었던 것이다. 그러나 그게 우연한 일이 아니었다는 것을 깨달은 것은 그들과 합석해 불과 오 분도 지나지 않아서였다.

그녀는 이미 그들과 거기서 약속이 돼 있었던 것이다. 그들이 김은애를 알아보고 또한 김은애가 그들을 알아보는 순간에, 나는 차라리 잘됐다 싶어 자리를 모면하고 집으로 돌아갈 양이었다. 하지만 그들은 나라는 존재의 출현까지도 아주 당연하게 받아들이고 있었다. 쉽게 말하면 김은애에게 동행이 있다는 사실까지 진작부터 알고 있었다. 자리가 두 개 비어 있었고 빈 맥주잔도 또한 두 개였고 포크와 젓가락도 두 개씩이 냅킨에 싸인 채 탁자 위에 놓여 있었다. 흘끗 김은애를 쳐다보았지만 그녀는 태연한 얼굴로 술잔만 만지작거리고 있었다.

그녀는 왜 나를 여기까지 데려온 것일까. 미리 양해도 구하지 않고.

그들, 이라고 해봐야 셋이 전부였다. 내 앞에는 구레나룻과 턱수염을 까맣게 기른 삼십대 후반의 남자가 앉아 있었는데 건축설계사무소에서 일하는 사람이라고 했다. 그 옆에는 대체 무얼 하는 사람인지 모르겠는 외모와 복장을 한, 역시 비슷한 나이의 야윈 남자가 앉아 있었다. 무뚝뚝한 사람이었다. 악수를 하면서도 제 이름조차 밝히지 않았다. 나중에 알고 보니 귀금속세공사라는 좀 특이한 직업을 가지고 있었다. 하지만 건축가 오른쪽 자리에 싸구려 인형처럼 앉아 있는 이십대 중반의 여자는 귀금속세공사보다 더 독특하고 이질적인 모습을 하고 있었다. 기묘한 느낌을 주는 여자였다. 그녀는 분명 일행 중의 한 사람이었지만 그들과는 전혀 상관이 없는 얼굴을 하고 있었다. 켜놓긴 했으되, 볼륨을 줄여놓고는 누구도 쳐다보지 않는 흑백텔레비전처럼 그녀는 완전히 소외된 채로 앉아 있었다. 누구 하나 그녀에게 주의를 기울이거나 말을 거는 일이 없었으며 그녀 또한 그들의 대화에 애써 끼어들려는 의사조차 없어 보였다. 김은애도 그녀와는 초면인 듯했다.

술잔이 몇 순배 돌게 될 때까지도 나는 그들이 만나 술을 마시는 이유를 모르고 있었다. 종잡을 수 없는 사람들이었다. 서로 겉돌기만 하는 대화를 듣고 있자니 수화를 나누고 있는 벙어리들 틈에 끼여앉아 있는 기분이 들었다. 기껏해야 숙맥인 나까지도 어디서 들은 적이 있는 진부한 음담패설이거나, 시내 극장에서 상영중인 영화(맙소사, 아까 김은애와 본 영화도 있었다) 얘기나, 시시껄렁한 소설과 대중음악에 관한 일반적인 담론, 그리고 얼마 전에 외국 어디를 다녀왔는데 하는 식의 진부한 얘기들이었다. 어째서 토요일 오후에, 그것도 백화점 지하의 비싼 맥줏집에 앉아. 날마다 지하철이나 버스 안에서 들을 수 있는 얘기들을 나누고 있어야 하는 걸까. 사람들은 서로 지루함을 견디기 위해 만나기도 하는가보다.

시간이 지나면서 나는 그들의 표정이나 몸짓, 말투에서 하나의 유사한 점을 발견하고 있었다. 그들은 한결같이 밖으로 뛰쳐나가고 싶은 욕구를 간신히 참고 있는 사람들 같았다. 말하자면 그렇게 겉도는 대화를 통해 각자의 의사를 전달하고 모종의 동의를 구하고 있다는 것을 나는 어렴풋이 눈치챘다. 그들은 차마 입 밖에 꺼내기 힘든 자기 자신에 대한 불만을 거침없이 쏟아내고 있었다. 대각선 방향에 마주 앉아 있는 흑백텔레비전과 나는 그저 무의미한 방관자로 이따금씩 술잔만 기울이고 있었다. 김은애와 건축가 그리고 귀금속세공사가 그런저런 분위기의 틀을 형성해 나가고 있는 동안에 영락없이 나도 볼륨을 죽인 텔레비전 신세로 전락해 있었던 것이다. 김은애도 그런 나를 수수방관하기는 마찬가지였다. 어쩌다 내가 이런 자리에 끼게 되었는지 한심스럽기조차 했다. 아무려나 그 답답한 술자리는 또 그런대로의 분위기를 형성해가면서 엉뚱한 방향으로 흘러가기 시작했다. 우리 양수리로 자리를 옮겨 마실까? 라고 먼저 툭 내뱉은 것은 수염만 빼놓고는 온통 얼굴이 불그죽죽하게 변한 건축가였다.

"재작년에 거기 무드리라는 데서 한 달간 술 마시며 지냈거든. 배 타고 들어가는 데라 지금 거기까지는 못 가겠지만 근처에 민박을 얻어놓고 마시면 되잖겠어? 술 마시다 새벽에 강으로 안개나 보러 나가자구. 양떼처럼 몰려드는 저 도원의 젖빛 안개!"

이렇게 주절주절 늘어놓으며 그는 여태까지 거들떠보지도 않던 흑백텔레비전의 어깨를 손바닥으로 탁 내리쳤다. 그녀는 몽롱한 얼굴로 목에 스프링이 달린 인형처럼 고개만 두어 번 끄덕였다. 이 밤에 양수리라니. 승용차로 족히 한 시간은 걸릴 텐데. 그런데다 지금은 음주 상태가 아닌가. 아무려면 농담이겠지. 그러나 곧바로 김은애가 장단을 맞추고 들었다.

"그거 괜찮겠네요. 하지만 토요일이라 민박인들 어디 남아 있겠어요? 러브호텔은 평일에도 예약이 아니면 꿈도 못 꾼대요."

내 귀에 수은처럼 흘러들던 그녀의 저 낯설었던 말투. 항상 무미건조하게만 보였던 그녀의 내면 그 어디에 저런 구석이 도사리고 있었던 걸까. 분위기에 휩쓸려 그냥 해본 소리겠지. 나는 짐짓 고개를 외틀고 담배에 불을 붙이는 시늉을 했다. 그런가? 하고 구레나룻이 맥 빠진 소리로 되받자 귀금속세공사가 슬쩍 끼어들었다. 그는 꽤 마셨다고 생각되는데도 술기운이 전혀 얼굴에 드러나 있지 않았다. 하지만 발음이 틀니에서 새나오는 소리처럼 어딘가 모르게 굳어 있었다.

"내친김에 경포대로 해서 대포항에서 오징어회나 한 접시 먹고 내설악으로 빠지든지. 아침에 미시령으로 넘어오면 되잖아."

이 말이 끝나기가 무섭게 김은애가 내 얼굴을 쳐다보며 어때요? 라고 충혈된 눈으로 물어왔다. 그 압도적인 분위기 속에서 나는 안 돼, 라는 말을 못하고 글쎄…… 라고 말꼬리를 흐렸다. 그녀가 진심으로 하는 말인지부터 알고 싶었다.

"왜요, 싫으세요?"

그러자 나머지 세 사람의 시선이 한꺼번에 나에게로 몰려들었다.

118

"싫다기보다는 자리도 비좁을 텐데 초면에 염치가 없다는 거죠. 그렇잖아도 불청객 신세인데."

이렇게 틈을 보인 것이 또 실수라면 실수였다. 당장엔 판이 깨지더라노 내 감정에 솔직해야 결국엔 상대방도 편하게 된다는 것을 알면서도 말이다. 아닌 게 아니라 구레나룻이 걸쭉한 입담으로 나를 몰아세웠다.

"그런 이유라면 접수 못하겠습니다. 왜냐하면 첫째, 남정네끼리가 아니니까 자리는 비좁을수록 화기애애할 것이고 둘째, 여기엔 초면인 사람이 셋이나 있으니 상관없고 셋째, 불청객에게도 트렁크는 임대해주는 게 우리 관례니까 말입니다."

"에브리씽 오케이, 위 해브 투 고우."

"그럼 나가서 뭘 좀 먹어두자구. 강릉까지 운전하고 가려면 듬뿍 먹어놔야지. 휴게소에서 가락국수 먹는 것 가지고는 어림도 없겠어."

그들은 건축가가 가지고 온 승용차를 이용하기로 하고 자리를 훌훌 털고 일어섰다. 귀금속세공사가 교대로 운전을 하기로 했다. 아차 싶었지만 누굴 붙잡고 하소연할 수도 없어 나는 하는 수 없이 그들을 따라 꾸물꾸물 일어섰다. 살다보니 이런 일도 있는 것이로구나 싶었지만 솔직히 말해 나는 그들과 동행하고 싶은 생각이 없었다. 그들이 진심으로 나와 동행하고 싶은지의 여부도 알 수 없으려니와 계획도 없이 강릉까지 가서 술타령을 한다는 것이 왠지 내키지가 않았다. 그런 생각을 하면서도 나는 그들을 따라 음식점에 들어가 삼겹살과 소주 몇 잔을 더 마셨고 그동안에 손목시계를 두어 번 훔쳐보았다. 얼추 열한시가 가까워지고 있었다. 밖에서는 음울한 소리를 내며 가을비가 하염없이 쏟아져 내리고 있었다. 한 무리의 도주자들 틈에 끼여 있는 듯한 기분에 사로잡혀 나는 내 바로 맞은편에 앉아 맹한 눈으로 창밖을 내다보고 있는 흑백텔레비전을 바라보았다.

그날 나는 그들 일행과 동행하지 못했다. 강릉까지 가는 일을 추상적으로 받아들이고 있던 탓도 있었으나, 따지고 보면 꼭 그런 것만도 아니었다. 어쩌다보니 중간에 그들 일행을 놓쳐버리고 말았던 것이다. 그러니까 2차로 간 음식점에서 우르르 몰려나와 주차장도 아닌 어디 주택가 골목에 세워놓은 승용차를 찾으러 가는 도중에 건축가가 여기들 있어, 내가 찾아서 몰고 나올게 하며 나머지 일행을 떨어뜨려놓았고 귀금속세공사와 김은애가 카세트테이프와 음료수라도 사야겠다고 하며 편의점을 찾아 잠깐 사라진 다음, 흑백텔레비전과 나는 그 돌연한 어둠 속에서 비를 맞으며 멀뚱하게 서 있다가 머쓱한 기분이 들어 골목 입구로 주춤주춤 걸어나왔다. 그러고는 남의 집 처마 밑에서 그들이 오기를 기다리고 있었다. 그런데 거의 이십 분을 기다려도 그들은 나타나지 않았다. 차를 가지러 갔던 사람, 편의점에 갔던 사람들 모두가 훌쩍 증발이라도 된 것 같았다. 비를 긋기 위해 화강암 건물의 차가운 담벼락에 몸을 붙이고 도둑처럼 서 있던 흑백텔레비전과 나는 이윽고 서로의 얼굴을 슬쩍 쳐다보고 나서 아까 그들과 갈라졌던 골목 안으로 슬금슬금 걸어들어갔다. 그리고 일행이 산개했던 지점으로 놀아왔을 때 나는 그들이 이미 떠나버렸다는 사실을 알았다. 술자리의 끝이 대개 이렇다는 것은 나도 알고 있던 터라, 나는 이내 마음을 추스르고 집으로 돌아갈 요량으로 미련 없이 골목을 돌아나왔다. 비에 젖은 추레한 몰골로 유흥업소가 즐비하게 늘어서 있는 도로로 나와서 나는 문득 골목에 두고 온 여자가 생각나 뒤를 돌아다보았다.

그녀는 서너 걸음 떨어진 뒤에서 나를 따라오고 있었다. 머리칼이 얼굴에 달라붙어 있었고 어깨까지 부들부들 떨고 있었다. 기하학적 무늬가 수놓인 모직 윗도리가 헐렁하게 둔부 아래까지 내려가 있었다. 어깨에 걸린 것도, 손에 든 것도 없는 단출한 낡은 청바지 차림이었다. 꼭 재수생처럼 보였다. 그녀는 걸음을 멈춘 채 퀭한 눈으로 지나가는 차를 바라보고 있었다. 나를 비껴지나가거나 하는 일도 없이 그저 그렇게. 술자리 동행이긴 했으나 나는 그녀의 이름도 모르고 있는 처지였으므로 선뜻 말을 건넬 형편도 아니었다.

그 흑백텔레비전은 아무도 보아줄 리 없는데, 왜 아직까지 푸른빛을 발하며 낯선 거리에서 비를 맞고 있었을까.

어떤 말도 없이 나는 발걸음을 조금 늦춰 다시 걷기 시작했고 그녀는 내가 늦춘 속도만큼 걸음을 빨리해 천천히 내 옆으로 다가왔다. 그녀와 나는 우산도 없이 나란히 빗속을 걸어갔다. 단지 헤어지기 위해 만난 연인들처럼. 약 백 미터쯤. 멀리 흐린 빛으로 명멸하고 있는 교외의 불빛들이 약간의 흥분으로 몽롱하게 풀어진 내 눈동자에 비쳐들고 있었다. 내 전에 누구와 이렇게 비 내리는 밤길을 걸어봤던가. 그래, 그런 일은 한 번도 없었지. 어쨌든 조금은 설레고 조금은 달콤하고 또 조금은 춥고 서글픈 마음……

그녀와 나는 야식집에 앉아 닭볶음탕을 버너에 올려놓고 차디찬 맥주를 마셨다. 그리고 첫 잔에 술을 따르며 그녀의 이름을 듣는 순간 나는 전혀 생각지도 못했던 기억을 떠올리고 있었다. 누군가에 의해서 일깨워지지 않았더라면 영원히 내게서 사라져버리고 말았을 아주 엉뚱하고 새삼스런 기억 하나가 그녀의 이름을 듣자마자 선명하게 눈앞에 나타났던 것이다. 이를테면 비스듬히 내려앉은 기와지붕, 페인트칠이 벗겨져나간 간판, 삐걱거리는 대문, 마당의 사철나무 한 그루……

그녀는 서하숙이란 이름을 가지고 있었다. 안 그래도 사람의 성격이란 제 이름과 외모에 의해 절대적인 영향을 받게 마련이다. 바꿔 말하면 이름이나 외모가 그 사람의 성격 자체를 규정짓기도 한다는 얘기다.

"언젠가 버스를 타고 남도 여행을 하는 도중 '기러기 하숙'이란 간판을 본 적이 있었죠. 요즘엔 하숙집 간판을 본다는 게 드문 일 아닙니까."

물론 여기서 말하는 하숙이란 말 그대로 하숙집이 아니라, 여행객을 위한 싸구려 여인숙을 뜻하는 것이었다. 이름만 가지고는 물론 이렇게까지 생각하지 않았을 터였다. 안된 얘기지만 그녀의 외모에서 풍기는 분위기가 나로 하여금 영락없이 낡은 하숙집 풍경을 떠올리게 했던 것이다. 내 입에서 불쑥 튀어나온 이 말을 그녀는 쉽게 알아듣지 못했다.

"끄덕끄덕 졸다 부지불식간에 깨어 차창 밖을 내다봤는데 그 하숙집 간판이 눈에 들어왔던 겁니다."

그녀는 여전히 맹한 눈으로 나를 바라보았다.

"안 그래 보이는데 응큼하네요."

나도 얼른 그녀의 말을 알아듣지 못했지만 그게 무슨 뜻인지를 깨닫고는 나도 모르게 얼굴이 붉어졌다. 아무리 그래도 숙녀한테 할 소리가 따로 있지. 어쨌든 변명 따위를 못하고 나는 응큼한 사내인 채로 닭볶음탕만 젓가락으로 휘휘 저어대고 있었다. 그녀는 신기할 정도로 뼈를 골라내는 일에만 열중하고 있었다.

"아까 누구와 함께 왔던 겁니까?"

꼭 물어볼 필요는 없는 말이었지만 나는 데면데면한 느낌이 들어 그냥 나오는 대로 내뱉었다. 젓가락으로 닭 모가지의 살을 발라 먹고 있던 그녀가 나를 쳐다보지도 않고 냉큼 대꾸했다.

"누구와 함께라뇨? 그냥 묻어서 온 거죠. 술자리라는 게 다 서로 묻어서 오고 그러는 거 아녜요?"

대답을 피하고 싶었던지 그녀는 요리조리 말머리를 돌렸다.

"도서관에 있으면 책은 실컷 읽겠네요?"

"반드시 그런 것도 아니죠. 농부라고 해서, 어부라고 해서 쌀과 고기를 실컷 먹는 것은 아닐 테니까요."

"하긴 술장사를 한다고 해서 술을 실컷 먹는 것도 아니겠죠."

맹랑한 것인지 단순한 것인지 영 분간하기가 힘들었다.

"실례지만 무슨 일 해요?"

"무슨 일 하다뇨? 그게 무슨 말이에요?"

"가령 직장 같은 거 말입니다."

"아아 그거요? 하지만 그게 그렇게 중요해요?"

눈을 반짝 뜨며 사뭇 신경질적인 어조로 그녀가 반문했다.

"아니, 그냥 궁금해서 물어본 것뿐이에요."

"정 궁금하시면 다음에 말해줄게요. 지금은 어중간한 상태라 놔서."

이 나이가 되도록 나는 이렇게 밤늦게까지 여자와 단둘이 술을 마신 적이 없었다. 이른바 연애라는 것도 해보지 못했다. 하지만 이런 식이라면 앞으로도 나는 연애에 대해 별 흥미를 갖지 못할 것 같았다. 물론 경험이 쌓이다보면 나름대로 방식이라는 것을 터득하겠지. 하지만 그때까지 겪어야 할 시행착오를 생각하면 역시 혼자인 상태가 그래도 나을 듯싶었다. 결혼? 그거라면 맞선이라는 편리한 방법이 있다. 연애라는 걸 하기 위해 자정이 넘게까지 마주 앉아 이런 흰소리나 지껄이며 닭뼈를 바르는 일은 체질 개선을 하지 않는 한 당분간 어려울 것 같다. 할말은 턱없이 부족한데 그렇다고 줄곧 입을 다물고 있을 수도 없다. 이 무슨 어처구니없는 짓인가.

"……그럼 집은 어느 쪽이죠?"

"댁은 어디신데요?"

"마포예요. 여기서 택시 타면 기본요금밖에 안 나오는 거리죠."

"저도 비슷해요."

"마포란 말입니까?"

"아뇨, 저도 택시 타면 금방이라구요."

나는 세 병밖에 시키지 않은 맥주가 반이 넘게 남았는데도 벌써부터 안절부절못하고 있었다. 참으로 여러 가지가 고역이었다. 그런데다 소변이 마려운데도 맛있게 안주를 먹고 있는 그녀에게 화장실에 다녀오겠단 말을 할 수가 없어 나는 아까부터 참고 있는 중이었다.

"아까 같이 왔던 여자, 애인이에요?"

두루마리화장지를 풀어 양념 묻은 입술을 닦으며 이번에는 그녀가 물어왔다. 나는 목 빠진 닭처럼 고개를 흔들어댔다.

"아니란 말이에요?"

"직장동료예요. 누군지 몰라도 아마 애인이 있겠죠."

"그런데 왜 같이 다녀요?"

"네? 그건 아가씨도 마찬가지잖아요. 그중에 애인이 있었어요?"

"솔직히 아니라고 하면 거짓말이겠죠. 하지만 꼭 그런 것도 아니예요."

"무슨 뜻이죠?"

"애인 노릇을 한다고 해서 진짜 애인인 건 아니잖아요."

그게 또 무슨 말이냐고 물으려다 나는 불길한(?) 예감이 들어 입을 다물고 말았다. 암만해도 모르겠는 사람이었다.

한시가 돼서야 그녀와 나는 야식집에서 나왔다. 이내 간다고 할 줄 알았는데 밖에 나와서도 그녀는 좀체 그러겠단 말이 없었다. 그녀와 나는 도로를 오른쪽에 두고 보도를 따라 마포 방향으로 무작정 걸어내려갔다. 비는 자정이 지나면서부터 더욱 거세게 퍼붓고 있었다. 보도 왼쪽엔 공사중인지 거대한 콘크리트 원통이 여기저기 굴러 있었다. 비가 내리는 깊은 밤에 어울리는 풍경이다, 라고 염불을 외듯 중얼거리고 있는 사이에 나는 그녀가 내옆에서 사라졌다는 걸 깨달았다. 나는 우뚝 걸음을 멈추고 빈 도로와 공사장의 캄캄한 어둠 속을 두리번거렸다. 아, 갔구나. 가령애인이 아닌 사이는 이런 식으로 헤어지는 것이로구나.

그러나 아니었다. 그녀는 공사장에 쌓여 있는 원통 하수관 안에 들어가 있었다. 나는 긴가민가하는 심정으로 하수관 앞으로 주춤주춤 다가갔다. 그녀는 그 안에서 물끄러미 나를 바라보고 있었다. 뭐란 말도 없이. 내 머리 위로 빗방울이 사선을 그으며 거침없이 듣고 있었다.

나는 그녀와 함께 하수관 안에 서 있었다. 거기다 그녀를 놔두고 갈 수가 없었기 때문이었다. 그녀와 나는 오래오래 입을 다물고 다만 눈앞에 쏟아져내리고 있는 유령 같은 빗발만 쳐다보고 있었다. 그 원형의 습한 공간은 퀴퀴한 시멘트 냄새로 가득차 있었다. 시간이 발밑에 물줄기를 내며 소리없이 공사장을 빠져나가고 있었다.

도로 저쪽에서, 우산을 받쳐들지 않은 사내 하나가 우리가 숨어 있는 곳을 아득히 바라보며 서툰 걸음새로 지나가고 있었다.

오늘밤, 비는 서쪽 하숙집 기와지붕에도 내리고 있는 것일까.

덜덜 떨리는 손으로 나는 담배를 찾아 물었다. 불을 켜자, 빛이 둥그렇게 휘말리며 콘크리트 안쪽의 미세한 기포 구멍을 드러냈다. 그녀의 그림자가 불빛을 따라 내 옆에서 마구 흔들렸다. 성냥불을 끄자 그제야 그녀가 목쉰 소리로 속삭였다.

"담배 피우면 들켜요. 우리가 여기 있다는 걸 모두가 알게 될 거예요."

나는 담뱃불을 빗속에 던져 껐다.

강물이 흘러가듯, 또 일 분, 이 분, 삼 분이 지나갔다. 이런 추운 꿈은 처음이야, 라고 나는 입엣말로 웅얼거리고 있었다.

"의외로 아늑하네요. 기러기 하숙같이 말이에요."

그녀의 목소리가 원통 속에서 기묘하게 꿈틀거리며 울려퍼졌다. 나는 옆으로 넘어질 것만 같았다. 꿈에도 생각지 않았던 정념 아니 성욕이, 한순간 애타게, 나를 몰아치고 있었다. 안 되겠다 싶어 나는 손목시계의 형광 바늘이 정각 두시를 가리키기를 기다려 밖으로 나왔다.

빗속으로 나서는 내 등에다 대고 그녀가 목 아픈 소리를 내뱉었다.

"이러려고 한 시간 동안이나 여기 서 있었던 거예요?"

"!……"

못 들은 척 나는 내처 빗속으로 갔다.

"관둬요. 치사하게. 하지만 언젠가 또 만나게 될 거예요. 분명히 그럴 거니까 기억해두시라구요."

나는 뒤에 남겨진 그녀의 어둑한 모습을 눈앞에 보며 곧장 앞으로 나아갔다.

3

월요일 아침에 김은애는 지각을 했다. 나와 같이 근무하는 동안에는 한 번도 없던 일이었다. 김은애뿐만 아니라, 시립도서관

직원 누구도 연장근무나 야근을 안 하는 대신 지각을 하는 경우는 거의 없었다. 오전 내내 비어 있는 왼쪽 건너편 의자를 문득문득 바라보면서 나는 차츰 불편한 마음이 되어갔다. 특별한 이유 같은 긴 없었다. 하지만 마음이 불편한 것만큼은 어쨌든 사실이었다.

정오가 다 돼서야 그녀는 부스스한 얼굴로 출근해 관장실에 먼저 들어갔다 나왔다. 그녀가 거기서 나오기까지 약 오 분 동안 나는 희디흰 공백 상태로 눈을 감고 앉아 있었다. 잠시 후 그녀가 바바리코트를 벗어 옷걸이에 걸고는 제자리에 가 앉았다. 그녀가 조금 흐트러진 동작으로 커피잔을 들고 일을 하는 척하며 내 옆에 와 앉을 때서야 나는 그녀가 집에서 출근한 게 아니라는 사실을 깨달았다. 토요일에 입었던 그 옷차림 때문이 아니었다. 그녀의 모습은 구겼던 종이를 다시 펴놓았을 때처럼 여기저기에 비일상적인 흔적을 남기고 있었다. 방금 자판기에서 빼온 종이컵 표면에 커피가 한 줄기 흘러넘쳐 바닥에 고이고 있었다.

"토요일엔 먼저 가셨데요?"

혼잣말인 듯, 그녀가 노란 도서목록 카드를 책상 위에 늘어놓으며 그렇게 말했다. 나는 대답을 못하고 건성으로 고개만 끄덕였다. 그녀가 도로 자리에서 일어나 컴퓨터를 켜고, 잊었던 듯 핸드백에서 빗을 꺼내 머리를 손질하고 있을 때서야 나는 그녀의 얼굴을 쳐다보았다.

"양양에서 오는 길이에요. 아침 여덟시 비행기를 탔구요. 구름 위에 앉아 끄덕끄덕 졸면서 무슨 생각 했는지 아세요?"

"……"

나머지 일행은 일요일 저녁에 먼저 서울로 올라오고 그녀는 속 초에서 하루를 더 보냈다는 이야기였다. 그러나 그녀가 구름 위 에서 무슨 생각을 했는가는 끝내 말하지 않았다.

"가을휴가를 다녀온 셈이군요."

그녀는 내 말에 대꾸가 없었다.

"강릉으로 가는 밤에 앞자리에 앉아 줄곧 백미러를 쳐다보고 있었어요. 뒷전으로 떠밀려가고 있는 어둠을 말이에요. 그러면서 세상의 끝으로 달려가고 있구나 생각했죠. 봄도 여름도 가을도 겨울도 없는 세상 말이에요."

그 시간에 나는 무얼 하고 있었지? 그래, 재수생 같은 여자를 만나 하수관 안에 서 있었다. 아마도 김은애는 그걸 묻고 있었던 것이리라. 그러나 그녀는 더이상 다른 말이 없었다. 그날 강릉까 지 함께 갔던 일행에 관해서도, 그들과의 관계에 대해서도 덧붙 이는 말이 없었다. 물론 내게 그럴 필요가 없었을지도 모른다. 하 지만 그때에도 내게는 풀 길 없는 의문 하나가 남아 있었다. 지난 토요일, 그들을 만나는 자리에 왜 나를 데려갔는가 하는 의문 말 이다. 허나 그런 의문도 그냥 의문인 채로 남겨두어야만 했다.

그녀의 저 굳게 닫혀진 문 안에는 과연 어떤 세상이 존재하고 있는 것일까.

있었거나, 혹은 없었어도 상관없는 것처럼 그날의 일은 내게 비현실적인 기억만을 남긴 채 사라져갔다. 예전처럼 김은애와 나는 사심 없는 동료로 서로를 대했으며 가끔은 함께 점심을 먹거나 복도에 앉아 창틀로 흐릿하게 건너가고 있는 햇살을 바라보며 커피를 마시거나 혹은 직장일에 관한 건조한 얘기를 주고받으며 지냈다. 그녀는 일 년에 한 번도 대출이 되지 않는 책과도 같았다. 문득 먼지를 털어내고 책장을 넘기다보면 느닷없이 나타나는 빛바랜 백지.

4

그렇게 시간이 백지인 양 흘러가고, 내게 아무 일도 일어나지 않고 있다는 긴 안도감이 일종의 권태를 동반한 조바심으로 바뀌어갈 무렵 한 여자가 불쑥 도서관으로 나를 찾아왔다. 그야말로 '불쑥'이었다. 입동, 소설이 지나고 대설이 찾아왔건만 두고두고 첫눈은 오지 않을 듯 매운 날만 지루하게 계속되고 있던 어느 날의 오후였다. 책상에 고개를 박고 앉아 방금 들어온 신간의 목록표를 만들고 있는데 누군가가 내 머리맡 대출창구를 톡톡 쳤다. 도서관 직원은 아니었다. 책을 대출받기 위해 찾아온 학생이라면

더군다나 그럴 리가 없었다. 그 노크 소리는 바로 나를 개인적으로 알고 있는 외래객이 내 머리맡에 와 있다는 증거요 신호였다. 히뜩, 고개를 들다 말고 나는 대출창구의 유리창에 얼비치고 있는 옷자락부터 훔쳐보고 있었다. 여자였다. 듬성듬성 피에로 무늬가 화려하게 박혀 있는 아이보리색 코트였다. 코트는 반뼘쯤의 사이를 두고 좌우로 열려 있었으며 코트 안으로 붉은빛 스웨터가 들여다보였다. 나는 코트 자락의 미세한 흔들림을 바라보며 조용히 숨을 가다듬고 있었다. 반달형의 대출창구 안으로 화장품 냄새가 진하게 스며들고 있었다. 머리맡에서 다시 노크 소리가 들려왔다. 딱, 딱!

나는 그녀를 알아보는 데 한참이 걸렸다. 사람이 사람을 알아보는 데 필요한 시간이라는 것은 사실 찰나거나 순간이라고 봐야 옳다. 그런데 나는 거의 일 분간이나 그녀가 누구인지 알아보지 못하고 있었다. 눈에 익은 얼굴인 것만은 틀림없었다. 당연히 그럴 줄 알았다는 얼굴로 그녀는 빙글빙글 웃으며 오히려 그걸 즐기고 있는 듯한 모습이었다. 옆 건너편에 앉아 있는 김은애조차도 그녀가 누구임을 끝내 알지 못했으니까.

서하숙. 나는 그녀와 그렇게 두번째 만나게 된다. 전에도 그랬지만 어이없는 만남이었다. 그녀는 갑자기 졸부를 만나 결혼한 어린 처자 같은 행색을 하고 있었다. 암만 봐도 어울리지 않는 차림새였다. 미장원에 막 다녀왔는지 머리도 잔뜩 부풀려져 가발을 쓰고 있는 듯했다. 게다가 한껏 멋을 부린다고 요란스럽게 찍어 바른 얼굴의 화장도 남들이 보면 민망할 정도의 수준이었다. 무대를 잘못 찾아온 피에로 꼴이었다. 맙소사, 라고 입에서 튀어나오는 것을 간신히 참으며 너는 학생들 몇이 꾸벅꾸벅 졸고 앉아 있는 휴게실로 그녀를 데리고 갔다. 그녀가 신고 있는 부츠 밑바닥에서 요란한 소리가 나고 있었다.

"왜 그런 얼굴을 하고 있는 거죠? 제가 다시 만나게 될 거라고 했잖아요."

나는 얼른 표정을 거두고 하루 세 개비만 피우기로 한 담배를 거기서 한 개비 꺼내 물었다. 나는 담뱃불을 붙이는 척하면서 그녀의 머리부터 발끝까지를 다시 천천히 훑어보았다. 그야말로 가관이었다.

"왜, 저는 하수관 안에나 서 있어야 어울린단 거예요? 이렇게 하고 다니는 게 우습다는 거예요?"

"그렇다는 게 아니고 느닷없이 찾아와 당혹스러워서……"

"그럼 그냥 돌려보낼 건가요?"

이러지도 저러지도 못하는 사이 퇴근시간이 다 돼가고 있었다. 부러 시간을 맞춰 온 모양이었다. 별로 반가울 것도, 싫을 것도 없었지만 그래도 나를 찾아온 사람이 아니냐는 생각이 들어 나는 이십 분 뒤에 도서관 앞에서 그녀와 만나기로 하고 내 자리로 돌아왔다. 퇴근시간이 되어 자리에서 일어나는데, 김은애가 내 옆을 슬그머니 스치고 지나가며 내가 들으라는 것이 분명한 어조로 이렇게 말했다.

"참 독특한 취향을 갖고 계시네요. 그렇게 별난 사람을 좋아하시는 줄 미처 몰랐어요."

"……글쎄요."

서하숙은 도서관 앞에 택시를 잡아놓고 나를 기다리고 있었다. 오후 여섯시였지만 금세 날이 어두워지며 거리에 하나둘 네온사인이 들어오고 있었다. 택시가 무지갯빛 도심을 향해 질주해가는 동안에 나는 눈앞에 달려드는 시린 풍경만 생각 없이 바라보고 있었다. 그러다 내가 지금 어디로 가고 있는 것인가라는 생경한 의문이 들어 나는 허룩하게 느껴지는 옆을 슬쩍 돌아보았다. 그녀는 무슨 생각을 하는지 눈을 감고 조용히 앉아 있었다. 그러나 그게 아니었다. 그녀의 몸은 내 반대편으로 비스듬히 쓰러져 있었고 고개도 뒤로 삼십 도쯤 넘어가 있는 상태였다. 그녀는 새빨간 입술을 갓난애처럼 열어놓고 졸고 있는 중이었다.

택시는 여의도 63빌딩 앞에 가서 스르르 멈춰 섰다. 운전사가 다 왔어요 내려요, 하는 소리를 할 때도 그녀는 잠에서 깨어나지 않았다. 나는 어깨를 흔들어 그녀를 깨웠다.

"여기가 어디예요? ……63빌딩 맞아요?"

그녀는 택시에서 내려서도 방향감각을 잃고 허둥거렸다. 아직 잠이 덜 깼는지 걸음걸이마저 똑바르지가 못했다. 그러더니 대뜸 내 팔목을 거머쥐고 회전문을 통해 아이맥스 영화관이 있는 곳으로 들어갔다.

"빨리 가요. 전망대 관람시간이 몇시까진지 모르겠네."

"아니, 지금 전망대에 올라가려구요?"

"왜 싫으세요?"

싫고 좋고가 아니었다. 내둥 사람을 당황하게 만드는 통에 도대체 정신을 차릴 수가 없었다.

"지금 꼭 전망대에 올라가야 하는 겁니까?"

"그럼 뭐 해요? 벌써 저녁 먹어요? 아니면 초등학생이나 들어가는 아이맥스 영화관에 들어가요?"

더 대꾸해봐야 내 꼴만 우스웠다. 나는 표를 사는 그녀 뒤에 우두망찰 넋을 잃고 서서 졸지에 납치돼 온 사람처럼 주위를 둘러보고 있었다.

그러나 밤에, 이백사십구 미터나 되는 63빌딩 꼭대기에 올라와서 서울의 야경을 내려다보는 것은 의외로 멋진 일이었다. 어두웠으므로 관망 범위 내에 있는 인천 앞바다와 임진강 하류, 오두산, 강화도 마니산을 볼 수는 없었지만 나는 곧 마음이 차분하게 가라앉았다. 그렇게 서울의 밤을 내려다보고 있자니 얼마 전 도서관에서 미술서적을 정리하다 보게 된 제이 머슬러라는 유리공예가의 〈두시 풍경〉이란 작품이 떠올랐다. 그것은 소위 커트 기법으로 만들어진 노을빛의 둥그런 그릇 모양을 하고 있었는데 등립燈塔 위에 놓여진 듯 신비한 빛을 내뿜고 있었다. 도시의 야경을 형상화한 그 작품은 까만 은이빨처럼 생긴 고층빌딩들이 테두리를 따라 비죽비죽 솟아 있는 환상적인 모양을 하고 있었다. 노을빛 정적에 감싸여 있는 무섭도록 아름다운 작품이었다.

유리벽에 우두커니 기대어 서서 남산 쪽을 내려다보고 있는 그녀에게 나는 갑자기 제이 머슬러의 〈도시 풍경〉을 말해주고 싶다는 생각이 들었다. 하지만 그녀가 서 있는 곳으로 다가가면서 나는 그녀에게 그런 말을 하기보다는 마음속에 그냥 간직해두는 게 좋겠다는 생각을 하고 있었다. 희한한 일이었다. 마음에 동요가 일고 있었다. 그리고 잠시 후에 나는 알게 되었다. 그녀를 향한 어떤 말 못할 진실이 그때 내 마음속에서 움트고 있었다는 것을. 그러니까 오랫동안 마음의 헛간에 처박아둬서 먼지가 쌓이고 녹이 슬어 있던 열정이라는 것이 그렇듯 우연찮은 순간에 조용히 나를 흔들며 지나갔던 것이다. 아, 인생이란 이런 덧없는 흥분의 한때를 가리키는 것이었구나.

"며칠 동안 내내 케니 지의 색소폰 소리를 들으며 여기에 오고 싶어했어요. 믿을 수 없겠지만 당신과 함께 말이에요. 혹시 케니 지 들어봤어요?"

그녀의 얼굴에서 제이 머슬러의 밤 풍경이 얼룩지고 있었다. 들어봤다고 나는 대답했다. 하지만 자주 듣는 음악은 아니었다.

"그 사람의 색소폰 소리를 듣고 있으면 이런 도시의 밤이 떠오

르지 않아요? 푸른 비단으로 둘러싸인 밤 말이에요. 자동차 소리
도 없고 싸우는 소리도 없고 그래서 사람이 하나도 남아 있지 않
은 것 같은 적막한 밤 말이에요."

그녀가 하는 말이 진실이었다면, 그녀는 지금 나에게 간절히
그것을 전하고 있는 중이었다. 그녀는 내가 말로 할 수 없으리라
믿었던 것을 그렇듯 또박또박 얘기하고 있었다. 하지만 그게 정
말 나란 말인가? 내가 아니면 안 되는 그런 나란 말인가? 그러나
그걸 알게 되는 때는 늘 오랜 시간이 지난 다음이리라.

전망대를 한 바퀴 돌고 나서 그녀와 나는 이백사십구 미터 아
래로 다시 내려왔다. 이제는 또 어디로 가지? 라는 얼굴로 내가
어물쩡거리고 있자 그녀가 또 다짜고짜 내 팔소매를 잡아끌고는
63씨월드가 있는 곳으로 걸어갔다.

"수족관엔 한 번도 못 가봤어요. 온 김에 거기까지 가봐요, 우
리."

내가 표를 사려 하자 그녀가 서둘러 핸드백을 열고는 저리 비
켜요, 라며 눈을 흘겼다.

"오늘은 제가 다 알아서 할게요. 저 돈 많아요. 지난번엔 제가
닭볶음탕 얻어먹었잖아요."

나는 그녀가 하는 꼴만 지켜보고 있다가 63씨월드로 빨려들어
갔다. 나도 서울에 살면서 이곳에 와본 것은 처음 있는 일이었다.
솔직히 말하면 전망대도 마찬가지였다. 아무튼 입구에 들어서자마

자 왼쪽 유리관 속에는 펭귄의 무리가, 오른쪽 유리관 속에는 백 년은 묵었을 법한 거북이가 둥둥 떠다니고 있는 게 눈에 들어왔다. 관람권 뒷면에 쓰인 설명을 보니 세계 각지에 분포돼 있는 사백여 종 약 이만여 마리의 물고기가 지상 일층과 지하 일층에 걸쳐 전시돼 있었다. 그중에서 가장 내 눈길을 끌던 것은 1990년 1월에 경북 영일군 송나면 앞바다에서 김충록이란 어부가 잡았다는 산갈치란 물고기였다. 몸통 폭이 약 삼십오 센티미터, 길이가 약 삼 미터나 되는 이 거대한 은빛 물고기는 박제가 된 채로 유리관 속에서 아, 하고 입을 벌린 채 허공을 노려보고 있었다.

"이게 갈치란 말이에요?"

그녀도 눈을 동그랗게 뜨며 유리관에다 바싹 얼굴을 들이댔다. 나는 유리관 위에 붙어 있는 안내문을 읽고 있었다.

산갈치는 '황제의 허리띠'라는 의미를 갖고 있으며 일본에서는 '용궁의 사자', 러시아에서는 '청어의 여왕', 북구지방에서는 청어떼를 이끌고 다닌다고 해서 '청어의 왕', 그리고 우리나라에서는 산 위의 별이 날아가서 물고기가 되었다 하여 '산갈치'라고 부른다. 또한 전설에 의하면 십오 일간은 산에서, 십오 일간은 바다에서 서식하면서 산과 바다 사이를 날아다닌다고 하며, 경상도 지방에서는 나병에 약효가 있다고 전해지는 진귀한 심해어이다.

그러고 나서 그녀와 나는 청줄돔, 검정등무늬나비고기, 노랑쥐
치 등의 산호초 어류와 바다의 원앙이라는 해마, 악어, 일본 남부
해에 살고 있는 드라큘라물고기, 식인어, 고생대 말기 삼억만 년
전부터 공기로 숨을 쉬며 살고 있다는 폐어 들을 구경했다. 하지
만 이 숱한 물고기가 햇빛도 없는 유리관 속에 갇혀 있다는 생각
을 하니 어쩐지 우울했다.

지하 일층으로 통하는 계단을 밟아내려가며 그녀가 목이 잠긴
소리로 고래는 없나요? 라며 나를 돌아보았다.

"하얀 돌고래 말이에요. 실은 고래가 보고 싶어서 오자고 한 건
데."

고래가 있는가 없는가는 나도 모르고 있었다. 듣고 보니 나도
덩달아 궁금했다.

"어쨌든 내려가봅시다."

그러나 돌고래는 어디에서도 찾아볼 수가 없었다. 그녀는 이내
풀죽은 얼굴이 되어 골이 난 사람처럼 줄곧 입을 내밀고 있었다.
황소개구리를 보아도, 붉은귀거북과 바다가재를 보아도, 닭새우
와 노랑색댕기물고기를 보고서도 한결같은 얼굴이었다. 얼마 후
베이지색 유니폼을 입은 여자가 핸드마이크를 들고 나와 관람객
에게 〈인어공주 쇼〉가 있으니 자리에 앉아주십시오, 라는 안내방
송을 했다.

"시시해요."

그녀는 여전히 앵돌아진 얼굴로 풀썩 바닥에 앉아 어째 고래 한 마리가 없어, 라며 유치원생처럼 툴툴거렸다. 나는 잠자코 입을 다물고 있었다.

바닥에 앉아서 본 수족관은, 어렸을 때 물에 빠져 엉겁결에 눈을 뜨고 보았던 푸르스름한 강물 속과도 같았다. 아니, 텔레비전 속과도 같았다. 그때 얼마나 많은 물고기들이 내 옆을 무심히 스쳐지나갔던가.

〈인어공주 쇼〉라는 것은 산소호흡기를 쓴 여자가 유리관 속에 들어가 물고기들에게 먹이를 주는 게 전부였다. 볼만한 건 여자의 몸 주위로 물고기떼가 달려드는 장면 정도였다. 참으로 시시했다. 〈인어공주 쇼〉가 끝나고 다음엔 〈바다표범 쇼〉 어쩌구 하는 안내방송을 들으며 그녀와 나는 밖으로 나왔다.

"에이, 기분 잡쳤어요. 수족관엔 가지 말았어야 하는 건데."

"고래만큼은 그래도 바다에 있어야 되잖겠어요? 모든 물고기가 저렇게 컴컴한 지하에 수감돼 있다고 생각해봐요."

"하긴 그 말도 맞네요. 우리 언제 여기 수족관에 들어와 물고기들을 전부 바다로 돌려보내줄까요?"

"그럼 우리가 대신 유리관 속에 들어가 있어야 할 텐데요. 하루에 열 번씩이나 사람들에게 쇼를 보여주면서 말입니다. 물속에서 미끄럼도 타고 농구도 해야 하는 거죠."

"끔찍하네요."

63빌딩 일층에 있는 뷔페식당에서 그녀와 나는 저녁식사를 하면서 포도주를 먹었다. 어지간한 뷔페식당보다 훨씬 비싼 곳이었다. 하지만 거기서도 극구 그녀가 계산을 했다. 빳빳한 만원권 지폐가 핸드백 속에 가득 들어 있는 것 같았다. 식사를 하면서 그녀는 세 번쯤 하품을 했고 포도주를 두 잔 마시자 이내 눈이 충혈됐다. 피곤한 모습이었다. 정말 무얼 하며 사는 여자인지 궁금했다. 내둥 참고 있다가 식사가 끝나갈 즈음 나는 결국 이렇게 묻고야 말았다.

"요즘은 뭐 하고 살아요?"

이번에는 무슨 말인지 금방 알아들었다.

"아직 특별한 직업 같은 거 없어요. 어쨌든 돈이 있으니까요. 전에는 식당 체인점에서 일했어요. 그후엔 친구 언니가 하는 카페에서 일을 도와주기도 했구요."

"그랬군요."

"근데 요즘 뭐 하면 먹고살 수 있어요? 디자인학원 같은 데 다니는 게 유행인 모양인데 그쪽 일이 그래도 괜찮은 모양이죠?"

"글쎄요, 도서관에만 처박혀 있으니 잘 모르겠군요."

"실은 저 앞으로 뭘 하고 살아야 할지 걱정이에요."

"……"

포도주 잔을 들다 말고 그녀는 다시 하품을 했다. 많이 늦었나 싶어 손목시계를 보니 이제 겨우 아홉시였다. 식사를 마치고 나와 그녀는 식당 앞에 있는 쇼핑센터에서 옷과 구두와 목도리와 반지와 화장품 들을 한꺼번에 사고는 한사코 사양하는데도 내게 지갑을 선물했다. 그녀는 위조지폐를 마구 뿌리고 있는 성싶었다. 아무튼 쇼핑까지 끝낸 다음 아까 들어온 회전문을 통해 건물 밖으로 나가려는데, 느닷없이 그녀가 내게 작별의 말을 건네왔다. 여간 당혹스럽지가 않았다. 하필이면 출입구 옆 공중전화부스가 있는 장소에서 그런 말을 하다니.

"이젠 그만 가보세요."

이쪽의 입장을 생각하고 하는 말인지 그녀는 아무렇지도 않게 이렇게 내뱉고는 또 하품이 나오려는 입을 장갑 낀 손으로 가렸다. 나는 얼떨떨한 심정으로 그러마고 힘없이 고개를 주억거렸다. 밖으로 나가려다 말고 나는 아무래도 떨떠름한 기분이 들어 도로 그녀를 향해 돌아섰다.

"다시 만나게 될까요?"

나는 그때껏 그녀의 주소라든가 전화번호도 모르고 있었다. 물론 그게 꼭 알고 싶다는 것은 아니었다. 우롱당한 기분이 들어 그냥 한번 해본 소리에 불과했다. 그녀는 쇼핑백을 몇 개나 겹쳐든 불안한 자세로 내 말에 대답해왔다.

"그건 모르는 일이에요. 실은 제게 남자가 있어요. 어쨌든 남자 하나 없을라구요. 물론 엉터리 같은 남자지만 말이에요. 하지만 명함이나 한 장 줘보세요."

내키지는 않았으나 나는 지갑에서 명함을 꺼내 그녀에게 건네주었다. 공중전화부스에서 차례를 기다리고 서 있던 사람들이 이쪽 대화를 듣고 있는 것만 같아 묘한 수치감이 몰려왔다. 괜히 심사가 뒤틀려 나는 비아냥거리는 조로 물었다.

"그때 같이 만났던 사람인가보죠?"

건축가와 귀금속세공사를 염두에 두고 한 말이었다.

"누구요? 집 짓는 놈 말이에요?"

그녀의 입에서 이내 앙칼진 소리가 튀어나왔다. 아니나 다를까. 전화를 하고 있던 사람들이 한꺼번에 우리를 쳐다보았다.

"그치가 얼마나 저를 무시했는지나 아세요? 어쨌든 아녜요!"

뽀로통해져 있는 그녀를 거기에 세워두고 나는 회전문을 밀치며 밖으로 나와, 버스를 타고, 집으로 돌아왔다.

돌아와서 나는 케니 지의 색소폰 연주를 듣다가 자정 넘어 한 시에야 잠이 들었다.

서하숙. 떠다니는 섬. 안과 겉, 어제와 오늘이 어긋나 있는 여자. 가슴에 젖빛 안개가 낀다.

내가 그녀를 기다렸던가? 단지 명함 한 장에 기대를 걸고? 하지만 나 자신도 내가 과연 그랬었는가는 잘 모르겠다. 어쩌다 그녀의 모습을 떠올려본 석은 있었겠지. 그렇지만 그게 곧 그리움이라든가 간절함이라든가 하는 애틋한 감정은 아니었으리라. 한 달쯤이 지나자 내가 그녀를 만나 63빌딩 전망대와 씨월드에 갔었던 일조차 비현실적인 일로 생각됐다. 분명한 사건이었으면서도 이렇게 현실적인 기억의 목록에 편입되지 않는 사건들이 종종 발생하기도 한다. 어느덧 나는 그녀를 만나기 전의 상태로 완벽하게 돌아가 있었다. 더이상 기억할 만한 사건이 없는 가운데 해가 바뀌고, 나이를 한 살 더 먹은 1월 1일 저녁에 나는 63씨월드의 물고기들도 나이를 한 살씩 더 먹었겠구나, 라는 생각을 하고 있었다.

5

그해 1월 말경에 나는 내 집에 찾아든 한 마리의 겨울짐승과 대면하게 된다. 아마 자정이 가까워지는 시각이었을 것이다. 밖엔 폭설이 내리고 있었다. 굉장한 눈이어서 다음날 출근할 일마저 걱정스러웠다. 서울이라는 도시에 이렇게 많은 눈이 내린다는 사실이 놀라웠다. 가와바타 야스나리의 『설국』을 읽고 싶은 밤이었다. 이제나저제나 나는 눈이 내리는 밤이면 잠을 못 이루는 습관이 있다. 공연히 마음이 들떠 방 안을 서성이기도 하고 누구에게랄 것도 없이 슥슥 편지를 쓰기도 한다. 아무튼 눈을 잔뜩 맞고 퇴근을 해 집 근처에서 밥을 사먹고 들어오니 일곱시 삼십분이었

144

다. 나는 곧바로 샤워를 한 다음 침대에 쭈그리고 앉아 시사 월간지를 별 흥미 없이 뒤적이고 있었다. 오늘도 쉽게 잠이 올 성싶지 않았고 그렇다고 멍하니 앉아 벽시계만 쳐다보고 있을 수도 없었다. 그러다 『신동아』를 반쯤 읽었을 때 침으로 기이한 느낌이 내게 엄습해들었다. 그게 정확히 어떤 느낌이었다고 설명하기는 힘들다. 요컨대 내 마음 이슥한 곳에서 누가 아까부터 내게 수화手話를 보내고 있는 느낌이었다. 말하자면 나는 일종의 부름에 시달리고 있었다고 함이 옳았다. 그리고 그 기묘한 마음의 파장을 감지하고부터는 책의 글자조차 제대로 눈에 들어오지 않았다. 어째서 태연히 앉아만 있느냐고, 내 마음속의 그는 복화술로 내게 말하고 있었다. 아니 차라리 호소를 하고 있었다. 금방 싱숭생숭해져 나는 담배만 거푸 피우며 방 안을 서성거렸다.

한참이 지난 후에야 나는 지금 밖에 누가 와 있을지도 모른다는 생각을 하고 있었다. 그런 생각이 들고부터는 마당에 누가 찾아와 있다는 것이 하나의 명백한 사실로 여겨졌다. 어려서 눈이 많이 내리는 밤이면, 나는 잠을 이루지 못하고 있다가 자주자주 방문을 열고 밖을 내다보곤 했다. 밖에 누가 찾아온 것 같은 느낌 때문이었다. 스님이든 거지든 산에서 내려온 짐승이든. 물론 문을 열어보면 번번이 텅 빈 마당만 눈앞에 희끄무레하게 펼쳐져 있을 뿐이었다. 하지만 이번에도 나는 밖으로 나가보지 않을 수 없었다.

그녀는, 마당 한가운데, 눈에 뒤덮여 누군지 알아볼 수 없는 형상을 하고, 내 방문 쪽을 향해 우두커니 서 있었다. 그녀가 언제부터 거기에 서 있었는지 알 수 없었다. 한 시간? 두 시간? 비록 상대가 누구임을 얼른 알아보지는 못했지만, 나는 그녀가 내 집을 찾아온 손님이라는 것만큼은 단박에 알아차렸다. 하지만 사람을 찾아와놓고는 왜 눈을 맞고 마당에 서 있어야 한단 말인가.

나는 맨발인 채 구두를 꿰신고 그녀에게 다가갔다. 가서, 그녀의 머리와 어깨에 쌓인 눈을 천천히 털어내고, 어둠 속에 나타난 돌연한 얼굴에도 놀라지 않고, 침착하게 그녀를 데리고 방으로 들어왔다. 그녀는 말없이 내가 끓여준 라면과 커피를 마시고 침대 한쪽 구석에 걸터앉아 비로소 내 방을 찬찬히 둘러보았다. 가난한 방이었으므로 보여줄 것은 벽에 걸려 있는 새 달력 하나뿐이었다.

그녀는 내 집에 찾아온 이유를 설명하지 않았고 나 또한 묻지 않았다. 어째서 마당에 그토록 오래 서 있었는가 하는 것도 묻지 않았다. 때로 어떤 것은 의미를 캐려 하지 말고 그대로 놓아두어야 한다는 걸 알고 있었다.

한시 십분에 그녀는 침대에서 가만가만 일어나더니 돌아서서 옷을 벗고 알몸인 채로 내게 다가와 이윽고 품에 안겼다. 아무런 말도 없이 그저 그렇게. 나는 내 전생인 듯 그녀를 맞이했다. 내 전생이, 내 가슴의 단추를 따고 있는 것을 나는 가만히 지켜보고 있었다. 그렇게 긍휼한 시간이 흘러가고 그녀와 나는 서로 알몸이 되어 이불을 덮고 침대에 나란히 누웠다.

놀라워라, 기껏해야 내 몸보다 조금 더 따뜻하고 부드러운 것으로만 알았던 여자의 몸이 이다지도 이프고 황홀한 것이었다니. 정확히 한시 삼십오분이 되자 눈 내리는 소리가 귀에서 뚝 멎고 내 몸이 용암처럼 녹아내리기 시작했다. 이미 자물쇠가 풀린 문 안으로 들어가자, 나는 온데간데없고 그녀만이 형형한 모습으로 존재하고 있었다.

그때 나는 고개를 치켜들고 벽시계를 올려다보고 있었다. 아주 오래전, 어머니가 나를 낳고 나서 그러했던 것처럼.

그녀는 처녀였고 나도 그게 여자와의 첫 관계였다. 그래서 그런지 아주 사소한 것까지 선명하게 뇌리에 남아 있다. 그녀의 얼굴에 나 있는 솜털 하나하나, 우윳빛 따뜻한 목덜미, 오른쪽 어깨의 우두 자국, 홍당무처럼 붉어져 있던 손가락, 지금 너와 내가 하나인 것을 두 눈처럼 똑바로 증거하고 있던 젖가슴, 유두, 아픔 혹은 극도의 흥분 때문에 틀어지곤 하던 잘록한 허리, 그녀가 벗어놓았던 속옷의 색깔과 무늬, 내 귀밑에 와 닿던 뜨겁고 까끌까끌한 혀의 질감, 어느 순간엔가 울음인지 뭔지 모르게 흑! 하고 떨던 목소리의 기묘한 울림, 그러고 나서 내 목덜미를 끌어안을 때의 놀라운 팔의 완력…… 그녀의 몸은 나이보다 굉장히 젊었고 성기의 발달은 열여덟 살 정도에서 성장을 중지한 것같이 미숙했다. 아주 잠깐 사이, 나는 밤하늘에 쏘아진 불꽃의 환영을 보다가 아무 의식의 지침도 없이 조용히 잠이 들어버리고 말았다.

그녀와 나는 똑같이 새벽 다섯시에 깨어나 한번 더 '사랑'을 하고는 일곱시에 일어나 아침밥을 해먹고 함께 밖으로 나왔다. 세상엔 두 뼘쯤의 눈이 쌓여 있었다. 종종걸음으로 버스정류장 앞에까지 왔을 때 그녀가 내 손에 잡혀 있던 손을 슬그머니 빼내며 말했다.

"동우씨는 다음 차 타고 오세요, 남들이 보면 이상하게 생각할지도 모르니까요."

이제 와서 그게 무슨 상관이람. 하는 수 없이 그 말에 따르기로 하고 나는 그녀를 먼저 버스에 태워 보냈다. 십 분 뒤에 다음 차를 타고 도서관에 도착하니 그녀는 어제 퇴근하기 전에 보았던 모습 그대로 태연하게 앉아 일을 하고 있었다. 지난밤에 내 방에 다녀간 흔적은 어디서도 찾아볼 수가 없었다. 심지어는 다른 직원이 없는 사이 말을 붙여도 좀체 대꾸를 하지 않았다. 표정의 변화도 전혀 없었다. 차라리 교활하다고 생각될 지경이었다. 시간이 지날수록 나는 초조한 마음이 되어갔다. 암만해도 그녀의 마음을 들여다볼 수가 없어서였다. 어제의 일은 이제 깨끗이 잊어버리자는 얘긴가? 라는 생각이 들어 짐짓 몸서리가 쳐졌다.

지루한 하루가 지나고 퇴근시간이 되었건만 그녀는 일어설 기미조차 보이지 않았다. 아직도 남의 눈을 의식하는 거겠거니 싶어 나는 버스정류장으로 먼저 나가 그녀를 기다렸다. 그러나 그녀는 한 시간이 지나도 나오지 않았다. 일종의 울분 상태가 되어 나는 혼자 털레털레 집으로 돌아와서 일 년이 넘게 책장에 놓아두고도 뚜껑을 따지 않았던 양주를 물컵에 따라 벌컥벌컥 마셨다.

열한시쯤에 나는 부엌에서 토하고 들어온 다음 침대 위에 널브러졌다. 하지만 의식은 팔팔하게 살아 시간이 갈수록 괴로운 마음이 더해갔다. 술로 해결될 문제가 아니었던 것이다. 안 되겠다 싶어 나는 자리에서 벌떡 일어나 부엌 옆에 붙어 있는 욕실에 들어가 찬물을 뒤집어쓴 다음 파랗게 떨며 방으로 들어왔다.

방으로 들어오니 책상의자에 김은애가 앉아 있었다. 언제 왔는지 그녀는 방바닥에 넘어져 있던 술병과 안주 찌꺼기를 치우고 걸레질까지 해놓은 상태였다. 문 닫는 것도 잊은 채 멀뚱하게 서 있자 그녀가 추워요, 빨리 문 닫아요 하며 팔꿈치까지 걷어올렸던 소매를 끌어내렸다. 나는 얼이 빠져 아무 말도 못하고 주섬주섬 속옷부터 주워입었다.

나는 그녀 옆에 비스듬히 누워 아직도 알알한 배를 문지르며 도대체 이 여자는 어떤 사람일까라는 새삼스런 의혹에 사로잡혀 있었다. 어제만 해도 마침내 사랑이 시작됐다, 라고 어설프게 믿었던 마음 한구석에 어느덧 의구심이 싹터 있었다. 나는 쉽사리 그녀에게 손을 가져가기가 힘들었다. 지금 내가 어떤 상태에 놓여 있는 것인가 하는 생각 때문에 나는 슬쩍 고개를 들고 어둔 사위를 둘러보았다. 그때 그녀의 부드러운 손이 슬금슬금 내 앞자락을 열고 들어와서는 어제 타고 남은 불씨를 뒤적이기 시작했다. 혼돈, 망설임, 흥분의 차례를 겪으며 나는 아직도 의구심을 완전히 버리지 못한 채, 그러나 나를 향한 감정이 진실일 거라는 믿음에 나를 맡기고 그녀의 몸짓에 화답했다. 그녀의 몸은 단 하루 만에 제 나이인 서른으로 돌아와 있었다. 여자란 이런 것인가. 그녀가 꿈에 쫓기듯 숨가쁘게 내 안으로 달려들어와 몸부림을 치고 있는 사이에 나는 멈칫멈칫 뒤로 물러서며 그녀의 입을 통해 단 한마디라도 속내에 있는 말을 듣고자 몸부림쳤다. 하지만 소용없는 일이었다. 그녀는 결코 그런 말을 하지 않으리라 혀를 깨물고 있는 듯했다. 그제야 나는 그녀의 마음속에 저 자신도 미처 찾아내지 못한 어두운 함정이 도사리고 있음을 깨달았다. 말하자면 그녀 자신도 스스로의 감정에 대해 뭔가 확신하지 못하고 있는 상태임이 분명했다. 말을 하기에는 아직도 여러 가지가 불투명하다는 뜻이었다. 그렇다면 왜 앞뒤 순서를 바꾸면서까지 이런 모험을 하고 있는 것일까.

그다음 날도 그녀와 나는 똑같은 방법으로 출근을 하고, 퇴근을 한 다음에는 내가 먼저 집으로 돌아와 그녀를 기다렸다. 월수금, 그리고 토요일 밤에 그녀는 그렇게 내 방으로 왔다. 그러고는 여전히 말을 삼가며 육체만을 열심히 나눴다. 어쩌다 새벽에 깨어나 등을 돌리고 잠들어 있는 그녀의 벗은 몸을 내려다보고 있으면 한없이 서글픈 생각들이 몰려왔다. 그녀의 처녀와 나의 동정을 예물처럼 맞바꾼 날로부터 나는 그녀와의 결혼을 거의 당연하게 염두에 두고 있었다고 해야 옳았다. 그래, 결혼. 이런 간첩 잡는 식으로가 아니라 어디까지나 떳떳하게 사람들에게 알리고 남들처럼 신혼여행도 다녀오고 아침엔 출근도 같이하는 거다. 아침뿐만이 아니라 저녁에도 함께 집으로 돌아와 시장도 보고 음식도 만들어 먹고 공휴일에는 일찍 일어나 공원에서 하이킹도 하고 아닌 게 아니라 63빌딩 전망대에도 올라가보고 영화관에도 음악회에도 가보는 거다. 요컨대 구체적으로 살아보는 거다. 때가 되면 아이도 낳고 말이다. 이런 갖은 생각에 휩싸여 있다가 나는 자고 있는 그녀의 어깨를 가만가만 흔들어보았다. 그녀는 깊은 잠에 빠져 좀처럼 깨어날 줄을 몰랐다. 안타까운 마음으로 나는 뒤에서 그녀를 껴안고는 귀에다 대고 이렇게 속삭였다.

"우리 결혼해. 이제 그만 결혼하자구."

그녀는 여전히 쿨쿨 잠만 자고 있었다. 그녀는 정녕 잠이 들어 있었던 걸까? 그렇게 무심하게 말이다.

그러나 그녀는 내가 한 말을 모두 듣고 있었다. 내가 스탠드의 불을 끄고 이불을 끌어당기는 참에 그녀의 목소리가 내 귀에 흘러들어왔다. 아까부터 깨어 있었던 듯 목소리에도 잠기운이 가서 있었다.

"동우씨, 제가 무슨 말인가를 할 때까지 기다려줘요. 자꾸 보채지 말구요."

"……"

"어쩐지 저는 누구의 상대도 될 자격이 없다는 생각이 들어요. 우선 그런 마음에서 헤어나야잖아요. 제가 지금 어디에 있는지조차 저 자신도 모르고 있는 상태 알아요? 어느 날 문득 저는 저 자신을 잃어버렸단 생각이 든단 말이에요. 늘 전생을 복습만 하고 있단 느낌이 든단 말이에요. 그래서 끔찍한 권태에 시달리고 있단 거예요."

그렇다. 그녀는 끔찍한 권태에 시달리고 있었다.

"그러니 무슨 정열이 있겠어요. 저는 지금도 눈 내리는 밤길을 마냥 혼자 걷고 있어요. 현실의 저를 찾아다니고 있다는 거예요. 그러다 어느 날 밤늦게까지 불 켜진 집이 보여 저는 그리로 들어가봤던 거예요. 너무 지쳐 있었거든요. 잘 아시겠지만 거기가 바로 동우씨 집 마당이었구요. 우연하게도 말이에요."

"……"

"마음을 아프게 했다면 용서해줘요."

"여기가 당신의 집이라고 생각하면 되잖아. 별로 아늑할 건 없지만 그래도 당신을 원하고 늘 당신과 함께 있고 싶어하는 사람이 있잖아."

152

"전 당신에 대한 제 감정이 어떤 것인지조차 확실히 알지 못하고 있어요. 물론 이렇게 말하면 안 된다는 것쯤은 저도 알고 있어요. 그렇지만 거짓말을 할 수는 없는 거잖아요. 그러니 기다려줘요."

"기다리기야 하지. 하지만…… 하지만 말이야, 어째서 그런 거지?"

"……"

"무슨 말을 하고 싶냐면, 그렇다면 은애가 왜 지금 나와 함께 있느냐 하는 거지."

그녀에게 상처를 주고 싶지 않아 나는 가급적 목소리를 낮춰 말했다.

"……아까도 말했지만 어느 날 깨어보니 제가 눈이 가득히 내린 벌판을 혼자 걸어가고 있는 거였어요. 교통사고를 당해 뇌를 다친 것처럼 갑자기 모든 것이 달라 보였던 거죠. 모르겠어요, 제게 어떤 일이 있었는가는요. 어쨌든 캄캄한 데서 눈을 뜨니 앞에 하얀 등성이만 첩첩이 가로놓여 있었어요. 그래서 저는 아, 여기가 세상의 끝이로구나, 죽음이로구나 하고 생각했죠. 안 그래도 그런 느낌이 들 때가 있잖아요. 어제 저기서 죽은 내가 오늘 여기에 살아 있는 것 같은 느낌 말이에요. 현실인 나로부터 격리된 채로 말이죠."

알 듯도 했지만 나는 모르겠다고 힘주어 말했다.

"아녜요, 사람이란 분명 그럴 때라는 게 있어요. 우선 자기 자신에 관해서 실제적인 대답을 할 수 없는 때가 말이에요. 그러고 나선 줄곧 정령처럼 떠돌게 되는 거예요. 그 대답을 구할 때까지 말이에요. 동우씬 아직 몰라요. 일테면 저를 원하고 있으면서도 정작 제가 누구라는 건 모르고 있다는 말이에요. 저 자신을 제가 모르고 있다는 게 더 큰 문제긴 하지만요."

"여기 있는 게 안심이 안 돼? 나와 함께 있는 게 마음이 놓이질 않아? 우리 누구도 서로에 관해서 다 안다고 할 수는 없는 거야. 그런 건 살아가면서 아주 조금씩 깨달아가는 거라구."

"그게 아니에요. 지금의 저는 본래의 제가 아니란 데 문제가 있다는 거예요. 그런 나를 두고두고 사랑할 수 있겠어요?"

더 말을 시키면 그나마 지금 내 팔에 안겨 있는 그녀가 홀연히 사라져버릴지도 모른다는 두려움 때문에 나는 입을 다물고 말았다. 벽시계의 초침 소리만 귀에 송곳처럼 꽂혀들고 있었다. 나는 이렇게 시간이 지나가고 있다는 게 두렵다는 생각이 들었다.

그해 3월이 지나갈 때까지 그녀는 화목, 일요일을 제외한 날에 어김없이 내 집에 찾아왔다. 손님 아닌 손님으로 매번 그렇게. 그때마다라고 해야 옳겠지만 그녀는 거의 매일 내게 섹스를 요구해왔다. 내 마음은 점점 황폐하게 변해가고 있었다. 결혼은 고사하고 속된 말로 동거도 아닌 이런 생활을 더는 견딜 성싶지가 않았다. 그러나 나는 참을성 있게 기다렸다. 언제든 그녀가 내게 닻을

154

내리기만 하면 받아들일 준비를 하고서 말이다. 그러면서 나는 나와 사람들이 속해 있는 세계에 그녀를 끌어들이고자 무던히 애를 썼다. 토요일이면 그녀를 영화관이나 예술의 전당, 서초동 꽃시장, 서울대공원, 남대문시장, 잠실야구장, 심지어는 노량진 수산시장 같은 데를 부지런히 데리고 다녔다. 사람이 사는 모습을 보여주고 싶었던 것이다. 그러나 그녀는 실어증에 걸린 사람처럼 매양 말이 없고 무덤덤하기만 했다. 그녀는 매사에 무관심했고 도대체 어떤 일에도 흥미를 갖지 못했다. 끔찍한 나날들이었다. 어떤 때는 나를 의식하는지 부러 수다를 떨거나 비상식적인 일을 저지르기도 했지만 그게 진심이 아니라는 것은 남들이 봐도 다 눈치챌 정도였다. 그녀도 그런 자신을 목도하고 있었을 것이다. 어느 날 육교를 건너다 말고 그녀는 갑자기 괴성을 지르며 아래로 뛰어내리려고 했다.

경찰서에서 둘이 지문을 찍고 밖으로 나오면서 나는 얼핏 그녀의 눈에 흐르고 있는 눈물을 보았다. 인형의 눈에 고인 눈물. 죽은 나무에 삼 년 동안 물을 줬더니 싹을 틔우더란 얘기가 있다더니.

그러나 그 사건 이후로 그녀는 서서히 내 집에 발길을 끊기 시작했다. 나도 그때는 조금씩 지쳐가고 있었다. 그러나 지쳤다고 해서 마음이 달라진 건 아니었다. 나는 돌처럼 눈귀를 막고 앉아 매일 밤늦게까지 그녀를 기다리곤 했다. 벽 속의 미라가 되어.

6

아무런 약속도 없이 어수선한 봄이 찾아오고, 땅속이 부드럽게 풀어지기 시작하는 4월의 어느 토요일 오후에 시골에 계신 어머니가 된장과 고추장, 밑반찬 등속을 보따리에 싸들고 한복 차림으로 올라왔다. 그날 저녁 방을 치우다 어머니는 책상 위에 놓여 있던 루주와 분홍빛 머리빗을 발견했다. 그때는 아무 말이 없던 어머니가 걸레질을 하다 말고 손가락에 침을 발라 방바닥에서 무언가를 집어올리면서 석연찮은 얼굴로 나를 올려다보았다. 어머니가 손에 들고 있는 것이 뭐라는 것을 나는 직감적으로 알 수 있었다. 밤에 잠자리에 들어(어머니는 방바닥에 요를 깔고 누워 계셨다) 형광등을 껐을 때 그녀가 침대에 누워 있는 아들을 향해 말했다. 어둠 속에서 들려오는 어머니의 목소리에서 묘한 여수旅愁가 느껴졌다.

"에미한테 보이지도 않고 여자를 방에 들이다니."

"……"

"어디서 그렇게 함부로 질러가는 법을 배웠더냐."

"……"

"다시는 예 오지 않으련다."

그게 아니에요, 눈 오는 밤 마당에 나가보니 웬 나그네가 우두커니 서 있었어요. 그럴 때는 서둘러 아궁이에 장작불을 지피고 방을 내줘야 하잖아요. 그렇게 저한테 가르치셨잖아요.

그러나 내 입에선 함부로 그런 말이 나오질 않았다.

"그만 자거라."

그 사람은 어쩌다 하룻밤 묵어가는 손님이었나봐요. 우린 어떤 땐 엽전이나 받는 주막이 되기도 하나봐요. 그러니 어쩌겠어요, 뒤란으로 돌아가 가마솥의 물이나 끓이는 수밖에요.

다음날 아침 밥상을 사이에 두고 앉아서도 어머니는 어떻다는 말 한마디가 없었다. 그러나 거기엔, 방바닥에 머리카락을 흘리고 간 여자와 헤어지게 되는 날에는 나를 용서하지 않겠다는 단호한 뜻이 담겨 있었다. 어머니가 어떤 사람인가 하는 것은 누구보다도 내가 잘 알고 있었다. 짐을 챙기면서 어머니가 지나가는 투로 입을 열었다.

"나중에 한번 데리고 내려오든지."

정오에 대문을 나서는 어머니의 뒷모습은, 봄이 가기도 전에 땅바닥으로 뚝뚝 떨어져내리는 목련과도 같았다.

월요일 아침, 여느 날보다 일찍 출근해서 나는 김은애를 기다렸다. 출근시간 전에 그녀가 도착하면 휴게실로 불러 무슨 말인가를 할 작정이었다. 이런저런 생각에 시달리며 그녀를 기다리는 사이에 그러나 금세 아홉시가 돼버렸고 그녀는 복도의 괘종시계가 댕댕거리는 소리에 맞춰 문을 열고 들어왔다. 점심시간에도 마찬가지였다. 내가 그렇게 눈치를 주며 틈을 노렸건만 다른 사서와 함께 훌쩍 밖으로 나가버렸다. 퇴근 때에는 약속이 있다면서 여섯시가 되기가 무섭게 핸드백을 들고 먼저 자리를 떴다. 창밖의 연둣빛 플라타너스 한 그루를 멍하니 내다보고 있다가, 나는 어디 가서 술이나 마실 요량으로 버스정류장에서 시내로 가는 버스를 탔다. 일찌감치 집에 들어가 내 손으로 밥을 챙겨먹을 기분이 아니었다.

그녀가 퇴근하는 나를 기다리고 있었던 것인지 아니면 그저 우연히 같은 버스에 타게 되었는지 모르겠다. 하지만 정작 우연히 같은 버스에 타게 되었다고 말할 수 있을까. 버스가 세 정류장쯤 갔을 때 나는 옆에서 누가 날 지켜보고 있다는 것을 깨닫고 있었다. 낯모르는 사람이 아닌 그 누군가가…… 상대의 숨소리, 서로 밀착해 있지 않아도 느끼게 마련인 공기의 익숙함, 괜히 부자연스런 몸놀림, 말을 걸어올 듯 말 듯한 망설임의 한없는 지연…… 얼마간을 버티다 나는 천천히 옆을 돌아보았다. 아니나 다를까. 어쩐지 눈에 익은 여자의 얼굴이 바로 옆에 와 있었다. 아니, 서하숙이 거기 서 있었다. 전과 달리 형편없는 모습이었다. 작년 가을 처음 만났을 때보다도 더욱 초라한 몰골이었다. 어쩐 일이죠? 라고 반사적으로 물으며 나는 눈을 동그랗게 떴다. 그녀는 어색하게 웃어 보이며 눈을 옆으로 돌렸다.

"이렇게 또 만나게 되다니 놀랍군요. 그것도 버스 안에서 말입니다."

이제나저제나 별로 반가울 것은 없었으나 어쨌든 뜻밖의 만남이었다. 여전히 대꾸를 않고 실실 웃고만 있는 그녀를 보며 나는 얼핏, 그녀가 나를 일부러 찾아온 게 아니냐는 생각을 하고 있었나. 밀하자면 도서관 앞에서부터 줄곧 버스를 함께 타고 왔을지도 모른다는 생각이 들었던 것이다. 하지만 그렇게 물을 수는 없는 노릇이었다. 어떻게 해얄지 몰라 눈만 끔벅거리고 있는데 그녀가 말을 건네왔다.

"저 밥 좀 사줘요. 실은 차비가 없어 며칠째 밖에도 나오지 못했어요. 전화는 벌써 떼갔구요."

뭐라고? 그렇다면 지금은 어떻게 버스 안에 서 있단 말인가. 그 배추 잎사귀 같던 위조지폐는 다 어디로 갔단 말인가. 되레 내 얼굴이 붉어져 나는 시내로 나가는 중간쯤에서 그녀를 데리고 내렸다. 그러고는 식당으로 들어가 그녀에게 밥부터 먹였다. 허겁지겁 불고기 3인분을 해치우고 냉면까지 한 그릇 다 비우고 나서야 그녀는 정신이 돌아오는지 또 히죽 웃어 보였다.

"오래간만에 포식을 했더니 머리가 다 어지럽네요."

"어째서 이렇게 살고 있는 거지?"

나도 모르게 대뜸 반말이 튀어나왔다.

"지금 욕하고 있는 거예요? 겨우 밥 한 끼 사주고선."

"어쩌다 시정이 이렇게까지 됐느냐는 거지."

"상관할 것 없잖아요? 그렇다고 진심으로 걱정해주는 것도 아닐 텐데요."

"그거야 아무렇게나 생각해도 좋지만, 이젠 한곳에 뿌리를 내리고 살아야 할 때가 아닌가."

"누가 그러고 싶지 않아 이러고 다니는 줄 알아요? 어디 받아주는 데가 있어야 말이죠."

그녀는 착잡한 표정으로 소주 세 잔을 거푸 들이켰다. 아닌 말로 술까지 고팠던 모양이었다. 식당에서 나와 근처 생맥줏집에서 오백 시시를 약 열 잔 정도(나는 세 잔 정도)를 마시고 나서도 그녀는 계속해서 마실 기세였다. 이미 밤 열시가 넘은 시각이었다. 들어올 때부터 손님이 별로 없던 썰렁한 술집 한구석에 앉아 그녀는 한심한 소리만 내둥 지껄여댔다. 정正자 표시가 늘어나는 계산서를 들여다보며 이 돈이면 라면이 몇 개일 텐데, 전화를 몇 통걸 수 있을 텐데, 하는 식이었다. 알고 보니 차비도 공중전화를 쓰던 사람한테 구걸한 것이었다. 어쨌든 나를 만나 할 소리는 아니었다. 정각 열한시가 되어 그만 자리에서 일어나자고 하자 그녀는 들은 척도 하지 않고 엉뚱하게도 이런 말을 내뱉었다.

"생각나요? 비 오는 날 우리 야식집에서 나와, 공사장의 하수관 속에 들어가 있던 일 말이에요."

"……그래, 비가 많이 왔었지."

"다시 하수관 속에 들어가보고 싶지 않아요? 그때 멋있었던 것 같지 않아요?"

알면 알수록 요령부득인 여자였다.

"그 하수관은 벌써 땅속에 파묻혔을 거야."

"아, 그렇겠네요. 땅속에 들어가 있겠네요."

푹 꺼져가는 소리로 한숨을 내쉬고는 그녀는 생뚱한 눈으로 내 얼굴을 들여다보았다. 반사적으로 눈을 피하며 나는 고개를 모로 비틀었다. 어머니의 모습이 떠오르며 뒤미처 김은애 생각이 되살아났던 것이다. 내가 지금 뭘 하고 있는 중인가. 한동안 입을 꾹 다물고 있다 나는 다시 서하숙에게 그만 일어나자고 했고 그녀는 의외로 순순히 고개를 끄덕였다.

봄이라곤 하지만 아직도 몸이 으스스 떨려왔다. 술집 계단을 올라가며 그녀는 어디로 갈지 모르겠어요, 라며 우수에 찬 눈으로 나를 쳐다보았다. 그 말에 뒷덜미가 잡혀 나는 술집 앞에서 또 발걸음이 떨어지지 않았다.

"집으로 가야지. 택시비를 줄 테니까 곧장 들어가 잠부터 푹 자두라구. 그리고 아침이 되면 벌떡 일어나 앞마당을 파고 거기다 발목을 묻는 거야. 이제부터라도 열심히 제 땅에 뿌리를 내리고 살아야 한다는 거야."

"뭐가 뭔지 모르겠어요. 다만 이렇게 사는 게 원칙은 아닐 거라는 생각은 해요. 왠지 슬프다는 생각도 들구요."

"누구나 슬픔의 힘으로 살아가는 거야."

"멋있는 말이군요. 제가 사람을 제대로 보긴 봤던 거예요."

네온사인 불빛이 얼룩진 거리에 유리파편 같은 바람이 수평으로 낮게 불어가고 있었다.

　"지금 땅에 묻힌 하수관 속으로 하얀 돌고래들이 지나가고 있어요. 아마 바다로 가는 중인 모양이에요. 고래들은 참 좋겠어요."

　"……"

　벌써 술집 문 닫는 소리가 아래서 들려왔다.

　"저, 실은 할말이 있어서 왔는데, 말해도 돼요?"

　"해봐. 나도 이제는 가봐야 하니까."

　"……혹시 애인 없으면 저를 애인으로 삼으면 안 돼요? 오늘부터 당장 말이에요."

　"……"

　"왜, 싫으세요?"

　"내겐 누군가가 있어. 결혼까지 염두에 두고 있는 여자가 말이야."

　"……그거 참 안됐네요. 그럼 전 지금부터 어쩌죠?"

　"글쎄, 그건 나도 모르겠군."

　"그렇죠? 그런 건 제가 알아서 해야겠죠?"

　물론이었다.

　"이봐, 연애라는 건 그렇게 하는 게 아냐. 감정이란 게 자연스럽게 서로의 마음속으로 스며들어야 하는 거야. 리트머스시험지처럼 말이야."

나도 잘 알겠어서 한 소리는 아니었다. 또한 그런 말을 할 처지도 못 됐다.

"그래요, 저는 누군가 이미 사용하고 난 영화표 같은 여자예요. 그러니 거기에 무슨 찬란한 색깔이 스미겠어요."

집으로 돌아오니 김은애가 와 있었다. 어째서 일이 이런 식으로 되어가야 하는 걸까. 방문 앞에 벗어놓은 검은색 구두의 반질한 머리가 바깥을 향해 있는 것부터가 우선 마음에 걸렸다. 어머니도 신발을 벗으면 반드시 당신 손으로 거꾸로 돌려놓은 다음에야 방으로 들어가곤 하는 버릇이 있었다. 참 이상한 것도 다 닮았네, 라는 부질없는 생각을 하며 나는 한동안 신발만 내려다보고 있었다. 김은애가 먼저 와서 나를 기다린 적이 없었으므로 방문을 여는 손이 암만해도 자연스럽지가 못했다. 이럴 줄 알았더라면 일찍 들어와 있었어야 하는 건데, 라고 생각해봐야 이미 소용없는 일이었다.

김은애는 놀음판에서 주머니를 몽땅 털리고 돌아오는 남편을 맞이하는 아내처럼 나를 바라보았다. 자격지심이지 싶었지만 꼭 그런 것만도 아니었다. 확실히 그녀는 불만스런 얼굴을 하고 있었다. 그리하여 언제 왔느냐, 라는 심상한 물음도 목에 걸려 쉽게 나오지가 않았다. 솔직히 말하면 거북스럽기까지 했다. 그런 나의 태도 때문에 그녀는 더욱 도사린 자세를 풀지 않고 있었다. 뭔가 일이 잘못돼가고 있는 게 틀림없었다. 나는 옷을 벗어 못에 걸고는 그녀 앞에 서먹하게 마주 앉았다. 그녀는 바바리도 벗지 않은 채 무릎을 꿇고 십오 도쯤 고개를 숙이고 앉아 있었다. 머리칼이 아무렇게나 풀려내려와 얼굴에 그늘을 드리우고 있었다. 데면데면하게 마주 앉아 내 입에서 겨우 비어져나온 소리도 그리하여 억양의 명료함을 잃고 기분 나쁜 느낌으로 떨리고 있었다.

"무슨 일이 있는 것이로군. 그렇지?"

기다렸다는 듯, 그녀의 입에서 바늘 같은 말이 튀어나왔다.

"언제나 제게 무슨 일이 벌어지고 있다는 걸 이제야 알았어요?"

나는 한시바삐 미궁에서 빠져나오려고 고개를 흔들었다.

"나 때문이라면 사과할게."

"동우씨가 제게 뭘 잘못했는데요? 그것도 모르고 사과를 한단 말이에요? 자신이 무슨 짓을 했는지도 모르고 말이에요? 그래요, 동우씨가 집에 없어서 화가 났었어요. 제가 왜 이런 낯선 곳에서 누구를 기다려야 해요? 두 시간 동안 여기 앉아 있으면서 무슨 생각을 했는지 알기나 해요?"

그녀는 단지 내가 집에 없었다는 이유 때문에 화가 난 것이 아니었다. 아직도 그 이유를 분명히 알 수는 없었지만 아무튼 그것만은 결코 아닌 것 같았다. 그런 일을 가지고 화를 낼 만큼 분별력이 없는 여자는 아닌 것이다. 그렇다면 무엇 때문에?

"역시 제가 길을 잘못 들었던 거예요."

"!……"

"미안해요. 이런 말까지 하려고 했던 건 아닌데요. 하지만 그렇다고 해서 제가 지금 하고 있는 말이 진심이 아니란 건 아녜요. 물론 동우씨 탓만도 아니지만요."

내 탓이 아니라고 강변할수록 나는 내게서 차츰 멀어지고 있는 그녀를 보고 있었다. 얼핏, 그녀와 나 사이에 곧 돌이킬 수 없는 일이 닥칠지도 모른다는 싸늘한 예감이 엄습해왔다. 다급한 마음이 되어 나도 그녀에게 강변하고 나설밖에 없었다.

"내가 무심했던 탓이야. 하지만 때론 당신을 혼자 있게 놔두는 것이 거꾸로 당신을 내게 붙잡아두는 방법이라고 생각했던 거야. 내 말이 억지라고 해도 그건 진심이야."

"하지만 그사이에 저는 마음을 다치고야 말았어요. 저 같은 여자는 한번 마음을 다치게 되면 쉽게 회복이 안 된다는 걸 알았어야 했어요."

"무슨 뜻으로 그런 말을 하는 거지?"

침착하려 애써도 내 목소리는 어쩔 수 없이 떨려나오고 있었다. 불과 두 시간 동안에 세상이 뒤죽박죽으로 변해버린 듯싶었다.

"그만 가봐야겠어요. 더이상 남의 빈집에 앉아 있을 수는 없는 일이에요. 차라리 길에 앉아 밤을 새우는 게 나아요."

"그렇지가 않아, 여기 내가 이렇게 분명히 존재하고 있잖아. 당신 곁에 말이야. 아직도 그걸 모르겠으면 다시 한번 곰곰이 생각해봐. 내가 대신 밖에 나가 있을 테니까."

보낼 수 없다는 마지막 강변에도 불구하고 그녀는 기어이 몸을 일으켰다. 그녀는 곧바로 방문을 열고 나가더니 구두를 신고 천천히 마당으로 내려섰다. 그렇게 보내면 안 된다는 것을 너무나도 잘 알고 있었으나 나는 감히 그녀를 붙잡을 수가 없었다.

이삼 일, 그녀의 마음이 가라앉기를 기다리고 있다가 나는 억지이다시피 도서관 옆에 있는 찻집으로 그녀를 데리고 갔다. 거기서 나는 세상 한편이 무너지는 소리를 들었다. 손도 대지 않고 놓아둔 그녀의 커피잔 안쪽 가장자리로 덜 풀린 크림가루가 엉겨붙고 있었다. 도서관 입구에 서 있는 목련 한 주가 탐스런 꽃송이를 달고 바람에 떨고 있는 게 눈에 들어왔다. 여름이 오기 전에 그녀와 함께 어머니를 뵈러 가리라 생각했던 다짐이 헛소문처럼 날아가고 있었다. 아, 산다는 일이 헛소문 같은 것이었다니.

"엊그제 동우씨 집에 간 그날, 저 산부인과에 갔었어요."

"!……"

"아이가 생겼다는 걸 안 것은 한 달 전이었어요. 오래 고민했지만 결국 포기하는 게 좋겠다고 생각했죠. 그러니 이제는 더 말하지 말아요. 이런 기억을 안고 아무 일 없었던 것처럼 서로를 대할 수는 없는 일이에요."

"감히……"

166

나는 부들부들 떨며 그녀의 얼굴만 핏발 선 눈으로 노려보고 있었다. 피가 부글부글 끓어오르며 맨주먹으로 바위라도 치고 싶었지만 벌써 달아나버린 일이었다. 이렇게, 어처구니없게도, 내가, 생명의 비의와 섭리를 거역한 자가 되었다니. 한 순결한 영혼을 무참히 짓밟은 자로 전락해버렸다니.

이유야 어떻든 나는 그녀를 전처럼 대할 수가 없었다. 그녀 말마따나 서로에 대해 이미 자신을 잃었다는 증거를 가지고 관계가 지속되길 바랄 수는 없었다. 이러지도 저러지도 못한 채 나날이 자괴심만 쌓여갈 뿐이었다. 그녀 역시 마찬가지였을 것이다. 찻집에서 만나고 며칠인가 지나서부터 그녀는 출근을 하지 않았다. 무단결근이 삼 일째 계속되던 날 나는 그녀가 도서관을 그만두었다는 사실을 다른 사서한테서 전해들었다. 4월 중순도 끝나가는 곡우穀雨였다.

7

입하가 지나고 소만, 망종, 하지, 소서, 대서가 또 덧없이 지나고 입추, 처서, 백로, 추분, 한로도 지나 상강霜降을 이틀 앞둔 어느 늦가을 이침에 나는 어머니의 부음을 들었다. 어머니의 돌연한 죽음은 세상의 모든 등불이 꺼진 것만큼이나 나를 캄캄하게 만들었다. 나도 흙을 파고 땅속으로 들어가고 싶은 심정이었다. 워낙에 깔끔하고 정정한 양반인데다 이제 환갑을 갓 넘겼을 뿐인 나이였으므로 나는 몽매에도 어머니의 죽음 따위를 미리 염두에 두고 산 적이 없었다. 내 살아 있음의 유일한 증거였던 어머니. 아버지가 돌아가셨을 때와는 느낌이 또 달랐다. 그때는 그래도 어머니가 옆에 있었던 것이다. 아버지는 단지 외롭다는 이유 때문에 어린 나를 방에다 가둬놓고, 천천히 소주를 들이켜며 말없이 매질을 하던 사람이었다. 하지만 아버지가 죽었을 때 나는 누구보다도 섧게 울고 있었다. 하지만 이번에는 눈물조차 나오지 않았다. 내가 완전한 무無로 화해 세상에서 흔적 없이 사라져버린 느낌이었다. 이제부터 증거도 이유도 없는 삶을 어찌 살아낸단 말인가. 아, 다름아닌 어머니조차도 남들처럼 한갓 나를 스치고 지나가는 사람이었을 줄이야.

나는 점점 더 깊은 물속으로 가라앉아갔다. 그러는 사이에도 열람실 벽시계는 열심히 추를 흔들며 입동, 소설, 대설, 동지, 소한, 대한을 지나고 입춘, 우수, 경칩을 거치면서 나를 완전히 다른 사람으로 바꾸어놓았다. 다시금 나이를 한 살 더 먹은 탓도 있었을 것이고 무엇보다도 어머니의 죽음이 가져온 충격으로 인해 삶을 대하는 태도가 판이하게 달라진 탓이었으리라. 우선 나는 내 녹내 나는 생활에 심한 염증을 느끼기 시작했다. 나는 도서관을 그만두고 싶은 생각에 매일매일 시달리고 있었다. 나는 몇 세기 전에 죽은 동물의 빳빳한 가죽을 뒤집어쓰고 있는 것만 같았다. 기름을 끼었고 몸에다 불을 그어대고 싶은 권태스런 날들이었다. 나는 구체적으로 '변화'라는 걸 원하며 몸부림을 치고 있었다. 하지만 이른바 변화라는 게 그렇게 쉽게 찾아지는 것도 아니었다. 그것은 논바닥 한가운데 몇백 년이나 박혀 있던 바위를 맨손으로 들어내는 것처럼 힘겨운 일이었다.

내가 직장을 옮긴 것은 작년 겨울의 일이었다. 논바닥의 바위를 빼내는 데 상상도 못했던 시간과 노력이 필요했음이었다. 와중에 나는 체념을 하기도 하고 준사서에서 사서로 승진하는 바람에 한동안 다른 생각은 접어둔 적도 있었으나 그것도 잠시일 뿐이었다. 나는 도서관 일에 곧잘 게으름을 부리며 이 수용소 같은 갑갑한 생활에서 탈출하고자 열심히 기회만 엿보고 있었다. 평소에 소원했던 사람들까지 부지런히 찾아다니면서 말이다. 어쨌든 나는 좀더 사람이 많이 모여 있는 곳으로 가야 한다는 강박에 사로잡혀 있었다.

조금은 복잡하고 구차스런 절차를 거쳐, 나는 우여곡절 끝에 직원이 만 명도 넘는 대그룹의 조사부에 입사했다. 도서관에 근무한 이력이 있었으므로 그닥 낯선 일은 아니었다. 주로 그룹 기조실이나 홍보실, 혹은 계열사에서 필요로 하는 자료를 제공해주고 성우에 따라서는 신규사업의 시장조사를 맡아 해주는 부서였다. 나는 그 부서의 중간관리자급으로 채용됐다.

나는 세상 살아가는 방법과 주위 사람들과 어울리는 법을 빨리
빨리 터득해갔다. 때로 부하직원에게 허튼 농담도 던져보기도 하
고, 계열사 여사원들과 심심찮게 술자리를 같이하기도 하고, 이
른바 고급술집이라는 데를 출입하며 하루에 한 달치의 월급을 날
려보기도 하고, 좀 늦은 나이긴 했지만 결혼에 대해 현실적으로
생각해보는 일이 많아져서 이른바 맞선이라는 걸 보기도 하고,
턱없이 거리를 지나가는 여자들까지도 함부로 눈여겨보곤 했다.
그런 식으로 나에 대한 증거를 부지런히 늘려가고 있었다. 나는
너무나 뒤늦게 인생이란 걸 시작했다고 생각하고 있었던 것이다.
가끔은 술에 취해 들어와, 어둑한 방 한가운데 멀뚱히 서서, 바위
가 빠져나간 논바닥의 캄캄한 환영을 목도하며 까닭 모를 적막
감, 고독감에 사로잡혀 몸을 떨곤 했지만 말이다.

8

내가 서하숙을 만나게 된 것은 도서관을 그만두기 바로 며칠
전의 일이었다. 시사저널사 건너편에 있는 '비스'란 이탈리안 찻
집 겸 술집에서였다. 아니, 정확히 말하면 경향신문사 앞 건널목
에서였다. 그녀는 덕수궁 쪽으로 가던 길이었고 나는 비스 옆에
있는 삼성병원으로 누군가의 병문안을 가던 길이었다. 오후 세시

쯤이 아니었나 싶다. 전날 내린 눈으로 길바닥은 질펀하게 변해 있었다. 아무튼 내가 경향신문사 앞을 막 지나가는데 정면에서 서른 살쯤 돼 보이는 여자가 걸어오고 있었다. 아는 얼굴, 이라고 퍼뜩 생각했지만 그 순간엔 그녀가 누구인지 알아보지 못하고 있었다. 나는 고개를 한번 갸웃거리며 내처 그 여자 옆을 비껴지나 갔고 그때 그녀가 주춤하고는 내 얼굴을 슬쩍 돌아봤다고 생각된다. 그러나 그녀도 자신이 없었던지 곧바로 가던 길을 재촉했다. 상대가 생면부지인 경우라도 살다보면 이런 일은 얼마든지 있을 수 있다. 어쩌다 전에 만났던 사람이었다고 해도 사실 사정이 달라질 건 없다. 막역한 사이가 아닌 이상 뒤를 쫓아가서 멋쩍게 알은체를 할 필요는 없다는 얘기다. 십중팔구 실없어 보일 게 뻔한 일이다.

한데 건널목을 건너려고 신호등 앞에 서 있는 사이 내 귀에 이런 소리가 날아와 꽂혔다.

"저어, 혹시 황동우씨 아니세요?"

나는 흠칫 놀라 뒤를 돌아보았다. 그러자 그녀가 내 옆으로 다가왔다. 주저하는 모습이었지만 여자는 분명히 나를 알고 있는 듯한 표정이었다. 그리고 그때는 나도 그녀가 누구인가를 알게 되었다고 생각한다. 하지만 전에 어디서 본 여자라는 사실만 어렴풋이 자각하고 있었을 따름이었다. 쉽게 말해 그녀의 이름 따위는 고사하고 성마저도 기억하지 못하고 있는 상태였다. 아,

네…… 하고 내가 어수선한 표정을 짓고 있자 그녀가 입술만으로 어색하게 웃어 보이며, 저 모르시겠어요? 서하숙이에요라고 제 이름을 밝혔다.

기러기 하숙, 서하숙. 실로 몇 년 만인가.

오후 세시의 비스는 한산했다. 적산가옥을 개조한 듯한 그 언덕 위의 하얀 집 일층 창가에 앉아 그녀와 나는 커피를 마셨다. 모두가 까마득한 옛날 일 같았다. 그녀가 나를 알아봤다는 사실이 그저 놀라울 따름이었다. 그 단발형의 머리는 여전했지만 눈가의 잔주름과 기미? 혹은 주근깨가 귀밑에 깔려 있었고 시간이 지나면서 알게 됐지만 표정이라든가 몸놀림, 심지어는 말투까지도 기묘하게 변해 있었다. 세월이 흘렀단 뜻일 거였다. 당연한 일이었다. 눈 둘 데가 마땅치 않아 나는 하얗게 기운 창밖 풍경만 시린 눈으로 내다보고 있었다. 그녀도 역시 자리가 불편했던지 자주 몸을 꿈지럭거렸다. 이상하게도 아무런 느낌이 없이 그저 밋밋하기만 했다. 다소 미묘하단 느낌 정도가 고작이었다. 오후 세시라는 어중간한 시각에 느닷없이 만나게 돼서 그런 걸까? 저녁이었다면 술이라도 한잔하게 되었을 것이고 그렇다면 필시 분위기도 달라졌을 텐데. 하지만 그것도 장담할 수는 없는 일이었다. 어쨌거나 오랜 세월의 간극이라는 게 그렇게 일시에 메워지는 것은 아닌 모양이었다. 그녀와 나는 탁자 위에 떨어져 힘없이 풀어져 있는 햇살을 손끝으로 먼지처럼 쓸어내며 어쩔 수 없이 의례적인 말들을 나눴다.

"아직도 도서관에 근무하세요?"

"어쩌면 다른 곳으로 옮겨갈지도 모르겠군요."

그게 어디냐고 그녀는 묻지 않았다. 슬쩍, 내 눈을 한번 쳐다보기만 했다.

"전 술병을 만들고 있어요. 술병 디자인하는 일 말이죠. 물론 국산 위스키 병이지만 말이죠."

아, 위스키…… 하고 되받으며 나도 그녀의 얼굴을 한번 스윽 바라보았다. 그녀는 고해성사라도 하는 사람처럼 더듬거리며, 주섬주섬 위스키 병 얘기를 늘어놓았다. 가령 브리타니아란 위스키가 있는데 이것은 구 영국 제국의 별명에서 유래한 것이다. 또한 영국 주화에 새겨진 여신상의 이름이기도 하다. 다른 말로는 '영국의 연인'이란 뜻이다. 스프링뱅크라는 위스키 병의 모양은 책처럼 생겼다. 글렌피딕이란 위스키의 이름은 '사슴이 있는 골짜기'란 뜻이다. 뭐 이런 식이었다. 그런 얘기를 한동안 듣고 있자니 조금은 지루하고 답답하단 느낌이 몰려왔다. 자꾸 말을 더듬는 걸 보면 그녀 또한 그간에 달라진 나를 보고 있었을 것이다. 시간이 지날수록 서먹한 마음은 더해갔고 그리하여 내 입에서 나오는 소리도 자꾸 굳어만 갔다.

"결혼은 했어요? 이젠 그만한 나이가 됐을 텐데."

다시금 그녀의 눈이 내 눈을 잠깐 스쳐갔다.

"글쎄요, 저 같은 여자를 누가 데려가게요."

"……"

"못했다고 해야 맞아요. 어디 헌거라도 있으면 찾아봐야 텐데요."

상스럽다고까지 생각한 건 아니었지만 그 말을 듣고 있자니 절로 눈살이 찌푸려졌다. 헌거라면 역시 나도 헌것일 터였다. 오후 네시가 될 때까지 이런 속절없는 얘기를 나누다 그녀와 나는 이윽고 누가 먼저랄 것도 없이 슬그머니 자리에서 일어났다. 맞선을 보러 나왔다가 떨떠름하게 끝을 내는 꼴이었다. 찻집을 나오면서 나는 그녀와 63빌딩에 갔던 일, 야식집에서 술을 마시던 일, 하수관 안에 서 있던 일 들을 속속들이 반추하고 있었다. 그녀 또한 그때 일을 떠올리고 있었는지도 모른다. 허나 모두가 때늦은 기억이었다.

그녀와 나는 어정쩡한 모습으로 삼성병원 앞에서 헤어졌다. 헤어지기 직전에, 그녀는 망설이는 얼굴로 핸드백을 열고 내게 무언가를 꺼내주려 하다가는 도로 닫아버리고 말았다. 아마도 명함 같은 것일 터였다. 그렇다면 다시 나를 만나고 싶어했다는 뜻이었을까? 그러나 이제는 전처럼 무턱대고 나를 찾아오거나 어두운 처마 밑에 서서 아무렇지도 않게 연인이 되자는 말을 하지는 않을 것이 분명했다. 빌딩숲 사이로 기우는 햇살이 그때 내 눈에 쏟아져들어왔으므로 나는 실눈을 뜨고 잠시 비틀거리다가 가볍게 눈인사를 건넨 다음 병원 건물을 향해 돌아섰다. 그리고 병원 외벽에 나 있는 계단을 통해 이층에서 삼층으로 올라가다 말고 나는 홀연히 뒤를 돌아다보았다. 그녀는 아까 내가 지나왔던 경향신문사 앞을 거꾸로 짚어내려가고 있는 중이었다.

9

나는 춥고 캄캄한 곳에서 먼지를 뒤집어쓰고 앉아 있었다. 누가 나를 거기로 불러들였는지 알지 못한 채. 사위는 바다 밑바닥인 듯 온통 코발트빛 어둠에 감싸여 있었다. 내 손에는 불과 오분 전에 읽다 만 잡지가 들려 있었다. 무슨 생각을 했던가. 열람실에서 책을 보다 말고 나는 급한 전갈을 받은 사람처럼 이곳 창고로 달려내려왔던 것이다. 그곳엔 이제 곧 사라져야 할 것들, 아니 이미 사라진 것들이 차곡차곡 잠들어 있었다. 나는 창고 한쪽 구석에 쭈그리고 앉아 손에 들고 있던 『내셔널 지오그래픽』을 다시 넘겨보았다. 그것은 '지구에 관한 진실'을 전하기 위해 미국 국립지리학회가 1888년부터 발간을 시작한 책이었다. 지구가 둥글다는 사실을 사진으로 처음 증명하고 바닷속이나 공중에서 촬영한 사진을 최초로 게재한 것으로 유명한 책이기도 했다. 거기서 아까 나는 두 개의 사진을 보고 있었던 것이다.

하나는 북극해에 살고 있는 돌고래를 찍은 사진이다. 해안 가까이에 있는 연초록의 바닷물 속에서 하얀 돌고래떼가 흰 무처럼 떠서 유영하고 있다. 그들은 자신들이 곧 이 지구의 주인이기나 한 양 한가롭게 노닐고 있다.

또다른 하나는 미국 옐로스톤 지대에서 겨울을 나고 있는 들소의 사진이다. 벌판에 분필가루처럼 내리고 있는 눈. 멀리 성냥개비를 잔뜩 꽂아놓은 것 같은 헐벗은 숲에도 가득히 눈이 내리고 있다. 그 먼 곳으로부터 웬 들소 한 마리가 이쪽을 향해 천천히 다가온다. 들소는 온통 눈에 뒤덮여 있다. 길을 잃은 듯, 들소는 내 방문 앞까지 와서 잠시 주위를 두리번거리다 이윽고 그대로 멈춰 선다. 그러고는 영원히…… 움직일 줄을 모른다. 누가 문을 열고 나와주기를 기다리는 듯, 누가 저를 스치고 지나가기를 기다리는 듯.

도서관을 그만두던 그날, 나는 오후 내내 지하창고에 앉아 있다가 여섯시가 돼서야 광부 같은 얼굴을 하고 밖으로 나왔다.

텔레비전 속은 너무 캄캄해, 라고 중얼거리며.

가족사진첩

*

　제주도에서 비행기를 타고 부산에 내려 다시 기차를 타고 대전까지 오니 오후 세시였다. 대전역 근처 식당에서 늦은 점심식사를 마친 다음 직행버스를 타고 공주에 도착한 시각은 오후 다섯시, 금강이 내려다보이는 리버사이드호텔에 짐을 풀자마자 선희는 기진맥진해서 침대에 쓰러졌다. 그리고 나서 선희는 저녁 일곱시쯤 내가 깨울 때까지 수면제를 먹은 사람처럼 잠들어 있었다. 제주도에서 입고 온 양장 차림 그대로였다. 문득 거울 옆에 걸린 달력을 보니 하지夏至였다.

*

"배추는 하늘을 보고 잎사귀를 올리니 양陽이고 무는 땅으로 뿌리를 내리니 음陰이야. 배추를 셋 무를 둘의 비율로 섞고 소금을 쳐서 풋기를 없앤 다음 마늘, 파, 생강, 고추, 젓갈, 이렇게 다섯 가지 색깔의 양념을 넣고 버무려야 비로소 제 맛이 나느니라. 겨울에 김치독을 땅에 묻는 이치도 또한 같다. 항아리의 입은 하늘을 향해 열려 겨울의 냉기를 받아들이고 아래쪽은 땅으로부터 더운 기운을 받아들여 김치의 참맛을 만들어내는 게다. 세상 만물엔 이렇듯 다 뜻과 이치가 서려 있는 법이야."

결혼식을 며칠 앞둔 어느 날 저녁, 며느리가 될 선희를 앉혀놓고 어머니가 하던 말이었다. 선희는 다소곳이 무릎을 꿇고 앉아 가만가만 고개를 주억거리고 있었다. 어머니가 그날 선희를 불러 김치 담그는 법을 가르치려고 했던 건 물론 아니었다. 식을 올리기 전에 꼭 한번 다녀가라는 어머니의 말이 며칠 전부터 있던 터여서, 그날 내가 퇴근 후 선희를 데리고 집에 도착했을 때 마침 어머니는 혼례 당일에 쓸 김치를 담그고 있던 중이었다. 엉거주춤 주방 한켠에 서 있던 선희가 팔을 걷어붙이고 주뼛주뼛 김치 통에 대들자 어머니가 대번에 이런 소리를 했던 것이다. 그게 지청구일 리 없었으나 선희는 줄곧 네, 네 하면서도 어딘가 모르게 굳은 표정을 짓고 있었다. 안 그래도 집에서까지 매양 한복 차림에다 사소한 일에도 법도부터 따지고 드는 어머니를 선희는 무척이나 어렵게 생각하고 있는 터였다. 어차피 결혼을 하고 나면 모시고 살아야 할 터인데 벌써부터 살림을 가르치려 드는 건지라는 생각을 하고 있었는지도 모른다.

저녁식탁에 앉아서야 어머니는 그날 선희와 나를 함께 부른 이유를 설명했다.

"신혼여행 다녀오는 길에 아버지 산소에 들르도록 해라. 진작 그랬어야 했겠지만 다들 바빠서 그럴 정신도 없었을 게다. 식장에서 그런 말을 할 수는 없는 노릇 아니냐. 내일쯤엔 너도 시간을 내서 처가댁에 들르도록 하고. 너희한테 무슨 하실 말씀이 계실지도 모르는 일 아니냐. 때를 놓치면 또 못하게 되는 말도 있는 법이다."

생각해보니 아버지 산소에 다녀오는 일을 까맣게 잊고 있었던 게 사실이었다. 두 달 전 선희와의 결혼 날짜를 잡고부터 매양 분주하게 쫓겨다니기만 했지 미처 거기까지는 생각을 못했던 것이다. 그렇다고 해서 아버지 산소에 다녀올 시간이 없었다고 말할 수는 없었다. 서울에서 공주까지 고속버스로 기껏해야 세 시간밖에 걸리지 않으니 일요일 하루면 충분히 다녀올 수 있는 거리였다. 막연히 식을 올린 다음에라는 식으로 미뤄두고 있었던 것이다. 어머니 입에서 먼저 그런 소리가 나왔다는 것은 어쨌거나 민망한 일이었다.

선희를 버스정류장까지 바래다주기 위해 아파트를 나오며 나는 오래전에 떠나온 공주를 생각하고 있었다. 제대하고 난 직후의 일 년을 빼더라도, 대학에 입학하기 위해 서울로 올라온 해부터 따지자면 벌써 십 년 전에 나는 공주를 떠나온 셈이었다.

"시골이 고향인 사람들은 한결같이 묘한 표정들을 갖고 있어요."

버스가 오기를 기다리며 무슨 뜻인지 선희가 불쑥 이런 말을 꺼냈다.

"임시번호판을 붙인 자동차 같은 얼굴들을 하고 있단 말이에요."

"그럴지도 모르지. 하지만 나도 그렇단 말인가?"

"물론요. 쉽게 말해 아주 예민한 편들이에요. 왜 그런지 모르지만 항상 여기저기를 두리번거리구요."

"그거야 임시번호판을 달았으니까 그렇겠지."

"나쁘다는 뜻이 아니니까 마음에 두진 마시구요. 실은 저 공주에 가보고 싶어요. 무령왕릉이 있다는 것밖에는 모르지만……"

"미나리도 유명하고 감도 유명하지. 방학 때는 달밤에 학생들이 리어카를 끌고 줄을 지어 이사를 하는 곳이기도 하고. 학교가 많거든."

학생들이 리어카를 끌고 달밤에 이사를 해요? 라고 그녀가 묻는 사이에 버스가 왔다. 그녀는 임시번호판을 달고 말이에요? 하더니 배시시 웃으며 버스에 올라탔다.

  그날 밤 나는 자리에 누워 오래 잊고 있던 아버지 생각을 하고 있었다.

*

  아버지가 고혈압으로 갑작스럽게 세상을 떠난 것은 내가 고등학교 삼학년 때였다. 창밖에 개나리가 미친 듯이 흐드러져 있던 어느 봄날의 이른 아침이었다. 그때 어머니는 마흔일곱이었으며 나보다 세 살 어린 여동생을 하나 더 두고 있었다. 조부가 아버지에게 물려준 유산이 얼마간 남아 있어 당장 생활의 변화가 찾아온 것은 아니었으나 어쨌든 어머니는 너무 일찍 혼자가 되었던 것이다. 그러나 진달래가 서럽게 흐드러져 있던 산에 아버지를 묻고 와서도 어머니는 좀체 흐트러진 모습을 보이지 않았다. 매양 하던 대로 아침 일찍 일어나 마당부터 쓸고 불을 때서 밥을 짓고는 동생과 나를 깨워 학교에 보낸 다음 저녁때까지 마루에 앉아 아버지가 죽기 전에 잡고 있던 수틀을 만지고 있었다.

  어머니의 모습이 눈에 띄게 달라지고 있다고 느낀 건 개나리, 진달래가 다 지고 아카시아꽃이 필 무렵이었다. 어머니는 신주처럼 모시던 장독대에 비가 내려도 단지뚜껑 닫는 일을 잊어버리기가 일쑤였고 끼니마저 때를 못 맞추는 일이 점점 잦았다. 그뿐만

이 아니었다. 급기야 어머니는 남몰래 술을 입에 대기 시작했다. 동생과 나를 재워놓고 어둑한 부엌에 혼자 앉아 술을 마시다 이른 새벽 변소를 다녀오던 내게 두어 번 들킨 일도 있었다. 취해서 주정을 하는 경우는 물론 없었지만 달이 밝은 밤이면 술에 취해 달리아 그림자가 흔들리고 있는 화단가를 밤새 서성이기도 했다.

여름이 더디게 물러가고 가을도 깊어 화단이 슬슬 무너져갈 무렵까지 어머니는 그렇게 술로 버티고 있었다. 늘 한복 입은 모습이 어울린다고 생각했었지만 더이상 검게 죽은 어머니의 얼굴은 무꽃빛의 한복과 조화를 이루지 못했다. 눈이 움푹 패고 살결이 거칠게 변해 여름 한철과 가을을 보내는 사이에 어머니는 몇 년은 더 늙어 보였다.

그러던 어느 날 저녁에 어머니가 대청마루로 나를 불렀다. 전날 비가 내리고 나서 초저녁부터 별똥별이 강으로 떨어져내리고 있던 밤이었다.

"마루 밑에서 고무신 좀 꺼내다고."

종이처럼 가볍게 느껴지는 몸으로 어머니는 마당으로 내려오더니 낙엽이 지고 있는 감나무를 한참이나 실눈을 뜨고 쳐다보았다. 손바닥으로 머리를 쓸어올리며 어머니가 꺼져들어가는 소리로 말했다.

"저 나무를 한번 흔들어다고. 멍석은 깔 필요 없고."

마당가에 있는 그 감나무는 내가 열 살 때던가 아버지가 산에서 고욤나무를 캐와 접을 붙인 것이었다. 내가 열두 살 때부터 고욤나무엔 감이 열리기 시작했고 아버지가 죽은 그해에는 좋이 몇 접은 될 감들이 달려 있었다. 영문을 몰랐지만 나는 감나무로 주춤주춤 다가가서 그것을 세게 흔들어댔다. 마른 잎새에서 식은 달빛이 요란하게 튀어오르며 익어가는 감들이 마당으로 후드득 후드득 떨어져내렸다.

"됐다, 이제 나를 강으로 데려가다고."

나는 어머니를 부축해서 강으로 내려갔다. 그때도 영문을 모르기는 마찬가지였으나 나는 어머니 말대로 해야 한다는 생각을 하고 있었다. 과수원 길을 지나는데 사과며 배 냄새가 밤바람에 섞여 코끝까지 날려오고 있었다. 그새 한로寒露라니…… 하며 어머니는 깊은 한숨을 내쉬었다.

모래사장까지 겨우 내려와 어머니는 바닥에 풀썩 주저앉았다. 어머니 옆에 따라 앉자 강물이 가슴팍까지 차올라 숨이 가빠왔다. 금강철교에서 흘러내려온 불빛이 강물 위에 기묘한 색채를 드리운 채 꾸물대고 있었다. 두루미 한 마리가 공산성 쪽으로 포물선을 그리며 유유히 날아가고 있었다.

"네 아버지를 묻고 오던 날에 공산성에서 웬 꽃냄새가 그리 지독하게 내려오던지……"

공산성은 아까시나무로 뒤덮여 있어 해마다 봄이 되면 어질어질한 꽃향기가 강안을 온통 싸안곤 했다.

"그걸 말하는 게 아닌데. 하긴 너는 모르고 있을 테지."

"……"

"너를 뱃속에 가지고 있을 때 저녁마다 네 아버지와 저기 공산성에 올라갔었더니라. 그리고 음력 6월에 너를 낳았던 거지."

청와빛 어둠이 켜켜이 어머니와 내가 앉아 있는 둘레로 조여들고 있었다.

"아버지 얘기를 좀 해다고. 생각나는 대로 말이야."

짙푸른 강물만 바라보고 있던 어머니가 불쑥 입을 연 것은 달이 머리 위로 막 올라왔을 때였다.

"무슨 말을요?"

"무슨 얘기든 말이야!"

돌연 어머니의 음성이 역정처럼 들려왔다. 강바람은 점점 차가워졌고 나는 좀 떨고 있었다. 한편으론 어머니가 무섭고 걱정이 되기도 했다.

고등학교 한문선생이었던 아버지에 대해 아직도 나는 별다른 추억을 가지고 있지 않았다. 워낙 말수가 적었던 양반인데다 나는 아버지를 좀체 가까이할 기회가 없었던 것이다. 아버지가 애써 나를 옆에 두려 하지 않았던 탓도 있었다. 지금 생각해보면 아버지는 나를 먼 친척처럼 대했던 것 같다. 왜 그랬는가는 물론 알도리가 없다. 다만 한 가지 기억만은 유별나게 뇌리에 남아 있다.

초등학교 시절 나는 부엌 위에 있는 다락에 올라가 있는 것을 좋아했다. 그 캄캄한 곳에 말이다. 그리하여 저녁에 밥상 차리는 소리를 듣고 있으면서도 아래로 내려오지 않는 때가 많았다. 글쎄, 누군가 나를 부르러 와주길 바라고 있었는지도 모른다. 한데, 어느 날인가 아버지가 슬며시 사다리를 밟고 올라와 다락문을 벌컥 열고는 안으로 들어왔다. 끼니때도 아니었으므로 나는 소스라치게 놀랐다. 아버지는 구석에 웅크리고 있는 나를 한동안 묵묵히 쳐다보더니 이윽고 무릎걸음으로 다가와서는 대뜸 이런 소리를 했다.

"숯 같은 녀석!"

아버지는 호주머니에서 성냥을 꺼내 불을 붙이고는 호호 웃으며 내게 들이댔다. 혼겁한 나는 몸을 비틀며 벽 구석으로 잔뜩 몸을 말아붙였다. 그런 아버지가 나는 되게 무서웠다.

"어디 불이 붙나 한번 보자니까."

나는 벌벌 떨면서 급기야는 눈을 질끈 감아버렸다. 코앞에서 성냥불이 타고 있는 게 느껴졌다. 손가락까지 불이 타들어가자 아버지는 바닥에 그걸 떨어뜨리고는 다락을 내려갔다. 더이상 뭐란 말도 없이. 낚싯바늘처럼 꼬부라진 채 아직도 바닥에 벌겋게 남아 있는 성냥불을 보며 나는 짐짓 몸서리를 치고 있었다. 이런 얘기를 더듬거리고 있자 어머니가 그때 아버지가 웃던 웃음을 똑같이 흉내내며 말했다.

"그러고노 남을 양반이다."

"아버지가 늘 먼 친척처럼 느껴졌어요."

"부자지간이라고 해서 가까운 게 다 좋은 건 아니다. 이 에미도 네 아버지가 멀게 느껴질 때가 많았단다. 그렇지만 항상 그 자리에 계셨지. 마당에 서 있는 감나무처럼 말이야. 아버지는 가까이 있는 사람도 늘 그리워했고 또 그립게 만드셨지. 늘 당신 자리에 계시면서 말이다. 가끔 멀다고 느꼈던 건 다만 우리였을 게다."

글쎄요, 라고 나는 기어들어가는 소리로 되받았다.

"아버지가 돌아가시자 가슴에서 큰물이 빠져나가는 것 같았다."

어머니는 또 푹 한숨을 내쉬며 옷섶을 여몄다.

"실은 아버지만 알고 있는 일이 하나 있었어요. 아버지는 끝내 그걸 입 밖에 내지 않으셨지만요."

"그래, 그런 일도 있었겠지."

"초등학교에 막 입학한 때였어요. 어느 날 아버지와 함께 잔칫집에 갔죠. 어디 친척집이었겠죠. 초봄이었는데 바깥마당 굴뚝 옆에 짚단이 잔뜩 쌓여 있었어요. 저는 아는 아이가 없어서 혼자 놀다가 마당에 떨어져 있던 성냥을 주워 짚단에 불을 붙였어요. 그냥 심심해서 장난으로 말이에요. 그런데 그게 큰불이 되고만 거예요. 짚단에 붙은 불이 이내 나뭇짐이 쌓여 있는 헛간으로 번져들어갔던 거예요. 저는 돌멩이 같은 걸 마구 주워 던지며 불을 끄려 했지만 소용이 없었어요. 불길은 점점 더 크게 번졌구요. 잔칫집에 왔던 사람들이 우우 뛰어나오고 이내 소란이 일었지요.

저는 부들부들 떨고 있다가 집 앞에 있는 논으로 마구 내뺐죠."

"그게 바로 너였구나. 네 작은할아버지 댁 헛간을 태운 게."

어머니는 무심한 소리로 내뱉고는 슬그머니 나를 돌아보았다.

"그래서?"

"한참을 도망치다 돌아보니 불은 헛간을 완전히 삼키고 잔칫집은 그야말로 아수라장으로 변해 있었어요. 다행히 안채까지 가기 전에 불길을 잡았지만 결국 헛간과 곳간은 새까맣게 타버리고 말았죠. 그러나 불을 지른 게 누구라는 것은 끝내 아무도 알지 못했어요. 그리고 나서 집으로 돌아오는 길에 아버지가 저한테, 불은 돌멩이가 아니라 물로 끄는 것이야라고 하시는 거예요. 아버지는 알고 계셨던 거예요. 그러나 그뿐이었어요. 돌아가실 때까지 그 일에 대해서는 아무 말씀도 없으셨어요. 집에 와서 거울을 보니 제 얼굴이 까맣게 변해 있었던 게 지금도 기억에 생생해요."

"몹쓸 녀석 같으니라구."

"……그런데 왜 저를 혼내거나 하시지 않았을까요. 그걸 암만 해도 모르겠는 거예요."

"글쎄다. 하지만 왜 아버지가 너한테 숯 같은 녀석이라고 했는가는 알 것 같구나. 언젠가는 네가 바로 네 헛간을 태우리란 걸 알고 계셨을 게다. 아직 네가 그 일을 잊지 않고 있다는 게 증거 아니겠냐."

"……"

"넌 네 아버지를 꼭 빼닮았어. 웃는 모습이며 잠자는 모양하며 걸음새까지 말이다. 물론 세월이 흐르다보면 조금씩 아버지의 때가 벗겨지고 다른 사람으로 변해가겠지. 하지만 그렇다고 해서 그게 다 없어지는 건 아니란다. 어쨌든 핏줄이란 그런 것이야."

내가 아버지를 닮았다는 얘기는 자라오면서 여러 번 들은 바였다. 하지만 그런 얘기는 누구나 듣고 자라는 것이 아닌가. 솔직히 말하면 나는 내가 아버지를 닮았다고 생각한 적이 거의 없었다. 또 굳이 닮아야겠다는 생각을 해본 적도 없었다.

"이 에미도 네 아버지가 어떤 사람이란 걸 다 몰랐다."

"……"

"나무 같은 양반이었다. 그러더니 정말 벼락을 맞은 것처럼 돌아가시더구나."

"아직도 저는 아버지를 잘 모르겠는걸요."

"네 몸과 마음이 기억하고 있을 게다. 그러면 된 것 아니냐."

나는 다섯 살 땐가 아버지의 손을 잡고 처음 목욕탕에 가던 일, 강으로 낚시를 다니던 일, 운동회날 아버지가 처음으로 내게 초록색 피리를 사줬던 일 따위의 희미한 기억들을 반추하고 있었다. 하지만 그런 일도 내가 중학생이 된 다음부터는 아예 생기지 않았다. 아버지는 내가 다 컸다고 생각하고 있었던 것일까?

"한번은 학교에서 돌아오다 발을 헛디뎌 웅덩이에 빠진 적이 있었어요. 제가 열두 살 땐가 왜 목을 다친 적이 있었잖아요. 마침 퇴근하시던 아버지가 저를 보셨어요. 그런데 넘어져 있는 저를 보고도 그냥 지나치시는 거예요. 딴 사람을 보듯이 말이에요."

"글쎄다, 거기엔 그만한 뜻이 있었지 않았겠냐? 그게 네 말대로 남이었다면 그렇게 지나가진 않으셨을 텐데."

어머니도 그 일에 대해서는 뭔가 의아스럽게 생각됐는지 말꼬리를 흐렸다.

"아무튼 그때부터 아버지가 서먹하게 느껴졌던 것이 사실이에요. 그게 무슨 뜻이었는지 알 만한 나이도 아니었잖아요. 그후로도 저는 몇 번인가 죽을 뻔한 일이 있었어요. 어머님한테 말씀은 안 드렸지만 장마철에 고기를 잡으러 나갔다가 두 번이나 물에 빠져 죽을 뻔했구요. 또 넘어져서 그랬다고 에둘러서 말했지만 오토바이에 치여 팔이 부러진 적도 있었죠. 한데 그때마다 이상하게 아버지가 제 옆을 무심히 스쳐지나가는 환상을 보곤 했어요. 그게 저는 무서웠어요. 아버지가 죽음처럼 보였거든요. 일찍 가시려고 그랬는지는 몰라두요."

"……아까도 말했지만 이 에미도 그 양반의 속내를 다 알 수 없었다. 다만 돌아가시기 직전에 이런 말씀을 하시더구나. 무슨 원한 투로 말이다. 이놈의 우주를 한번 뒤흔들고 가려 했는데…… 이렇게 말이다. 지금 생각해보면 아버지는 우리하고는 뭔가 다른 생각을 하고 사셨던 게 분명해."

내가 중학생이던 해부터 아버지는 저녁마다 마루 끝에 나가 서서 상전벽해! 상전벽해! 하며 붉은 노을을 노려보다 컴컴한 방으로 들어가곤 했다. 그러던 어느 날 저녁에는 산으로 나를 데리고 올라가 논배미를 내려다보며 이런 말을 하기도 했다. 실로 오랜만에 아버지와 함께 바람을 쐬러 나갔던 저녁이었다.

"저기 논바닥에 뭐라고 써 있는지 보이느냐."

나는 그게 무슨 말인지 몰라 몸만 기우뚱거리며 서 있었다. 아버지가 재촉하는 소리를 듣고 나서야 나는 엉겁결에 이렇게 내뱉었다.

"논 답畓이요."

"저게 왜 답자야. 전田자지. 논두렁 읽을 줄도 몰라?"

"……"

"그래, 네 말대로 논배미 위로 물줄기가 흘러가고 있다. 전봇대가 한중간에 우두커니 서 있고. 그럼 그건 무슨 자지?"

나는 또 대답을 못하고 건성으로 땅거미가 내려앉고 있는 어둑한 논들만 내려다보고 있었다. 물줄기는 아예 눈에 들어오지도 않았다.

이윽고 아버지가 내 귀를 잡아비틀며 또 정답(?)을 가르쳐주었다.

"중학생이 됐는데 아직 푸를 청靑자도 몰라? 쯧쯧."

그때 아버지가 혀를 차던 소리는 오랫동안 내 마음에 아프게 남아 있었다. 아버지는 결국 내가 푸를 청자 하나를 겨우 알 만한 나이에 세상을 뜨고 말았다. 말하자면 아버지는 당신이 누구라는 걸 내가 미처 깨닫기도 전에 저세상으로 가버렸던 것이다. 그러니 이제 와서 내 몸과 마음이 아버지를 기억하고 있다고 말하기도 어려웠다.

아버지가 죽고 나서 며칠이 지나 나는 다락에 올라가 있다가 무심코 가족사진첩을 뒤적이고 있었다. 그러나 아버지의 사진은 어디에도 남아 있지 않았다. 독사진은 물론이고 어머니와 결혼식 때 찍은 사진도 온데간데없었다. 사진첩 곳곳에 네모난 빈자리가 남아 있는 걸로 봐서 누군가 따로 빼서 정리를 했겠거니 하는 생각이 들었지만 어머니에게는 왠지 그런 걸 물어볼 엄두가 나지 않았다. 장례를 치르고 며칠이 지나지도 않았는데 무슨 정신으로 어머니가 벌써 사진첩을 정리했겠느냐는 생각에서였다.

아버지는 조부의 환갑날에 친척들과 함께 찍은 사진 속에 유일하게 남아 있었다.

사진 속의 조부는 다섯 살쯤 되었을 나를 껴안고 있다. 상고머리를 한 나는 커다란 방울이 세 개 달린 반코트를 입고 있다. 멍한 얼굴로 카메라의 렌즈를 쳐다보고 있는 나. 그 왼쪽에는 조모가 앉아 있고 그 뒤에는 사촌형제들이 역시 무표정한 얼굴로, 혹은 어쩐지 겁먹은 얼굴들로 이쪽을 쳐다보고 있다. 뒷줄에는 아버지 형제들이 조부를 중심으로 양쪽에서 서로 어깨를 비스듬히 끼고 정렬해 있고 아버지는 오른쪽 끝에 말끔한 양복 차림에 중절모를 쓴 모습으로 서 있다. 어머니는 두 살 난 여동생을 안고 아버지 옆에 화분처럼 서 있다. 그들 뒤에는 병풍이 서 있는데 양쪽 끝에서 우리 가족과는 상관이 없는 듯이 보이는 두 명의 신사가 허리를 활처럼 뒤로 구부리고 병풍을 잡고 있다. 아마도 사진에 나오지 않으려고 그러는가보다…… 나는 아버지와 나를 번갈아 쳐다본다. 아버지는 왜 나를 안고 있지 않았을까. 어쩐지 어머니와도 상관없어 보이는 낯선 얼굴로 우뚝 서 있는 아버지. 그러나 비로소 나는 깨닫게 된다. 내가 아버지와 무척이나 닮았다는 사실을.

"춥구나. 이제 그만 들어가자. 가서 마당에 떨어진 감이나 줍자."

공산성 아래 낙조청강落照淸江을 두고 오며 나는 생각했다. 어머니가 긴 슬픔의 잠에서 이제 서서히 깨어나고 있는 중이라고. 어머니가 나를 데리고 강으로 나갔던 그날에야 어머니는 마침내 아버지의 죽음을 받아들이고 있었던 것이다. 어쩌면 그날 어머니는 내게 남아 있는 아버지의 잔영을 보고 싶었던 것이 아닐까. 밤이었으므로 과육 냄새는 아까보다 더욱 진하게 코끝에 밀려와 있었다. 어느덧 찬 서리가 사금처럼 내리며 먼 데 바람 불어가는 소리가 선명하게 귀에 쳐들어오고 있었다. 과수원 길의 중간께에서부터 어머니와 나는 손을 잡고 걷기 시작했다. 아주 오래전에 문득 놓아버렸던 서로의 손을. 그것은 내가 막 성인이 되기 시작하면서부터 마지막으로 잡아본 어머니의 손이기도 했다. 한데 그때 어머니는 과연 누구의 손을 잡고 있었던 걸까? 혹은 아버지의 손은 아니었을까?

돌아와 마당에 떨어진 감을 줍고 나자 아버지의 모습은 집 안 어디에서도 보이지 않았다.

*

"공주를 떠난 건 내가 군에서 제대를 하고 절에 들어갔다 나와 대학에 막 복학할 때였어. 하나 있던 여동생을 시집보낸 바로 뒤였기도 하고."

"어머님이 쉽게 떠나시려 하지 않았을 텐데요."

선희와 나는 엷은 물안개가 피어오르고 있는 강안 모래밭에 앉아 있었다. 그해 가을 어머니와 앉아 있었던 바로 그쯤에.

"전에는 터미널이 강 건너 공산성 아래에 있었어. 이쪽엔 물론 호텔도 없었고 도로도 나 있지 않았지. 지금은 공주대학교로 이름이 바뀌었지만 전엔 여기가 사대師大로 이어지는 둑길이었어. 염소나 소가 떼를 지어 돌아다니곤 했지. 저녁이면 사대 뒤에 있는 상록원이란 술집에서 내려온 학생들이 짝을 지어 강가를 돌아다니는 게 참 보기 좋았는데 말이야."

"아버님 고향도 여기예요?"

"아니, 옛날엔 은진이라 불리던 강경 땅이야. 안개가 유난히 많은 고장이지. 어려서부터 천식을 앓으셨던 모양인데 안개가 몸에 좋지 않다고 고등학교 들어갈 때 할아버지가 여기로 유학을 보내셨던 거야. 할아버지는 한산모시나 포목을 배에 싣고 군산과 강경을 오갔던 분이셨고. 어쨌든 아버지는 그래서 공주로 오셨던 거고 그러다 아예 눌러앉게 되신 거지. 대학은 서울서 나오셨지만 사대부고를 다닐 때 어머니를 만나셨거든."

"그럼 어머님을 찾아 내려오신 거네요."

"자세한 건 알 수 없지만 그랬는지도 모르지. 아버님 성품에 서울생활이 맞았을 리도 없고. 그래, 어머님도 여기를 떠나실 때 무척 힘들어하셨어. 회한 같은 게 남아 있었을 테니. 세월이 좀더 흐르면 다시 여기로 모셔야겠지……"

무슨 생각을 하는지 선희는 한동안 입을 다물고 있었다. 백야 같은 희부연 어둠이 강안에 내려와 있었다.

"저는 서울서만 살아서 잘 모르겠어요. 지방에서 산다는 게 뭔지 말예요. 하지만 이제는 좀 알 것 같아요. 서울에 사는 시골 출신 사람들이 왜 임시번호판을 달고 있는 것처럼 보이는지 말이에요."

물안개는 허리춤까지 차올라 있었다. 가을에나 보게 되는 맑은 밤이 소리없이 깊어가고 있었다. 그동안 얼마나 많은 강물이 이처럼 고요히 먼바다로 흘러갔을까. 세월이란 말이 문득문득 떠오를 때마다 나는 내가 태어나고 자란 공주를 생각하곤 했었다. 인생의 갈림길에서 방황하고 있을 때 내 등을 떠밀어 세상으로 다시 내보낸 깃도 따지고 보면 이곳 공주였다.

군대에서 제대하고 나와 나는 공부를 한답시고 마곡사에 딸린 암자에서 일 년을 보냈다. 그러나 공부는 어디까지나 빌미였고 출가까지 하지 않은 것은 그나마 홀로된 어머니를 생각했기 때문이었을 것이다. 웬일인지 군대에 있는 이십칠 개월 동안 나는 내내 중이 돼야지, 중이 돼야지 하고 되뇌고 있었다. 입대한 지 채 일 년도 되지 않아 대학 때 사귀던 여자가 훌쩍 결혼을 해버린 탓만도 아니었다. 죽은 아버지가 의외로 내게 짙은 그림자를 드리우고 있었음을 깨닫고 있었던 것이다. 이 고통스럽고 수수께끼 같은 나라는 존재의 정체를 확인하는 방법은 절간이 아니고는 안 된다는 생각이 나를 사로잡고 있었다. 나는 아버지가 전생에 중이었을지도 모른다는 생각까지 하고 있었다. 제대한 지 나흘 만에 절로 들어가는 나를 어머니는 잡지 않았다. 바느질을 하다 그래? 하고는 입을 다물어버렸다. 그러나 그때 어머니의 손끝은 미세하게 떨리고 있었다. 일 년 뒤 도로 짐을 싸서 내려왔을 때도 어머니의 표정은 한결같았다. 그러나 어머니는 만 일 년이나 늦어진 내 복학과 또 일 년밖에 남아 있지 않은 대학생활을 염려했던 것일까. 서울로 올라오겠다는 말을 먼저 꺼낸 것은 바로 어머니 자신이었다.

*

내가 대학을 졸업하고 취직을 한 다음 이삼 년이 더 지나 마땅히 결혼을 해야 할 나이가 됐음에도 어머니는 그에 대해서는 일언반구가 없었다. 딴에는 자격지심 같은 것이 작용했을 터였다. 외아들에다 홀어머니를 모셔야 하는 결혼을 어떤 여자가 선뜻 하겠다고 나서겠느냐는 생각을 하고 있었을 것이다. 그래서였을까. 나이 서른이 돼서 만난 선희를 집에 인사시키러 갔을 때 어머니는 무척이나 황황해했다. 기품을 잃지 않으려고 애를 쓰고 있었지만 내내 긴장하고 초조해하고 있다는 것을 나는 쉽게 눈치채고 있었다. 어머니와 선희의 입장이 바뀌었다는 생각이 들 정도였다. 밤 열시쯤 선희가 돌아가고 나자 어머니는 소파에 털썩 주저앉으며 혼잣말처럼 중얼거렸다.

"두 사람 노릇을 하기가 이렇게 어렵구나. 좀더 다정하게 대했어도 좋았으련만."

"너무 마음 쓰지 마세요. 선희도 금방 알게 될 거예요. 어머니가 다정한 분이라는걸요."

어머니는 그래? 하고는 식탁에 멍하니 앉아 있다 설거지를 할

양인지 부엌으로 들어갔다.

*

  아버지를 모르고 큰 사람은 너불어 아버지 노릇을 제대로 할수 없다는 말을 어디선가 읽은 적이 있다. 꼭 그렇지는 않더라도 아버지를 일찍 여의었다는 사실이 내게도 자격지심을 불러일으키는 경우가 종종 있었다. 우리는 대개 가까운 사람의 부재에 대해서 생각해볼 여유를 가지지 못한 채 살고 있다고 해도 틀린 말이 아니다. 사람이란 어떤 일을 겪고 난 다음에야 늘 그것에 대해 깨닫게 되는 법인가보다. 남들에 비해 비교적 일찍 아버지의 부재를 경험한 나는 또다시 가까운 사람이 내게서 홀연히 사라질지도 모른다는 불안감을 마음 한켠에 키우고 살았던 게 사실이었다. 이 때문에 누구와 쉽게 가까워지지 못하고 또 그럴 만한 기회가 있어도 망설이다가는 결국 상대를 떠나보내고 말았던 기억이 나는 잦은 편이다. 하지만 그렇게 망설이는 동안에 시간은 지체 없이 흘러가고 똑같은 기회가 두 번 다시는 찾아오지 않는다는 것을 나는 깨달아가고 있었다. 부처처럼 가만히 눈 감고 앉아 있는 한에 있어서는 누구도 내 손을 먼저 잡아끌지는 않는다는 얘기다. 여자 혹은 결혼에 있어서도 나는 오랫동안 그렇게 수동적인 자세를 취하고 있었음이었다. 막연히 인연이란 말에 나를 너무 맡겨두고 있었던 것은 아니었을까? 그렇다면 이제부터라도 뭔가 서둘러야 할 필요가 있지 않을까?

그러나 생각을 달리 먹었다고 해서 내게 당장 무슨 일이 일어나지는 않았다. 어눌한 말투에 잘 웃지도 않으며 게다가 차갑고 무뚝뚝하다는 말을 주위에서 자주 듣는 내가 하루아침에 달라진다는 것도 자연스러운 일은 아니었다.

내가 선희를 만난 것은 서른 살을 보름도 채 남기지 않은 작년 말의 어느 날이었다. 12월의 마지막 토요일 오후에 나는 타워호텔 레스토랑에서, 내가 근무하고 있는 회사의 동료로부터 그의 처동생의 친구를 소개받았다. 결국 나는 나를 잘 알고 있는 사람의 소개가 아니고서는 누군가를 만날 수 없는 팔자였나보다.

동료 부부와 넷이 함께한 자리였다. 박선희라고 자신을 소개한 그녀는 쇼트커트한 머리에 미색 투피스 차림이었다. 평소에는 정장을 하는 경우가 없는 듯 그녀는 매우 불안정한 자세를 하고 있었다. 나중에 알고 보니 선을 본 경험이 한 번도 없다는 얘기였다. 특별한 이유가 있었던 건 아니지만 나는 그런 그녀에게 쉽게 호감이 갔다. 나는 사소한 것에서라도 상대와 나 사이의 비슷한 점을 발견하고 싶어했을 것이다. 그녀는 말수가 적은 편이었고 내내 고개를 반쯤 숙이고 있었다. 처음 자리에 앉아 인사를 나눌 때만 언뜻 눈이 마주쳤을 뿐이었다. 그리고 스테이크와 맥주 몇 병을 주문해 마시고 있는 동안에 밖에 부슬부슬 눈이 내리기 시작했다. 나도 주변머리가 없는 터여서 주로 동료 부부가 분위기를 끌어나갔고 그들은 우리와는 상관없는 얘기들을 주로 나눴다. 그리고 저녁 일곱시쯤이 되자 동료 부부는 옆집에 아이를 맡겨났다며 자리에서 먼저 일어났다. 애초에 그럴 거라는 걸 알고 있었지만 둘이 남게 되자 자리는 더욱 어색해졌다. 커피를 마신 다음 그녀와 나는 자리에서 일어나 밖으로 나왔다.

호텔 문을 나서며 나는 그냥 좀 걸을까요? 하고 그녀를 돌아보며 말했다. 그녀는 고개를 숙인 채 한동안 가만히 있더니 잠시 후 고개를 끄덕끄덕했다. 그러나 그게 정말로 괜찮다는 뜻인지는 알 수 없었다. 그녀와 나는 남산 비탈길을 타고 내려와 국립극장 앞을 지나 충무로 쪽으로 마냥 걸어갔다. 무슨 말이든 해야겠는데 도무지 할말이 생각나지 않았다. 그게 나와의 공통점이라고까지 할 수는 없었겠으나 그녀도 입이 무겁기는 마찬가지였다. 집안이 어떻고 회사가 어떻고 하는 따위의 그렇고 그런 말을 하자니 한심한 인상만 줄 것 같았다. 처음 만나 눈 내리는 거리를 걸으며 음악이나 영화 얘기를 하자니 그 또한 고리타분한 얘기일 게 뻔했다. 그녀는 지금 나에 대해 무슨 생각을 하고 있는 걸까. 시간이 갈수록 나는 초조했다. 그녀는 목적지도 모르고 무작정 걷는 일에 이미 짜증이 나 있을지도 모른다.

그러는 사이에 거리의 불빛이 점점 휘황해져 언뜻 눈을 들어보니 그녀와 나는 벌써 대한극장 앞까지 와 있었다. 그리고 충무로

역 입구를 흘끗 쳐다보며 그녀가 입을 열었다. 그녀의 머리와 어깨는 이미 눈에 하얗게 덮여 있었다.

"이제 그만 가요?"

그만 가보겠다고 하는 말인지 어쩐지는 몰라도 내가 그렇다고 하면 곧장 전철역 지하도로 내려갈 태세였다. 어찌할 바를 모르고 허둥거리고 있다가 나는 또 한심한 소리를 내뱉었다.

"그냥 조금 더 걸으면 안 될까요?"

그녀는 멍한 표정으로 나를 바라보더니 도로 고개를 숙이며 그럼 그래요, 하고는 매일경제신문사가 있는 사거리 방향으로 내처 걷기 시작했다. 지하도를 건너 명동으로 들어가는 세종호텔 앞까지 왔을 때서야 나는 가까스로 입을 열었다.

"굉장한 눈이군요. 길을 잃지 말아야 할 텐데요."

그녀는 어이없는 표정으로 나를 슬쩍 돌아보았다.

"왜 그런 말을 해요? 그러지 않을 거라는 걸 잘 알면서요."

"……그렇다면 다행이구요."

맙소사! 어째서 겨우 이런 식으로밖에는 말을 못하는 걸까. 명동 길로 들어서자 튜브물감 같은 모습의 사람들이 꽤나 붐비고 있었다. 그 컬러 톤의 거리를 바라보며 이번에는 그녀가 말을 꺼냈다.

"전 눈 오는 날이 너무 싫어요."

그렇군요, 하고 나는 건성으로 고개를 끄덕거렸다. 왜냐고 물어볼 수도 있었을 텐데. 무뚝뚝하게 보이지 않으려고 해도 그게 그렇게 쉬운 일이 아니었다.

"전철을 타면 사람이 거의 없거든요. 온통 나이든 사람들뿐이구요."

"글쎄, 다들 어디로 간 걸까요?"

나는 메마른 소리로 물었다.

"젊은 사람들은 모두 공중전화부스에 들어가 있잖아요 왜."

농담을 하는 거겠거니 싶어 옆을 돌아보니 그건 아닌 듯했다.

"그럼 비 오는 날 전철을 타면 어때요?"

"전철 안 타봤어요?"

"그게 아니라 저는 사람들을 유심히 바라보는 일이 없어서요."

나는 재빨리 대꾸했다.

"비 오는 날은 공중전화부스도 전철도 다 북적거려요. 게다가 시큼하고 퀴퀴한 냄새까지 나잖아요."

그렇다면 그녀는 눈도 비도 다 싫어한다는 얘기로구나.

"아뇨, 그게 아니라 눈이나 비가 오는 날 말이에요. 옆에 아무도 없으니까 말이에요."

명동을 빠져나와 롯데백화점이 보이는 을지로입구역까지 와서 그녀는 또 그만 가보겠다고 했다. 아홉시가 좀 넘었을 뿐이었지만 이번에는 정말 그러고 싶은 기색이었다. 나는 잠시 흔들리며 서 있었다. 나는 그녀와 좀더 같이 있었으면 하고 바랐던 것이다.

"추워서 더이상 못 걷겠어요. 집이 당산동이니까 저는 여기서 2호선 타면 돼요."

그녀는 내게 가벼운 눈인사를 건넨 다음 지하계단을 또각또각 내려갔다. 나는 우두커니 지하도 입구에 서 있다가 계단 중간께를 내려가고 있는 그녀를 불러 세웠다.

"전화해도 될까요?"

그녀는 고개를 돌려 물끄러미 나를 올려다보았다. 그녀의 얼굴이 왠지 쓸쓸해 보인다고 나는 생각했다.

"아니면 며칠 이따 제가 동숭동으로 찾아가든지요."

그녀는 친구와 함께 동숭동에서 '이집트'란 조그만 액세서리 가게를 하고 있었다. 이집트에 가 있는 형부가 필요한 물건들을 구해 보내준다는 말을 그녀를 소개시켜준 회사 동료에게서 들은 적이 있었던 것이다.

"동숭동은 어떻게 알았어요?"

그녀의 목소리가 지하계단을 타고 간신히 기어올라왔다. 지상과 지하를 구분짓는 지점에서 그녀의 목소리가 흩어져 날아갔다. 나는 내 목소리가 그녀의 귀에 들리지 않을까 싶어 이번에는 큰 소리로 말했다.

"아까 안 그랬던가요?"

나는 짐짓 너스레를 떨고 있었다. 어디서 그런 말이 나왔는지 나도 이상할 정도였다.

"거기 전화번호도 모르잖아요."

"그거야 전화번호부를 뒤져보면 나오겠죠 뭐. 다음 눈 내리는 날 전화하고 가겠습니다."

오락가락하는 얼굴로 그녀는 미간을 찡그리고 내 이마라고 생각되는 곳을 아득히 바라보았다.

"가게 이름도 모르잖아요."

"피라미드 아녜요? 아니, 스핑크스는가?"

그제야 전후 사정을 깨달은 듯 그녀는 픽 웃더니 몸을 돌려 지하로 총총히 사라졌다.

그 다음주 일요일에 만나 그녀와 나는 과천에 있는 서울대공원에 가서 동물들을 구경하고 국립현대미술관에 들러 백남준의 비디오아트 작품인 〈다다익선〉을 보고 함께 흥분에 사로잡히기도 했다. 그러나 그녀와 나는 여러모로 취향이 달랐다. 그녀는 스탄 게츠와 찰리 버드 유의 재즈를 무척 좋아해서 내게 CD를 선물하기도 했지만 나는 아무리 들어도 귀가 열리지 않았다. 사정은 그녀도 마찬가지였다. 내가 폴란드 태생의 멕시코 사람 헨릭 쉐링이 연주한 명반 중의 명반인 베토벤의 〈바이올린협주곡 D장조, 작품 61〉을 사주고 그녀에게 감상을 물었으나 그때마다 그녀는 난처한 얼굴만 하고 있었다.

"저는 음악이 그냥 심플하고 듣기 편했으면 좋겠어요. 제게 주신 그건 왠지 신경을 곤두서게 만든다구요. 그렇다고 고전음악을 꼭 알아야 하는 것도 아니잖아요."

"그거야 물론 그렇지만 베토벤의 바이올린협주곡 정도는 인내하면서 몇 번 들을 필요도 있다는 거지. 딱 하나밖에 없는 거니까."

"스무 번이나 들었는걸요."

그녀는 의외로 질투심이란 것도 있었다. 나로서는 이해할 수 없었지만 그녀는 내가 영화배우 위노나 라이더와 고현정을 입에 올리는 것을 무척이나 섭섭하게 생각했다. 자신은 야구선수인 박철순과 영화 〈흐르는 강물처럼〉에 나오는 브래드 피트를 좋아하면서 말이다. 어디까지나 취향에 관계된 문제일 뿐인데 말이다.

나중에 그녀는 베토벤의 전기영화인 〈불멸의 연인〉을 보고 나서 그의 바이올린협주곡이 귀에 조금씩 들린다고 말했다. 하지만 그녀 말마따나 꼭 그럴 필요는 없는 일이었다. 우리는 서로 똑같은 사람을 만날 수는 없는 노릇이라는 걸 나는 깨달아가고 있는 중이었다. 그럼에도 불구하고 그녀와 나 사이에는 묘한 공통점이 있었다. 그녀와 나는 중국영화에서 흔히 볼 수 있는, 사람이 물 위를 뛰어간다거나 공중을 나는 일에 대해 고수라면 얼마든지 그럴 수 있는 일이라고 맞장구를 친 적이 있었다. 또 사랑이란 어둑한 술집에 앉아 서로 취해가는 과정이 아니라 추억을 만들어가는 일이라는 것에 대해서도 전적으로 동의하고 있었다. 그리하여 그녀와 나는 가까운 거리에 있는 춘천이나 장흥, 양수리 등지에 자

206

주 나갔다. 물론 그사이에 서로가 가까워지고 있다는 사실을 문득문득 깨닫고 있었다.

그녀를 만나면서 나는 설명할 수 없는 어떤 애틋한 감정을 느끼곤 했다. 맹목적이다 싶을 정도로 이해받고 싶어하고 또 사랑받고 싶어하는 그녀의 이면에는 늘 자신에 대한 자신 없음과 불안이 깊숙이 자리하고 있었다. 그녀는 사람을 떠본다거나 필요할 때마다 감정의 수위를 조절하는 연날리기식의 사람관계를 싫어했다. 그렇기 때문에 늘 어떤 말을 할 때는 신중에 신중을 기하고 그 말을 반드시 지켜야 하는 걸로 알았다. 물론 상대도 당연히 그래야 하는 걸로 알았다. 나이로 치자면 아직 삶에 대해 아무 기교도 터득하지 못할 열아홉 살 정도였다. 말하자면 마음이 미처 나이를 따라가지 못하는 사람이었다. 그러나 스물여섯 살인 사람이 열아홉 살처럼 살 수는 없는 일인 것이다. 또 그녀 자신이 누구보다 그걸 잘 알고 있었기 때문에 매사에 두려움을 가지고 있었고 사소한 일에 있어서도 쉽게 상처를 받았다. 그러나 나는 그런 그녀 옆에 있고 싶었다. 영악한 사람을 만나야 거꾸로 내가 편했을는지도 모르겠지만 아무튼 나는 투명하고 순순한 마음을 가진 그녀 옆에 머물러 있고 싶었다. 잘은 모르겠지만 사랑이란 어쩌면 이처럼 상식과 등식을 배제한 단순한 감정의 포화상태를 뜻하는 것이 아닐까.

그녀의 부모를 만나기 전날 밤, 그녀와 나는 여의도에 있는 한

강 고수부지에서 자정께까지 앉아 있었다. 운행을 끝낸 유람선이 조용히 흔들리며 정박해 있는 선착장 부근 계단에서였다. 그날따라 그녀가 어두운 얼굴을 하고 있었기 때문에 나는 신경이 예민해져 있는 상태였다. 그리고 열한시 반쯤 그녀가 문득 이런 말을 꺼냈다. 그녀의 목소리는 깊숙이 가라앉아 있었고 어쩐 일인지 떨고 있기까지 했다.

"저 할말이 있어요. 지금 얘기하지 않으면 아마 영영 못하게 될 거예요."

"……"

"솔직히 얘기해서 나중에 가서 상처받고 싶지 않아요. 그땐 정말 못 견딜 테니까요."

"그렇다면 얘기하지 않아도 돼. 물론 꼭 그래야겠다면 어쩔 수 없지만 하고 나서 후회할 거라면 역시 안 하는 편이 좋겠지."

"아니, 해야 돼요. 저를 두고 누가 바보라고 한대도 말이죠."

그녀뿐만 아니라 누구나 얼마쯤은 바보 같은 면을 가지고 있는 것이리라. 그게 곧 어리석음을 뜻하는 것은 아니라 하더라도.

"저 실은 전에 남자 사귄 적 있어요."

"……나한테도 그런 일이 있었지."

"제 모든 게 효섭씨한테 처음이 아니란 거예요. 알아듣겠어요?"

나는 아프게 그녀의 말을 새겨들었다. 그러나 아직 겁을 먹은

208

것은 아니었고 또 그러고 싶지 않았다.

"약을 먹은 적도 있구요. 죽으려고 말이에요. 그래서 위장이 안좋아요."

나는 평소에 술과 커피를 잘 마시지 않던 그녀를 생각하고 있었다. 위장이 좋지 않았기 때문이었다. 또한 나는 그럴 만한 일이 있어도 잘 웃지 않던 그녀를 떠올리고 있었다. 사람의 마음속엔 제 감정을 틀어쥐고 좀처럼 풀어주지 않는 사슬이 있기도 한 것이리라. 요컨대 타인에게는 한사코 내보이고 싶지 않은 깊은 상처라는 것이.

"나도 중이 되려고 한 적이 있었지. 목탁을 두드리고 다니는 스님 말이야. 이를테면 지금 선희가 모르고 있는 과거의 내가 있었단 말이야. 물론 그걸 부인하고 싶은 생각도 없고."

"……"

"사람에겐 모두 감당할 수 있는 일만 일어나는 것은 아니야. 그래서 때로 원하든 원하지 않든 간에 상처를 주기도 하고 받기도 하지. 사람이 상처 한번 받지 않고 어떻게 살아가겠어. 다행히 그것도 길들이기에 따라서는 좋은 냄새가 나는 것이라고 나는 생각해. 그 사람의 숨결 속에서 말이야. 과거의 자신을 애써 부인하려고 하지 마. 그때엔 그게 아마도 최선이고 진실이었을 거야. 저봐, 지금도 시간은 마라톤선수처럼 우리 앞을 지나가고 있어. 느린 듯하지만 가까이서 보면 굉장한 속도로 말이지. 이 순간이 아니고는 할 수 없는 일들이 많단 거야. 그러니 너무 과거에 대해 집착하지 마. 거꾸로 나이를 먹어 난쟁이가 되고 싶은 생각이 없다면 말이지."

"정말 스님처럼 말하네요."

"그렇다고 내가 지금 비구니를 만나고 있는 것도 아니잖아."

"……"

"내게도 자격지심이란 게 있고 밝히고 싶지 않은 일이란 것도 있어. 모두 다 말할 필요는 없다는 거야. 때론 얘기하지 말고 혼자 견뎌야 하는 일도 있다는 거지."

"미안해요."

"그렇다는 얘기는 아니라 이제부터는 자기 자신과 자기 나이의 경험을 수긍하고 받아들이란 말이지. 언제까지 자신을 두고 의미 없이 산 사람처럼 굴 수는 없는 노릇이잖아."

나는 진심으로 그렇게 말하고 있었다. 웬일인지 겁도 나지 않았다.

"……죽겠다고 한 날 마루에 앉아 하루종일 화단의 빨간 접시꽃을 바라보고 있었던 생각이 나요. 아침부터 저녁까지 줄곧 말이에요. 그리고 무엇에 홀린 것처럼 샌들을 신고 슬그머니 밖으로 나가 밤늦게까지 서울 시내를 쏘다녔어요. 넋이 빠져서 말이죠. 서대문을 거쳐 저기 마포대교 앞까지 왔을 때는 이미 자정이 넘어 있었구요."

"저 물 위를 뛰어서 마포로 건너가고 싶군. 아직도 선희가 거기서 있다면 말이야. 하지만 역시 그건 고수들에게나 가능한 일이야. 우린 아직 모든 일에 있어서 서투른 나이잖아."

"그래요. 하지만 아직도 겁이 나는 것은 사실이에요. 효섭씨에 대한 제가 말이에요."

나는 아직도 겁을 내고 있는 그녀가 안타깝게 생각됐다.

"겁을 내고 망설이는 사이에 나처럼 금방 서른 살이 돼버리고 말 거야. 그때 가서 스물여섯 살의 남자를 새로 만날 수 있다면 혹시 모르겠지만."

그녀와 나는 입을 다물고 오래오래 강물을 바라보고 있다가 자리에서 일어났다.

*

그녀의 부모는 그야말로 평범한 보통 사람이었다. 그녀의 아버지는 시청에서 공무원으로 일하고 있었고 어머니는 평생을 가정주부로 살아온 사람이었다. 위로 결혼한 언니와 아래로 군대에 가있는 남동생이 하나 더 있었다. 언뜻 보기엔 아무 특별한 것도 느껴지지 않는 집안이었으나 그 지극히 평범한 분위기 속에는 이상한 숭고함 같은 게 깃들어 있었다. 가장을 비롯한 식구들의 말 없는 희생과 고단한 노력 없이는 발견되지 않는 그런 분위기였다.

그녀의 부모는 아버지가 없는 내 성장 환경에 대해서 꼼꼼하게 물어보았다. 그리고 어머니에 대해서도. 그러나 어디까지나 점잖고 조심스런 태도였다. 트집을 잡으려는 게 아니라 내가 어떤 사람인가를 조금이라도 더 알고 싶어서인 듯했다. 딸 가진 부모의 당연한 권리였으므로 나는 묻는 말에 차분하게 대답했다. 그녀는 특별하지는 않지만 훌륭한 부모를 두고 있었다. 밤 아홉시쯤 나는 존경하는 마음을 가지고 그 집을 나왔다. 그녀의 부모는 문밖까지 따라나오며 나를 또 봤으면 한다고 말했다.

이 주일 뒤 그녀의 부모와 어머니가 광화문의 한 찻집에서 상견례를 가졌다. 그리고 만난 지 육 개월 만에 그녀와 나는 종로에 있는 한 예식장에서 결혼식을 올렸다. 그녀는 하던 일을 계속하기로 했다. 어머니도 그러라고 선선하게 동의했다. 그리고 결혼을 이틀 앞둔 날 나는 밤늦게 그녀한테서 전화를 받았다. 그녀는 나를 처음 만났던 날처럼 서먹한 말투로 더듬거리며 말했다.

"우리 너무 서둘러 결혼하는 건 아닌가 모르겠어요."

"왜, 그런 생각이 들어?"

"하긴 언제라도 그런 생각이 들긴 하겠죠?"

스물여섯이라는 나이를 말하는 것인지 아니면 만난 지 불과 육 개월 만에 결혼을 하게 됐다는 뜻인지 나로서는 알아듣기가 힘들었다. 시어머니를 모시고 살아야만 하는 시집살이가 걱정이 됐는지도 몰랐다. 그런 내 마음을 읽었는지 어쨌는지 그녀가 얼른 말을 이었다.

"솔직히 저 어머님 좋아하고 있어요. 사랑받고 싶구요. 같이 산다는 게 안심이 된단 말이에요. 어쩐지 오래전부터 잘 알던 분처럼 느껴지기도 하구요."

어떻게 말해야 좋을지를 몰라 나는 잠자코 있었다.

"그냥 속이 막 울렁거려요. 효섭씨, 만약에 우리 불행해지면 어떡하죠?"

불행. 나는 불행이란 말에 대해서 생각하고 있었다. 그러고 나서 나는 그녀에게 말했다.

"결혼이란 불행할 때 함께 있기 위해 하는 것인지도 몰라. 사람이 늘 행복하라는 법은 없으니까. 물론 서로가 상대를 잘 만나야만 하겠지."

"효섭씨는 저를 잘 만났다고 생각해요?"

나는 또 말을 고르기 위해 머릿속을 뒤적거렸다.

"그것은 선희가 지금 나에 대해 생각하는 것과 같아."

"……"

그녀는 몹시 불안해하고 있음이 분명했다. 나라는 사람에 대해서, 나에 대한 자신에 대해서, 그리고 이틀 후면 다가올 전혀 다른 시간과 인생에 대해서. 그것은 나 또한 마찬가지였다. 다만 앞으로는 숭고한 노력에 의지할밖에는 다른 수가 없다는 생각을 나는 하고 있던 중이었다. 선희의 전화가 걸려온 바로 그 시간에 말이다.

"예식장에서 봐. 내가 좀더 일찍 가 있을 테니까."

"……그래요. 그만 잘게요. 그렇죠?"

마지막 말이 무슨 뜻인지 몰랐지만 나는 그렇다고 말하고 수화
기를 내려놓았다.

결혼식이 끝나고 나서 우리는 가족사진을 찍었다. 친지들과 함
께, 양가 부모와 함께, 그리고 마지막엔 어머니와 선희와 나 이렇
게 셋이서. 이제부터는 한 지붕 밑에서 살아가야 할 사람들끼리.
다른 때도 아니고 결혼식에서, 아버지 없이 가족사진을 찍는 것
은 못내 허전하고 쓸쓸한 일이었다.

*

얼추 밤 열시까지 강가에 앉아 있다가 호텔로 돌아와 그녀와
나는 강이 내려다보이는 창가에서 맥주를 마시고 있었다. 아까
그녀와 내가 앉아 있던 자리는 이미 어둠에 묻혀 있었다. 금강다
리에서 떨어져내린 나트륨 불빛만이 그 언젠가처럼 물 위에서 금
빛으로 일렁이고 있었다. 그 일렁임은 호텔 이쪽 어딘가로 어른
어른 반사돼오고 있는 것 같았다.

"제가 공주에 와 있다는 게 새삼스러워요. 여긴 씨족부락 같은
느낌이 들어요. 시간이 송두리째 땅속에 묻혀 있는 것 같다구요."

"공주 자체가 내게는 세월의 박물관이랄 수도 있지."

"낯설지만 그렇다고 서먹하다거나 불편한 생각은 들지 않아요."

제주도에서의 첫날밤에 나는 그녀에게서 그같은 느낌을 받고 있었다. 어색하고 생경하지만 이상하게도 서먹하거나 불편하지는 않은…… 그렇다. 공주는 고향이면서도 내게는 늘 신혼 첫날밤 같은 곳이다.

"제가 왜 효섭씨하고 결혼할 생각을 했는지 알아요? 효섭씨 마음속엔 안개에 싸인 아주 조용한 마을이 숨어 있어요. 달력에 나오는 그런 마을. 어려서부터 제가 살고 싶어했던 마을이 말이에요. 진짜 새벽이 있고 아침저녁이 있고 맑고 긴 밤이 하늘에서 내려오는 게 보이는 동네 말이죠. 솔직히 말하면 임시번호판을 달고 사는 건 효섭씨가 아니라 저란 생각이 들었던 거죠. 물론 그게 효섭씨와 결혼한 이유의 다는 아니지만요."

느슨한 자세로 줄곧 강물만 내려다보고 있던 그녀가 슬쩍 고개를 틀며 내 얼굴을 쳐다보았다. 이따금씩 호텔 앞을 지나가고 있는 차들의 꽁무니를 좇고 있다 나는 이윽고 그녀의 눈을 마주 보았다. 그녀의 동공 속에서 헤드라이트 불빛이 어둠을 끌고 어딘가로 점점이 사라지고 있었다.

"효섭씨는 왜 저랑 결혼할 생각을 했어요? 이제는 얘기해줘도 된다고 생각하는데요."

나 또한 그녀와 결혼하게 된 이유의 전부를 말할 수는 없으리

라. 세상엔 말로 표현할 수 없는 것들이 너무나도 많으니 말이다.

"누군가의 아주 사소한 것이 상대에 따라서는 아주 중요하게 받아들여지는 수가 있어. 순간에 생긴 일이 영원으로 이어지는 경우가 종종 있듯이 말이야. 이를테면 그렇다는 거지."

나는 그녀가 오른손잡이이면서도 식사를 할 때는 영락없이 왼손을 쓰는 것을 보고 놀라워했었다. 그리고 반지나 목걸이 따위의 장신구를 몸에 지니지 않고 화장도 하지 않는 그녀를 보고 역시 기묘한 느낌에 빠지곤 했었다. 바로 어머니가 그랬던 것이다. 또한 서울 태생인 그녀가 무심결에 충청도 사투리를 한두 마디 내뱉을 때도 나는 역시 문득문득 놀라곤 했었다. 알고 보니 그녀의 조부모가 충청도 당진과 홍성 사람이었다. 그 때문에 은연중에 그녀의 말투에 사투리가 섞여 있었던 것이다. 그런 것들이 상대가 타인이라는 낯설음을 보이지 않게 무너뜨리며 서로를 가깝게 만든 이유였는지도 모른다.

"중국에서 있었던 일이야. 어느 고고학자가 고분을 발굴하는데 방금 죽은 것처럼 전혀 썩지 않은 시체가 나왔어. 살을 눌러보니 움푹 패었다가 도로 튀어나올 정도로 말이야. 이백 년이나 된 무덤이었는데 말이야. 삼 곽 석실이었는데 몰라, 매장할 때 방부처리를 했는지 안 했는지는. 아무튼 무덤의 주인은 동맥경화에 류머티즘을 앓았고 위장에서는 죽기 얼마 전에 먹은 참외씨까지 나왔어. 그후 몇 년인가 지나서 그 무덤을 발굴했던 고고학자는 어느 지방에 갔다가 한 상인을 만났어. 그런데 어디서 많이 본 얼굴인 거야. 나중에 고고학자는 그 사람을 다시 찾아갔지. 그리고 자신이 수년 전에 고분을 발굴했는데 무덤의 주인과 당신이 너무나 닮았다는 얘기를 했어. 상인은 그 무덤의 주인이 누구인지 혹시 알 수 있느냐고 물었어. 다행히 발굴 당시 도굴을 면했던 고분이어서 고고학자는 무덤의 주인이 누구라는 걸 알고 있었어. 그런 얘기를 하자 상인이 뭐랬는지 알아? 그 무덤의 주인은 자기의 몇 대 직계조상이라는 거야."

"섬뜩하네요. 그런데 왜 갑자기 그런 얘길 해요?"

"말하자면 내 마음 깊은 곳에 어떤 사람이 숨어 있는데 실은 나도 그 사람이 누구인가를 몰라. 물론 앞으로도 그렇겠지. 하지만 그게 아마도 선희일지도 모른다는 생각을 줄곧 했던 거야. 무슨 얘긴가 알겠어?"

"그렇다면 효섭씨 몇 대 할머니와 제가 닮았다는 얘기예요?"

"그게 아니고 내 마음속 무덤에 숨어 있던 사람이 바로 선희일 거란 생각을 했다는 거야."

나는 그녀를 만나오면서 어머니에게서만 느낄 수 있는 독특한 냄새나 숨결 같은 것을 자주 발견하곤 했었다. 그게 곧 선희와 결혼한 이유라고 할 수는 없다 하더라도 말이다. 어쨌든 둘 다 잘 웃는 편이 아니었지만 어쩌다 그런 순간이 오면 나는 그 웃음 속에서 위험을 느낄 정도의 섬뜩한 순결함을 느끼곤 했었다. 사람은 때에 따라서 상대의 옆이나 뒤에 혹은 멀찍이 숨어 있어야 하는 경우가 생기는 법이다. 그러나 어머니와 선희는 피한다는 것은 둘째치고 그게 위험한 거라는 사실도 쉽게 감지하지 못했다. 모르겠다, 나만이 이들에게서 그같은 느낌을 받고 있었는가는. 어쩌면 나는 선희에게 투영된 어머니의 모습을 보며 거꾸로 나를 발견해나가고 있었는지도 모른다. 서른 해 동안 그토록 어둡고 추운 헛간에서 문을 닫고 앉아 있던 나를.

자리에 누웠지만 그녀는 금방 잠이 들 기색은 아니었다. 아까 두어 시간 자둔 탓도 있었지만 여행사에서 이리저리 몰고다니는 제주도 신혼여행에서는 미처 가질 수 없었던 시간을 여기 와서 찾은 탓도 있었을 것이다. 눈을 감고 귀를 열자 창밖에 흘러가고 있는 깊은 강물 소리가 지척에서 들려오는 듯했다. 나는 속엣말로 이렇게 중얼거리고 있었다. 사랑도 삶처럼 하나의 신성한 노동이란 걸 알게 되는 날 우리는 비로소 자신들과 화해하게 되겠지. 바로 내 어머니가 그러했듯이. 그리고 나인 너를, 너인 나를 발견하게 되겠지. 그러나 이제는 너무 늦지 않게.

*

다음날 선희와 나는 마곡사 가는 길에 있는 아버지의 산소에 들렀다 나와 무령왕릉을 돌아본 다음 오후 세시쯤에 공주 고속버스터미널에서 서울로 가는 버스에 올라탔다. 때마침 비가 내리기 시작했고 버스가 금강철교를 건널 때 언뜻 어제 우리가 앉아 있던 모래밭을 내려다보니 물새 두어 마리가 낮게 가라앉은 채 공주대학교 쪽으로 날아가고 있었다. 문득 아버지를 생각하며 나는 세우청강細雨淸江이라고 뜻 없이 중얼거리고 있었다.

*

"녹차는 우리 땅에서 나는 것이 가장 좋다고 한다. 화강암에 뿌리를 박고 순을 틔운 것이 그중 좋고…… 다도라는 것이 스님네들한테서 비롯됐다고 하지만 여기에도 음양의 이치가 들어 있어. 3월에 딴 어린 잎새는 창槍이라고 하며 곧 양陽이지. 9월에 딴 숙성한 잎새는 기旗라고 부르며 곧 음陰이고. 둘 다 햇빛과 응달에서 골고루 말려야 한다. 음력 6월을 기준으로 작은 달은 양이고 큰 달은 음이야. 차맛을 제대로 내리면 탕에 넣을 때도 역시 창과 기의 섞음을 셋과 둘로 하는 게 좋아. 마음을 아래로 내리고 봄과 가을을 물속에서 화해시킨다는 생각으로 차를 끓여야 해. 그래야 차맛이 제대로 우러나는 법이야. 무슨 뜻인지 알겠지?"

공주에서 서울집에 도착한 것은 저녁 일곱시였다. 어머니가 미리 차려둔 밥상을 받고 대충 짐정리를 한 다음 식구가 거실에 마주 앉았을 때는 이미 열시가 다 돼 있었다. 어머니가 달여준 녹차를 마신 다음 나는 처가로 전화를 걸기 위해 방으로 들어왔다. 내일은 처가에 가서 하루를 지내야 할 터이고 앞으로 남은 삼 일 동안의 휴가도 역시 그런 식으로 보내야 할 것이었다. 도로 밖으로 나가려다 나는 책상에 앉아 내 젊은 날의 유품들을 새삼스럽게 살펴보며 거실에서 어머니와 선희가 나누는 얘기를 사이사이 엿듣고 있었다. 어머니는 죽은 아버지의 사진들을 어디선가 꺼내놓고 선희에게 아버지 얘기를 하고 있는 중이었다.

선희는 제 아버지 얘기를 하고 있었다. 어려서부터 봄이 오면 함께 화단에다 분꽃이며 봉숭아며 접시꽃 씨를 뿌렸다든가 하는 얘기를. 이제 내게는 장인이 된 제 아버지와 내가 어떤 점에 있어서는 무척 닮았다든가 하는 얘기를.

사막의 거리, 바다의 거리

1

```
┌─────────────────────────────────────────────┐
│  ┌────┐                                        │
│  │공동│  녹색갤러리                              │
│  │기획│  도서출판 산책                           │
│  └────┘                                        │
│                                                │
│         '말馬과 바다와 女人'展                     │
│        ─이제하 소묘집 『바다』 출간기념              │
│                                                │
│              전시기간 : 1993. 12. 17(금)~23(목)   │
│              초대일시 : 1993. 12. 17. 오후 5시     │
│              전시장소 : 녹색갤러리                  │
│                                                │
└─────────────────────────────────────────────┘
```

  미색 팸플릿에 박힌 짙은 회색 글자를 보고 있다. 지난 초가을 평창동에서 선생을 만난 이후로 사 개월의 시간이 그야말로 무상하게 흘러갔다. 그를 생각하면 어김없이 푸른 물이 목까지 차오른다. 신새벽에 트럼펫 소리를 듣고 깨어났을 때처럼…… 미색지 안에서 그는 원색 사 도의 말간 얼굴로 웃고 있다. 오늘 나 어디로 가랴.

녹색갤러리.

서교동 사거리에서 홍익대학교 방향으로 올라가다보면 오른쪽에 난 세번째 골목 모서리에 'Book'이란 카페가 있다. 그곳을 모로 지나쳐 골목으로 접어들면 바로 녹색갤러리로 가는 지름길이다. 골목 입구에 꽃집이 하나 있다. 거기서 나는 혼자 가기가 쑥스러워 동행한 시인 G와 초벌구이 화분에 심어진 여덟 촉짜리 풍란 한 포기를 산다. 어느 여름엔들 꽃 피지 않으랴.

그곳은 너비 이 미터가 채 안 되는 좁은 골목인데다 보도블록이 여기저기 볼썽사납게 튀어나와 있는 이른바 재개발지구였다. 아직도 막걸리를 파는 닭장 같은 집들이 서로 힘겹게 어깨를 기대고 있고 비가 오면 어김없이 신발 뒤축에서 흙덩이가 튀어오르는 그런 곳인 것이다.

"요즘엔 오렌지족이 이쪽으로 이동한다죠?"

헐어빠진 슬레이트 지붕들을 휘 둘러보며 G가 독백하듯 중얼거렸다.

"글쎄, 뭐 그렇다는 얘기가 있더군요."

"한데 이런 곳에 이렇게 방치된 거리가 있다는 게 믿기지가 않네요. 되게 삭막한 길이에요."

지름길이라고 하니까 무턱대고 내 옆을 기웃기웃 따라오던 G가 가래 끓는 소리로 그렇게 말했을 때까지만 해도, 나는 딱히 마음의 진동을 느끼지 못하고 있던 터였다. 이미 지나본 석이 있는 길이어서 그다지 새삼스러울 게 없었던 것이다. 길가엔 생선가게, 철물점, 비디오대여점, 술집, 과일가게 같은 것들이 늘어서 있었지만 벌써 오래전에 촬영을 끝내고 돌아간 영화의 가건물 세트처럼 썰렁해 보였다. 밤에 진눈깨비라도 한차례 뿌리려는지 날이 부옇게 흐리고 바람마저 제법 매운 기세로 불어대고 있었다.

"백형은 어떻게 이 지름길을 알게 됐죠? 언제 또 녹색갤러리에 가본 일이 있나요?"

G가 미간을 찌푸리고 담배를 피워물며 쉰 목소리로 물어왔다. 휘황한 카페촌을 바로 앞에 두고 이런 길이 나 있다는 것이 암만해도 의아스럽다는 눈치였다.

"그건 아니에요. 물론 갤러리가 어디에 있다는 것쯤은 알고 있었죠. 하지만 어떻게 해서 내가 이 길을 알게 됐는지는 잘 모르겠네요. 그런 건 흔히 기억이 나지 않는 법이잖아요."

"그렇긴 하죠. 하지만 백형이 언젠가 이 길을 와봤던 것만큼은 분명한 사실이 아닙니까?"

G는 슬쩍 내 눈길을 피하며 무르춤한 표정을 지어 보였다. 그

가 왜 대수롭지도 않은 일을 가지고 집요하게 구는지 알 수가 없었다.

"……글쎄, 내가 언제 이 길을 처음 지나쳤는지 정말 기억이 나지 않네요. 이상한 일이죠?"

"이상할 것까지야 없지만 이런 경우 어쩐지 속절없다는 생각이 들기는 해요. 자기 감정에 대한 배신감 같은 게 느껴진달까요. 옛날에 잠자리까지 같이했던 여자의 이름을 기억하지 못할 때처럼 말이죠."

"사랑했던 여자를 두고 하는 말입니까?"

"물론이죠. 참으로 무상하죠? 사랑의 기억도 풍화를 하니 말입니다."

나는 G의 말을 들으며 내게도 사랑했던 여자가 있었던가를 곰곰이 생각하고 있었다. 아마도 있었으리라. 이미 풍화돼서 지금은 그 낯조차 알아볼 수 없는 장승같은 사람이.

"사실은 어렸을 때 자주 이런 데를 오르락내리락했어요. 의정부 미군부대 근처에서 살았는데 이런 너저분한 골목들이 거미줄처럼 얽혀 있는 그런 곳이었죠. 아마 그때의 영상이 되살아나는 걸까요?"

"그럴지도 모르죠. 이내 기억이 나지 않는다고 해서 그게 마음속에서까지 완전히 사라진 것은 아닐 테니까요."

G와 나는 언덕바지를 다 올라갈 때까지 굳게 입을 다물고 서로

모르는 사람 같은 표정을 하고 있었다.

나는 언제 이 길을 처음 와봤던 것일까. 혼자서였던가, 아니면 누구와 함께였던가. 그렇다면 무슨 일로?

녹색갤러리까지, 소요시간으로 따지자면 약 오 분 거리를 남겨둔 지점에서 나는 아닌 게 아니라 장승이 되어 거리 한복판에 우뚝 멈춰 서 있었다. G와 내가 그 비좁은 골목길을 꾸불꾸불 타고 올라와 언덕바지까지 왔을 때, 눈앞엔 병목을 빠져나왔을 때처럼 돌연 휑하게 트인 길이 펼쳐져 있었다. 그러나 정작 내 발걸음을 멈추게 했던 것은 갑자기 낯선 풍경과 마주했을 때의 주체할 수 없는 떨림 같은 게 아니었다. 어쨌든 나로서는 생판 낯선 길이 아니었던 것이다. 기우뚱한 모습으로 서너 걸음 앞서가고 있던 G가 왜요? 하는 얼굴로 돌아볼 때서야 나는 문득 정신을 차리고 일순 굳어 있던 안색을 감추느라 부러 웃는 얼굴을 했다. 하지만 그때도 칠십 미터쯤 앞으로 내다보이는 이른바 피카소거리 카페촌의 공제선이 우글쭈글 동공에서 흔들리고 있기는 마찬가지였다.

그러니까, 그때 마음 저 깊은 곳에서 매장을 기다리고 있던 기억 하나가 복면을 하고 부스스 깨어났던 것이다. 그러나 그 기억의 정체가 확연했던 것은 아니었다. 무심히 딛고 있던 마룻바닥이 불쑥 들려지는 듯한 느낌 정도라고 해야 옳았다.

"저게 뭐죠?"

그때 G가 목이 콱 잠긴 소리로 물어왔으므로 나는 그가 가리키는 쪽을 바라보았다. 그것은 겹겹으로 붉은 띠를 두른 거대한 굴뚝이었다. 회색으로 무겁게 내려앉아 있는 하늘 아래 솟아 있는 굴뚝에선 원폭구름 같은 연기가 꾸역꾸역 비어져나와 우리가 서 있는 머리께로 긴 꼬리를 끌며 천천히 이동해오고 있었다.

"……저건 당인리발전소예요. 그러니까 합정동에 있는 우리나라 최초의 화력발전소 말입니다."

이렇게 말하고 있는 내 목소리는 어쩐 일인지 내가 들어도 귀에 설었다.

"아, 그렇군요. 당인리발전소란 말이군요."

G와 나는 흙무덤과 골재와 철판 따위들이 널려 있는 길을 어기적거리며 다시 걷기 시작했다. 한쪽으로 낮게 가라앉아 있는 길가엔 곧 부서져내릴 지경인 기와집 몇 채가 먼지를 하얗게 뒤집어쓰고 있었으며 조금 더 주저주저하며 내려가자 '두 바퀴로 가는 자동차'란 복덕방만한 술집 간판이 눈에 띄었다. 그 앞을 지나다 말고 이번에는 G가 걸음을 멈추었다. 그는 켕기는 얼굴로 사방을 휘둘러보았다.

뒤미처 그가 무심코 내뱉은 말, 그러니까 입엣말인지 혼잣말인지 감 잡을 수 없는 그 중얼거림을 듣는 순간 나는 온전하게 떠오른 기억 하나와 마주하고 있었다.

"여기 오니까 〈파리, 텍사스〉 생각나지 않아요? 그 영화에 나오는 사막이 떠오르지 않아요? 그리고 라이 쿠더의 기타 소리가 들리는 듯하지 않아요?"

〈파리, 텍사스〉. 라이 쿠더. 나는 돌연 할말을 잃고 당인리발전
소의 굴뚝에서 솟아나오는 연기만 쳐다보고 있었다. 피카소거리
까지 와서 나는 G에게 이렇게 말하고 있었다.

"네가 아는 어떤 여자도 똑같은 말을 했죠. 그러니까 방금 G형
이 〈파리, 텍사스〉라고 한 지점에서 그 여자도 〈파리, 텍사스〉 얘
기를 꺼냈죠."

'알로'라는 카페 앞 건널목에서 신호등을 기다리면서 G가 퀭한
눈으로 나를 쳐다보며 무슨 뜻인지 고개를 주억거렸다. 그러고는
꾸부정한 모습으로 나를 돌아보았다.

"우리가 방금 지나온 길은 사막의 길이었죠?"

파란불이 들어왔으므로 나는 대꾸하지 않고 아스팔트를 뒤뚱
거리며 건너갔다.

그래, 비로소 나는 누구와 함께 저 사막의 거리를 지났던가를
알게 되었다. 그게 비록 저 거리를 처음 알게 된 동기는 아니라
하더라도.

2

그대는 시른어싯 살이라고 했다. 한국에서 Y대 불문과와 대

학원을 졸업하고 서른 살에 프랑스로 건너가 몽펠리에 대학에서 육 년간 공부하다 작년 말에 귀국했다고 했다. 대학원을 졸업하고 프랑스로 가기까지의 몇 년에 대해선 그대에게 들은 바가 없다. 미혼. 그대는 삼 무無의 여자라고 내게 말했다. 남자와 자동차와 집이 없는 여자. 다른 건 몰라도 서른여섯 살의 여자에게 남자가 없다는 것은 무엇을 뜻하는 것일까 하고 나는 곰곰이 생각한 적이 있었다. 결혼을 안 할 거란 얘긴지 남자와는 아예 잠자리를 하지 않는다는 뜻인지…… 그것에 대해서도 나는 골똘히 생각한 적이 있었다. 서른여섯 살의 여자가 남자와 자지 않는다는 것이 도대체 무얼 뜻하는 것인가 하고. 산다는 것은, 더욱이 나이가 들어간다는 것은 자신이 가지고 있는 것을 하나씩 꺼내 버리는 일이라는 걸 조금씩 깨달아가고 있던 서른두 살의 내게 그대는 하나의 의문부호였다.

그대를 처음 만난 건 3월 초였다. 내가 근무하고 있는 '북 에이전시'의 창가에 앉아 나는 그대의 이름을 들었다. 오후 세시의 젖빛 햇살이 책상 밑으로 슬그머니 다가와 내 무릎을 적시고 있었다. 박채희라는 이름을 들었을 때 따뜻하게 젖어 있던 내 무릎이 올이 풀린 것처럼 잠시 맥없이 흔들리고 있었다. 애잔하고 아름다운 이름. 사람이란, 이름 하나만으로도 상대에 대한 인상을 감지할 때가 있는 법인가. 아무튼 채희라는 이름을 듣는 순간에 나는 오래 잊고 있었던 옛 친구로부터 전화를 받은 느낌이었다.

그날 내게는 그대를 찾아가는 일만이 남아 있었다. 프랑스문학 작품 중에서 국내에 소개할 만한 것을 의논하고 마땅한 작품이 있으면 번역을 부탁할 참이었다. 북 에이전시에서는 몇몇 출판사로부터 프랑스 현대소설에 대한 소개를 의뢰받고 있던 터였다. 그대는 전에 우리 사무실 일을 맡아 했던 모 대학의 교수가 소개해준 전혀 생소한 사람이었다.

동료 직원이 적어준 메모지에는 그대의 이름과 전화번호, 그리고 광화문 미도파빌딩 ××호라는 암호 같은 글자만이 적혀 있었다. 전에 미도파빌딩 지하에 있는 카페에서 술을 마신 적이 있기 때문에 나는 그곳이 그대의 사무실이려니 했다. 왜냐하면 그곳은 엄연히 상가가 들어서 있는 빌딩일뿐더러 바로 옆에는 세종문화회관이 우뚝 서 있고 저녁이 되면 금세 희번한 불빛이 타오르는 번요한 거리 한복판에 위치해 있기 때문이다. 한데 빌딩 입구를 들어서 무심코 엘리베이터의 단추를 누르려고 하는데 경비원이 다가와서는 나를 불러세웠다.

"어디 가시는 거죠?"

영문을 알 수 없었지만 나는 그대의 이름과 사무실 호수를 댔다. 경비원은 내 이름과 찾아온 용건을 꼬치꼬치 캐물었다.

"십층부터는 아파트예요. 가끔 일반 상가로 착각하고 올라가는 사람들이 있어서 주민들한테 항의를 받을 때가 있거든요."

그제야 내가 타려고 하는 엘리베이터의 출입구 위를 보니 '아파트 전용'이라는 글자가 보였다. 아파트라니. 어떻게 이런 곳에 아파트가 있단 말인지. 그보다는 이런 곳에다 오피스텔도 아닌 아파트를 얻어 사는 사람이 있다니.

나는 그대의 사무실이 아니라, 아파트로 가는 엘리베이터를 탔다. 십층으로 올라가는 엘리베이터 안에서 나는 미열 같은 흥분에 잠시 사로잡혀 있었다. 서른두 살이 되었을 때 나는 예기치 않은 상황이라든가 혹은 장소, 말하자면 낯선 것에 대한 낯가림이 병처럼 도져 있었다. 그동안 너무 이것저것에 부대끼며 살아왔다고 딴에는 엄살을 떨고 있었던 것이다. 요컨대 여자 혼자 사는 아파트를 찾아가는 일만 해도 어느 정도 곤혹스런 일에 속한다고 나는 생각하고 있었다. 그렇게 사적인 공간에서는 아무리 상대가 편하게 대해온다 하더라도 곧 긴장하게 마련인 것이다.

T자로 뻗어 있는 복도는 기묘한 정적에 감싸여 있었다. 나는 은행의 비밀금고가 있는 곳에 들어와 있는 것만 같았다. 거기서 비상구란 그대의 아파트뿐이었다. 나는 발소리를 죽이며 그대의 아파트 문 앞까지 다가갔다. 그러고 나서도 한동안 어설픈 자세로 버티고 서 있다가 나는 인내하는 기분으로 짧게 초인종을 눌렀다. 서른두 살에 낯모르는 여자의 아파트에 찾아가 문을 두드려야 하는 심정을 그대는 알 까닭이 없었다.

누구세요! 라는 소리도 없이 문이 열렸을 때 그대는 바지 주머니에 양손을 끼워넣고 서서 나를 바라보고 있었다. 그때 그대는 아득한 저편 언덕에 며칠째 움직이지 않고 서 있는 석상의 모습을 하고 있었다. 아니, 그냥 내 눈에 그대가 그런 모습으로 비쳤는가도 모르겠다. 마치 대항이라도 하듯 버티고 서서 멀뚱하게 나를 바라보고 있는 그대의 가슴팍에 시선을 꽂고 잠시 나는 안에서 흘러나오는 마리 라포레의 목소리를 듣고 있었다. 그녀는 화장기가 없는 차디찬 얼굴에 헐렁한 쑥색 티셔츠를 입고 있었다. 굳이 숨기려 하는 마음도 없어 보이는 눈가의 잔주름과 어깨까지 내려온 머리에 몇 올 흰 머리카락이 섞여 있는 게 보였다. 그 흰 머리카락을 보면서 느꼈던 알 수 없는 막막함.

열세 평쯤 될까. 방 두 개. 식탁 겸용으로 보이는 커다란 흰색 책상과 원목책장이 차지하고 있어 주방이 딸린 거실은 매우 비좁았다. 한쪽 구석엔 오디오 세트가 놓여 있고 벽엔 시냐크가 그린 〈석양의 조각배〉란 황금빛 그림이 왼쪽으로 약간 삐딱하게 걸려 있었다. 그대는 서두르는 기색 없이 커피를 끓이고 마늘빵을 쟁반에 담아 내 앞에 갖다놓은 다음 마리 라포레의 목소리를 작게 줄여놓았다. 그러자 마리 라포레는 문밖으로 쫓겨 달아난 느낌이었다. 아직 초봄이어서 썰렁한데도 거실엔 온기가 느껴지지 않았다. 커피를 마시면서 나는 이런 곳에서 혼자 사는 그대는 도대체 어떤 여자일까라는 생각을 하고 있었다.

"귀국해서는 지방에 있는 대학으로 일주일에 두 번 강의를 나갔더랬죠. 하지만 한 학기 떠들고 나니까 힘들기도 하고 내겐 어울리지 않는 일이란 생각이 들데요. 결국 그만두고 말았죠."

그대의 목소리에선 오래 외국생활을 하다 들어온 사람의 묘한 억양이 아직도 남아 있었다. 나는 우리나라 어느 지방에도 없는 사투리를 듣고 있는 기분에 사로잡혀 있었다. 주방 뒤쪽에 달린 조그만 창문으로 햇살이 급하게 무너져내리고 성에 같은 어둠이 스미기 시작하는 저녁 무렵까지 그대와 나는 일과 관계된 얘기들을 건조한 말투로 주고받았다. 그대는 내가 불문학을 전공했다는 말을 듣고 처음으로 반가운 낯빛을 했다. 그대는 르 클레지오와 레몽 장, 그리고 파트릭 모디아노의 소설들이 대부분 국내에 번역돼 있고 꽤 인기도 있다는 내 말에 좀 놀라는 눈치였다. 그대는 그럼 모리스 나도와 클로드 루아, 다니엘 불랑제의 소설을 번역하고 싶다고 했고 나는 출판사측과의 구체적인 의견 교환과 내부 검토를 필요로 한다고 말했다. 내 말에 그대는 얼핏 당황하는 기색이었다. 그리고 거기서 얘기가 뚝 끊어졌다. 시계를 보니 퇴근 시간이 다 돼 있었다. 그대도 그쯤에서 일 얘기는 접어두고 싶은 눈치였다. 그러나 곧바로 자리에서 일어난다는 것이 어쩐지 서먹하게 느껴졌고 견디기 힘들다 싶을 만큼 어색한 침묵이 흐르는 사이 그대가 술 어때요? 하더니 얼른 냉장고에서 캔맥주와 과일을 꺼내왔다. 그러나 캔맥주 하나를 다 마실 때까지도 그대와 나는 말을 잃고 골똘히 알반 베르크의 바이올린협주곡에 귀를 기울이고 있었다. 그러다가 몇 살이에요? 하고 그대가 물어와서 나는 서른두 살에 대한 최근의 내 느낌을 말했다.

"결혼은 했구요?"

"그랬으면 조금씩 아내라는 존재가 편하게 느껴질 나이라고 생각하고 있습니다."

"어째서 그런 생각을 하죠?"

"일종의 상상임신 같은 거죠."

"그럼 지금이라도 결혼을 하지 그래요?"

"사랑하는 여자가 곁에 있어도 쓸쓸하기는 마찬가지란 생각이 들어요. 그렇다면 정말 견딜 수 없으리란 생각이 드는 거죠. 그런데다 저는 이따금씩 시시한 여자보다는 맛있는 맥주가 낫다는 생각을 하는 못된 사람입니다."

"정말 못된 사람이네요."

그대는 혀를 쯧쯧 차며 생경한 눈빛으로 나를 들여다보고 웃었다.

"사실은 서른두 살이 되면서 결혼보다도 소설을 쓰고 싶다는 생각이 들더군요. 하지만 아직 한 줄도 못 쓰고 있죠. 시간의 문제가 아니라 가만히 따져보면 그것은 장소의 문제라는 생각이 들 때가 있어요. 서른두 살에 적합한 장소 말입니다. 말하자면 아직 내게 어울리는 장소를 찾지 못하고 있다는 생각이 든단 말이죠."

"잘 이해가 가진 않지만 그럴 법도 하네요. 하지만 그건 장소의 문제가 아니라 아마 상태의 문제일 거예요."

상태? ……그럴 수도 있겠지.

어딘지 모르게 그대의 조임쇠가 풀려 있다는 생각이 들면서 나는 아까부터 눈길을 이리저리 피하고 있었다. 혹은 내가 그렇게 함부로 생각하고 있었는가도 모르겠다. 그러나 어느 쪽이 먼저든 그런 느낌이 들면 나는 본능적으로 뒷걸음질을 치는 사람이다. 그러니까 사람과 사람 사이엔 반드시 일정한 거리가 있어야 한다고 나는 믿고 있는 편이다. 좀 억지스런 말이지만 사람 사이에 적당한 거리가 존재하지 않는다면 어떻게 누군가를 그리워하고 또 사랑하며 살 수 있을 것인가, 라고 생각하고 있는 것이다. 전에 누군가를 지독히 가까이했다가 그만큼 지독한 꼴을 당한 일이 있어서겠지.

상태 얘긴데요 하고 그대가 캔맥주의 꼭지를 따며 입을 열었다.

"가령 이런 상태라는 것이 있어요. 뭐랄까요, 무심히 길을 가고 있는데 갑자기 앞에서 스윽 하고 길이 사라져버리는 그런 상태. 당시의 기분이라든가 느낌 혹은 주위 공기의 변화 같은 것들이 뒤섞여 그렇듯 길이 사라져버렸음을 내게 알려오는 거죠."

"……"

"사람이 대자유의 존재라곤 하지만 한편으론 대허무, 대절망의 존재가 아니겠어요? 아마 그걸 깨닫는 순간의 상태가 아닐까 싶어요. 그럴 때는 그 자리에 가만히 서 있거나 원래의 자리로 돌아가 눈을 감고 앉아 다시 길이 나타나길 기다리곤 하죠. 며칠이고 가만히 나를 들여다보면서 말이죠. 한데 그러고 난 다음에도 좀체 길이 보이지 않는 상태라는 게 또 있어요."

"그럴 때는 어떻게 하죠?"

"아무것도 할 수 없는 상태를 말하는 거예요. 마음속 부레만 커지고 공중에 떠서 헛발질만 계속하게 되죠."

"……"

"프랑스에 있을 때 나는 저녁마다 바다로 나가 방갈로 앞에 있는 다이빙보드에 앉아 있곤 했죠. 내게는 아무도 없었으니 말이에요. 나는 그 나무판자 위에 찍힌 젖은 발자국들을 오래오래 들여다보곤 했어요. 사람이건 혹은 새 들의 발자국들을 말이에요. 그러면서 생각했죠. 이 발자국들은 도대체 더이상 갈 데 없는 이 다이빙보드의 끝에서 어디로 사라졌을까, 새들은 다 어디로 날아 갔을까 하고 말이에요. 그러고는 어두워지는 수평선을 묵묵히 지 켜보다 돌아오곤 했죠. 육 년 동안 내내 그런 생활을 하다 돌아왔 던 거예요."

"그랬군요."

"하지만 거기서는 지금처럼 이렇게 대롱 속에 매달려 헛발질 하는 느낌 따윈 없었어요. 발바닥만큼은 땅에 붙어 있었죠. 이렇 게 사면이 숨막히게 조여드는 느낌 따윈 없었단 말이죠. 그런데 귀국해서는 어쩐지 도난 금고 속에 갇혀 있다는 생각이 들어요. 그나마 마음에 존재하고 있던 마지막 그 무엇마저 빠져나간 듯한 느낌이 드는 거예요. 프랑스에서는 분명히 존재하고 있던 것이 되레 여기 와서 흔적 없이 사라져버렸다는 얘기죠."

"그게 뭔데요?"

"……그걸 모르겠어요. 지난 몇 개월 동안 그게 무엇일까 하고 수없이 생각해보았지만 아무래도 떠오르질 않아요. 사람에겐 어떤 일을 경험하고 나서도 도저히 기억나지 않는 일이 있는 모양이에요. 끝내 그걸 기억해내거나 찾아내지 못하면 더이상은 버틸 수 없다는 마음이 들어요. 그건 아마도 대자유, 대절망, 대허무를 뜻하는 그 무엇일 거예요."

기억하려 해도 도저히 기억이 나지 않는 일…… 하고 나는 곰곰이 되씹으며 이제는 그만 일어서야겠다고 직감적으로 느끼고 있었다. 지체하게 되면 자칫 거리 감각이 둔해질 수도 있다. 그러다보면 서로가 원치 않는 일이 종종 생기기도 하는 것이다.

문 앞까지 따라나와 나를 배웅하며 그대는 심상한 표정으로 내게 이런 말을 했다. 프랑스에선 그러기도 하는 모양이었다.

"물론 적당한 장소라고 느껴야 하겠지만, 장소라는 게 필요할 땐 언제든 여기 와도 좋아요. 찾아오는 사람도 없으니까요. 지나가다 그냥 커피를 마시러 와도 좋구요."

"……고맙습니다. 생각해보죠."

분명히 호의에서 한 말이라는 걸 알면서도 나는 모면하는 얼굴로 더듬적거리며 대꾸했다. 내가 말하는 적당한 장소란 우선 혼자 있을 수 있는 곳이라야 한다는 말은 할 수가 없었다. 그대는 문을 닫다 말고 약속이라도 받아두듯 내게 말했다.

"진심이에요, 생각해봐요."

그러고 나서 다시 그대를 만난 건 5월 하순의 어느 저녁나절이었다. 그동안 몇 번의 전화통화는 있었으나 만날 기회가 없었다. 아니, 그런 빌미는 많았으나 나는 비껴가고 있었고 그대는 내 그런 모습을 조용히 지켜보고 있을 따름이었다. 그대는 봄날 내내 썰렁한 임대아파트에서 온종일 마리 카르디날의 소설 『문 위에 꽂혀 있는 열쇠』를 우리말로 옮겨적고 있었고 나는 그 시간에 어디에도 속해지지 않는 서른두 살의 봄을 힘겹게 버텨내고 있었다.

그대와 나는 'Book'이란 카페에서 두번째 만났다. 그대가 번역한 원고를 들고 녹색갤러리 근처에 있는 어느 출판사를 함께 찾아가는 길이었다. 커피를 마시는 그대의 얼굴엔 봄날의 나른한 기운이 창백하게 무늬져 있었다. 무슨 생각을 하고 있었는지 그대의 손끝에서 타들어가고 있던 담배가 무심코 바닥으로 떨어져 내리기도 했다. 벽에 모로 기대어 있는 그대는 공기가 다 빠져나간 고무공처럼 보였다. 혹은 물기가 마른 화분처럼 보였다. 봄은 여자의 얼굴을 밖으로 드러내는 계절이라고 그대는 대허무의 얼굴로 말했다.

카페를 나와 폐옥처럼 무너져 있는 낮은 건물들 사이에 난 좁은 골목길을 타고 올라가며 그대는 자주 걸음을 멈추고 뒷전을 돌아보며 숨을 몰아쉬었다.

"이 길이 맞아요? 혹시 길을 잘못 든 건 아녜요?"

원고뭉치가 든 누런 봉투를 가슴에 꺼안고 그대는 불안한 눈초리로 나를 쳐다보았다. 바람이 골목 어귀에서 뽀얀 먼지를 날리며 쓸려다니고 있었다.

"맞을 겁니다. 우리는 지금 대각선으로 질러가고 있는 중이에요."

내 말에 그대는 석연찮은 표정으로 골목 구석구석을 훑어보며 손수건으로 이마의 식은땀을 찍어냈다. 복개공사라도 하듯 파헤쳐진 길바닥에 나와 어슬렁거리는 개들이 무서운지 그대는 몸을 잔뜩 사린 채 내 옆을 바투 따라오고 있었다.

그리고 미농지빛의 어둠이 덮이기 시작하는 언덕바지에서, 그대와 나는 대가뭄 같은 흉흉한 풍경과 마주하고 있었다. 우리는 누가 먼저랄 것도 없이 저절로 그 자리에 붙박여 서서 이내 울음이 터질 듯한 표정으로 서로의 얼굴을 쳐다보고 있을 따름이었다. 그 순간 그대와 내 마음을 동시에 물들이고 있던 것은 당인리 발전소 뒤켠에서 지고 있던 검붉은 노을빛이었다. 요량할 수 없이 넓어지고 있는 황량한 풍경 앞에서 그대와 나는 헛숨을 참느라 용을 쓰고 있었다.

"이렇게 황량할 수가. 인기척 없는 폐허의 문들을 두들겨보았다, 라는 카뮈의 글이 생각나요."

"그래요. 여기에 지금 존재하는 것은 우리 둘뿐인 듯합니다."

기이한 황막함에 빠져 나는 그대가 내뱉은 말에 간신히 대꾸하며 나도 모르게 그대의 차디찬 손목을 움켜쥐었다. 그대와 내 눈에는 검은 모래와 자갈, 그리고 노을 속에서 죽어리 연기를 뿜어대고 있는 새우무늬의 거대한 굴뚝만이 비쳐들고 있을 뿐이었다.

"저건 화장터의 굴뚝이 아닐까요? 사막에서 길을 잃고 헤매다 죽은 자들을 태우고 있는……"

그대는 다리가 풀리는지 그 자리에 스르르 주저앉고 말았다.

그날 그대와 나는 밤늦도록 술을 마셨다. 아무리 마셔대도 맹렬한 갈증은 사라지지 않았다. 성난 암세포와도 같은 갈증이 목울대를 끊임없이 조여대고 있었다. 그러니까 사자死者의 갈증. 사납게 일그러져 있는 그대의 얼굴을 헝클어진 머리칼이 뒤덮고 욕설도 고함도 아닌 말들이 거침없이 튀어나오는 도중에 언뜻 그대의 눈에 물기가 내비쳐져 있는 것을 나는 보았고 방심한 사이, 술병이 바닥에 떨어지는 소리를 들었을 땐 이미 술집도 문을 닫을 시간이었다.

등화관제 훈련이라도 하듯 불빛들이 일제히 꺼져가고 있는 피카소거리 한복판에서 그대는 마개가 열린 술통처럼 마셨던 술을 울컥울컥 토해냈다. 그리고 어느 순간엔가, 그대와 나에겐 미처 예기치 못했던 일이 벌어져 있었다.

거의 한 치 앞도 분간하기 힘든 어둠 저쪽에서 자동차라고 생각되는 것이 불빛을 희번덕이며 이쪽을 향해 질주해왔던 것이다. 찰나 정신이 들어 재빨리 거리를 벗어나고자 했을 땐 뻑! 하는 소리와 함께 이미 차의 범퍼가 그대의 무릎을 들이받은 다음이었다. 그러고 나서 나는 참으로 기이한 광경을 목격하고 있었다. 나는 이명을 들은 것은 아닐까 하는 생각을 하고 있었으니 말이다. 그것은 차가 그대를 들이받음과 동시에 멈춰 섰음을 뜻하는 장면이었다.

그대는 무표정한 얼굴로 고개를 흔들어대며 괜찮다고 말했다. 술김이 아니었더라면 그야말로 목발 신세가 됐으리라. 하얗게 질려 뛰쳐나왔던 운전자는 얼결에 차 안으로 도로 기어들어가더니 어둠 속으로 바삐 사라져버렸다.

그날 밤 나는 그대를 광화문에 있는 그대의 아파트까지 데리고 갔다. 가면서 이런 생각들을 하고 있었다. 사고가 나던 순간에 나는 그대의 무표정한 얼굴을 보아버렸다고. 그래서 두려움에 빠져 있었다고. 또한 목숨을 걸지 않고는 그대를 사랑할 수 없으리란 걸 알게 되었다고. 그리하여 앞으로 그대와 함께 있게 되면 언젠가는 반드시 서로에게 치명적인 상처를 입히게 될 거라는 사실을 깨달았다고.

잠든 그대의 모습은 새벽에 차려놓은 정갈한 음식처럼 보였다. 혹은 고등학교를 졸업하고 내일 대학에 들어가는 여학생처럼 보였다. 새로 한시. 담배를 피우며 물끄러미 그대의 잠든 모습을 내려다보고 있었다. 얼마 후 나는 조용히 문을 열고 밖으로 빠져나왔다. 그러나 그때 그대가 깨어 있다는 것을 알고 있었다.

그후로 다시 그대를 만났던가? 아니었던가? 기억이 분명치 않다. 어쩌다 만났다 하더라도 마음의 문을 닫아걸고 있었으니.

아무리 기억하려 해도 도무지 기억나지 않는 일…… 그러나 당시엔 분명히 존재했던 그런 종류의 일이 있다는 것을 요즘에 알게 되었다. 또한 그게 무엇일까 하고 골똘히 생각하는 버릇이 내게도 생겨 있었다.

3

"바다는 수평축에 자리잡고 있는 피안의 세계를 내포하고 있는 공간이라고 합니다. 또한 바다는 신화적 원수原水 관념을 가지고 있죠."

"그래요, 달과 맺어진 관계만 하더라도 바다는 지극히 신화적입니다. 사전적 지식을 빌리자면 변화를 대동한 항구성, 순간이 뚜렷이 부각되는 영원성 따위 말입니다."

"하늘로 가는 배, 라는 말이 있죠? 바다가 수평의 피안을 뜻한다면 하늘은 수직의 피안을 뜻한다는 거죠. 그러니까 하늘로 가는 배란 수평과 수직 즉 두 피안의 중복을 상징한다는 겁니다."

나는 〈말과 바다와 여인〉이란 그림 앞에 서 있다. 말품깨나 하는 자들이 등뒤에서 주절대는 소리를 멍멍하게 듣고 있다. G가 보이지 않는다. 갤러리 안은 사람들로 꽉 차 있다. 후텁지근하다. 웬 젊은 여자가 캔맥주 하나씩을 사람들에게 나눠주고 있다. 사람들 사이에 선생이 회중전등을 든 겨울나무처럼 서 있다. 그 뒤에 바다가 보인다. 실눈을 뜨고 아득히 바다를 본다. 바다를 보면서 등대를 생각한다. 등대를 보면서 망루를 떠올린다.

등대는 그렇다 치더라도 어찌하여 느닷없이 망루인가. 다시 바다 앞에서 벌거벗고 앉아 있는 여인의 둥근 몸을 바라본다. 천천히 망루와 여인이 겹친다. 어지럽다. 머리를 휘휘 내저으며 발악하듯 헛기침을 한다. 몇 개의 시선들이 쏠린다. 어쩌자고 이렇듯 중심이 흔들리고 있는 걸까.

숨어 보듯 다시 선생을 넌지시 바라본다. 보고 싶은 사람을 보러 와도 늘 그 언저리에 머물러 있게 된다. 선생이 들고 있는 저 회중전등을 대신 들어드렸으면 하고 생각할 따름이다.

몇몇 아는 얼굴들 사이에 섞인다. 그때 어디선가 G가 나타난다. 옆에는 밤색 털모자를 쓴 여자가 차디찬 얼굴로 서 있다. G가 내게 그녀를 소개하지만 그녀는 멀거니 나를 쳐다볼 뿐이다. 어찌 된 일인지 저런 얼굴을 만나면 이내 마음이 움츠러든다. 언제부터의 일인지 모르겠다. 갈수록 마음의 판이 얇아지고 있다는 생각이 든다.

녹색갤러리 지하에 있는 '싸스'라는 카페로 우르르 몰려내려간다. 천장이 낮고 푸르스름한 조명에 은은히 감싸여 있는 집이다. 마룻바닥인데다 의자가 푹신해서 욕조에 들어가 앉아 있는 것 같다. 주인은 짧은 머리를 한 서른세 살의 젊은이로 대금을 하는 사람이라고 한다. 일행 중에 누군가가 우리에게 젊은 대금을 소개한다. 밀러 맥주와 마른안주가 나온다. 귀 안주는 스트롭스가 연주하고 부른 팔 분 오십 초짜리 〈Autumn〉. 이런 데선 좀체 듣기 힘든 음악이다.

망루. 도대체 어째서 망루인가. 지금 내 마음속에 침입한 게 무엇이란 말인가. 캄캄한 빛에 휩싸여 있는 저 해저 유물 같은 기억. 어느덧 나도 마음이 닳아지는 나이로 접어든 것인가.

저는요, 하고 아까 따라내려온 밤색 털모자가 입을 연다.

"밤마다 불을 끄고 자리에 누워 있으면 누군가 슥 문을 열고 들어와서는 내 머리채를 자근자근 밟아요. 다른 한쪽 발로는 내 명치를 찍어누르구요. 아무리 소리를 지르려 해도 입이 벌어지지 않아요. 털이 숭숭 난 다리를 손톱으로 쥐어뜯어도 꿈쩍도 안 해요. 손톱에 살점이 끼는 선연한 느낌이 들어 치가 떨려요. 밖에선 아직 잠들지 않은 식구들이 주고받는 말소리, 문을 여닫는 소리가 들려오지만 아무도 들어와서 깨워주지 않죠."

"좀 쉬는 연습을 해봐요. 사랑하는 일과 마찬가지로 그것도 연습이 필요한 거예요. 그 가위눌림이란 지금 너무 부대끼고 있다는 증거예요."

G가 그렇게 대꾸한다. 나중에 알고 보니 그녀도 시 쓰는 여자다.

"아까 녹색갤러리로 오는 길에 난 우연찮게도 사막의 거리를 지나왔더랬어요."

"사막의 거리라뇨?"

여류가 묻고 G가 〈파리, 텍사스〉 어쩌구 하며 얘기를 늘어놓는다.

"그건 단순히 쓸쓸하다. 황막하다 하는 그런 감정이 아니었어요. 난 늘 그런 환영을 목격하며 그런 풍경에 둘러싸여 살고 있다는 두려운 생각이 들더라는 거죠. 쉽게 말하면 그건 아주 현실적인 나의 내면 풍경이었다 이런 말입니다."

"이따가 그리로 해서 가봐야겠네."

그리로 가려면 우선 술조심, 차조심부터 하시도록.

"옛날에 당인리발전소 그쪽 어디에 철도가 있었다죠?"

"철도요?"

누군가가 철도 얘기를 꺼내자 여류가 달려들듯 반문한다.

"잘은 몰라요. 그냥 나도 어디서 들은 말이에요."

그쪽 사막 어디에 철도가 있었다는 게 사실일까. 나도 어디서 들은 것 같기도 하다. 여류가 담배 연기를 내게로 푸우 뿜으며 맥주병으로 손을 가져간다.

철도. 아, 이 자리를 면하고 나선 나 다시 어디로 가랴.

나는 너무 지친 사람들만 만나며 살아왔다. 이제는 몸과 마음이 모두 정갈하고 혼자 있어도 추해지지 않는 그런 사람 곁에 있고 싶다. 나는 너무 상처받은 사람들만 만나왔다. 아니 상처받지 않으면 못 배기는 사람들하고만 술을 마셔왔다. 하지만 상처란 눈에 보이는 그런 게 아닐 것이다. 그건 상처라고 기억되는 것이라기보다는 마음 저 깊은 곳에 숨어 살며 소리없이 영혼을 갉아대고 있는 어떤 짐승의 그림자 같은 것일 게다. 이를테면 저 망루에서 서성이는 그림자 같은 거. 그러니까 어쨌든 술안주 따위는 될 수 없다는 얘기다.

어지간히들 술기운이 올라 있다. 밤 열시 삼십분. 2차로 옮겨갈 태세다. 뭐라뭐라 공방전이 벌어지다 신촌에 있는 록카페 '올로올로'로 결정. 사막에서 록카페로. 그야말로 세계일주라도 하는 기분이다. 언젠가 G와 함께 그곳에 간 적이 있다. 하도 꽝꽝대길래 조용한 음악 좀 틀어달라고 했다가 무안을 당한 적이 있다. 그러고 나선 잘 가지 않는다. 나로 말할 것 같으면 흔들어대는 것도 역시 젬병이다.

택시 두 대에 일행이 나눠 타고 나는 뒤에 출발한 차에 합승해 흔들흔들 신촌으로 실려간다. 저 밤거리에 일렁이고 있는 원색의 혼요한 불빛들. 언젠가는 반드시 이 애증의 도시를 떠나고야 말리라.

4

　택시가 신촌 기차역에 도착해서 일행이 왁자지껄 내리고 난 다음 요금을 지불하는 사이, 내 눈에 다시금 저 어둠에 가려져 있던 망루의 모습이 선연하게 비쳐들었다. 나는 그 자리에 얼어붙은 채 한참이나 망루의 꼭대기를 올려다보고 있었다. 택시운전사가 볼멘소리로 어서 내리슈 하는 소리를 듣고 나서야 나는 꿈꾸듯 택시 밖으로 기어나왔다. 그러고 나서 나는 조금 전까지 나를 끌고 왔던 길이 신기하게도 스윽 하고 눈앞에서 사라지는 것을 목도하고 있었다. 그것은 아주 섬뜩하고 희한한 경험이었다.

　나는 일행 뒤에 처져 신촌 기차역 맞은편에 있는 공중변소에서 소변을 본 다음 한적한 공중전화부스를 찾아들어갔다. 돌연 사위가 대낮처럼 밝아 보이며 나는 아까와는 전혀 다른 세계에 들어와 있는 느낌에 사로잡혀 있었다. 이처럼 눈에 보이는 사물들이 내 상태와 완전하게 친화하는 과정을 경험하기는 그때가 처음이었다. 나는 바늘에 걸린 물고기처럼 흥분하고 있었다. 흥분하고 있었지만 마음만은 되레 돌처럼 차분하게 가라앉아 있다는 묘한 느낌이 들었다.

　나는 수첩을 꺼내들고 전화번호 버튼을 하나씩 하나씩 눌렀다. 발신음이 세 번 울리고 이윽고 저쪽 망루에서 초인종을 눌렀을 때처럼 누구세요? 하는 여자의 목소리가 흘러나왔다. 그 목소리를 듣고 나서도 나는 한동안 대꾸를 않고 거리에 가건물처럼 늘어서 있는 술집과 약국과 옷가게와 레코드가게와 편의점과 찻집들을 무서운 눈으로 노려보고 있었다.

"누구세요?"

계속해서 입을 다물고 있으면 전화를 끊겠다는 억양으로 여사가 되물어왔다. 나는 망설이고 있었던 것이다. 이 전화 한 통이 과연 어떤 일을 몰고 올까 하는 마음 때문에. 도로 수화기를 내려놓아야 하는 것은 아닌가 하는 마음 때문에. 그렇지만 어두운 기억 속의 나는 마침내 입을 열고 있었다.

『문 위에 꽂혀 있는 열쇠』는 잘 받았다고 우선 나는 말했다.

어머! 하고 그녀는 몹시 놀라워했다. 내 목소리를 기억하고 있다는 증거였다.

"무심한 사람. 그래 그동안 뭐하고 살았어요?"

"줄곧 맥주만 마시고 있었죠 뭐."

"아직도 시시한 여자보단 맥주가 좋아요?"

"글쎄요. 시시한 맥주보다는 어여쁜 여인이 낫다는 생각을 며칠째 하고 있는 중입니다."

"후후…… 여전하네요."

그녀의 목소리엔 예전엔 없던 푸른 물기 같은 게 배어 있었다. 맑은 혹은 밝은 빛이 서려 있는 여자의 목소리보다 더 아름다운 것이 어디 있으랴.

"사실은 오늘 파리, 텍사스에 갔었습니다. 당인리발전소가 보이는 서교동 사막의 거리 말입니다."

아, 그랬군요. 거기—사막의 거리, 하고 그녀는 점자책을 읽듯이 내 말을 되받았다. 그러고 나서 그녀는 한동안 말이 없었다. 무슨 생각을 하고 있는 중일까. 그때 그날의 일들을 떠올리고 있는 것은 아닐까.

"역시 황량하더군요. 우리가 사는 이 도시에 서서히 사막이 번지고 있다는 생각을 했더랬습니다."

"……"

"그리고 내게도 기억하려 해도 도저히 기억나지 않는 그런 일이 존재하고 있다는 것을 알았습니다. 요컨대 망루 같은 거."

"망루요?"

"그래요, 망루. 다행히 조금 전에 그게 뭔가를 알았지만요."

그녀는 그게 뭐냐고 묻지 않았다. 그녀가 다시 침묵하고 있는 사이 나는 광화문 미도파빌딩을 떠올리고 있었다. 오늘 사막의 거리를 지나고 나서부터 내 마음속에 치솟아 있던 망루의 정체는 바로 그녀가 살고 있는 그 하얀 건물이었던 것이다.

저 또한 기억나지 않던 것의 정체를 얼마 전에 알게 되었어요, 라고 그녀는 나직이 입을 열었다.

"……"

"전에 제가 몽펠리에 얘기 했지요? 매일 저녁 방갈로에 나갔더란 얘기. 다이빙보드에 찍힌 젖은 발자국을 보다 돌아왔더란 얘기 말이에요."

기억난다고 나는 말했다.

"그때 이런 생각을 했었다고 했죠? 새들은 다 어디로 날아가버린 것일까, 사람들은 또 어디로 가버린 것일까 하고 말이에요."

"……"

"그리고 한국에 돌아와서 뭔가 사라져버렸다는 생각이 들었다고 그랬죠? 그게 뭔지를 도무지 모르겠다고요."

그래, 그대는 그때 그렇게 말했었다.

"사실은 얼마 전에 우연히 낙산사에 다녀올 기회가 있었어요. 동해 말이에요. 그리고 그때 비로소 알았죠. 내게 상실돼 있던 게 무언가를요."

바다 말이에요. 하고 그녀는 수습을 하듯이 말했다.

"새들이 사라진 곳 말이에요. 젖은 발자국들이 달아난 수평선 말이에요."

오늘은 바다와 만나 씨름하는 날인가보다. 살다보면 이렇듯 동어반복 같은 묘한 날이 있게 마련이다. 한데 그것이 무얼 뜻하는 것인가는 아직 알 수가 없다.

나는 그녀에게 아직도 내게는 장소가 필요하다고 말했다. 이 말을 하는 동안에 등줄기로 서늘한 한기가 훅 훑고 내려가면서 맥없이 몸이 떨려왔다. 그리로 가겠다는 말의 이 우회적인 표현을 그녀가 못 알아들었을 리 없었다. 공중전화부스의 유리창 밖으로 차가 열 대 지나가고 나서야 그녀가 꽉 잠긴 목소리로 입을 열었다. 저렇듯 긴장하고 있는 목소리를 듣고 있노라면 웬일인지 서글픈 마음과 사무친 마음이 동시에 가슴으로 압박해들곤 한다.

"지금요?"

그렇다고 나는 말했다. 또 차가 세 대 지나갔다.

"오세요. 근데…… 아녜요. 오세요."

택시를 탈까 하다가 나는 이대역에서 전철을 타기로 하고 '올로올로'를 지나쳐 낮은 언덕길을 따라 천천히 걸어올라갔다. 질러가는 방법을 택하지 않은 것은 그동안에 술을 깨고자 하는 생각 때문이었다.

시청역에서 내려 나는 덕수궁 돌담길을 따라 영국문화원과 조선일보를 지나 지하보도로 들어가고 나와 세종문화회관과 미도파빌딩의 중간께까지 와서 걸음을 멈추고 내가 방금 버리고 온 길을 뒤돌아보았다. 늦게까지 술을 마시다 나온 사람들이 도로를 점거하고 고래고래 소리를 지르며 택시를 잡고 있었다. 거리엔 어느덧 진눈깨비가 희끗희끗 나부끼고 있었다. 얼마나 더 추운 날들이 이 거리를 아득히 휩쓸고 지나갈 것인가. 엘리베이터를 타고 십층으로 올라가는 동안 나는 내 몸이 버석버석 메말라 있다는 것을 알았다.

초인종을 눌렀지만 안에서는 좀처럼 아무 기척이 없었다.

초조한 마음으로 얼핏 문 위를 쳐다보았지만 '문 위에 꽂혀 있는 열쇠' 따위가 있을 리 없었다. 그사이 잠들었는가. 아니면 문을 닫고 안에서 나와 대항하고 있는 것인가.

그냥 돌아설까 하다가 무심코 손잡이를 비틀자 힘없이 문짝이 앞으로 당겨졌다.

약 이십 분 동안 나는 주인 없는 집의 탁자에 토르소처럼 앉아 있었다. 그러나 암만 생각해도 이십 분은 너무 긴 시간이었다. 처음에는 그녀가 잠깐 밖에 나간 걸로 생각했으나 사실은 그게 아니었던 것이다. 내가 속히 집을 비워야 그녀가 돌아올 수 있음을 깨달았던 것이다. 지금 밖은 사면이 춥지 않은가. 여태 무얼 하며 여기 앉아 있었더란 말인가.

그 이십 분의 마지막 몇 분 동안 나는 이런 생각을 하고 있었다. 나무판자의 젖은 발자국들이 사라진 곳에 대해서. 혹은 때때로 내 앞에서 사라지곤 하는 삶의 길에 대해서.

나는 잠시 벽에 걸려 있는 시냐크의 〈석양의 조각배〉를 바라보고 있었다. 그와 함께 내 눈에는, 무수한 새들의 발자국들이 앞서거니 뒤서거니 하며 수평선을 향해 날아가고 있는 환영이 비쳐들었다. 나는 흰 종이 위에다 잘 자요 그대, 하고 썼다가는 도로 그것을 지워버리고는 휘청거리며 자리에서 일어났다.

5

밤새 고열에 시달리다 깨어난 아침처럼 말간 현기증을 느끼며 아래로 내려오고 있는 사이에 나는 모세관현상처럼 서서히 아랫 도리가 축축이 젖어오르고 있다는 느낌을 받고 있었다. 그리고 아무도 없는 텅 빈 쇠상자 안에서 나는 아득히 이쪽을 향해 밀려 오고 있는 큰물 소리를 듣고 있었던가.

하얀 망루를 나오자 바다의 환영이 눈앞에 검푸르게 엎드려 있 는 게 보였다.

애써 몸을 가누고 철버덕거리며 택시를 잡고 있는 사이 뒤에서 누군가 다가와서는 내 등을 툭 치며 이렇게 말했다.

여기, 이 거리, 바다 같지 않아요?

홀연히 뒤를 돌아보았을 때 그러나 거기엔 아무도 없었다.

나는 우연한 내 목소리를 듣고 있었던 것이다.

새무덤

예순두 살의 어느 날 저녁에 아버지가 말했다.

이제 나는 길 끝까지 다 온 것 같다.

나는 묵묵히 아버지의 목소리에 귀를 기울이고 있었다. 그의 목에선 그륵그륵 가래가 끓고 있었다. 부엌에서 도마질을 하고 있던 어머니도 그 소리를 들은 모양이었다. 어머니의 왼손 검지 중간마디에서 아차 하고 실고춧빛으로 피가 배어나왔다. 옆집에서 누군가가 하모니카를 불고 있었다.

나의 살던 고향은 꽃 피는 산골, 복숭아꽃 살구꽃 아기 진달래……

어느 여름날에 관을 지고, 길을 놓아 가리. 가서 차생次生엔 가을하늘 잠자리로 태어나리.

잠시 졸음에 겨운 얼굴노 하모니카 소리에 홀려 있던 나는 다시 들려오는 아버지의 말소리에 얼른 정신을 차리고 몸을 곧추세웠다. 봄날 저녁의 바람은, 유년의 달밤 청동빛 옥수수밭에서 보았던 이름 모를 새떼처럼 마당 한복판으로 느리게 지나가고 있었다.

명일, 상수를 데리고 고향에 다니러 가자. 서울 일은 모레 올라가서 보도록 하고.

당장 내일 서울서 강의가 있었으나 나는 아무 말도 하지 않고 고개만 주억거렸다. 일주일에 한 번씩 나는 대전에 있는 대학에 강의를 하러 내려와야 했고, 그때마다는 아니지만 부모가 있는 집에 인사차 들르곤 했다. 하지만 이번에는 경우가 달랐다. 여간해서는 자식들에게 전화 같은 걸 하지 않는 양반이 이틀 전 웬일인지 내게 직접 전화를 걸어왔던 것이다. 암만해도 생경하게 들리는 음성이었다.

어데 갈 데가 있어서 그러니 이번에 올 땐 상수를 데리고 오도록 해라. 에미는 집에 있으라고 하고.

아내는 볼멘 얼굴로 나를 흘겨보았다. 나는 고개를 휘휘 내저었다.

나도 모르겠어, 하지만 그렇게 해야지.

이제 여섯 살 난 애를 뭐하러 데려오래요? 더군다나 저는 왜 빼놔요?

그녀는 지금까지 단 하루도 아들과 떨어져 산 일이 없었다. 본능적인 불안 같은 게 그녀의 얼굴에 엉겅퀴무늬로 도드라져 올라왔다.

어디 그런 말을 하는 양반이어야지. 뭐 별일이기야 하겠어?

왜 그런 것도 못 물어봐요? 당신은 어째서 아버님 말이라면 그렇게 입도 뻥긋 못해요?

……

당신들끼리 잘해봐요. 참 별스런 양반들이야.

아내의 말이 귀에 거슬렸으나 나는 묵묵부답으로 창가로 떨어져내리는 저녁해를 물끄러미 쳐다보고 있었다. 이튿날 아침 유치원에 전화를 걸어놓고 아이에게 옷을 입힐 때까지도 아내의 얼굴은 뚱하게 부어 있었다. 아들 녀석은 전염병 예방주사를 맞으러 가는 표정을 짓고 있었다. 제 어미만큼이나 주사 맞기를 싫어하는 녀석이다.

아버지는 키가 작았다. 벽에 걸려 있는 바지를 보며 밤새 웬 난쟁이가 찾아와 지금 건넌방에서 자고 있는 것은 아닌가 하고 생각할 때가 많았다. 그럴 때마다 건넌방 문을 열고 슬쩍 안을 엿보곤 했으나 매양 방은 어둑신하게 비어 있었다. 아버지는 소문난 목수木手였다. 늘 새벽밥을 먹고 나가 밤에도 내가 잠든 다음에야 돌아왔으므로 나는 초등학교에 들어갈 때까지도 아버지가 옷을 갈아입는 것을 제대로 보지 못했다. 어느 날, 내가 보는 앞에서 바지를 꿰입고 있는 아버지를 보면서 나는 얼마나 기묘한 느낌에 빠져 있었던가. 아버지는 마치 마술을 하고 있는 사람 같았다. 저렇게 짧은 바지가 아버지 다리에 들어맞다니. 아니, 저게 아버지 바지였다니! 그러나 그렇게 현장을 목격한 다음에도 나는 벽에 걸려 있는 바지를 보기만 하면 역시 희한한 느낌에 빠져 매번 고개를 갸웃거리곤 했다. 도무지 믿어지지가 않았던 것이다. 중학교에 들어갈 때쯤에야 나는 아버지의 키가 작다는 사실을 비로소 인정하고 있었다. 아버지 형제들이 모두 키가 컸고, 이미 작고하긴 했지만 조부도 일 미터 팔십이나 되는 장신이었으나 공교롭게도 할머니가 몹시 작았다. 아버지는 외탁을 했던 것이다.

하모니카 소리는 얼추 자정이 될 때까지 우리 집 담장을 타넘어왔다. 아이는 머리를 이불 밖으로 비죽이 내밀고 제법 깊은 생각에 잠긴 얼굴로 그 소리에 귀를 기울이고 있었다.

아버지는 마루 끝에 앉아 『회남자淮南子』「설산훈說山訓」 편을 읽고 있었다.

도道는 무엇으로 형체를 이루고 있는가?
무유無有로써 형체를 이루고 있소.
무유는 형체가 있는가?
없네.
어떻게 하면 무유를 알 수 있을까?
나도 다만 만났을 뿐이네. 보아도 모양이 없고, 들어도 소리가 없으니 이것을 유명幽冥이라고 하네. 유명이란 도와 비슷하면서도 도는 아닐세.

이제 알았네. 즉 안에서 보고 스스로 돌아가는 것이로군.

『회남자』는 조부가 임종 직전 아버지에게 유언 대신 남긴 책이었다. 촛불이 낮게 흔들리고 있는 방 안에서 조부는 아버지가 마지막 그 무슨 말을 듣고자 귀를 입에 가져다대자 불쑥, 아버지의 머리채를 사납게 잡아당기며 회남자, 하고 외쳤다고 한다.

비록 몰락하긴 했으나 양반 집안의 후예라 굳게 믿고 있던 조부는 끝끝내 밭 한번 갈지 않고 서책만 뒤적이다 일생을 마쳤다. 그리하여 아버지는 소학교만 겨우 마쳤을 뿐인데, 열 살 때부터 지게질은 물론이고 논밭일로 조부가 죽던 서른다섯 살 때까지는 누가 봐도 그야말로 가난한 시골 무지렁이에 불과했다. 어느 가뭄이 들었던 해는 바가지를 들고 논에 나가 피를 훑어 그걸로 죽을 끓여 연명했다고 한다. 그러한 중에도 조부는 사이사이 아버지를 불러앉혀놓고 글을 가르쳤던 모양이다. 훗날 아버지는 도시로 나와 목수가 되었지만, 남의 집을 지어놓고 상량上樑을 할 때면 노상 불려다니며 붓글씨를 써주고 막걸리를 얻어먹곤 했다는 얘기였다.

아버지와 나는 상수를 데리고 시부터미널로 나가 직행버스를 탔다. 봄은, 새로 산 물감통을 열어놓은 것처럼 화사한 빛으로 사방에서 튀어오르고 있었다. 그때까지도 나는 아버지가 왜 아들, 손자를 데리고 고향으로 가는 길에 올랐는지 그 이유를 알지 못하고 있었다. 물어볼 수도 있었지만, 아버지 성격에 분명한 대답을 하지도 않겠거니와 또 아버지와 나는 사소한 일조차도 그런 식으로 흉금을 터놓고 얘기하는 사람들이 아니었다. 사실대로 말하자면 아버지와 나는 살아오면서 눈길 한번 제대로 마주친 적이 없었다. 딱 한 번, 내가 이대독자인 상수를 낳았을 때 새벽에 서울까지 기차를 타고 올라와 산부인과 근처에 있는 허름한 해장국집에서 내게 소주를 한잔 따라준 것이 아버지가 내게 감정을 내보인 것의 전부라면 전부다. 그때 하던 말도 고작 이 말뿐이었다.

잘 키워라. 잊지 말고 네 살 되면 천자문부터 시키고.

이 말속에는 그동안 당신이 가리키는 길로 가지 않았던 나에 대한 묘한 서운함과 탓하는 마음 같은 게 아직도 배어 있었다. 반목, 이라고 할 수는 없었지만 아버지와 나는 항상 틈이 벌어진 채로 서로를 대하곤 했다. 적어도 군대를 갔다 오고 학교를 졸업할 때까지는 그랬다. 대학에 다니던 사 년 동안만 해도 나는 집에 내려간 일이 없었다. 아버지 때문이었다. 고등학교를 졸업할 즈음에 내가 당신이 가리키는 길로 가지 않자 아버지는 그럼 지금부터 혼자 살아라, 라고 선언했고 나는 그러겠다고 맞받아넘기며 보따리 하나만 싸가지고 휑하니 서울로 올라왔다. 아버지가 공사

262

판에서 돌덩이를 맞고 팔 한 짝을 묶고 있을 때다. 그런데다 순전히 먹고사는 하나의 방편으로 그때까지 사육조에 대한 귀동냥 정도의 지식만 가지고 건넌방에 키우고 있던 새들이 영문 없이 죽어나갈 때였다. 공부를 시키면 그럭저럭 남들보다는 조금 낫겠다는 생각을 자식에 대해 품고 있던 아버지는 일방적으로 내가 갈 길을 미리 정하고 거기다 푯말을 박았다. 딱히 다른 길을 엿보고 있었던 것도 아닌데 아무튼 나는 절대로! 라는 말로 기어이 아버지를 꺾고 말았다. 왜 그랬는가는 나도 알 수가 없었다. 일종의 이유 없는 반항 같은 것이었다.

그후 나는 아버지를 보지 않으려 했고 당신도 나를 찾는 일이란 없었다. 모든 걸 당연하게 받아들이곤 있었으나 대학을 다니면서 내가 치러야 했던 내출혈은 실로 참혹한 것이었다. 겨울이면 불도 제대로 들어오지 않는 두 평 남짓한 방에서 나는 사 년 동안이나 폐결핵에 걸릴 정도로 캄캄하게 기침을 해댔고, 밤이면 술집에서 맥주 박스를 나르고 허기에 지쳐 잠든 다음에는 새벽에 다시 공복 때문에 깨어나 세속과의 어떤 약속도 보장되지 않는 책들을 읽어대곤 했다. 그렇다고 해서 그때마다 내가 '키 작은 사람'을 원망했던 건 아니지만 어쨌거나 우리는 오랫동안 서로 '먼 사람'으로 살고 있었다.

군에서 제대한 날 나는 실로 육칠 년 만에 아버지와 상봉했다. 서먹한 기분에 어색한 몸짓으로, 안방에 조그맣게 웅크리고 앉아 있는 아버지에게, 그것도 어머니가 옆구리를 찔러 마지못해 절을 할 때만 해도 나는 아직 청산하지 못한 그 무엇이 아버지와 나 사이에 존재하고 있음을 확연히 깨달았다.

그래. 고생했다. 그동안 많이 달라졌구나.

그러나 이 한마디 말로 아버지는 그토록 긴 세월의 벽을 단번에 무너뜨렸다. 참으로 희한한 일이었다. 별스럽지도 않게 흘러나온 그 말이 왜 그간의 채울 수 없었던 간극을 일시에 메워버렸던 것일까. 이 양반이 벌써 기가 꺾인 것은 아닌가 하고 순간 가슴이 철렁 내려앉으며 나는 어디 몸둘 바를 몰라 허둥대고 있었다.

본시 애비와 자식은 가깝고도 먼 관계다. 멀리 돌아와서 비로소 만나게 되는 그런 사이란 말이지.

……

아비 자식 간은 사실은 무촌 간이라던가. 실제에 있어서 마디가 없다는 이 말뜻을 나는 고개를 비틀고 앉아 오래오래 되씹고 있었다. 솔직히 말해 그때까지 내가 아버지에 대해 품고 있던 감정은 까닭 모를 분노와 슬픔이었다. 어째서 분노와 슬픔이었던가. 그리고 내가 이렇게 생각하는 동안에 아버지 또한 내게 똑같이 노여움과 원망 따위의 감정을 품고 있었다는 사실을 나는 분명히 알고 있었다.

그날 밤, 푸른 군복을 벗어 머리맡에 개켜놓고 그 낯설고도 이상스럽게 버석대는 이불 속에 누워 나는 고슴도치 같은 머리통을 슥슥 문지르며 내가 아버지에게 갖고 있었던 분노와 슬픔이 도대체 어디서 어떻게 비롯됐는가를 곰곰이 따져보고 있었다. 그러자니, 우선 어린 날들의 그 숱한 새벽과 늦은 밤의 후미진 기억들이 한꺼번에 떠올라왔다. 당신은 필시 내가 잠들어 있을 것이라고 생각했을 그 부유浮遊한 시간들이 말이다. 말하자면 그 희끄무레한 시각에 아버지는 집을 나서 또한 그 검은 색종이 같은 밤에 돌아오곤 했던 것인데, 아버지와 어머니의 그 비밀한 시간에 나는 자주자주 깨어 아버지가 나가고 들어오는 소리, 어머니와 주고받던 고단한 살림 얘기, 또 피로에 지쳐 잠들어 드르렁드르렁하고 코 고는 소리까지를 낱낱이 듣고 있었던 것이다. 그때마다 나는 이불 속에 숨을 죽이고 누워 울컥울컥 올라오는 감정을 삭이느라 벌겋게 용을 써대고 있었다. 키 작은 자, 노역하는 자, 소리내지 않는 자, 억눌린 자. 마음 깊은 곳에서는 어떤 자부심 같은 게 남아 있는 것 같기도 했지만 아무튼 남들 앞에 서면 서슬 푸른 힘 한번 보여주지 못하는 자에 대한 묘한 원망과 분노와 가련함 같은 것들 때문이었다. 무촌이었으므로, 나로서는 그같은 모습들을 도저히 견뎌낼 재간이 없었던 것이다. 그리하여, 툭 터진 길이 내 앞에 나타나게 되면 나는 우격으로 가시덤불이 있는 길로 새들어갔고 그럴 때마다 아버지는 내 목덜미를 잡아끌어 큰길로 떠다밀곤 했다.

지금까지 내가 어느 길을 걸어왔는가는 나도 모르겠다. 하지만 분명한 사실 하나는 내가 아버지의 고된 밤낮을 딛고 도무지 평평한 길로 나서지지가 않았다는 사실이었다. 일종의 피해의식이 었는지, 이미 절망과 익숙해져 있어서였는지 나는 들어오지 말라고 한사코 말리는데도 기어이 아버지의 뻘밭에 들어가 손발에 개흙을 묻히곤 했다. 아버지가 일하는 공사장에 점심을 들고 가서 따귀를 맞고 활활한 아픔에 진저리를 치면서도 나는 죽어라고 점심때만 되면 아버지의 도시락을 들고 공사장에 찾아갔다. 그뿐이 아니었다. 아버지 몰래 나는 한동안 책가방 속에 대패를 넣고 다니기도 했다. 어느 날 저녁엔가는 아버지가 술에 취해 들어와 어머니를 매질하며 자식까지 대패를 만들려고 하느냐고 호령할 때도 나는 눈 한번 꿈쩍하지 않고 아버지를 노려보고 있었다. 하나밖에 없는 아들자식의 말이라면 그때에도 지아비의 말처럼 여겼던 어머니는 중간에서 이러지도 저러지도 못하고 매양 부엌 구석에 쭈그리고 앉아 한숨을 짓곤 했다. 어쨌거나 나는 거저 질러가고 싶지가 않았던 것이고 기회가 와도 좀처럼 건너뛰기가 싫었고 내가 배부른 것조차 증오스러워했다. 나는 아버지가 그냥 놔뒀다면 아마 대패가 되었을지도 모른다. 아버지가 내게 포설鉋屑이라 억지로 다그치며 가르쳐준 그래, 대팻밥 냄새가 얼마나 좋으냐 하고 말이다.

밥때만 되면 상에 마주 앉는 것이 여태도 껄끄럽고 그때마다 뭉기적거리기가 고역스러워 고작 삼 일을 머물다 서울로 올라가

봐야겠다고 했을 때도 아버지는 들은 숭 만 숭이었다. 속으로야 어땠는지 모르지만 그 어떤 만류도 서운함도 겉으로는 내비치지 않았다. 당장 서울로 올라가봐야 거처할 데조차 마땅치 않았으나 나는 오래전에 집을 떠날 때처럼 상고머리에 배낭 하나만 달랑 메고 대문을 나섰다. 문밖까지 따라나온 어머니가 아버지에게 인사나 하고 올라가야지라고 말할 때도 나는 이내 시원한 대답을 못하고 꾸무럭거렸다. 내가 군에 가 있는 동안에 아버지는 집을 줄여 시내 변두리에다 크잖은 슈퍼마켓을 열어놓고 있었다. 그동안에도 사실은 이런저런 일에 손을 대봤던 모양이었다.

다시 입대하는 놈처럼 핏기 없는 얼굴로 찾아간 나를 보고 아버지는 대번에 갈리? 하고 흘끗 나를 올려다보고는 돌아나오는 나를 주섬주섬 따라나오며 가게 잘 봐, 하고 안을 향해 괜히 고함을 질러댔다.

점심하고 가야지. 어데 가서 고기라도 좀 먹자.

그것까지 싫다고 말할 수가 없어 나는 쭈뼛쭈뼛 아버지의 신발 뒤축을 보며 음식점 안으로 따라들어갔다. 삼겹살 삼 인분과 소주 한 병을 시켜놓고, 그러나 된장국에 밥을 말아먹을 때까지도 아버지는 여짓거리기만 할 뿐 별말이 없었다. 나 또한 터놓고 할 말이 없긴 마찬가지였다. 앞으로 또 긴긴 내출혈의 날들이 기다리고 있었으나 이제도 나는 아버지를 빌미로 염두에 두고 있는 것이 아무것도 없었다. 그렇다고 새삼스럽게 당신에 대한 원망 따위가 있을 리 만무했다.

그래, 무엇이 될랴고? 이제 군복까지 벗었는데 생각이 없을 리 없고.

내 장래를 묻는 얘기였다. 장래. 내게 그런 게 있었던가. 또한 그걸 심각하게 생각해본 적이 과연 있었던가. 나는 머뭇거리다 그냥 모면하는 심정으로 더듬적거리며 대답했다.

공부나 계속하려구요.

그럼 훈장이 될랴고?

그게 무슨 뜻으로 한 말인지 나는 알 수가 없었고 아버지는 된 장국을 후르르 마시며 고개만 몇 번 끄덕거렸다. 그러더니 무심한 표정으로,

네 에미한테 통장번호 알려놔. 이제도 거역하면 더 멀리 돌아와야 만나게 된다.

……

그리고 불판에 몇 점 남은 고기를 먹어 없앨 요량으로 아버지가 소주잔에 술을 따르고 있을 그때, 음식점 안으로 누군가가 후닥닥 튀어들어왔다. 순간적으로 그 소리를 들으며 내가 불길하다, 라고 느꼈던 까닭은 왜였을까. 아니나 다를까. 히뜩 뒤를 돌아보니 아까 슈퍼마켓에서 보았던 종업원이 검붉은 얼굴이 되어 달려들어와, 아버지 앞에서 헉헉거리며 무슨 말인가를 하려는데 벙어리처럼 입만 벙긋벙긋할 뿐 쉽사리 말을 꺼내지 못하고 있었

다. 그때 곁눈질로 훔쳐보았던 아버지의 얼굴. 무슨 일이라는 것은 몰라도 이미 사태의 경중을 눈치챈 아버지의 얼굴은 낯빛이 순간순간 칠면조처럼 변해가더니 급기야는 차가운 회색으로 굳어버렸다.

말해, 병신처럼 꾸물거리지 말고!

젓가락 든 손을 휘두르며 아버지가 그렇게 호통을 쳤다.

사, 사장님…… 부, 불요. 가게에 불요, 온통 다요……

불!

생전 처음 아버지를 두고 누가 사장님이라고 부르는 소리, 그리고 불. 그야말로 어불성설이요 불협화음인 이 생경한 말들이 귀에 벌떼처럼 웅웅거렸다. 아버지의 손에서 젓가락이 흘러내려 하나는 불판 구멍으로 빠지고 하나는 상 아래로 떨어졌다. 머릿속이 까맣게 비워지고 나는 어쩔 줄을 몰라 부들부들 떨고 있다가, 수마처럼 몰려드는 현기증을 애써 가누며 엉거주춤 바닥을 짚고 자리에서 일어났다. 그때 또 호통으로 들려오는 아버지의 칼칼한 목소리.

게 앉아, 불판에 고기 남았잖아! 우리가 언제 그렇게 배불리 먹고 살았더냐!

그는 좌탈입망하는 스님처럼 버티고 앉아 숯불 같은 얼굴로 남은 소주를 다 비운 다음에야 자리에서 흔들흔들 일어났다. 그는 음식점 밖으로 나오며 나를 놀아보지도 않은 채로 이렇게 말했다.

넌 이 길로 곧장 서울로 올라가. 잿더미 구경은 나 혼자 할 테니.

눈앞에 화염을 보며, 기차에 실려 서울로 올라오는 동안 줄곧 나는 아버지 생각을 하며, 이를 악물고, 무언가를 참느라고 뻗대고 있었으나, 급기야는 비죽비죽 눈물을 흘리고 있었다. 병신 같은 인생. 오냐, 전소全燒해라, 나도 너처럼 불덩이에 휩싸여 재가 될 때까지 두 눈 홉뜨고 살아갈 테니.

그제야 나는 여태껏 내가 아버지를 미워했던 게 아니라 바로 그의 험상맞은 인생을 저주하고 있었음을 알게 되었다. 가게에 불만 나지 않았더라도 세월의 벌건 녹을 닦아내고 아버지와 화해할 수 있으리라 믿었던 나는 다시금 그와 상봉키 위해 먼 길을 돌아가야 할 거라는 예감에 사로잡혀 짐짓 몸서리를 치고 있었다.

별 의지도, 의사도 없이 대학원에서 학위를 받고 어렵사리 두어 군데 시간강사 자리를 구했지만 그것도 아버지는 그닥 탐탁잖게 생각하는 눈치였다. 아버지가 원했든 원하지 않았든 간에 국문학을 가르치는 훈장이 됐지만, 시간강사라는 게 당장 중고등학교 교사보다 나을 게 없다는 것쯤은 아버지도 들어 알고 있었던 것이다. 하지만 그렇게 되기까지의 또 몇 년의 세월과 생활에 대해서는 돌아보고 싶지조차 않다. 참혹한 과거를 가진 자는 결코 뒤를 돌아보려 하지 않는 법이다. 대학원에 다닐 때 때때로 어머니가 서울에 올라와 전대를 풀어 학비라고 내놓았으나 나는 덧공부란

토를 달아 물리치기가 일쑤였고 어디 숨기듯 떨궈놓고 가도 길에서 주운 돈처럼 손을 대지도 아니, 댈 수도 없었다. 그때마다 화염이 눈앞에서 어른거렸기 때문이었다. 권리금도 받지 못한 채 슈퍼마켓을 처분하고 새로 꽃집이라고 차려놓고 있었으나 뭐 그리 녹복한 형편이 아니란 건 어머니에게 들어 알고 있었던 것이다.

대학원에 다닐 때 만난 지금의 아내를 데리고 결혼 전에 인사차 집에 들렀을 때도 아버지는 그걸 무슨 요식행위 정도로 받아들였다. 방기까지는 아니었겠지만 권리 주장을 않겠다는 의도임이 분명했다. 말하자면 찬성이고 반대이고가 없었다. 남들보다 이른 편인 결혼이었으나 나도 혼자라는 것에 많이 지쳐 있을 때였다. 그러나 내가 그녀를 아내로 받아들인 중요한 이유 중의 하나가 나와 처지가 비슷했기 때문이란 걸 아버지는 아마 모르고 있었을 것이다. 그녀는 홀어머니 밑에서 고학하다시피 해서 겨우 대학을 졸업하고 이제 막 은행에 입사해 조사부에서 수습사원으로 일하고 있었다. 그때쯤에는 어쩐 일인지 아버지에 대한 내 마음이 차츰 편안해지고 있었다. 이렇게 말해도 될는지 모르지만 전후반, 연장전까지 끝나고 나서 비로소 무승부임을 확인한 심정이었다. 아니면 곰팡이 같은 나이라도 그만큼 먹었기 때문일 터였다. 그렇지만 그때까지도 아니, 지금까지도 멍석 한번 깔아놓고 술잔을 주고받을 만큼 아버지와 내가 돈독해진 것은 물론 아니었다. 아버지와 아들 관계란 본시 이런 걸까. 놓여남도 풀어짐도 없는 그러나 어떤 이유에서든 차마 껴안기가 안 되는 그런 관계.

버스가 공주 시외버스터미널에 도착해 손님을 갈아태우기 위해 약 십오 분간 지체하는 동안 아버지가 과자와 음료수를 사들고 왔다. 그러나 아들 녀석은 싫어, 하며 고개를 함부로 내둘렀다. 내 탓일까. 외가 쪽 사람들과 만나면 이내 어린 티에 볼썽사나운 짓을 다 하면서도 이 녀석은 친가에 내려오기만 하면 코가 쑥 빠져 주둥이를 내밀고 있기가 일쑤였다. 민망했지만 어린것을 탓할 바도 아니었다. 역시 내 탓인 것이다. 또한 아버지가 어릴 때 나를 대하던 방법으로 나도 아버지로서 아들 녀석을 그렇게 대하고 있다는 걸 알고 있다. 어른 대하듯 하지 마라, 벌써부터 무슨 한글도 아닌 한문 공부냐, 다른 집 아버지들처럼 자식에게 적극적인 관심을 좀 가져라, 왜 까닭 없이 제 자식을 멀리하려드느냐 등등의 말을 써가며 기회만 있으면 아내가 내게 대드는 이유도 따지고 보면 다 그런 데서 비롯된 것일 터였다. 그런 것도 다 대물림인 것인가.

가끔 너무 오래 살고 있다는 생각이 들 때가 있다. 먼저 간 조상들이 그립고, 이제는 그 끝자리를 밀고 들어가 누워 있고 싶다는 것이지.

버스가 연전에 새로 난 금강다리를 건너가고 있을 때 아버지가 칼칼한 소리로 말문을 열었다. 먼빛으로, 전에는 공주 금강의 유일한 다리였던 철교가 눈에 들어왔다.

거개 사십 년 전 혼자 우차를 끌고 저 다리를 건너던 생각이 난다. 참 젊었을 때인데 혼인하려고 공주로 네 에미를 데리러 가던 길이었지. 그 수레를 끌던 소 한 마리가 가진 것 전부였다.

아버지가 내게 이런 얘기를 하는 건 이번이 처음이었다.

네 에미를 태우고 다시 돌아가던 밤은 유난히 별이 많았더니라. 부처님오신날이었을 게다. 유구 지나 굽이굽이 산길을 넘어가는데 산속에 듬성듬성 울혈 같은 불무더기가 보이더구나. 알고 보니 연등 불빛이었지. 장관이었느니라. 아무튼 그후로 죽 그렇게 피난민처럼 살아왔다.

......

딸년들 셋을 내리 두고 너를 낳은 건 서른인가였다. 그때도 여전 늙은 소 한 마리뿐이었고.

......

이제는 매순간 무유無有 유명幽冥을 외지 않으면 버틸 수 없게 껍데기만 남은 것이지.

......

그렇게 꼿꼿하던 아버지가 급격히 마음의 심지가 꺾임을 목격한 건 이태 전 그가 위 수술을 받을 때였다. 초기 암으로 근치 수술이었으니 그리 심각한 지경이 아니었으나 그때 나는 수술실로 실려들어가는 아버지의 눈에서 생전 처음으로 예의 동물적인 두려움의 빛을 엿보고 있었다. 부러 고개를 딴 데로 돌리고 아버지를 외면하곤 있었으나 그때는 내 마음도 소리없이 꺾이고 있었음을 부인할 도리가 없다. 그때서야 나는 무촌無寸의 뜻을 겨우 알았던 것 같고, 이후 아버지가 어떤 말을 해도 나는 마치 어명처럼 거역할 수가 없었다. 마침내 껴안을 때가 가까워졌다는 거였을까.

……새를 키운다고 대들 때가 가장 어려웠더니라. 모든 게 다 억지 같았고 그래서 또 숨통이 옥죄이고 말았지.

내가 대학입시를 앞두고 있을 때다.

말하자면 그 틈에 이 애빈 초월, 비상 같은 걸 염두에 두고 있었다.

초월, 비상이라니!

그래 그 나이에 벌써 입망, 내세 따위를 생각하고 있었다. 니덜 말로 하면 그건 한갓 낭만이었을 게다.

낭만이라니! 이 양반이 그런 데.

살기로 말하면야 왜 그깟 새 치는 일을 했겠냐. 대폿집이라도 했겠지. 너한테 먹고살 방도를 알려주고 이 애빈 일찌감치 둥지를 틀고 들어앉아 포란抱卵, 날개를 달려고 했던 것이지. 니덜 말로 하면 존재니 뭐 하는 것 때문으로 말이다. 한데 그게 순리가 아녔던지 아닐 때가 아녔던지 너도 딴 길로 가고 이 애비도 세상을 두어 바퀴 더 돌아야 할 거란 생각이 들더구나…… 하지만 이젠 다 돈 듯허지? 육신의 옷이란 것도 낡을 대로 낡으면 그만 벗어버려야 하는 게야.

버스는 '청양 – 예산'이란 이정표 앞에서 예산 쪽으로 홱 방향을 틀었다. 내 몸이 기우뚱하며 아버지 쪽으로 기울었다. 순간, 아버지의 하얀 뼈가 내 팔에 느껴져왔다.

그리고 버스가 유구를 지나 차동고개(전에 아버지가 부처님오신날에 젊디젊은 어머니를 수레에 태우고 넘었다던 고개다)를 넘어 예산 읍내로 들어가는 어귀, 일명 칠성바위라는 정류소에 도착할 때까지 나는 줄곧 그놈의 새 생각에 빠져 있었다.

아버지가 내 공부방으로 쓰던 건넌방을 치우고 카나리아 여든 쌍을 들여온 것은 그해 11월 초순이다. 예비고사를 목전에 두고 있었으나 나는 별 불만 없이 책가방을 싸들고 독서실로 자리를 옮겼다. 아버지는 공사장에서 팔을 다친 후 왼팔이 ㄴ자로 굳어버려 아예 쓸 수가 없게 돼 있었다. 일 년에 한 쌍이 두세 번에 걸쳐 열서너 개의 알을 낳고 그중 열 마리 정도를 부화시킬 수 있다는 단순 계산만 믿고, 아버지는 장부까지 만들어 매일 돋보기를 쓰고 그걸 들여다보고 있었다. 카나리아 중에서도 가장 값이 나간다는 붉은카나리아와 몸통을 지져놓은 것처럼 털이 배배 말린 곱슬털카나리아가 그중 절반이 넘는 쉰 쌍이나 됐으니 어머니까지도 신경이 바싹 곤두서 있는 것은 당연했다. 새벽같이 일어나 내 도시락을 싸기도 전에 그놈들 모이를 챙기느라 홍당무와 배추를 지르고 밥상에 매일 올라오지도 않는 계란을 달그락달그락 삶아대곤 했다. 새라는 게 웬 입이 그렇게 까다로운지, 감자에 고구마에 좁쌀에 수수에 들깨에 푸성귀에 사육비만 해도 좀 만만한 게 아니었다. 이삼 일에 한 번씩 새장 바닥을 갈아대는 신문지만 해도 신문지국에서 돈을 주고 사날라야 할 형편이었다. 밤늦게 집에 돌아오면 마당에서부터 구릿한 비린내가 진동해 공복에 속이 다 뒤집힐 지경이었다.

그러나 새들은 아버지와 어머니의 갖은 정성에도 불구하고 제대로 말을 들어주지 않았다. 연탄난로에서 새나온 가스 때문이었는지 크리스마스를 며칠 앞둔 어느 날 아침 건넌방 문을 열어보니 스물댓 쌍 남짓한 카나리아가 몸이 뻣뻣하게 굳어 새장 바닥에 떨어져 있었다. 나머지 것들도 조짐이 심상치가 않았다. 횃대에 앉아 있는 꼴들이 모르고 보아도 병색이 완연했다. 눈 주위에 진물이 흐르거나 꼴사납게 털을 부풀리고 앉아 제대로 목청을 돋워 우는 놈이 없었다.

내가 예비고사를 끝냈을 때 새는 애초에 들여온 반수에다 빈 새장을 채우기 위해 다시 얼마간 사들인 놈을 합쳐 쉰 쌍도 채 되지가 않았다. 아버지와 나 사이에 표면적인 불화가 시작된 건 바로 이때부터다. 초등학교 때부터 불러놓고 얘기 한번 않던 양반이 매일같이 나를 붙잡고 앉아 무슨 대학 무슨 과를 종용했다. 이런 경우, 이제나저제나 대개의 부모들이 자식에게 바라는 것이라는 건 뻔하디뻔하고 다 그렇고 그런 것들이다. 한결같이 속물적

계산에서 나온 역시 속물적인 것이라는 얘기다. 잘돼봐야 남의 몸을 찢고 꿰매는 일을 하게 되거나, 검은 옷을 입고 남의 머리 위에 버티고 앉아 감히 사람을 심판하게 되는 일 따위들이다. 맙소사! 그런 거만한 인상을 가진 자들에 대한 본능적인 거부감이야 둘째치고 아버지의 입에서 그런 말이 튀어나왔다는 것 자체가 나는 혐오스러웠다. 어떤 보상심리 같은 것 때문이겠거니 싶었지만 아무튼 나는 그러겠다고 할 수가 없었다. 한 열흘 계속된 공방전에서 아버지는 내가 목수 운운하는 소리를 듣고 나서야 체념하고 마침내 등을 돌려 앉았다.

카나리아가 산란을 시작하는 3월에 나는 서울로 올라가야 했다. 그때 새들은 제 똥만한 알을 겨우 두세 개씩 게으르게 둥지에 떨구며 아버지의 낯빛을 더욱 창백하게 만들어놓고 있었다. 그나마 알을 품다가 그걸 처먹어버리는 놈까지 생겨 차마 눈을 뜨고 볼 수가 없을 정도였다.

진정 비뚤어진 마음이었던가. 무슨 억하심정이었는지, 새들이 제 몫을 잘 챙겨주기만 했더라도 그때 나는 싫긴 하지만 아버지가 하자는 대로 할 수도 있었을 것이라는 이율배반적인 생각을 품고 있었다. 그게 그렇게 되지가 않자 나도 똑같이 체념하는 심정으로 더 낮은 바닥으로, 캄캄한 곳으로, 추운 곳으로, 그러니까 우물 바닥 같은 곳으로 줄을 타고 내려가고 있었다. 아버지가 있는 곳으로, 손을 뻗어 더듬어도 쉽사리 아무것도 만져지지 않는 그 어둠 속으로, 사실은 당신으로부터 떨어지는 게 못 견디겠어서, 고백하건대 둥지를 떠나고 싶지가 않아서 말이다.

서울로 올라오고 나서 두 달 후인 5월에 나는 어머니와 통화하다 이런 충격적인 소리를 들었다.

며칠 전 아버지는 아침녘에 집 안의 모든 문을 열어젖힌 다음 건넌방으로 들어가 새장 문 하나하나를 열어놓고서 남은 것들을 전부 날려보냈다는 이야기였다. 나는 그 소식을 듣고 마른 우물 바닥에서 헛손질로 누군가를 더듬어보려 했지만 아무도, 아무것도 잡히지가 않았다.

버스는 칠성바위 느티나무 아래다 우리를 부려놓고 푸우 먼지를 일으킨 다음 읍내 쪽으로 달아났다. 우리는 '칠성식당' 안으로 들어가 국수 한 그릇씩을 말아먹고 나와 콘크리트로 포장된 길로 나섰다. 오후 한시였으므로 서두를 건 없었으나 그렇다고 지체할 여유도 없었다. 언제 이 길로 돌아나오게 될지 감을 잡을 수가 없었던 것이다. 이따 다시 여기로 나오면 나는 상수를 데리고 우선 예산 읍내로 들어가 천안으로 가는 버스를 타야 할 터였고 천안에서는 또 입석열차를 이용해서라도 오늘중에 서울까지 올라가야만 했다. 아버지는 혼자 온 길을 되짚어가야 할 것이었다.

아빠, 우리 지금 어디 가?

버들가지가 그 연둣빛 물오른 가지를 축축 드리우고 있는 개울

278

징검다리를 건너갈 때 상수가 고개를 치켜들고 그렇게 물어왔다. 호기심 반 의혹 반인 얼굴이었다. 멀미를 하느라 핼쑥해져 있던 얼굴에 서서히 핏기가 돌고 있었다. 무연히 앞을 향해 걷고 있던 아버지가 상수의 말을 들었던지 뒤도 돌아보지 않은 채 오른손을 들어 저기로 간다, 하며 사능성이 아무 데니를 가리켰나.

저기 어디?

나는 녀석의 입을 틀어막을 요량으로 산에, 봄나들이, 하며 더듬더듬 얼버무렸다.

그럼 병아리떼 어딨어?

……점심 먹고 졸고 있어. 처마 밑에서 *끄덕끄덕*.

그럼 빨랑 깨워.

깨우면 어미닭이 화내. 아빠닭도 쫓아오고.

에이, 게으른 병아리들. 심술맞은 어른닭들.

탱자나무 울타리가 길게 이어져 있는 과수원 길로 접어들고 있을 때 먼 데 방앗간에서 방아 찧는 소리가 아득히 들려왔다. 어쩌다 고향을 찾아올 때면 이쯤에 와서 항상 듣게 되는 소리였다. 그 소리를 잡고 따라가면 방앗간 뒤편에 아직도 몇몇 문중 토박이들이 논밭을 일구며 살고 있었다. 아버지는 아마 거기 어디를 찾아가는 길이리라. 그때서야 나는 오늘 무슨 종친회라도 있는 날이겠거니 짐작하고 있었다. 하지만 그런 일이라면 미리 말해줘도 괜찮지 않은가.

한데, 과수원 길이 끝나고 인가가 시작되는 곳에서 아버지는 왼쪽 산길로 길을 틀었다. 저 양반이 갑자기 무얼 보고 저러는 게 아닌가 싶어 나는 걸음을 멈추고 상수의 팔목을 붙들었다. 그러나 아버지는 선산으로 가는 그 돌길로 계속 빠져들어가고 있었다. 선산엔 왜? 주춤주춤 그 자그락거리는 돌길을 따라 들어가며 나는 머릿속이 실타래처럼 얽히고 있었다. 오랜만에 구경하는 들에, 산에 아들 녀석만이 소풍을 나온 듯 개구리처럼 이리 뛰고 저리 뛰며 기가 되살아나 있었다. 그리고 한 오 리쯤 산곡을 찔러 들어갔을 땐 아버지의 손에 상수 녀석의 손이 붙들려 있었다. 녀석은 어쩐 일인지 노래까지 흥얼거렸다.

나의 사알던 고향은 꽃 피는 사안골, 복숭아꽃 살구꽃 아기 진다알래애……

산은 색동저고리를 몸에 두르고 치마를 다소곳이 싸안은 모습으로 쪽빛 하늘 아래 기웃기웃 모여 앉아 있었다. 조부의 묘가 있는 곳으로 가고 있다고 생각했을 땐 제법 등에 진땀이 배어나오기 시작했고 상수 녀석은 어느새 아버지의 등에 달라붙어 있었다. 아버지의 머리 위에 노란 송홧가루가 분분히 쏟아져내리고 있었고 산은 등이 가려운지 간헐적으로 몸뚱이를 뒤척이고 있었다. 불편한 몸인데 싶어 내려놓으라고 해도 아버지는 고집스럽게 고개를 휘휘 내저었다. 비탈을 오르면서 발이 미끄러지는 통에 아버지의 왜소한 몸이 서너 차례 휘청하고 흔들렸다. 그때마다 나는 머릿속이 후끈하게 달아올랐다. 아버지도 상혈이 되어 목덜미가 빨갛게 타들어가고 있었다.

조부의 무덤까지 와서 아버지는 상수를 등에서 내려놓고 덜덜 떨리는 손으로 담배를 피워물었다. 윗도리가 땀으로 흠뻑 젖어 있았다. 기다리고 있었기라도 하듯 때맞춰 비람이 쏴아 하고 불어왔다.

아, 이제 기운도 다 빠졌구먼. 옛날에 너를 업고서는 펄펄 올라다녔는디.

땀을 식힐 겨를도 없이 삼대가 땅바닥에 납작 엎드려 조부의 묘에 절을 하고 나서 아버지는 방금 올라온 쪽을 휘 둘러보며 매번 올 때마다 늘어놓던 말을 또 중얼거렸다.

뒤가 든든하게 받쳐져 있고 앞도 훤하게 트여 있지? 전방 좌우로 물길이 반달형으로 틀어진 다음 힘있게 굽이쳐 흐르고. 겨울엔 바람도 자고 종일 볕이 드리우는데다. 여름엔 바람이 소나무 그늘을 흔들며 잔잔히 몰려가는 그야말로 흔찮은 명당이야. 뒤를 돌아 뻗어내려온 양쪽 산허리를 보거라. 살아 있는 용처럼 꿈틀거리질 않느냐.

아버지의 말을 멍멍하게 흘려듣고 있는 사이에 상수 녀석이 조부 묏등에 올라가 바지를 훌렁 내리고 오줌줄기를 하얗게 떨어뜨리고 있었다. 대번에 눈을 흘기고 녀석을 나무랐으나 아버지는 허허 웃으며 손을 내눌렀다.

내뒤라. 사대가 한자리에 모였는디 증손자 오줌줄긴들 얼마나 시원하고 미쁘시겠냐. 또 언제 이렇게 삼대가 땀을 적시고 올라와 산소 앞에 엎드리겠냐. 꼭이 성묘 때가 아니더라도 이 애빈 홀쩍홀쩍 여길 다녀가곤 했더니라.

!……

아버지는 조금 더 조부의 묘 앞에서 지체하며 듬성듬성 올라온 잡초를 솎아낸 다음 자, 이제는 요 아래로 내려가보자 하며 상수 녀석의 팔을 잡고 아까처럼 또 앞장을 섰다.

어디였던가. 아버지를 따라 내려간 곳은 전에 보지 못했던 무덤 하나가 상석도 비석도 없이 풀밭에 옹색하게 도드라져 있는 숲속이었다. 한눈에 보아도 봉분을 씌운 지 얼마 되지 않는 무덤임이 분명했다. 소나무, 오리나무, 떡갈나무, 굴참나무가 무덤 사위를 둥그렇게 싸안고 있어 조명처럼 밝은 그늘이 드리워져 있었다. 순간, 하얗게 의식이 달아나며 참으로 이상한 곳에 와 있다, 라고 느낀 건 비단 나뿐이 아닌 듯했다. 상수 녀석조차도 홀연한 얼굴이 되어 고개를 어깨 뒤로 꺾고 햇빛에 젖어 반투명의 연둣빛으로 활활 타오르고 있는 숲옹우를 올려다보고 있는 참이었다. 깨알같이 작은 눈들이 그 무성한 나뭇잎들 뒤에 숨어 숨을 죽인 채 우리를 엿보고 있다는 느낌, 웅성거림도 소곤거림도 아닌 일종의 아득한 소란이 일고 있다는 느낌, 우리가 지금 어디에 풍덩 빠져 있다는 갖은 느낌에 사로잡혀 나는 감전이라도 된 듯 몸을 움찔움찔 떨고 있었다. 그때, 아버지가 산을 내려올 때 지팡이 삼아 주워온 참나무 가지로 성긴 잔디가 푸릇푸릇 비어져나오고 있는 무덤 한쪽을 확 지르며 이렇게 말했다.

자, 여기야. 내 죽으면 여기 갖다 묻어라. 행여 태우지 말고.

!……

이태 전 수술을 받은 뒤 내려와서 봉분만 미리 써놨다. 언제 갈지 모르는데다 지금 알려놓지 않으면 나중 허둥들 댈까봐.

말하자면 내가 지금 눈앞에 보고 있는 것은 아버지의 무덤인 셈이었다. 나는 서늘하게 풀어진 마음으로 아버지의 주름투성이인 얼굴을 멍하니 마주 보았다.

지관을 살 일도 없었고 그냥 내가 여차여차 보아둔 자리야. 니조부님 가까운 아래인데다 여긴 둥지 모양으로 생겨먹은 포란 형국이 아니냐. 지세도 웬만하고 양쪽 등성이가 날개처럼 둥글게 여길 감싸안고 있지.

그럼 나중에 여기가 할아버지 집이야?

무얼 알아듣기나 한 것인지 아니면 그저 낌새나 차리고 되는 대로 지껄여대는 소리인지 모르겠는 말로 상수 녀석이 모가지를 배배 틀어가며 그렇게 물었다.

옳다, 네 녀석이 뭘 알아듣긴 하는구나. 나중에 장가들면 아들 낳아가지고 와서 여기다 오줌줄기 좀 떨어뜨려다고. 오늘 삼대가 길이 온 세 그럭저럭 보람은 있구나. 허허. 무릇 돌아가는 초입까진 네 놈도 따라와야 하느니라.

머릿속이 칡덩굴처럼 꼬이고 얽혀 몸마저 비트적거리기 시작
했고 그동안 아버지와 함께 살아온 기나긴 날들이 물주름처럼 밀
려오는데 어디선가 찰나, 이런 소란이 일기 시작했다.

꾸루꾸꾸, 꾸루꾸꾸꾸꾸루, 꾸루꾸꾸, 꾸루꾸꾸, 꾸루루꾸꾸, 꾸
루꾸꾸, 꾸루루루루, 꾸루꾸꾸,

꾸루꾸꾸, 꾸루꾸루, 꾸루루꾸꾸, 꾸루꾸꾸, 꾸루꾸꾸, 꾸루꾸
루, 꾸루루루, 꾸루꾸꾸, 꾸꾸,

삼대는, 그 둥글게 욱죄들고 있는 소란 속에 저마다 말을 잃고,
얼이 빠진 얼굴이 되어가지고 그냥 우두커니 서 있었다. 무서워
떨고 있었던지 상수 녀석이 아빠 또 오줌 나와, 하는 소리도 미
처 듣지 못한 채 나는 빛이 쳐들어오고 있는 나뭇잎들 사이에 눈
을 빼 박고 그 소리들에 휩싸여 사이사이 노랗게 정신을 잃어갔
다. 급기야 바지에 오줌을 쌌는지 상수 녀석이 애앵 하고 우는 소
리와 아버지가 크하하 웃는 소리에 문득 정신이 돌아왔을 때는,
마찬가지로 그 소리에 놀란 수백 마리의 새떼가 공중으로 흩어져
저쪽 산모롱이로 까맣게 날아가고 있는 중이었다.

칠성바위로 돌아왔을 때는 오후 다섯시가 좀 지나 있었다. 거
기서 나는 아내에게 전화를 걸었다. 무슨 일인가도 모르고 있는

그녀에게 나는 다만 모든 일이 잘됐다고만 말하고 전화를 끊었다. 예산 읍내로 가는 차는 이십 분 후에 공주 쪽에서, 공주로 가는 차는 그보다 오 분 늦게 예산 읍내 쪽에서 오기로 돼 있었다. 그 이십 분 동안에 아버지는 소주에 파전을 시켜놓고 캬, 캬 소리를 뱉어내며 고즈넉이 취해갔다. 이윽고, 멀리서 버스 오는 소리가 들려오기 시작했을 때 아버지가 잠에서 깬 듯한 얼굴로 다급히 내게 잔을 디밀며, 한잔 받고 가거라! 라고 내게 말했다.

서울로 돌아오는 동안에 나는 차창 밖으로 산속에 듬성듬성 올혀진 불무더기의 환영을 보고 있었다.

아버지는 올해 예순넷으로 문조 서른두 쌍을 키우며 산다.

피아노와 백합의 사막

1

　나는 지금 11박 12일간의 실크로드 여행을 마치고, 아시아나 항공편으로 서울로 돌아가기 위해 상해 국제공항 대기실에 앉아 있다. 흐린 창을 통해 비가 내리고 있는 상해시가 먼빛으로 바라다보인다. 서울에서 오던 날도 이곳엔 비가 내리고 있었다. 그러나 그때의 나와 지금의 나는 어쩐지 달라져 있는 것 같다. 불쑥 가까운 사람의 달라진 모습을 보는 것도 두렵지만, 그러한 자신을 목격하는 일은 더더욱 두려운 일이다. 나는 십이 일 전 서울에서의 내가 떠오르지 않는다. 물론 돌아가고 나면 그동안 사막에 있던 내가 곧 잊혀질는지도 모른다. 하지만 어떻게 그걸 장담할 수 있단 말인가.

보딩시간은 열한시 사십분. 앞으로 한 시간 남아 있다. 나는 오 분 간격으로 벌써 여섯번째 손목시계를 들여다보고 있다. 일행은 면세점에 가 있는 모양이고 그녀는 아까부터 창가에 서서 활주로 를 응시하고 있다.

2

내가 '사막'이란 말을 처음 들은 것은 초등학교 일학년 때다. 아폴로 11호가 달에 착륙한, 그리하여 사람들이 흔히 우주시대의 원년으로 이름하는 1969년이었다. 그러고 보니까 나는 사막이란 말이 내 귀에 들어와 박힌 날짜까지도 알고 있는 셈이다. 기막힌 일이다. 그 우주선이 달에 내린 시각은 그해 7월 20일 오후 열시 오십육분 이십초라고 백과사전에 기록돼 있다. 물론 미국시간을 기준으로 삼았을 게다. 아무튼 아폴로 11호가 달에 내리는 장면 은 텔레비전 위성중계를 통해 우리나라에서도 방영됐다. 마을에 있는 텔레비전이라곤 교장선생 댁에 있는 것 하나뿐이었다. 그날 교장집 마당에 가득 몰려와 있던 마을 사람들의 뒷모습이 노랗게 바랜 채 내 기억에 남아 있다.

그러나 나는 바야흐로 우주의 시대가 열리는 그 역사적인 순간 을 목격하지 못했다. 뒷전에서 고개를 내두르며 용을 쓰고 있었지만 암만해도 뼈 굵은 어른들 틈을 비집고 들어가 텔레비전 앞까지 도달할 재간이 없었던 것이다. 그러는 사이 갑자기 주위가 죽음처럼 조용해졌고 나는 우주선이 마침내 달의 표면에 천천히 내려앉고 있음을 깨달았다. 제기랄! 나는 낙담한 채 벌집처럼 생긴 사람들의 뒤통수를 노려보고 있다가, 잊었던 듯, 고개를 홱 돌려 하늘에 떠 있는 달을 쏘아보았다. 지금 아폴로 11호가 거미처럼 내려앉고 있는 달을.

얼마 후 나는 사람들이 웅성거리는 소리에 정신이 돌아왔다. 그리고 그때 나는 텔레비전을 보려고 방 안에 고개를 들이밀고 있던 누군가가 뒤를 돌아보며 이렇게 내뱉는 소리를 분명히 들었다.

"아무것도 없어. 그냥 어두운 사막일 뿐야. 월계수나 토끼 따위는 없다구."

사막.

그때부터 달이 내게는 곧 사막과 같은 것으로 생각될 수밖에 없었다. 그러나 거기엔 보다 근본적인 문제가 도사리고 있었다. 나는 사막에 대해서도 또한 아는 게 전혀 없었던 것이다. 한데도 다음날 학교에 가서 나는 아이들에게 이렇게 떠벌리고 있었다.

"그건 사막처럼 생겼어. 달에는 볼 게 아무것도 없다구."

아이들은 더이상 내게 뭘 물어볼 수가 없었다. 그곳엔 아무것도 없다고 내가 말했으므로.

나는 내가 거짓말하고 있는 달에 대해 곧 흥미를 잃어버렸다.

그러나 사막이란 말은 마음에 가시처럼 박혀들어 이따금씩 나를 쿡쿡 찔러대곤 했다. 그럴 때면 나는 주위에 있는 사람을 붙잡고 조심스럽게 묻곤 했다.

"사막이 어떻게 생겼어요?"

내 물음에 속 시원한 대답을 해주는 사람은 아무도 없었다. 대개는 석연찮은 표정으로 내 얼굴을 골똘히 들여다보는 게 고작이었다. 그런 물음에 최초로 그럴듯한 대답을 해준 이는 중학교 이학년 때 만난 내 옆자리의 친구 녀석이었다.

"그건 달처럼 생긴 거야. 아폴로 11호가 내렸던 그 달 말이야."

아뿔싸, 녀석은 그때 아폴로 11호가 달에 착륙하는 장면을 보았던 게 틀림없었다. 그러나 나는 녀석도 사막에 대해서는 별로 아는 게 없다는 사실을 곧 눈치챘다. 녀석은 끝내 그 사실을 시인하려 들지 않았지만 말이다. 며칠이 지나 녀석은 어디서 찾아봤는지 내게 사막에 대해 줄줄이 늘어놓으며 자꾸만 엉겨붙었다.

"사막은 바다와의 거리 때문에 생기는 거야. 즉 바다와 가장 멀리 떨어진 지점에서 사막은 발생한다는 얘기지."

뭐, 발생한다고?

나는 고개를 모로 비틀고 픽 웃어버렸다. 어쨌거나 송갑영이란 그 친구와 나는 그렇게 '운명적으로' 이어졌다. 그리고 우리는 곧 사막에 관한 한 '박사'가 되었다. 친구와 나는 수업이 끝나면 플라타너스가 진한 그늘을 드리우고 있는 스탠드에 앉아 해가 기울면서 운동장이 보랏빛으로 변해가는 것을 바라보곤 했다. 야구 명문이었던 우리학교는 도道에서 가장 큰 운동장을 가지고 있었다. 전국체전 때도 육상경기가 펼쳐지던 곳이었다. 아무튼 어스름이 깔리는 보랏빛의 저녁 운동장은 미국 뉴멕시코 주 남쪽 툴라루사 분지 안에 있는 식고사막 화이트샌즈의 석양 무렵을 떠올리게 했다. 물론 사진으로 본 것이긴 했지만.

"나중에 크면 꼭 가볼 테야. 세계 유일의 석고사막. 거기에는 삼억대의 화물용기차에 싣고도 남는 모래가 쌓여 있대."

내가 고적한 목소리로 이런 얘기를 하고 있으면 친구도 뒤따라 거기에 응답하곤 했다.

"나는 영구 빙설사막에 가보고 싶어. 남극과 그린란드에 있는 거 말이야."

우리는 약속했다. 나중에 둘이서 함께 사막에 가보기로. 그러나 사막이 의미하는 것이 무엇인지 그때 나이의 우리가 알았을 리 없다. 고작해야 이국 취향에서 말미암은 사춘기적 동경에 불과했으리라. 허나 그때 친구와 내 마음속에 적어도 멍석 크기만 한 사막이 존재하게 되었다는 사실까지 부인하기는 힘들다. 지구의 일 할이 사막이듯 우리 존재의 일 할을 이루는 것이 또한 사막이라는 것을.

내가 사막의 의미를 처음 깨닫게 된 것은 중학교 삼학년 일학기 때였다. 송갑영이런 그 친구가 느닷없이 서울로 전학을 가게 된 것이다. 유복한 가정의 무녀독남으로 성장해오던 그는 하루 아침에 부친의 파산으로 세상의 어두운 곳을 경험하게 되었다. 아버지는 가족도 모르는 곳으로 자취를 감춰버렸고 태어나 지금까지 살던 집은 경매에 붙여져 곧 사채업자에게 넘어갔다. 심지어는 집달리들이 들이닥쳐 밥그릇과 수저에까지 빨간 딱지를 붙여버렸다. 어느 날 점심시간에 그가 플라타너스 아래로 나를 불렀다.

"나 내일 서울로 이사 가."

그렇게 됐구나, 하고 나는 말끝을 흐렸다. 그때까지 나는 서울이란 데를 한 번도 가보지 못했으므로 뭐라 더 대꾸할 말도 없었다. 그저 친구와 헤어져야 한다는 사실만이 서글플 따름이었다. 다음날 육교시 수업이 끝나고 그가 가방과 교모를 들고 교단 위로 올라가 급우들에게 힘없는 목소리로 작별의 말을 했다.

나는 교실 문밖까지 따라나가 그를 배웅했다. 역광을 받고 이층 복도 끝으로 가물가물 사라지던 친구의 모습이 아직도 파란 감자처럼 가슴에 박혀 있다. 칠교시 수업 종이 울렸지만 나는 교실로 들어가지 않았다. 나는 그가 사라진 복도를 따라 부신 역광을 받으며 천천히 걸어가보았다. 그는 화이트샌즈를 외롭게 가로질러, 교문 쪽으로 비틀비틀 걸어가고 있었다. 나는 두 손으로 귀를 막고 그의 이름을 가만히 외쳐보았다. 그러나 그는 교문을 다 나설 때까지 뒤를 돌아보지 않았다.

사막은 가령 이런 식으로 '발생'한다. 너와 나 사이에 팽팽하게 지속되고 있던 긴장의 끈이 한순간에 끊어지고 그리하여 아득한 거리로 서로 밀려나면서 그 사이에 황량한 모래벌판이 가로놓이게 된다.

그후 우리는 때때로 편지를 주고받기도 했다. 그러나 서로 얼굴을 보지 못한 채 성장해간다는 사실이 왠지 서먹하고 두려운 일로 생각되곤 했다. 오랜 여행에서 돌아와 어항 속의 물고기가 두 배 세 배로 커진 것을 보았을 때처럼 말이다.

그 친구와 해후한 것은 그로부터 이 년여 만인 고등학교 이학년 때의 늦가을이었다. 내가 서울에 가게 된 것은 경희대학교에서 열리는 전국고교생 문예백일장에 참가하기 위해서였다. 서울이 초행인 나를 마중하러 그가 나왔고 우리는 용산역에서 만났다. 중고등학생까지 삭발이었던 머리 모양이 당시 문교부의 방침에 따라 이 센티미터의 스포츠형으로 막 바뀔 때였는데 그의 머리카락은 좋이 사 센티미터는 될 성싶었다. 게다가 턱에 몇 개 안 되는 수염이 뾰족뾰족 비어져나와 있었다. 그가 불량학생처럼 보이는 게 나는 싫었다. 몸에서도 담배 냄새가 나고 있었다.

뭐, 네가 시를 쓴다고? 라며 그는 웃었다. 일요일 오후였다. 그가 나에게 가장 하고 싶은 게 뭐냐고 묻길래 나는 엘리베이터를 타보는 것이라고 했다. 그는 순화동에 있는 지금의 구 중앙일보사 건물로 나를 데려가 엘리베이터를 태워주었다. 이내 헛구역질을 하며 노란 얼굴이 된 나를 내려다보며 그가 흐흐 하고 웃었다. 중앙일보사에서 나와 우리는 시청 쪽으로 입을 다물고 걸어갔다. 우리는 덕수궁 옆에서 가락국수를 사먹고 그가 가져온 야시카 카메라를 삼각대에 올려놓고 사진을 찍었다. 그러나 한 통을 다 찍고 뒷뚜껑을 열어보니 필름이 들어 있지 않았다. 실수였겠지만 다시 사진을 찍기에는 날이 너무 어두워져 있었고 그는 스트로보를 가지고 있지도 않았다. 또한 그럴 만한 기분도 아니었다. 풀죽은 얼굴로 나는 그를 따라 얼마 전에 지어진 세종문화회관 구경을 갔다.

사위가 금방 캄캄해지며 낯선 서울에서의 밤이 묘한 서글픔으로 가슴에 젖어들고 있었다. 서울 이모집에 전화를 걸어 거기 가서 잘까, 라는 생각이 든 것은 어른처럼 변해버린 그와 더이상 시간을 함께하기가 두려웠던 탓이었다. 그러나 나는 그런 말을 하지 못했다. 우리는 밤 열시가 넘도록 가설 도시 같은 서울 거리를 맥없이 쏘다니다가 신당동에 있는 그의 집으로 갔다. 버스 안에서 그는 작년에 아버지가 죽었다는 사실을 뒤늦게 내게 알려주었다. 작년에 내가 받은 편지에는 그런 말이 쓰여 있지 않았었다. 그렇다면 지금은 어머니와 단둘이 살고 있다는 얘기였다.

그의 집은 시장 거리를 통과해가야만 했다. 그 어둡고 더럽고 역겨운 냄새가 진동하는 골목을 한참 걸어들어가다가 그는 생선을 파는 웬 좌판 앞에서 발을 멈췄다.

"인사해, 우리 어머님이셔."

친구의 어머니는 머리에 수건을 쓴 얼굴로 반갑게 나를 맞았다. 좌판 옆에는 숯불이 빨갛게 타고 있었다.

"일찍들 오지 않구, 어딜 그렇게 쏘다니다 오는 게야. 강아지새끼들."

어머니는 생선 비린내가 묻은 손으로 내 손을 붙잡고 주름살을 지으며 웃었다.

"그래, 잘 왔다. 추운데 어서들 들어가봐. 에미도 곧 따라가마."

부엌을 통해 허리를 구부려야 들어갈 수 있는 단칸방은 겨우 세 평 남짓했다. 게다가 어떻게 '빨간 딱지'를 모면했는지 모르지만 밀수품처럼 보관하고 있는 낡은 피아노 한 대가 방의 반쯤을 차지하고 있었다. 어머니가 생선 소쿠리를 들고 곧 도착했다. 희미한 백열등 아래 앉아 우리는 갈칫국과 총각김치로 저녁밥을 먹었다. 이윽고 자정이 되자 피곤한 어머니가 먼저 잠에 곯아떨어졌다. 나는 변소에 가고 싶은 것을 쓸데없이 참으며 벽에 기대앉아 있었고 친구는 피아노 의자에 올라앉아 있었다. 새로 한시까지 친구와 나는 별말도 없이 그렇게 서먹하게 앉아 바람 소리에나 귀를 기울이고 있었다. 그러한 어느 때던가. 나는 친구가 잠옷 바람인 채 안경을 꺼내 쓰고 피아노 뚜껑을 여는 소리를 들었다. 중학교 때 그는 전교에서 피아노를 칠 수 있는 몇 안 되는 학생 중의 하나였다. 쇼팽의 〈녹턴〉 8번에서 10번까지, 하고 이윽고 그는 건반을 두드리기 시작했다.

피아노 소리에도 어머니는 깨지 않았다. 우리의 위대한 어머니에게는 그 소리가 자장가였으므로. 약 십 분이 될까 말까 한 그 시간 동안에 나는 피아노 소리를 들으며 홀연 눈앞에 나타난 사막의 풍경을 보고 있었다. 방은 세 평 안에서 끝없이 넓어지고 있었다. 보랏빛도 이미 물러가고 어둠에 뒤덮여 다만 침묵하고 있는 사막이 그 방에 광활하게 들어차고 있었다. 그리고 〈녹턴〉 10번의 마지막 그 사 분이 끝나갈 때, 나는 무릎 사이에 고개를 떨군 채 입을 앙다물고 있었다. 그 서툰 피아노 소리가 나를 그렇게 만들어놓았던 것이다. 그가 왕겨가 타들어가는 소리로 말했다.

"이봐, 옛날에 우리가 운동장을 바라보며 나눴던 얘기 생각나?"

나는 이내 대답을 못하고 있다가 잠시 후 목에 힘을 주어 대꾸했다.

"그럼, 생각나고말고. 방금 나는 그곳의 풍경을 응시하고 있었던걸."

"응시? 음…… 그렇군."

그가 쓸쓸히 웃는 소리가 내 귓전에 와 달라붙었다. 우리는 어머니 옆에서 서로를 껴안은 자세로 잠이 들었다. 잠이 들면서 나는 깨닫고 있었다. 이것이 이 친구와의 마지막 만남이 되리라는 것을. 왜, 라고 하는 물음에 대답은 없다. 그러한 깨달음은 지극히 내밀한 순간에 불쑥 찾아왔다가는 또 그렇게 사라지곤 하니 말이다.

그러고 나서 내가 사막을 잊었던가? 그것은 아닐 터이다. 그때부터 일 할이었던 사막이 이 할, 삼 할로 늘어나면서 내 좁은 가슴이 그걸 다 받아들일 수 없었을 것이다. 어쨌든 나는 서서히 사막을 잊어갔다. 아니, 어쩌면 잃어갔던 것인지도 모른다.

3

그로부터 무려 십육 년이 흘렀다. 그동안 나는 군대를 제대하고 대학교를 졸업하고 누구나 알 만한 재벌그룹 산하의 증권회사에 취직했고 모교 총장 비서실에 근무하는 여자를 만나 결혼을 해서 일남일녀를 둔 가장이 돼 있었다. 때로 가정이나 직장에 불만이 없는 것은 아니었으나 그것은 남들도 나와 똑같이 겪고 있는 것들이어서 특별히 애로사항이랄 수는 없었으며 따지고 보면 나는 남들에 비해 비교적 안정된 생활을 누리고 있다고 해도 좋았다. 애를 둘 낳고 나서도 허리가 이십오 인치인 아내, 중형세단이라고까지는 할 수는 없지만 배기량이 이천 씨씨 급인 감색 자가용, 과천에 있는 내 소유의 서른두 평 아파트, 제 어미를 닮아 총명하고 결벽증이 심한 아이들, 노후대책이 튼튼한데다 모두 환갑이 넘었음에도 불구하고 아직도 사십대처럼 건강한 양가 부모들, 다섯 장의 VIP급 은행신용카드, 사우나탕과 헬스클럽, 눈치가 빠르고 수완이 대단한데다 대개는 아내가 모르게 단지 즐기기 위해 숨겨놓은 대졸 출신의 여자가 있는 친구들, 덩달아 그들 사이에 끼어 팁 없이도 술을 먹는 천박한 재미가 한 달에 두세 번, 기타 피에르 가르뎅과 기 라로쉬, 랄프 로렌과 크리스챤 디올, 피에르 발망과 샤넬, 복수 여권과 샘소나이트가 데려다주는 연간 일 회의 해외여행, 가장 접근하기 쉬운 문화의 증거품으로서 거실 한쪽을 차지하고 있는 마크 레빈슨과 와피데일 그리고 CD가 오백여 장…… 이런 것들.

그러다 올 1월 중순에 나는 다시 사막과 만나게 된다.

그것은 우연이란 복면을 쓰고 슬쩍 내 옆구리를 찌르며 다가왔다. 눈이 내리고 있는 1월 중순의 어느 화요일이었다. 점심시간이 되었을 때 수위실로부터 내게 전화가 걸려왔다. 웬 여자가 나를 찾아왔다는 얘기였다. 이름을 물어보니 모르는 여자였다. 그러지 않아도 여자관계에 있어서만큼은 나는 결백한 편에 속했다. 누구처럼 주기적으로 숨겨두고 만나는 여자가 내게는 없었으며 더구나 회사까지 나를 찾아올 여자란 있을 까닭이 없었다. 그것은 내가 특별히 모범적인 남편이어서가 아니라 거기에 따른 대가가 매번 번거롭게 생각돼 기회가 있어도 적극적이지 않았던 때문이었다. 아무튼 별생각 없이 나는 구내식당 옆에 있는 휴게실로 내려갔다. 커피자판기 앞에 밤색 털모자와 검은색 코트를 입은 여자가 앉아 있다가 엉거주춤 일어서더니 나를 보고 고개를 까닥했다. 그러나 역시 모르는 여자였다. 의자 옆에는 직사각형의 커다란 가방이 놓여 있었다.

"이렇게 불쑥 찾아와서 죄송합니다."

여자는 정중하게, 그러나 어딘가 모르게 훈련을 받은 듯한 빈틈없는 태도로 내게 인사를 했다. 그녀는 정숙희라고 제 이름을 소개하고 내 아내의 친구 소개로 나를 알게 되었다고 말했다. 그렇다면 아내의 친구의 친구라는 말이었다. 그러냐는 눈빛으로 내가 시큰둥하게 쳐다보자 그녀는 좀 당황한 낯빛이었다. 안 그래도 나는 차가운 편이라는 소리를 자주 듣는 편이었다. 사실은, 이라고 말하며 그녀는 의자 옆에 놓여 있던 가방을 열더니 거기서 또 작은 직사각형의 비닐가방을 꺼냈다.

"들어보셨는지 모르지만 저는 '미디어트'라는 데서 근무하고 있습니다."

그때서야 나는 그녀가 나를 찾아온 이유를 알게 되었다. 쉽게 말해 물건을 팔기 위해 온 것이다. 경비실에서는 잡상인 출입을 막고 있으니까 개인적인 일로 방문한 것처럼 위장해 통과했다는 말이었다. 잡상인이라면 나도 딱 질색이어서 곧 일어나려다가 나는 암만해도 '아내의 친구의 친구'라는 대목이 걸려 잠자코 있었다. 그러나 얼마간은 기분이 좋지 않은 것도 사실이었다. 그걸 눈치챘는지 그녀는 전에 강남의 한 백화점에서 친구와 함께 아내를 만난 적이 있으며 그날 저녁 셋이서 식사를 함께했다는 말을 빠르게 덧붙였다. 그 말속에는 그때는 이런 일을 하고 있지 않았다는 뜻이 분명히 담겨 있었다. 그쯤에서 나는 체념하기로 했다. 박대해서 보내면 나중에 아내가 난처해질 경우가 생기리라는 것은 너무나 뻔한 일이었다.

그녀가 가져온 것은 미국 베스트론 사가 만들어 전 세계에 공급하고 있는 학습용 홈비디오세트로 모두 여섯 개였다. 말하자면 그걸 국내 업체인 미디어트에서 수입판매하고 있는 셈이었다. 설명을 들어보나마나 팸플릿 목록만 봐도 내용은 뻔한 것이었다. 〈열대 강우림 : 생물의 보고〉〈아프리카 밤의 사자들〉〈호랑이 왕국〉〈예루살렘 : 성스러운 성벽 내부〉〈살아 있는 사막 나미브〉〈살아 있는 수수께끼 이집트〉. 이제 네 살이고 여섯 살인 아이들이 보기에는 이른 감이 있었으나 굳이 나쁠 것도 없어 나는 구입신청서에 사인을 하고 그 자리에서 현금으로 십팔만원을 지불했다. 그러고 나서 나는 그녀에게 의례적으로 점심을 함께하자는 말을 건넸고 그녀는 어째 별로 내키지 않는 얼굴로 나를 따라 구내식당으로 들어왔다. 밥을 먹는 내내 그녀는 고개를 숙이고 앉아 묵묵히 수저질만 했다. 왜 그럴까 가만히 생각해보니 수치심 때문인 듯했다. 집으로 아내를 찾아가지 않고 직접 나를 찾아온 것도 따지고 보면 그 때문일 터였다. 그것은 대개의 임산부들이 산부인과에 진찰을 받으러 갈 때 여의사가 있는 병원은 되레 피하는 것과 같은 이치일 터이다.

저녁에 집에 들어가 나는 아내에게 당신 친구의 친구가 찾아왔었다는 말은 하지 않고 애들에게 좋을 것 같아서 그냥 사왔다고 말하며 비디오세트를 장식장 위에 올려놓았다. 아내도 그래요? 라는 말로 무심히 받아넘기곤 그걸 굳이 보려고도 하지 않았다. 나는 욕실에 들어가 샤워를 하고 나와 저녁을 먹고 아이들이 자는 모습을 보고 나와 열한시쯤 아내가 기다리고 있는 침대에 들어갔다. 그리고 자정까지 천천히 섹스를 하고 몸이 혼곤해진 상태에서 나는 아내가 욕실에서 샤워하는 소리를 들으며 잠이 들었다.

새벽 세시에 나는 내 몸 위로 모래가 쏟아져내리는 꿈을 꾸다 잠에서 깨어났다. 질식할 것만 같은 꿈이었다. 불그스레한 수면등 속에 우두커니 앉아 나는 어째서 그런 꿈을 꾸었을까 하고 곰곰이 생각해보았다. 욕실에서 물방울이 튀는 소리를 들으며 잠이 들어서였을까. 아니, 그렇다면 소나기가 내리는 꿈을 꾸었어야 했을 텐데. 도로 자리에 누워 아내의 가슴을 더듬어보았으나 달아난 잠은 좀처럼 오지 않았다. 그러기는커녕 이번에는 아예 천장에 모래가 슥슥 쓸려다니는 게 눈에 보이기까지 했다. 어디선가 뜨거운 바람이 몰려가는 소리가 우우 귀에 들려오고 있었다. 조금은 두려운 생각이 들어 나는 슬그머니 침대에서 내려와 커튼을 걷고 밖을 내다보았다. 그러나 가로등이 지키고 있는 밖은 정물처럼 조용했다.

나는 방문을 열고 나가 주방에서 물을 마신 다음 그새 새벽 세시 삼십분인 벽시계를 멍하니 올려다보고 있다가 다시 침실로 들어갈 양으로 거실을 대각선으로 가로질러갔다. 그때 청자항아리가 검푸른빛을 발하고 있는 장식장 위의 비디오세트가 눈에 걸려들었다. 최면에 걸린 사람처럼 나는 장식장 앞으로 어기적어기적 다가갔다. 그리고는 슬그머니 손을 뻗어 비디오케이스를 열고 〈살아 있는 사막 나미브〉를 꺼내든 다음 플레이어에 집어넣었다.

나는 컴컴한 거실 한구석 소파에 앉아 화면에 나타난 사막을 화난 짐승처럼 노려보고 있었다. 바람이 몰려가는 사막은 쉼 없이 쭈글거리고 있었고 어쩐지 매우 끈적끈적해 보였고 한참을 보고 있자니 커다란 가마솥에다 황금을 넣고 누군가 함부로 휘젓고 있는 것 같았다. 사막은 끈적끈적해, 라고 중얼거리며 나는 무려 십수 년 전에 헤어진 송갑영이란 친구를 문득 떠올리고 있었다.

이렇게 해서 사막이 다시금 내 마음속으로 들어왔다. 아니, 들어왔다라기보다는 내 마음속에서 그것이 다시 '발생'했다고 함이 옳겠다.

우연찮게 '살아 있는 사막'을 목격한 얼마 후, 나는 실크로드를 답사하러 가는 대학 선배의 전화를 받았다. 그는 모 신문사 문화부에 근무하고 있었는데 늦공부까지 시작해 대학원에서 불교미

술사를 전공하고 있었다. 알다시피 실크로드에는 학술적 가치가 풍부한 불교미술품이 여기저기 산재해 있었고 그는 재작년에 이미 그곳을 한 번 다녀온 터였다. 이번에는 재작년 여행 때 일정상 가볼 수 없었던 쿠처의 키질석굴을 본격적으로 답사할 예정이란 거였다. 선배가 내게 전화를 걸어온 까닭은 시간이 있으면 함께 가지 않겠느냐는 말이었다. 떠나는 날은 2월 20일로 열흘 후였다. 그는 큰 기대를 걸고 내게 전화를 건 것은 아닌 듯했다. 알고 보니 같이 가기로 한 사람 중에 누군가 빠지게 돼 급하게 여기저기 전화를 걸어보고 있는 중이었다. 어차피 중국 여행사에는 빠지는 사람의 몫까지 지불해야 할 형편이었다. 얼마나 다급했으면 나한테까지 전화를 했을까 싶었지만 그 소리를 듣자 나는 갑자기 물속에서 튀어나온 손에 멱살이라도 잡힌 기분이었다. 이것저것 돌아볼 겨를도 없이 나는 같이 갈 수 있었으면 좋겠다고 대들 듯이 말했다. 내 말투가 얼마나 간곡했던지 되레 그가 당황한 눈치였다. 전화를 끊으며 나는 무슨 다짐이라도 받듯 그에게 이렇게 말하고 있었다.

"어쨌든 사막도 가겠네요?"

"사막? 물론 그렇지. 고비탄과 타클라마칸사막을 거쳐가야 해. 하지만 정말 같이 갈 수 있겠어?"

수화기를 내려놓으며 나는 어째서 내가 그런 말을 했는가를 몰라 짐짓 주위를 돌아보며 허둥거리고 있었다. 상식적으로 납득할 수 없는 일이란 걸 누구보다도 나 자신이 잘 알고 있었기 때문이었다. 지금이라도 전화를 걸어 취소할까 하다가 나는 왠지 그러지를 못하고 하루를 보내고 말았다.

11박 12일의 긴 일정이었다. 십이 일 동안 회사를 비우는 것은 어떻게든 방법을 찾아보면 되겠지만 아내를 설득하는 것은 만만치 않을 게 뻔했다. 그러나 다시금 사막이란 말에 붙들리고부터 나는 늪에 빠진 사람처럼 거기서 헤어나질 못하고 있었다. 이튿날 오전에 나는 선배가 근무하는 신문사로 전화를 걸었다.

"혹시 나 말고 한 사람 더 같이 갈 수 있어요?"

"……그거야 그럴 수 있겠지만 왜, 꼭 그래야 되나?"

당장에 선배는 일이 복잡하게 돼간다는 눈치였다. 그러나 나는 물러서지 않았다.

"꼭 같이 가야만 할 사람이 있어요."

"그럼 이틀 안에 결정해서 연락줘. 비자 문제도 그렇고 중국 여행사에도 미리 콜을 줘야 하니까."

출발예정일은 불과 구 일밖에 남아 있지 않았고 그게 아니더라도 나는 그에 필요한 많은 일들을 처리해야만 했다. 충동적인 결정을 하고 나서 달겨드는 묘한 불안을 불안은 채 나는 정보기관에 근무하고 있는 대학 동창에게 전화를 걸어 송갑영이란 친구의 신원조회와 거처확인을 부탁했다. 별로 내키지는 않는 방법이었으나 달리 뾰족한 수가 없었던 것이다.

그날 나는 회사에다 휴가신청서를 제출하고 오후에 전무이사와 면담한 다음 의외로 간단하게 허락을 받아냈다. 집안일이라고 돌려 말하고 출장형식을 빌린 임시휴가를 받아낸 것이다. 지난 칠 년 동안의 근무성적이 참작됐다는 판단이었지만 여름휴가와 월차를 반납하고 십이 일분의 급여가 제외된다는 조건이 따라붙었다. 그러나 아내를 이해시키는 데는 생각보다 몹시 까다로운 절차와 노력이 필요했다. 당연한 일이었다. 그런 얘기를 아내에게 꺼낸다는 일 자체가 하나의 도발이었다. 자정이 가까워지는 시각에, 딴에는 분위기를 잡는다고 아끼던 발렌타인까지 따라놓고 건성으로 집안 얘기를 나누다 슬그머니 여행 얘기를 꺼내자 아내는 술잔을 탁자에 내려놓고 가만히 내 눈동자를 들여다보았다. 원래 흥분을 잘하는 스타일은 아니지만 아내의 태도는 한 치의 흐트러짐도 없었다. 다만 그다음 내 입에서 나올 말만 인내심을 갖고 기다렸다.

"이번 기회가 아니면 갈 수 없으리란 사실을 어제 문득 깨달았어. 어쩌면 평생토록 말이야."

"하지만 어째서 그게 곧 지금이어야 하는 거죠? 왜 여름휴가 때까지도 기다릴 수가 없다는 거죠?"

"아주 어려서부터 줄곧 가고 싶어했어. 물론 그럴 수가 없었기 때문에 지금까지 이러고 있었지만 말이야."

"아마도 그건 아닐 거예요. 우린 여행을 많이 하는 편이었잖아요. 그런데 그동안에는 왜 그런 말을 하지 않았던 거죠? 얼마든지 기회가 있었잖아요. 물론 당신 혼자 갈 수도 있었고 말이에요."

아내는 이 돌연한 여행계획에 반대하는 이유를 조리 있게 설명했다. 이미 휴가신청서를 제출해 결재가 났다는 말에도 그녀는 동요하지 않았다. 평소에 나는 아내의 이런 빈틈없는 면을 좋아하고 있었다. 아무 말도 못하고 술잔만 비우고 있자 그녀가 타이르듯이. 그러나 내 마음을 다치지 않게 하려고 무척 조심하는 태도로 말문을 열었다.

"여보, 때로 말할 수 없는 진실이란 게 있다는 걸 저도 알아요. 그게 아무리 부부 사이라 하더라도 말이에요. 하지만 그때마다 자기 마음이 시키는 대로 하면 상대는 어떻겠어요. 만약에 그 때문에 상처를 받는다고 생각해봐요. 그때 가서는 진실이라는 것도 의미가 없어진다는 것쯤 당신도 잘 알잖아요. 미안하지만 저 당신의 그 생각 잘 받아들여지지 않아요. 남들이 다 이해하는 일도 아내라는 여자는 종종 이해하지 못하는 경우가 있잖아요."

"솔직히 말하면 오랫동안 그 사실을 잊고 있었어. 내가 그토록 그곳에 가고 싶어했다는 사실을 말이야."

서로가 서로의 뜻을 받아들이지 못한 상태에서 아내와 나는 잠자리에 들었다. 그리고 약 한 시간쯤이 지나서 아내가 목쉰 소리로 내게 말했다.

"당신한테 묻고 싶은 게 있어요. 당신이 거짓말을 하는 사람이 아니라는 걸 믿으니까 이런 것도 묻는 거예요."

"그래…… 거짓말을 하지는 않지. 하지만 왠지 설명하기 힘든 일이 있다는 것도 사실이야."

"그래요. 제가 알고 싶은 건 그게 어떤 종류의 것이냐 하는 거예요. 가령 혼자 가는 여행이라면 받아들일 수도 있다는 생각을 조금 전에 해봤어요."

"일행이 있다고 아까 내가 말했었지."

"그걸 묻는 게 아니란 걸 잘 알잖아요."

"그렇군……"

나는 아내가 염려하고 있는 바가 무엇인가를 알 것 같았다. 여자들은 오히려 남자보다 바로 자신들의 존재에 대해 더욱 관심이 많은 듯하다. 나는 아내에게 오래전에 헤어진 친구가 있는데, 라는 식으로 말하려다 내 대답이 어쩐지 길어진다고 생각돼 간단하게 대꾸했다. 이런 때는 어쨌든 간단하게 말해야 좋은 법이다.

"혼자야. 돌아올 때도 물론 혼자일 테고."

아내는 무슨 생각을 하는지 오래오래 말이 없었다. 나는 내가 아내에게 어쩐지 잘못을 저지르고 있다는 생각이 들었다. 그런 생각이 들었지만 그래도 여행계획을 취소할 수 있으리란 말을 하지는 못했다. 새벽 두시쯤이 되었을 때 아내가 옆으로 돌아누우며 내 가슴에 손을 올려놓았다.

"다녀오세요. 하지만 이래도 된다는 생각은 앞으로 버려요. 당신닦지 않아요. 아무리 견고해 보이는 것이라도 한번 흠집이 나게 되면 결국엔 부서지게 마련이에요. 그건 저도 마찬가지구요. 사실은 그게 두려운 거예요."

다음날 아침 회사에 출근하자마자 나는 정보기관에 있는 친구로부터 전화를 받았다. 따지고 보면 놀랄 일이 아닌데도 나는 그의 전화를 받고 짐짓 당황하고 있었다. 내가 원하던 것 이상의 정보가 단 하루 만에 완벽하게 입수돼 있었다. 나는 내가 일껏 빠져나왔던 기나긴 터널 속으로 다시 붙잡혀온 사람처럼 혼란스러워하고 있었다. 십육 년 전의 시간이 순식간에 현실 속으로 침입해 들어온 것이다. 여행을 다녀봐서 알지만 돌아오고 나면 떠나기 전과 별로 달라진 것이 없다는 것을 알게 된다. 특히 남기고 간 것은 남기고 간 그대로 놓여 있는 게 보통이다. 친구의 소식을 듣고 나서 나는 그와 같은 기분에 사로잡혔다. 그러나 하나 달라진 것이 있었다. 내가 달라진 것인지 아니면 그 친구가 달라진 것인지는 모르겠지만 어쨌든 나로 하여금 기묘한 느낌을 불러일으키는 단어가 총탄처럼 가슴에 와 박혀들었다.

시인.

그렇다. 그는 시인이 돼 있었다. 그것도 벌써 십 년이나 지난 일이었다. 나는 수화기를 통해 들려나오는 '시인'이란 말에 감전이라도 된 듯 몸이 떨려왔다. 당시 정황으로 보자면 내가 시인이 돼 있는 게 보다 자연스러울 터였다. 주소를 받아적다보니 그는 아직도 신당동에 살고 있었고 전화를 끊을 때쯤에서 나는 불길한 소식 하나를 접해야 했다. 그는 간경화로 을지병원에 사 개월째 입원치료중이었다. 고맙다는 말도 제대로 못하고 전화를 끊고 나서 나는 창가로 다가가 매연에 부옇게 덮여 있는 서울 시내를 망연히 내려다보고 있었다.

이번 여행의 팀장 격인 신문사 선배에게 전화를 걸어 동행은 없을 것이라고 알리려다 나는 밖으로 나와 택시를 타고 을지병원으로 갔다. 병원으로 가면서 나는 시인, 시인, 시인, 하고 되뇌고 있었다. 그러나 정작 병원에 도착해서 창구에서 그가 입원해 있는 병실을 확인한 다음 엘리베이터를 타려는 순간 어쩐지 발걸음이 떨어지지 않았다. 엘리베이터의 문이 닫히는 것을 코앞에서 보고 있다가 나는 현관에 있는 공중전화부스로 다가갔다. 그러고도 나는 담배 한 대를 다 피울 때까지 망설이고 있다 그가 입원해 있는 병실로 전화를 걸었다. 혼자 쓰는 병실이 아닌 듯 다른 누군가가 전화를 받아 그와 연결이 되는 순간까지 나는 좀 흥분하고 있지 않았나 싶다. 불과 몇 초 사이였지만 나는 내가 이렇게 불쑥 찾아온 것이 정말 잘한 일인가라는 확신을 못한 채 그저 다음 순간에 모든 걸 맡겨두고 있었다. 이미 전화를 바꾼 것이 분명한데도 그는 아무 응답도 없이 무겁게 침묵하고 있었다. 그가 침묵하고 있다는 사실 때문에 나는 조금씩 흔들리고 있었다. 나는 중학생이었을 때의 말투를 흉내내어 그의 이름을 속삭이듯 불러보았다. 부스에 매달린 전화번호부의 비닐표지에 내 모습이 혼령처럼 어른거리고 있었다.

"이렇게 '문득'이 아니고는 전화할 수 없었어. 왜냐하면 어쨌든 늘 '문득'이었을 테니까."

그는 여전히 돌처럼 입을 닫고 있었다. 왠지 느낌으로, 내가 아래층에 와 있다는 사실을 그가 알고 있다는 생각이 들었다.

"언제고 한번 찾아가고 싶어. 물론 네가 괜찮다면 말이지."

그때 수화기에서 감꽃 같은 그의 목소리가 낮게 새어나왔다.

"문득 말이지?"

이번에는 내 목이 콱 막혀버렸다. 나는 수화기를 가슴에 대고 손수건을 찾는 척 양복 주머니를 뒤적거렸다. 삼백원이 남은 공중전화카드에서 사십원이 빠져나가며 이백육십이라는 숫자가 나타났다. 나는 그게 시간이, 목숨이 내려앉는 표시로 받아들여졌다. 조급한 마음이 되어 나는 송수화기를 얼른 귀에 갖다대며 말했다.

"나 곧 사막으로 떠나."

"……"

"사막 말이야."

그가 입엣말로 사막, 하고 되받는 소리를 나는 엿듣고 있었다. 나는 방금 그에게 했던 말을 후회하고 있었다. 변명조로 나는 덧붙였다.

"실은 함께 가자는 말을 하고 싶었어."

그가 쓸쓸히 웃는 소리가 들려왔다. 그사이 또 이백육십이 이백이십으로 내려가 있었다.

"그전에 널 봤으면 했던 거지."

"그런데 지금은 왜 같이 가자는 말은 안 하는 거지?"

그가 다시 야릇하게 웃는 듯하더니, 뒤에서 누가 급히 잡아끈 듯 돌연 웃음소리가 사라졌다. 그렇다고 전화가 끊어진 것은 아니었다. 머뭇거리다 나는 이백이십인 상태에서 수화기를 내려놓았다.

나는 엘리베이터 앞으로 다가가 그의 병실이 있는 사층 버튼을 눌렀다. 엘리베이터 속에서 나는 전에 없이 극심한 현기증에 시달리고 있었다. 십육 년 전 서울에 와서 처음 엘리베이터를 탔을 때처럼.

나는 노크도 하지 않고 슬며시 입원실의 문을 열어보았다. 밖에서 안을 들여다보니 네 명의 환자가 함께 쓰고 있었다. 환자 가족들이 한결같이 파리한 얼굴로 병상을 지키고 있어 입원실은 무슨 냉동창고처럼 보였다. 물론 어느 병원에 가도 으레 보게 되는 풍경이기는 했다. 내처 안으로 들어가지 못하고 나는 밖에서 친구의 모습을 찾느라 두리번거렸다. 몇몇 사람들이 그런 나를 우두커니 쳐다보고 있었다. 비릿한 냄새에 취해 속이 메슥거리는 걸 억지로 참으며 나는 햇빛이 내려앉고 있는 창가로 눈을 돌렸다.

그는 등을 돌린 자세로 침대 위에 구부정하게 앉아 밖을 내다보고 있었다. 내가 보았던 것은 그의 삐딱한 뒷모습뿐이었지만 직감적으로 나는 그가 시인 송갑영이란 것을 알 수 있었다. 어깨를 길게 늘어뜨린 채 흐린 창문 아래로 급히 떨어져내리고 있는 오후의 서글픈 햇빛을 응시하고 있는 저 사내가 말이다. 이대로 돌아서야 하는 것은 아닌가 하는 의구심에 사로잡혀 황황한 마음을 추스르고 있는 사이 내 눈과 그의 눈이 그가 바라보고 있는 유리창 안에서 마주쳤다. 그는 제 앞에 있는 유리를 통해 등뒤에 와 있는 나를 아까부터 쳐다보고 있었던 것이다. 그러나 그는 완강하게 뒤를 돌아보려 하지 않았다.

그 기나긴 응시의 떨림 속에 서 있다가 나는 천천히 발걸음을 돌려 병실을 빠져나왔다. 문을 닫다 말고 혹시나 싶어, 딴에는 용기를 내어 뒤를 돌아보았으나 그는 여전히 그대로 앉아 있었다. 유리창에 비친 내 모습에서 그가 무엇을 보고 있었는지 모른다. 그가 왜 끝내 나를 돌아보지 않았는지도 나는 모른다.

4

2월 20일 아침 일곱시에 나는 김포공항 국제선 제2청사 커피숍에 앉아 있었다. 아내의 말마따나 '혼자'서 말이다. 상해행 비행기가 뜨는 시각은 아홉시 이십분이었으나 출국에 필요한 일 때문에 나는 새벽에 집을 나왔다. 팀장인 선배가 출국수속을 마치고 커피숍으로 돌아와 일행 중에 서로 초면인 사람들을 소개했다. 일행은 나를 포함해 모두 다섯 명이었다. 강남에 스튜디오를 가지고 있는 삼십대 후반의 사진작가가 먼저 도착해 있었고 환갑이 넘어 보이는 중후한 외모의 노신사가 곧 뒤따라 올라왔다. 외국 주재 상사의 지사장으로 있다가 퇴직하고 지금은 골동품상을 경영하고 있다고 했다. 그리고 선배를 도와 출국수속을 마치고 함께 올라온 여자가 하나 있었는데 일행 중 가장 나이가 어려 보였다. 홍대 서양화과를 졸업하고 지금은 자칭 개점휴업중이라는 스물일곱 살의 화가였다. 분위기를 보니 전에 서로들 만난 적이 있는 모양으로 나만 초면인 셈이었다.

모두가 정중하게 나를 대했으나 그 정중함 때문에라도 나는 마음이 편칠 않았다. 자격지심이었을까. 나를 빼놓고는 모두가 문화계통에 몸담고 있는 사람들이란 사실이 어쩐지 서먹하게 느껴졌다. 사회생활을 해봐서 알지만 저들은 암만해도 나와 같은 사람들을 받아들이는 데 인색한 편이다. 겉으로는 안 그렇지만 쉽게 마음을 드러내는 법이 없다. 그것도 저네들의 자격지심이라면 할말이 없지만 아무튼 터놓고 가까워지기가 어려운 것만큼은 사실이다. 요컨대 자존심이 강한 사람들일수록 예의로 자신을 무장하게 마련이다. 하지만 곁다리로 긴 처지에 그걸 따질 형편도 아니었다. 어차피 서울로 돌아오고 나면 방금 인사를 나누기 전처럼 도로 생면부지인 관계로 돌아갈 게 뻔하다. 그렇다면 처음부터 '혼자'인 편이 나을는지도 모른다.

아내에게 전화를 걸고 와서 보딩시간이 될 때까지 나는 『시사저널』을 읽으며 줄곧 입을 다물고 있었다. 나를 소외시키는 것은 아닌가, 라는 그들의 의식적인 배려의 태도가 좀 거슬리긴 했으나 비행기가 이륙한 다음부터는 그럴 일도 없었다. 일부러야 그럴 리 없었겠지만 나는 따로 미국인 옆에 앉아 있게 좌석이 배치돼 있었다. 상해에 도착하기까지의 두 시간 동안 나는 거짓말처럼 아무 생각 없이 푹 잠을 잤다. 아마도 새벽에 아내가 예의 출장을 보낼 때처럼 의연하게(?) 나를 배웅한 탓이었을 게다. 잠들기 전에 일정표를 보니 사막은 며칠 후에나 들어갈 수 있을 것 같았다. 나는 을지병원에 누워 있는 친구조차 까맣게 잊고 있었다.

상해에 도착한 것은 현지시간 열두시 삼십분, 한국시간으로는 한시 삼십분이었다. 나는 비행기에서 내리기 전에 시곗바늘을 열두시 삼십분에다 맞췄다. 상해에는 비가 내리고 있었다. 전에 계열사 업무관계로 한번 와본 곳이므로 생경한 느낌은 덜했지만 비가 내려서 그런지 을씨년스런 기분이 들었다. 어수선하게 입국수속을 마치고 공항을 나와 우리는 미리 기다리고 있던 중국국영여행사(CITS) 소속의 구 인승 승합차에 올라탔다. 최종목적지인 우루무치까지 우리와 동행할 조선족 여자 가이드가 나와 마이크를 잡고 간단한 인사말과 함께 상해시를 소개하는 사이 버스는 번잡

한 시내 중심부를 느릿하게 가로질러갔다. 산이 없는 대신 강우량이 많고 겨울에도 눈을 보기가 힘든 도시…… 별로 귀담아들을 얘기도 아니어서 나는 차창 밖으로 보이는 적산가옥들과 코카콜라 상표가 찍혀 있는 파라솔 아래서 노란 비옷을 입고 교통정리를 하는 경찰과 전차와 버스 안에서 무표정한 얼굴로 우리를 내다보고 있는 때 낀 사람들과 조악한 극장간판과 양쪽 전용도로를 타고 피난을 가듯 달리고 있는 자전거의 꼬불한 대열 같은 것들을 무심히 바라보고 있었다.

얼마 후 버스는 역시 조선족이 경영하는 '한강식당'이란 곳에 도착했다. 칙칙한 가랑비 속에서 석회 냄새가 나는 듯해 나는 자꾸만 사위를 돌아보며 코를 킁킁거렸다. 불고기백반으로 점심을 먹었으나 아무래도 맛깔스럽지가 않아 나는 곧 수저를 내려놓고 맥주를 한 병 비웠다. 식당을 나와서 일행은 시간 때우기 식의 상해 관광을 했다. 초라하기 짝이 없는 대한민국임시정부 건물과 홍구공원을 돌아보고 나서 시내 외곽에 있는 옥불사를 둘러본 다음 일행은 다시 식당으로 몰려갔다. 서안으로 출발하기 전에 미리 저녁을 먹어둬야 한다는 얘기였다. 기름범벅인 중국음식이 입에 맞지 않아 깨작거리고 있다가 나는 또 맥주 한 병으로 배를 채웠다. 초조하기만 한 유예의 시간을 그렇게 흘려보내며 나는 불상처럼 내내 입을 다물고 있었다. 나머지 일행도 그런 나에게 이미 익숙해졌는지 이제는 굳이 말을 붙이려고도 하지 않았다. 빨리 이곳을 벗어나고 싶다는 생각만이 나를 사로잡고 있었다. 벌써부터 초조해할 이유는 없었지만 인천광역시를 떠올리게 하는 상해시만큼은 한시바삐 벗어나고 싶었다. 도대체가 서울을 떠나왔다는 느낌이 들지 않았다. 그것은 나머지 일행도 마찬가지인 듯했다. 여행자의 얼굴에서 엿보이게 마련인 야릇한 흥분이나 미묘한 떨림 따위를 전혀 찾아볼 수가 없었다.

좀 지루한 지연 끝에, 바다와 면해 있는 상해에서 서안으로 가는 비행기에 오르자 곧 날이 어두워졌다. 그나마 상해에서 1박을 하지 않은 게 다행이었다. 어쨌든 서안이라면 바로 저 장대한 실크로드가 시작되는 곳이 아닌가. 일단 그곳으로 들어서야만 사막도 만날 수 있을 거였다. 다만 우연이었을까. 서안행 중국민항기 안에서도 나는 외따로였다. 처음엔 내 옆자리에 사진작가가 앉아 있었는데 한 십여 분이 지나자 그는 주뼛주뼛 골동품상을 하는 노인 옆으로 자리를 옮겼다. 불상 같은 나보다 그래도 말을 할 줄 아는 노인네가 더 편하게 생각됐으리라. 여류화가는 서울에서부터 선배 옆에만 붙어 있었다. 어딘가 모르게 시선을 끄는 얼굴인데 그게 무엇 때문인가라는 것은 꼬집어 말하기가 힘든 인상을 가진 여자였다. 그녀는 줄곧 이어폰을 귀에다 꽂고 있었다. 아직 이십대라는 증거겠지.

서안까지 소요되는 시간은 두 시간 삼십 분. 낮에 잠을 자둔 터라 나는 창을 통해 캄캄한 어둠만 묵묵히 내다보고 있었다. 아내와 아이들을 일껏 떠올려보려 했으나 벌써 슈퍼마켓 진열대의 잘 포장된 과일처럼 생동감이 느껴지지 않았다. 나처럼 가족을 잊은 나머지 일행은 대개 잠이 들어 있었다. 하늘 높이에서 잠든 사람들을 싣고 비행기는 내처 서쪽으로 날아갔다.

그렇듯 대륙의 공중에 떠서 홀로 어둠을 응시하고 있는 사이, 자칫 지루했을지도 모르는 시간이 후딱 지나가고 대지에 왕겻불 같은 빛이 명멸하고 있는 게 보였다. 저기가 서안이로군, 이라고 생각하며 나는 안전벨트를 찾아 허리에 졸라맸다. 그러나 비행기는 왕겻불을 천천히 뒤로 버리고 앞으로 곧장 날아갔다. 그럼 저곳은 어디란 말인가. 약 십 분 후에 비행기는 캄캄한 대지의 한가운데에 착륙했다. 비행기에서 내리며 여기가 어디지? 라고 두리번거리는 사이 나와 비슷한 생각을 품고 있던 일행 중 한 명이 팀장에게 물었다.

"여기가 바로 서안 공항이에요. 시내에서 멀리 떨어져 있죠."

아까 보았던 그 왕겻불이 바로 서안이었다. 이번에도 현지 여행사에서 나온 승합차를 타고 고속도로를 약 한 시간이나 달려 일행은 서안시 중심부에 있는 호텔에 들었다. 늦은 시각이었으므로 커피숍에서 빵으로 간단히 요기를 하고 방 배정을 받아 곧장 방으로 올라갔다. 여류화가와 가이드가 짝이 되고 나는 골동품상과 같은 방을 쓰기로 돼 있었다. 혹여 상대가 불편해지는 않을 끼 싶어 내가 먼저 그런 뜻의 말을 건네자 그는 의외로 소탈하고 편하게 나를 대해주었다. 나이도 나이려니와 여행 경험이 많아서 그런지 낯선 사람과 어울리는 법을 잘 터득하고 있었다. 그러나 그 역시 말이 없는 편이었다. 저절로 얻어지는 것이 아닌 그런 친화력을 가진 그 노신사 앞에서 나는 얼마간 부끄러움을 느끼고 있었다. 위스키 몇 잔을 나눠 마시고 잠자리에 들기 전 일정표를 다시 꺼내보니 내일 서안을 둘러본 다음에 오후 비행기를 타고 난주로 가게 돼 있었다. 그다음 도착지는 주천이었다. 어쨌든 내 목적지까지 가려면 일단 난주를 벗어나야만 할 터였다.

서안에서의 일정도 나에게는 지루하고 진부하기가 짝이 없었다. 기다려야 한다는 것을 뻔히 알면서도 나는 누가 봐도 초조한 몰골을 하고 있었다. 나도 잘 이해하기 힘든 초조함이었다. 무엇을 찾아가는 것이 아니라 줄곧 쫓기고 있다는 느낌이었다. 돌아보면 서울을 떠난 지 불과 이틀이 지났을 뿐인데 말이다. 나와 하룻밤을 함께 보낸 노신사가 석연찮은 눈길로 자꾸만 그런 나를 쳐다보고 있었다. 어쨌든 진시황릉과 양귀비가 살았던 화청지, 그리고 병마용까지 돌아보는 동안 나는 내내 뒷전에만 처져 있었다. 같이 온 일행도 뭐 그리 새로운 것을 만난 얼굴들은 아니었다. 관광인지 답사인지 나로서는 아무 상관이 없었지만 그들 또한 경복궁에 온 것처럼 싱거운 얼굴들을 하고 있었다. 딱히 할 일도 없었겠지만 의례적으로 사진을 찍어대고 그것도 귀찮은 사람은 아예 사진집을 사버렸다. 그러고는 속는 줄 뻔히 알면서도 조악하기 이를 데 없는 기념품을 비싼 값에 두어 개씩 사들고는 좌판에 죽 둘러앉아 국수와 만두를 시켜놓고 반도 먹지 않은 채 나와버렸다. 대개는 다시 올 리 없는, 세계 팔대 기적 중의 하나라는 병마용 앞에서 말이다. 전부는 아니더라도 그게 얼마간은 나 때문이리는 것을 일게 된 것은 시간이 좀더 지나서였다.

병마용에서 나와 햇살이 건조하게 풀어진 대지를 가로질러 일행은 광주 비행장 크기의 서안 국제공항에 도착했다. 그리고 난주행 네시 이십분 비행기를 탔다. 비행기가 뜨고 나서야 나는 서안이 실크로드의 첫 관문이라는 사실을 상기했다. 즉 한무제가 말馬을 구하기 위해 서역으로 사람을 보낸 것에서 이 길이 비롯됐다는 역사적인 사실을. 아무튼 서안은 중국 십삼대의 왕조가 번성한 곳으로 일명 무덤의 도시며, 영화 〈붉은 수수밭〉〈국두〉로 우리에게도 잘 알려진 장예모가 책임감독으로 있는 '서안 영화촬영소'가 있는 곳이기도 했다. 그러나 이런 얘기를 나는 아까부터 뚱한 얼굴로 흘려듣고 있었다.

난주에 내리자 비로소 묘한 긴장감이 서서히 온몸을 싸안기 시작했다. 무엇 때문이었을까. 우선 비행기 안에서 내다본 장대한 구름바다와 그 바다가 끝나기가 무섭게 눈에 쳐들어온 모래산맥 때문이었을 것이다. 그야말로 풀 한 포기 없는 황막한 모래산들이 난주에 내릴 때까지 장장 이십여 분이나 계속됐다. 모래산에는 동굴처럼 생긴 구멍들이 수없이 뚫려 있었다. 난주에 내리지 않았더라면 그 모래산은 황하를 타고 올라가 고비사막으로 이어졌을 것이었다. 사막 근처에 왔다, 라고 웅얼거리며 나는 의자에서 몸을 일으켜세웠다. 일행도 몸을 들썩이며 민첩하게 카메라를 꺼내들고 비행기가 착륙하기 전에 모래산을 찍으려고 부산을 떨었다.

한 시간쯤 후에 일행은 비행기 안에서 보았던 모래산들 사이를 달려 난주 시내로 진입했다. 칙칙한 진흙빛깔의 벽돌집 앞에 짐승의 모습을 한 사람들이 나와 서서 꿈을 꾸는 듯한 얼굴로 우리가 타고 지나가는 차를 바라보고 있었다. 겨울이라곤 하지만 그야말로 진흙빛 말고는 다른 색은 한 점도 찾아볼 수가 없었다. 석회수가 말라붙어 있는 개울바닥에서 꿈틀거리고 있는 양떼도 흙빛의 몸뚱이를 하고 있기는 매한가지였다. 서안에서 걸어서 한 달이 걸린다는 난주. 난주에 오자 서울에서의 일들이 마치 전생의 일처럼 까마득하게 생각됐다. 난주를 떠나면 서울로 전화하는 일이 어렵다는 소리를 듣고 호텔에 들자마자 일행은 프런트 앞에서 서성거리고 있었다. 그러나 웬일인지 나는 아내에게 전화를 걸지 못하고 있었다. 사건을 저지르고 도주하는 자가 가족에게조차 연락을 할 수 없는 그런 심정이었다고나 할까. 내지는 곧 그런 일이 벌어지리라는 예감에 사로잡혀 있었던 걸까. 문득 처마들이 날카롭게 비어져나와 있는 어두운 골목길에 서 있다는 느낌에 몰두하며 나는 식사를 마치고 호텔 문 앞에서 어둠과 오래 맞서 있었다.

그날 저녁 일행은 중국에 들어와서 최초의 단체모임을 가졌다. 불과 다섯 명밖에 되지 않는데 술자리 한번 변변히 갖지 못했던 게 사실이었다. 아홉시쯤 로비 옆에 있는 스탠드바 겸 레스토랑에서 맥주로 시작한 자리는 그럭저럭 차분한 분위기였다. 나와 여류화가는 주로 듣는 편이었지만 나머지 사람들은 나름대로 들어둘 만한 얘깃거리를 갖고 있어 그닥 지루한 편은 아니었다. 그들은 문화대혁명에서 시작해 이곳에 와서 듣고 보게 된 중국의 현재와 등소평 사후의 주변국가 상황에 대한 소견을 피력한 다음 술이 좀 들어간 다음부터는 어쩔 수 없이 사적인 얘기들을 늘어놓았다. 무얼 하려는지 팀장인 선배는 중간중간에 그들의 말을 수첩에 받아적고 있었다. 그리고 열한시가 되어 술들이 달아오르자 밖으로 나가서 한잔하자, 라는 식으로 분위기가 바뀌어 있었다. 비행기와 호텔만 이용하고 다녀서 피부에 와 닿는 것이 없다란 것이 표면적인 이유였지만 그 이면엔 좀 색다른 경험들을 하고 싶다는 생각들이 깔려 있었을 것이다. 거부감이 들 정도로 노골적인 언사나 표현을 삼가는 것이 그나마 다행이라면 다행이었다. 일행은 안 가겠다고 하는 여류화가까지 다소 억지스럽게 대동하고 난주 관광을 위해 불러놓은 중국인 현지 가이드를 앞세워 호텔 밖으로 나갔다.

가이드에게 속은 것인지 아니면 알면서도 그의 꼬임에 넘어간 것인지 일행이 도착한 곳은 우리 식으로 말하면 단란주점쯤이 되었을 가무청이라는 이름의 묘한 술집이었다. 쉽게 말해 여자가 끼어 앉는 그런 곳이었다. 룸살롱이라기에는 시설이 형편없고 문을 열자마자 당장에 퀴퀴한 냄새가 풍겨나왔다. 어둑한 실내 한 구석에 눈만 반짝거리는 여자들이 둘러앉아 있다가 자리에서 부스스 일어나는 게 보였다. 돌아나오고자 해도 이미 때가 늦어 있었다. 여자들이 우우 달려들어 도드래가 달린 룸으로 일행을 끌다시피 데리고 들어가자 이미 술병과 과일이 탁자 위에 놓여 있었다. 당했구나 싶어 얼른 정신을 수습하고 주위를 둘러보니 그새 어디로 갔는지 여류화가가 보이지 않았다. 일행은 벌써 적당히 체념한 듯했다. 기본만 먹고 나가자는 뜻으로 눈짓을 보내오는 사람도 있었다. 나는 맥주를 몇 컵 들이켜며 말이 통할 리 없는 한족, 만주족, 회족 여자들과 필담을 나누다가 곧 진력이 나서 슬그머니 자리를 빠져나왔다. 대개는 직장에 근무하면서 호출기를 달고 불려다니는 여자들이었다. 중국도 이런 식으로 멍이 들어가는구나 싶은 게 뒷맛이 여간 개운치가 않았다.

밖으로 나오자 술집 철계단 중간에 웬 시커먼 그림자가 팔짱을 끼고 서 있는 게 눈에 들어왔다. 흠칫 놀라 뒤로 물러서려는 참에 상대가 내 쪽을 돌아보았다. 여류화가가 그때까지 가지 않고 거기에 서 있었다. 혼자 가기가 무서워서요, 라며 그녀는 슬그머니 몸을 돌려 먼저 계단을 내려갔다. 나도 그녀의 뒤를 따라 아래로 내려갔다. 밤바람이 제법 차가웠다. 하늘엔 반달이 노랗게 떠 있었다. 그녀와 나는 마침 도로를 지나고 있는 황포차에 올라탔다.

충분히 걸어서 갈 수 있는 거리였지만 그녀의 안색이 무척 창백해 보였던 것이다. 술집에 들어가자마자 화장실에서 토하고 나왔다는 얘기였다.

"여자가 있는 술집이어서가 아녜요. 그런 꼴은 학교 다닐 때부터 많이 봐왔으니까요. 사실은 냄새 때문에 그래요. 내륙 깊숙이 들어올수록 이상하게 냄새가 고약해져요. 생리할 때의 여자 냄새가 나요."

생리할 때의 여자 냄새. 알레르기성 비염증세가 있는 나는 냄새에 대해 그리 민감한 편이 못 돼서 그녀가 한 말의 뜻을 잘 알 수가 없었다. 하지만 어째서 꼭 그런 식으로 말해야 한단 말인가. 태연스럽게 얘기해 당황할 건덕지도 없었으나 아무튼 서울에서부터 난주까지 동행하면서 처음으로 나는 그녀의 존재를 가까이서 느끼고 있었다. 황포차는 금방 호텔 정문에 도착했다. 아무 생각 없이 로비로 들어와 그럼 쉬세요, 라는 말을 하려고 옆을 돌아보는데 때맞춰 그녀도 나를 쳐다보았다. 그 순간만 해도 그녀의 눈은 아무 뜻도 없어 보였다. 그런데 내 눈에 와 박힌 그녀의 눈은 좀처럼 물러서려는 기색이 없었다. 당돌한 여자였다. 나는 당황하여 얼굴이 달아올랐다. 어쩔 수 없어 내가 먼저 눈길을 피하는데 그녀가 한잔하고 올라갈래요? 라는 말을 조심스럽게 건네왔다. 솔직히 말해 그럴 마음이 없었으나 나는 거절할 구실을 찾지 못해 그러마고 고개를 끄덕였다. 아까 술을 마시던 스탠드바에 앉아 칵테일을 홀짝거리면서 그녀는 또 귀에 거슬리는 말을 내뱉었다.

"사실은 생리가 오고 있어요. 그럴 때마다 이상하게 술이 당겨요. 이해할 수 있겠어요?"

내가 그런 걸 이해할 까닭이 없었다. 또한 이해하고 싶은 마음도 없었다. 나도 과로로 인해 한 달에 한 번꼴로 코피를 흘리지만 그걸 이해할 사람은 적어도 이 중국 내륙에선 아무도 없는 것이다.

"근데 여기엔 뭐하러 왔어요?"

내가 마티니 잔만 빙글빙글 돌리고 있자 그녀가 단도직입적인 투로 물어왔다. 증권회사와 실크로드가 잘 연결이 안 된다는 뜻이었을까. 아니면 내게서 뭔가를 엿보았던 것일까. 대답을 피하고 싶은 생각은 없었으나 그렇다고 굳이 할말이 있는 것도 아니어서 나는 적당한 말로 얼버무렸다. 생각해보면 아내에게도 요령껏 설명하지 못한 부분이었다.

"그건 나중에 알아질 것 같군요. 그나마 알아지면 다행이겠지만 말이죠."

"역시 그랬군요."

"뭐가 말입니까?"

"아네요. 그냥 해본 말이에요."

"……"

"……선생님은 소금포대를 잔뜩 실은 당나귀처럼 보여요. 뭘 버리려고 오셨다면 일찍 포기하는 편이 나아요. 여행이란 건 짐이 적을수록 좋은 거예요. 프로들의 짐보따리가 간편해 보이는 것도 다 그 때문일 테구요."

왜 하필 소금을 잔뜩 실은 당나귀인가.

"지치면 개울에 들어갔다 나와 빈 수레를 끌고 가든지 그러겠죠."

나는 남의 말 하듯 하며 말머리를 돌렸다.

"내일부터는 사막이에요. 그렇다고 오아시스까지 짜게 오염시킬 작정이에요?"

그녀의 말이 조금씩 귀에 거슬려 노란 딱지를 보이려고 고개를 돌려보니 그녀는 아랫배를 싸쥔 채 고개를 숙이고 있었다. 생리통인 모양이었다. 생리는 몰라도 생리통이 가져다주는 고통은 그로 인해 수술까지 받은 아내를 옆에서 지켜본 경험이 있었으므로 나는 그녀에게 그만 일어나자고 말했다. 자정이 훨씬 지나 있었고 나머지 일행은 아직도 로비에 나타나지 않고 있었다.

"내 가방 어디에 두통약이 있을 겁니다. 가져다드리죠."

그러자 그녀가 두통약요? 하더니 웃기 시작했다. 사리돈 어쩌구 하려다 나는 점점 꼴만 우스워지는 것 같아 입을 다물고 엘리베이터가 있는 곳으로 앞서 걸어갔다.

"아부는 무뚝뚝하신 줄만 알았더니 꼭 그런 것만도 아니네요.

덕분에 오늘 즐거웠어요."

사리돈을 가져다주느라고 방에 들른 나를 보고 그녀는 뭐가 우스운지 아직도 뱅싯거리고 있었다.

"아직 제 이름도 모르고 계시죠?"

모르고 있었지만 나는 대답을 않고 내 방으로 돌아와 곧바로 샤워를 하고 잠자리에 들었다. 눈을 감자 아까 그녀가 했던 말이 천장에 떠올랐다. 사막. 내일부터 사막이라고?

나는 소금수레를 끌고 모래 위를 터벅터벅 걸어가고 있었다. 나에게 소금수레란 뭘까, 라는 화두를 붙잡고.

여행 삼 일째 되던 날 일행은 도교사원인 백탑공원에 올라 난주시와 황하를 내려다보다가 이슬람교도의 가게에서 과일을 사서 가방에 쑤셔넣고는 난주역에서 열한시 삼십분발 주천행 기차에 올라탔다. 주천까지는 기차로 열여덟 시간을 가야 했으므로 한 칸에 네 명씩 들어가게 돼 있는 침대차를 이용하기로 예약이 돼 있었다. 나머지 두 명은 어쩔 수 없이 중국인과 같은 칸을 써야 했다. 팀장인 선배와 사진작가가 약속이라도 한 듯 중국인들이 있는 칸으로 먼저 들어가버렸다. 여류화가와 조선족 가이드, 그리고 노신사와 내가 자연스럽게 같은 칸을 쓰게 됐다.

달뜬 마음으로 침대칸 창가에 자리를 잡자 날이 급하게 흐려지고 있었다. 안에는 이층침대가 창을 사이에 두고 서로 마주 보게 돼 있었다. 어차피 남자들이 위에서 자야 했으나 저녁까지는 아직도 긴긴 시간이 남아 있었다. 아래층 침대에 두 명씩 앉아 눈이 내리는 진흙의 대지를 흘끗거리며 한동안 잡담을 나눴지만 그런 식으로 열여덟 시간을 갈 수는 없는 노릇이었다. 가이드가 식당 칸에서 맥주를 사오는 도중에 급기야 모래산이 파스텔톤으로 지워지고 있었다. 술을 먹기는 좀 이르다 싶어 나는 모래산이 끝나고 나타난 황량한 벌판만 뚫어지게 바라보고 있었다. 그러다 생각이 나서 문을 열고 반대편 창을 기웃거리자 기련산맥의 한 줄기가 흐릿하게 흘러가고 있는 중이었다. 기차는 기련산맥과 고비사막의 한가운데를 달리고 있는 셈이었다. 간간이 술잔이 내게로 건너왔고 나는 사양하는 법 없이 그것을 받아 마셨다.

그렇게 찔끔찔끔 마시기 시작한 술은 저녁이 되어 밖이 보이지 않게 되면서부터 제법 속도가 붙어 그날 밤 열한시가 됐을 때는 가이드와 노신사가 그만 지쳤는지 먼저 사다리를 밟고 위로 올라가버렸다. 화장실을 다녀오다 옆 칸을 들여다보니 종일 포커를 치며 양주를 축내고 있던 팀장과 사진작가도 침대에 비스듬히 쓰러져 있었다. 내륙의 한가운데에 들어와 있다는 것이 비로소 실감이 난 것도 그즈음이었다. 기차는 만리장성을 오른쪽에 두고 눈보라 속을 부지런히 달려가고 있었다. 일흔 칸이나 되는 기차 안에, 그 시각에 깨어 있던 사람은 어쩌면 여류화가와 나 그렇게 둘뿐이었는지도 모른다. 어느덧 새벽 두시였다.

"성발 여기엔 뭐하러 온 거죠? 지금까지 사진 한 장 찍지 않고 다른 사람들과는 변변히 말 한마디 없었어요. 어쨌든 끌려온 것도 아닐 텐데요."

무슨 말인가 끝에 그녀가 대뜸 어제 했던 말을 또 끄집어냈다.

그래, 내가 가고자 하는 곳은 당신들이 가고 있는 이 비단길이 아니다. 그곳은 아주 황량한 곳이다. 당신이 그림에 미쳐 있고 기인인 선배가 석굴에, 또 누구는 사진에, 골동품과 차茶에 미쳐 있듯이 나도 무언가에 지금 미쳐 있는 것이다. 그러나 당신들 중에 그런 질문을 받고 일목요연하게 대답할 수 있는 사람이 있느냐. 그럴 수만 있다면 미칠 이유도 없겠지. 그러니 그런 말은 스스로에게 물어보는 것이 옳다. 우리 모두가 얼마쯤은 나라는 빨간 도깨비에 미쳐 있다는 것을 너도 부인하지는 않겠지. 돌연 감정이 불끈해지며 이런 말들이 입에서 마구 튀어나오려는 것을 나는 간신히 참아내고 있었다. 평소 나답지 않게 밤새 술을 마시고 왜인지도 모르게 마구 쫓기는 심정이 되어 두 눈을 희번덕거리는 사이 신경이 실밥처럼 닳아져 나도 모르게 화가 난 것일 게다. 그래. 그런 탓일 게다.

"어려서부터 좁고 시끄러운 곳에서만 살았어요. 가령 시장통 같은 데 말이죠. 그래서 줄곧 광활한 곳을 동경해왔죠. 세상이 열리고부터 줄곧 침묵하고 있는 장소 말입니다. 그런 데서 피아노 소리를 듣고 싶다는 생각을 가끔 했었죠."

스스로를 진정시키고자 나는 한 마디 한 마디에 힘을 주어 말했다. 그녀는 기묘한 표정으로 그런 나를 바라보고 있었다. 시간 상으로 보면 굉장히 마신 술인데도 그녀는 눈만 조금 충혈됐을 뿐 멀쩡한 얼굴이었다.

"그런 침묵하는 장소가 어딘데요?"

"가다보면 어딘가에서 나타나겠죠."

뒤미처 그녀가 사막, 하고 되받았다. 그러고 나서 한동안 서로가 말 없는 가운데 술잔이 두어 번 왔다갔다했다.

"사막을 동경하는 사람들은 아마 동성애자거나 허무주의자 들일 거예요."

무슨 뜻으로 그녀가 그런 말을 하는지 몰라 나는 못 들은 척했다. 내가 그렇다는 말인가.

"내지는 지독한 자기 근친적 사랑을 앓고 있는 사람들이거나요."

자기 근친적 사랑이란 또 뭔가.

"저도 사막을 제법 다녔어요. 사막 끝에서 누가 손을 들어 나를 부른다는 생각이 들 때마다요. 저는 무모하게도 열심히 달려가요. 그럴수록 상대는 점점이 멀어지지만요."

저 어둠 속 사막 끝에 누가 서 있기는 한 것인가. 어둠이 내려 지금은 보려야 볼 수도 없는 저 어딘가의 사막 끝에.

"하지만 사막의 한가운데 들어가면 늘 깨닫게 돼요. 역시 사막은 비어 있다는 것을요."

"……"

"그리고 그때서야 비로소 사막의 무도가 시작돼요."

사막의 무도?

"내가 사라진 지점에서 사막은 풍요롭게 부풀어올라요. 역설적으로 말하면 내가 사막과 같아질 때 말이에요."

하긴…… 그게 나라는 이 치 떨리는 환영일 수도 있겠지. 하지만 그걸 알고 나서도 왜 사람들은 사막을 찾아가는 걸까.

"제게도 아직 못다 버린 짐이 남아 있는 탓일 거예요."

나는 창틀에 머리를 기대고 한동안 눈을 감고 있었다. 아무 생각도 없이 그저 그렇게. 파블로 카잘스가 연주한 바흐의 〈무반주 첼로 조곡〉 6번을 듣고 싶은 밤이었다.

그리고 카잘스의 6번 연주가 머릿속에서 다 끝나갈 때 그녀가 꿈결처럼 읊조렸다.

"사막에 백합꽃들이 피고 있어요. 마침내 무도가 시작되려나 봐요."

사막에 피고 있는 백합. 백합이 피고 있는 사막.

나는 눈을 지그시 뜨고 창밖 어둠 속에 눈을 주었다.

눈이 내리고 있는 밤의 사막. 무도가 시작되고 있는 사막.

멍멍하게 이런 생각에 젖어 있을 때 그녀가 내 팔을 툭 치며 잔을 내밀었다. 그만 마시고 싶었으나 그녀가 오른손에 들고 있는 것을 보니 놀랍게도 두꺼비가 그려져 있는 진로소주였다.

"서울서 가져온 거예요. 아름다운 순간이 오면 뚜껑을 따려고 아껴뒀던 거예요."

어째서 아름다운 순간인지도 모른 채 나는 반가운 생각이 들어 냉큼 잔을 받아들었다. 그새 새벽 다섯시가 가까워오고 있었다. 어차피 삼십 분 후면 기차가 주천역에 도착할 터였다. 그러고 나서 소주 한 병을 거의 다 비울 때까지 그녀와 나는 수화를 하듯 술잔만 옮겨주고 옮겨받고 있었다. 갑자기 통신이 두절된 것 같은 적막감이 엄습해들었다. 밀폐된 방에 그녀와 단둘이 들어와 있다는 느낌이었다.

얼마 후 팀장인 선배가 깨어나 내릴 준비를 하라고 소리치는 통에 나는 취한 머리를 내두르며 선반에서 배낭을 꺼내들었다. 그때서야 걷잡을 수 없는 피로가 온몸으로 쳐들어왔다. 얼굴이 흉하게 변한 것 같아 거울을 보려고 했으나 기차 안에 그런 게 있을 턱이 없었다.

나중에 서울에 돌아와 나는 누가 찍었는지도 모르는 내 사진 한 장을 보게 된다. 나는 새벽 다섯시 삼십분의 주천역 앞에 서 있다. 한쪽 어깨에 배낭이 비뚜름하게 걸려 있고 목도리가 무릎까지 풀려내려와 있다. 손에는 삼분의 일쯤 내용물이 남은 소주병이 들려 있다. 눈은 공격적으로 충혈돼 있다. 암만 봐도 낯선 내 모습. 어째서 내가 이런 모습을 하고 있었는지 모르겠다. 곧 무슨 일을 저지를 사람 같아 보인다. 내 뒤에는 엉거주춤한 자세로 눈이 내리고 있는 하늘을 쳐다보고 있는 화가가 보인다. 이름이 뭐랬더라?

새벽 여섯시에 호텔에 도착하니 로비에 불이 꺼져 있었다. 난방조차 제대로 돼 있지 않아 부들부들 몸이 떨렸다. 여기서 정오까지 피로를 푼 다음 일행은 만리장성의 서쪽 끝 관문인 가욕관으로 출발할 예정이었다. 매번 그러했듯이 일행은 방을 배정받고 역시 캄캄하게 불이 꺼져 있는 계단을 따라 이층으로 올라갔다. 방문이 열려 있을 거라며 야간근무자는 열쇠도 내주지 않고 곧장 안으로 사라져버린 다음이었다. 침입이라도 하듯 이층까지 두리번거리며 올라와 라이터를 켜서 겨우겨우 방 번호를 확인한 다음 두 명씩 짝을 지어 흩어지는데 뒤에서 누군가 저어, 하고 내 배낭을 잡아끌었다. 돌아보니 얼굴에 목도리를 둘둘 감은 여류화가가 서 있었다.

"그 소주 주세요. 제 거잖아요."

그때까지도 나는 내가 소주병을 들고 있었는지도 모르고 있었다. 기차에서 내릴 때 아무거나 손에 잡히는 대로 챙기다보니 내 손에 들어와 있던 모양이었다. 지독하군, 이라고 생각하며 나는 그녀에게 소주병을 내밀었다. 한데 그녀는 그걸 받을 생각도 않고 빤히 나를 쳐다보기만 했다. 그러더니 두통약 있어요? 라며 또 엉뚱한 말을 했다. 물론 있었지만 짐을 뒤져봐야 했으므로 나는 어깨에서 배낭을 내려놓았다. 그리고 복도에 엉거주춤 앉아 배낭의 단추를 풀다가 나는 미심쩍은 생각이 들어 어둠 속의 그녀를 올려다보았다. 그녀가 두통약이 필요한 게 아니라는 걸 깨달은 것은 그때였다.

"아마 다른 빈방도 문이 열려 있을 거예요."

그녀의 목소리는 복도 저쪽까지 갔다가 이쪽으로 반사돼 돌아왔다. 나머지 일행은 이미 총에 맞은 것처럼 침대에 쓰러졌을 터였다. 나는 배낭을 들고 그 자리에서 일어났다. 다리가 맥없이 후들거리고 있었다. 배낭을 도로 어깨에 둘러메며 나는 성욕이 일종의 공격 본능일 수도 있다는 생각을 하고 있었다. 사방으로 내가 뜯겨나간다고 생각될 때, 그래 내가 사막처럼 황량해졌다고 믿게 될 때 나도 공격적인 인간으로 변한다는 걸 알고 있다. 나는 침착하게 복도 끝 빈방 문의 손잡이를 돌려보았다.

그녀가 꼭 나와의 성관계를 요구하고 있었는가에 대해서는 아직도 의구심이 남아 있다. 남자들은 이런 경우 대개 그런 식으로 단정해버리고 말지만, 여자들은 보다 미묘한 감정의 측면들을 가지고 있는 성싶다. 안으로 들어가자마자 배낭을 집어던지고 옷부터 벗는 나를 그녀는 멍하니 바라보고 있었다. 그렇다고 그게 아니라는 말을 한 것도 아니었지만 어쨌든 그녀는 당황하고 있었다. 어쩌면 정말 두통약이 필요했고 남은 소주를 함께 마시고 싶어했는지도 모른다.

그러나 그녀도 이윽고 돌아서서 옷을 벗었고 차디찬 침대 속으로 먼저 들어간 것도 그녀였다. 그녀와의 관계 도중에 나는 불현 듯 내가 무섭다는 생각이 들었다. 입을 굳게 다물고 소리를 내지 않으려고 안간힘을 쓰고 있는 그녀가 사실은 누구인지 나는 모르고 있었던 것이다.

그녀가 욕실에 들어간 사이 나는 일곱시에 노신사가 있는 방으로 돌아와 곧바로 잠이 들었다.

그날도 나는 사막이라고 부를 만한 곳을 목격하지 못했다. 엊그저께 여류화가가 사막 운운했던 것도 기껏해야 지도를 보고 한 소리임이 분명했다. 가도 가도 눈에 덮여 있는 황무지일 뿐이었다. 가욕관에 눈이 내린 것을 본 우리는 행운의 여행자들이라고 가이드가 흥분해서 떠들고 있었으나 사실 별다른 느낌이 없었다. 가욕관에서, 다시금 투르판행 기차를 타기 위해 버스로 유원역까지 가는 몇 시간 동안 나는 줄곧 졸고 있었다. 도중에 눈에 뒤덮여 있는 장엄한 천산산맥의 한 자락을 보긴 했으나 풍경사진을 보는 것만 같아 도무지 실감이 나지 않았다. 한데 유원역 도착을 두어 시간 앞둔 지점에서부터 눈의 자취가 사라지면서 검은 땅이 서서히 몰려오기 시작했다. 알고 보니 버스는 고비사막과 타클라마칸사막의 중간지대를 통과하고 있었다. 그때 나는 여류화가가 생리중인 여자의 냄새라고 했던 말을 문득 떠올리고 있었다. 죽음의 땅, 죽음의 냄새. 나는 미열에 들떠 겨드랑이에 식은땀을 흘리고 있었다.

돈황과 유원으로 갈라지는 지점인 안서를 지나 회색으로 변해 있는 황무지를 달려가고 있을 때 일행 중 한 명이 가이드에게 뭐라 속삭이며 뒤에 앉아 있는 사람들을 돌아보았다. 내내 달리기만 해서 지루하니 십 분 정도만이라도 걸어가보자는 얘기였다. 그 제안은 즉시 받아들여져 버스가 일 킬로미터쯤 앞에 먼저 가 있고 일행이 뒤따라가기로 했다.

나는 일행 뒤에 처져 달려온 길을 돌아보며 한동안 허수아비처럼 서 있었다. 황무지의 한가운데 서서 나는 내가 뭔가를 하나씩 잃어가고 있는 중이란 생각에 사로잡혀 있었다. 그리고 담배꽁초만하게 멀어져 있는 일행을 뒤따라갈 요량으로 발걸음을 서두는데 동공에 웬 사내의 모습이 비쳐들었다.

그는 이백여 미터쯤 떨어져 있는 오른쪽 모래언덕 위에 새끼손가락만한 크기로 서 있었다. 나는 반사적으로 카메라를 들이대고 백오 밀리미터 줌으로 그의 모습을 당겨보았다. 그러나 파인더 안에서도 그의 모습은 뚜렷이 잡히지가 않았다. 그는 비쩍 마른 체구에 검은 모자와 인민복 차림이었다. 그는 사람이 살 리 없는 이 황무지의 모래언덕 위에 왜 혼자서 우두커니 서 있었던 걸까. 떨리는 손으로 셔터를 누르면서 순간 나는 까맣게 잊고 있었던 을지병원의 친구를 문득 떠올리고 있었다. 앞을 보니 일행은 오른쪽으로 내려앉은 길로 사라진 다음이었다. 더이상 거기서 머

물 수가 없어 걸음을 재촉하면서 나는 모래언덕 위에 구부정하게
서 있는 그를 자꾸만 돌아보고 있었다.

저녁 일곱시 오분에 출발한 투르판행 열차에 오르면서부터 그
녀는 앓고 있었다. 지난밤에 온수가 제대로 공급되지 않던 주천의
호텔에서 목욕을 하고 나서 급기야 몸살이 난 듯했다. 그날은 노
신사가 내가 중국인과 함께 쓰는 침대칸에 있었으므로 그녀를 들
여다보기도 힘들었다. 나는 겹겹이 밀려오는 어둠만 성난 얼굴로
노려보고 있었다. 내내 입을 다물고 있던 노신사가 고즈넉한 소리
로 내가 들으란 얘기였는지 이런 뜻 모를 소리를 중얼거렸다.

"사막에 개들이 잔뜩 몰려와 엎드려 있군요."

나는 속으로 치를 떨고 있었다. 육십 도가 넘는 중국술 한 병을
음료수처럼 마시고 침대에 누웠으나 시간이 갈수록 머릿속은 투
명했다. 다시금 내게서 구정물 같은 게 빠져나가고 있다는 생각
에 빠져 나는 이를 악물고 있었다. 오래도록 방치해뒀던 창고의
마룻장이 한 장씩 뜯겨나가는 게 눈앞에 보였다. 그렇게 장도리
로 못을 빼는 소리를 줄창 들으며 나는 마룻장 밑에 켜켜이 쌓여
있는 묵은 먼지만 유령처럼 들여다보고 있었다. 투르판에 도착하
기까지 열세 시간 동안 나는 줄곧 그런 흉흉한 풍경에 시달리며
식은땀을 흘리고 있었다. 옆칸에서 밤새 쿨럭거리는 소리가 들려
오고 있었다. 나는 오 개월, 아니 오 년 전쯤에 서울을 떠나온 것
같았다.

투르판에서 지루한 2박을 하는 동안에 일행은 화염산과 교하고성, 그리고 고창고성과 남방인의 미라가 누워 있는 고분을 답사하고 다녔다. 오후에는 시장을 돌아다니며 건포도와 기타 기념품들을 사고 이튿째 되던 날 저녁에는 위구르족의 민속무용을 관람했다. 그동안에 여류화가는 방에만 누워 있었다. 병이 단단히 든 모양으로 내가 남몰래 찾아가도 본 체 만 체였다. 나는 식당에 혼자 앉아 '누란'이란 상표의 포도주만 마시고 있었다. 스테인드글라스로 된 뒷출입문으로 역광이 쏟아져들어와 식당 안이 기묘한 색깔로 흔들리고 있었다. 그리고 어느 때던가, 그 찬란한 역광을 등에 지고 웬 여자 하나가 뒷문을 통해 안으로 들어왔다. 마치 물이 흘러들어오듯이.

몸살에서 회복된 그녀는 비틀거리며 내 앞에 와 앉더니, 나를 거들떠보지도 않고 식탁에 놓여 있던 빵과 포도주를 미친 듯이 먹어댔다.

5

여행 일주일째가 돼서야 나는 사막으로 들어갔다. 기나긴 백양나무 길이 끝나는 곳에 타클라마칸사막이 아득하게 펼쳐져 있었다. 버스는 타림분지를 끼고 늘어가 타클라마칸사막의 겨드랑

이끼를 밟으며 쿠알라를 향해 달려갔다. 일행은 쿠알라에서 하루 머문 뒤 쿠처를 거쳐 이 여행의 마지막 목적지인 우루무치로 가게 돼 있었다. 거기서 상해까지 비행기로 네 시간을 날아가면 이 여행도 끝이 날 터였다. 투르판을 떠나기 전 나는 호텔 프런트에서 을지병원으로 전화를 걸고자 몇 번이고 시도하다 결국 포기하고 말았다. 굳이 통화를 할 이유가 있었던 건 아니었다. 다만 투르판으로 오다 목격한 모래언덕의 사내가 생각나서였다. 도로 양옆으로 전봇대가 줄지어 달려오다 어느 곳에선가부터 뚝 끊어져 버렸다.

나는 점점 사막 깊숙한 곳으로 들어가고 있었다. 낙타 한 마리가 공동묘지 근처를 터벅터벅 걸어가고 있는 게 보였다. 마른 풀들이 뗏장처럼 듬성듬성 자라 있는 사막은 그러나 아직도 모래만 쌓여 있는 그런 곳은 아니었다. 그러나 친구여, 나는 지금 사막에 들어와 있단 말이다.

그녀는 뒷자리에 앉아 있는 나를 한 번도 돌아보지 않았다. 앞에서 밀려들고 있는 회색의 모래만 빨아들일 듯 바라보고 있었다. 버스가 기우뚱거리며 갈색의 바위산을 넘어가자 거기서부터 마침내 사막이 드러누워 있었다. 그때부터 버스는 모래 속을 뚫고 더디게 더디게 전진했다. 모래바람이 차를 덮쳐와 차 안이 어둑하게 가라앉고 있었다. 동서남북을 분간하자고 대드느니 마냥 앞으로 나가는 게 그나마 상책일 듯싶었다. 버스운전사도 사막 끝에 서 있는 헛것을 보며 달리고 있는 것은 아닌가 싶어 나는 시간이 갈수록 목이 타들어왔다. 쿠알라까지는 아직도 네 시간이 남아 있었다. 그러나 사방이 지평선으로 막혀 있는 여기서 그렇게 시간을 헤아리는 일이 어쩌 가당찮다는 생각이 들었다. 환기창을 통해 정수리에 직선으로 떠 있는 해를 슬쩍슬쩍 바라보며 나는 메마른 공기를 훔치듯 들이마시고 있었다.

고백하건대, 그러나 어려서부터 내가 꿈꿔왔던 사막의 황홀, 그 화사하던 추억은 정작 사막에 와서 좀처럼 되살아나지 않았다. 왜일까, 라는 자문도 몇 번 되풀이되자 이내 지쳐버렸고 의식의 막은 갈수록 엷어져갔다. 나는 빛에 점점 충혈돼오는 동공에 힘을 잔뜩 주고 해일처럼 몰려오고 있는 모래, 모래만 질린 얼굴로 노려보고 있었다. 어쩌면 사막에 오면 사막을 볼 수 없는 것인지도 모른다. 그래, 그날 밤 내가 너를 그토록 완강히 끌어안고 있으면서도 네가 누구인지를 정녕 모르고 있었듯이.

가욕관에서 유원까지 오는 도중에 모래언덕에 서 있던 사내를 다시 본 건 그날 오후 세시쯤이었을 것이다. 햇빛에 지쳐 과일을 꺼내 물고 있다가 나는 버스가 돌을 밟는 바람에 자리에서 툭 튀어오르면서 흘끗 밖으로 눈을 돌렸다. 그러자 예의 사내가 서 있는 모래언덕이 내게로 굽이치며 다가들었다.

모래언덕의 사내는 이세 돌아서 있다. 돌아서 반대편으로 내려가고 있다. 다리가 내려앉고 허리가 내려앉고 가슴과 어깨도 언덕 뒤로 천천히 빠져들고 있다. 검은 모자만 공제선에 손톱처럼 걸려 있다.

버스는 왼쪽으로 홱 커브를 틀며 다시금 모래바람이 불어오는 곳으로 달려들어갔다.

쿠알라에 도착해 허름한 여관에서 여장을 풀고 아래층에서 인도커피를 마시는 동안에 나는 아랫도리에서부터 미적지근한 열기가 몸 위로 스멀스멀 기어올라오고 있음을 감지했다. 사이를 두지 않고 터져나오는 밭은기침이 하루종일 먹은 먼지 때문일 거라고 쉽게 단정했던 것인데 그러나 그게 아니었다. 시간이 갈수록 몸이 뻣뻣해진다 싶어 나는 일찌감치 방으로 올라와 감기약을 먹고 침대에 누웠다. 눕자마자 기다렸다는 듯이 매운 열기가 온몸에 달아오르기 시작했다. 눈귀가 다 멀어버릴 듯한 열이었다. 오는 도중에 길바닥의 회족 식당에서 구역질을 참으면서 먹은 양고기가 화근이었을까. 아무튼 정신이 돌아온 것은 다음날 저녁 버스로 쿠처에 도착해서였다. 긴긴 시간 사막을 지나오는 동안 나는 뒷자리에 널브러져 횟배 앓는 소리만 내고 있었던 것이다. 그리고 몸살에서 깨어나 자리에서 벌떡 일어나자 내 몸의 무게가 조금도 느껴지지가 않았다. 나는 욕실의 흐린 거울 앞에 넋을 잃고 서서, 다들 어디로 간 거지? 라고 내가 들어도 불분명한 소리로 웅얼거리고 있었다.

　을지병원과의 통화는 그날도 이뤄지지 않았다. 천산남로의 중
간께에 와서 서울로 전화를 재촉하는 나를 사람들이 원숭이 보듯
했다. 과연 무모한 짓이었을까. 아직 완전히 회복이 안 됐는지 자
리에 앉기만 하면 때 없이 눈이 감겨왔다. 눈을 감을 때마다 피라
미드 모양의 사구가 바람을 타고 내게로 휘휘 덮쳐오고 있었다.
저 천산을 넘어야만 우루무치로 갈 수 있다는데…… 이런 마음
으로 그곳까지 갈 수 있으려나.

6

　쿠처에서의 마지막 날 밤 일행은 무슨 돌림병처럼 몸살이 든
사진작가를 호텔에 남겨두고 야시장으로 나갔다. 바람이 불어 날
씨는 매우 추웠고 시장까지 가는 거리는 이상한 살기 같은 게 감
돌고 있었다. 집집마다 손에 칼을 든 사람들이 창문 뒤에서 우리
를 훔쳐보고 있는 것만 같았다. 그것은 시장에 가서도 마찬가지
였다. 남대문시장처럼 좌판을 죽 늘어놓고 양구이꼬치와 사막에
서 먹는 난이란 빵과 포도주를 팔고 있는 사람들 모두가 한결같
이 방금 교도소에서 출감한 사람들처럼 인상이 험악했다. 술집에
앉아 있는 사람들도 똑같은 얼굴로 죄 우리를 내다보고 있었다.

그냥 돌아설 수가 없어 흰 사발에 포도주를 두어 잔씩 따라 마시고 되는대로 양고기를 입에 욱여넣은 다음 일행은 난 하나씩을 겨드랑이에 끼고 도망치듯 그곳을 빠져나왔다. 그리고 겨우 시장을 벗어났다 싶었는데 바로 뒤에서 누가 내 팔을 낚아챘다.

그녀와 나는 사막으로 이어지는 길 위에 서 있었다. 나머지 일행에게는 어디 약방을 찾아보겠다고 돌려 말하고 그녀와 나는 호텔 앞을 지나쳐 사막이 있는 쪽으로 말없이 걸어갔다. 곧 마을이 끝나고 약 백여 미터 전방에 바로 사막이 드러누워 있다는 것을 그녀도 알고 있었을 것이다. 그래야만 하는 것 같아서 내가 슬그머니 손을 잡자 가만히 있으리라 믿었던 그녀가 의외로 비틀듯이 하며 손을 빼냈다. 남자가 여자에게 서툴다는 게 결코 자랑할 게 못 된다는 생각이 들 정도였다. 그나마 뿌리치질 않았던 건 그래도 내 기분을 염려한 때문인 듯했다.

사막엔 달이 떠 있었다. 사막과 마을의 접경지점이라고 생각되는 곳에서 그녀와 나는 발을 멈추고 달빛에 덮여 있는 타클라마칸을 묵연히 바라보았다. 지금 달에 올라가서 보면 낮에 보았던 이 황량한 모래의 벌판도 아름답게 보일 터였다. 그녀에게 이런 얘기를 하며 나는 발바닥으로 사막을 슥슥 문질러보았다.

"여태 왜 그 생각을 못했을까요."

"제게 묻고 있는 거예요?"

내가 하는 말을 무표정하게 듣고 있던 그녀가 반문했다.

"아직도 잘 모르겠단 뜻이에요. 내가 왜 사막에 왔는지, 내가 여기서 보고 있는 게 과연 무엇인지…… 돌아가면 그때는 알아질까요?"

"묻고 있는 거예요?"

"그래요."

매운 바람이 무릎 근처로 슬슬 불어가고 있었다.

"저는 주천에서 이미 이번 여행이 끝났다고 생각하고 있어요. 거꾸로 말하면 거기서부터 여행이 시작됐다고 봐도 좋구요."

주천은 그녀와 내가 암약 같은 새벽을 보낸 곳이었다. 물론 그게 약속일 리는 없었을 테지만.

"말씀드릴 게 있었어요. 혹시나 그쪽에서 혼란스러워하실까 봐서요. 그래서 따라온 거예요."

같이 온 게 아니라 따라온 것이었구나.

"이번에 서울을 떠나올 때 딴에는 힘든 방황을 하고 있었어요. 통속적인 얘기지만 두 가지한테 먹살이 잡혀 있었다고나 할까요. 그게 사람이라고 해도 좋구요. 내지는 제가 두 가지의 먹살을 잡고 있었는지도 모르구요. 그러나 그건 하필 양자택일의 문제는 아니었어요. 그렇다고 도망쳐온 것도 아니지만 어쨌든 한갓진 시간이 필요했던 거예요. 나라도 구하고 보자는 이기적인 생각이었는지는 몰라도 말이에요."

나를 구하는 것이 남을 구하는 일이 될 때가 있다는 것은 사실이다. 그것은 또한 진실에 속하는 문제이기도 하다. 영리한 사람이다.

"어쨌든 주천에서 저는 비로소 수레에서 놓여났다고 생각하게 됐어요. 그렇게라도 하지 않았으면 아마 나라는 집착과 환상에서 영영 벗어나지 못했을 거예요."

이를테면 자기 근친적 사랑을 두고 하는 말인가.

"어쩌다보니 교활한 여자가 돼버렸어요."

그러고 보니 교활했던 것 같다.

"아직도 혼란스러우세요?"

"나를 구할 생각부터 하고 있는 중입니다. 그쪽이 그랬다면 나 역시 교활했던 걸 겁니다."

사막이 사막 안에서 자꾸만 나를 끌어들이려 하고 있었다.

"나도 무언가에 의해 탈락돼가고 있다는 생각은 하고 있습니다. 하지만 솔직히 말해 그게 뭐라는 것은 아직 모르겠군요. 영영 못 알게 되는지도 모르는 일이구요. 그렇다고 생각만큼 혼란스럽진 않아요. 뭔가 뜨거웠던 것이 아주 차가워지고 있다는 느낌이 들긴 하지만 말입니다."

"……그래도 조금은 뜨거운 것을 남겨둬야 숨을 쉬죠."

그 말을 듣고 있을 때 나를 부르는 사막의 소리가 아득히 귓전에 메아리쳐왔다. 나는 얼음처럼 변해 있는 나를 상상하며 엉겁결에 그녀의 손을 끌고 사막으로 들어가려는 몸짓을 했다. 무슨 생각을 했던가. 얼마간은 억지스런 내 힘에 이끌려 몇 걸음 나를 따라오던 그녀가 우뚝 그 자리에 붙박여 섰다.

"아네요, 둘을 버리고 나타난 하나가 그쪽이라는 확신이 없어요. 아직은 제가 투명하지 않단 뜻이에요."

나는 더이상 그녀에게 억지를 부릴 수가 없었다. 이쨌든 지금 사막으로 발을 내디디면 돌아나올 수 없게 된다는 것만큼은 분명했다. 그녀와 나의 관계가 말이다. 그리고 그것을 그녀도 알고 있는 것이다.

"세상은 손으로 만지기만 해도 사라져버리는 것투성이예요. 그냥 놔두고 볼 수밖에 없는 게 너무도 많아요. 우리 그런 거 함부로 짓밟지 말아요, 네?"

그녀의 목소리가 머릿결처럼 흩어져 날아가고 있었다. 나는 아직도 내가 혼란스러워하고 있음을 깨닫고 있었다.

이윽고 그녀가 먼저 돌아서갔다. 가기 전에 그녀는 주머니에서 무언가를 꺼내 내게 건네주며 황하에 갔을 때 산 거예요, 라고 말했다. 내가 받지 않고 우두커니 서 있자 그녀가 내 외투 주머니에 그것을 넣어주었다. 황하라면 난주에서라는 말이었다.

그녀가 돌아간 사막 앞에 서 있다가 나는 달빛을 받고 곧장 앞으로 걸어가보았다. 그리고 더이상 갈 수 없다, 라고 느껴졌을 때 나는 모래 위에 가만히 엎드려, 두 팔을 벌리고 아주 먼 곳에서부디 불어오는 사막의 바람 소리를 듣고 있었다. 아주 먼 곳으로 불어가는.

눈이 쌓인 천산을 넘지 못하고 일행은 쿠처에서 쿠알라 쪽으로 되돌아가 중간에 천산북로로 기어올라갔다. 사막은 가도 가도 앞이 멀고 뒤가 멀었다. 그로부터 이틀 동안 나는 지치도록 사막만 바라보고 있었다.

우루무치에서 가까스로 이뤄진 서울과의 통화에서 나는 친구가 전에 입원해 있던 병실에 없다는 사실을 알았다. 그러나 없다니! 더이상 누굴 붙잡고 뭘 물어볼 수도 물어볼 엄두도 나지 않아 나는 멍한 상태에서 수화기를 내려놓았다.

우루무치에서 상해까지 올 동안 그녀가 나를 심상하게 대해준 것을 고맙게 생각한다. 서안에서 우루무치까지만 해도 그녀와 나는 무려 삼천 킬로미터의 실크로드를 함께 달려왔다. 그리고 사막 앞에서 그녀가 내게 준 것은 이끼에 정성스럽게 싸여 있는 무슨 구근이었다. 어디를 가나 여기저기 닭그림이 그려진 우루무치 시내 한중간에서, 그리고 그다음 다음날 서울로 출발하기 전 상해 공항에서 그녀와 나는 둘이서 함께 사진을 찍었다. 사랑스런 여자였다.

공항으로 오기 직전에야 나는 서울의 아내와 통화했다. 침착했지만 그녀의 목소리는 딱딱하게 굳어 있었다. 변명할 말조차 생각나지 않아 나 또한 딱딱한 말투로 그저 돌아가겠다고만 말하고 전화를 끊었다. 아내는 그런 나에게서 무언가를 읽고 있었을 것이다.

서울행 비행기 안에서 나는 눈을 감고 내가 사막에 가서 본 것이 과연 무엇이었던가를 다시금 곰곰이 되짚어보고 있었다. 그러나 김포에 도착하기까지 두 시간 동안에 나는 그것이 무엇인가를 끝내 알아내지 못했다. 사막은 단지 사막이었을 뿐이었다. 우리가 어렸을 때 하던 말 그대로 사막은 그저 아무것도 존재하지 않는 그런 곳일 따름이었다. 그렇다. 친구여. 사막은 그냥 사막이었다고밖에 나는 달리 말할 도리가 없구나.

아내가 운전하는 차를 타고 김포공항을 빠져나가는 동안 얼핏 택시승강장을 보니 여류화가가 무심한 얼굴로 내가 타고 가는 승용차를 바라보고 있었다. 두툼한 선글라스를 낀 아내의 얼굴도 무표정해 보이기는 마찬가지였다. 어느덧 3월로 들어선 서울의 하늘에는 탁한 빛깔의 구름이 낮게 드리워져 있었다.

7

돌아온 그날부터 나는 원인 모를 병을 앓기 시작했다. 다음날이 토요일이었기 때문에 월요일에는 출근을 할 수 있겠지 싶었는데 일요일 저녁이 되자 숨쉬기조차 불편했다. 귀에 이명이 생기고 눈을 떠도 사물이 혼탁하게 흐려 보였다. 중국에서 얻어온 풍토병이거나 다만 긴장이 풀어졌기 때문에 찾아오는 무력증 따위가 아니란 걸 알게 된 것은 월요일 아침에 병원에 실려가서였다. 팔에 링거를 꽂고 헉헉거리면서 나는 검진을 마친 의사가 내 머리맡에 와서 아내와 나누는 얘기를 다 듣고 있었다. 장기를 포함한 내 몸의 중추기능이 활동을 중지한 채 거의 영점 상태로 떨어져 있다는 얘기였다. 믿을 수 없는 일이라며 의사는 극심한 쇼크 상태에 빠진 것으로 나를 진단하고 있었다. 나도 내 귀가 의심스러웠다. 회사에서 정기적으로 받는 종합검진 말고는 병원 출입을 해본 경험이 없는 내가 단 십이 일 사이에 중환자실에 누워 있다는 사실이 도저히 믿어지지가 않았다. 그러나 내 몸은 잠자코 누워 있으라고 내게 윽박지르고 있었다.

며칠 동안 혈관주사를 하루에 세 병씩 꽂아대는 호들갑을 떨고 나서야 겨우 팔다리에 힘이 들어왔지만 아직도 의식은 공막한 상태 그대로였다. 나는 마치 인큐베이터 속에 들어와 있는 것만 같았다. 아내를 따라 매일 아이들이 병원을 들락거렸지만 그들은 내게 가까이 다가오려고도 하지 않았다. 이마를 찌푸린 채 어쩐지 못마땅한 얼굴로 나를 바라보기까지 했다. 그런 아이들 곁에서 아내와 담당의사는 무어라 연신 수군대고 있었다.

나는 종일 넋이 나간 사람마냥 하얀 창밖만 내다보고 있었다. 시간은 내가 따라갈 수 없는 속도를 내며 지체 없이 흘러갔다. 그러한 어느 날엔가 문득 내 병실로 누군가가 찾아왔다. 그는 병실 문 앞에 서서, 창밖을 내다보고 있는 내 뒷모습을 오래오래 쳐다보고 있었다. 나는 내 앞의 유리창에 비친 그의 모습을 보고 있다가 가까스로 용기를 내어 뒤를 돌아보았다. 그러나 거기엔 아무도 찾아와 있는 사람이 없었다.

친구의 환영을 본 그날, 나는 비틀거리는 걸음으로 복도로 나가 신당동 친구의 집으로 전화를 걸었다. 어머니와의 통화에서 나는 사막에 가 있는 동안 그가 세상을 떠났다는 소식을 들었다. 어머니는 침착하고 의연했다. 그러나 나는 어머니의 그 태연한 감춤 뒤에서 그녀의 전 생애가 통곡하는 소리를 듣고 있었다. 통화를 끝내고 병실로 돌아오자 유리창이 누런빛으로 흐려 있었다. 황사바람이었다. 그것은 고비사막과 타클라마칸사막에서 매년 이때쯤이면 한반도로 불어오는 바람이었다.

4월 중순에야 나는 병원에서 나왔다. 이불보따리를 들고 아파트로 돌아오자 모든 게 전과 달라져 있었다. 나를 대하는 아내와 아이들의 서먹한 태도, 왜 와 있는지 모르지만 처갓집 식구가 두엇, 회사에서 걸려오는 야릇한 내용의 전화, 그리고 무엇보다도 나라는 존재의 이 낯섦…… 사막으로 가기 전의 내 흔적은 거기서 찾아보기 힘들었다. 나 자신도 받아들이기 힘든 변화였다. 그것을 내가 원하고 있었는가에 대해서도 나는 대답할 자신이 없었다. 어쩌다 이렇게 돼버린 거지? 라고 되뇌이며 나는 다시 살아야 하겠지, 라는 말로 자신을 추스르기에 급급해하고 있었다. 그리고 하루 앞으로 다가온 출근준비를 하고 있던 어느 날 저녁 아내가 거실 소파에 앉아 나를 불렀다. 사막으로 가기 전 내가 아내를 설득하기 위해 발렌타인을 꺼내놓고 앉아 있던 자리였다. 단도직입적으로 그녀가 말했다.

"당신 병원에 있는 동안 이영주란 여자한테서 전화 여러 번 왔었어요. 병원을 알려주려고도 했지만 왠지 그렇게는 하지 못했어요. 제가 잘못한 건가요?"

나는 이영주란 이름을 얼른 기억해내지 못했다. 아내는 장식장 서랍에 있던 사진을 꺼내 내 앞으로 밀어놓았다. 그것은 우루무치와 상해 공항에서 여류화가와 내가 함께 찍은 사진이었다. 그땐 몰랐는데, 사진을 보니 우루무치에서는 그녀의 머리가 내 어깨에 기대어 있고 상해 공항에서는 내가 그녀의 허리를 팔로 감싸고 있었다. 그래도 완곡하게 말할 수 있었을 테지만 나는 왠지 그래지지가 않았다. 어떻게 말해도 받아들이는 쪽의 심정은 같을 거라는 생각 때문이었다. 아내는 차라리 내가 변명하길 바라고 있었는지도 모른다. 아니, 아내의 태도로 보아 틀림없이 그랬던 것 같다. 그러면 모든 게 일단락되고 전과 다름없는 생활이 계속될 수 있었을지도 모른다. 내가 입을 다물고 요지부동으로 앉아 있자 그녀의 얼굴빛이 서서히 달라졌다. 자존심 때문에라도 아내가 여간해서는 그런 얼굴을 내보이는 사람이 아니란 걸 나는 알고 있었다. 그러나 할말이 없기는 역시 마찬가지였다.

"다른 건 묻고 싶지 않아요. 하지만 한 가지는 분명히 알아야겠어요. 당신 앞으로 여기서 살 생각이 있기는 한 건가요?"

나는 물끄러미 아내의 얼굴을 바라보았다. 이영주란 이름을 더 이상 입에 올리지 않은 것은 그나마 나한테 기회를 주겠다는 뜻이었다. 한동안 눈을 내리깔고 있다가 나는 말없이 고개를 주억거렸다. 물론 그렇다고 해서 모든 게 다 제자리로 돌아온 건 아니었다. 다음날 아내는 아이들을 데리고 친정으로 거처를 옮겼다. 그게 언제까지인지는 모르지만 당분간 떨어져 있자는 말이었다. 그런 다음에는 내가 처가로 가서 다시 그들을 데리고 와야만 할 터였다. 세상살이는 이렇듯 절대로 간단하지가 않은 것이다.

아파트에서 혼자 살고 있는 동안에 나는 어느 날 저녁에 걸려온 이영주의 전화를 받았다. 그녀는 내게 미안하단 말부터 했다. 아니라고 나는 말했다. 무엇이 나한테 미안하단 말인가. 아무튼 그녀는 화실에서 그림을 그리고 있던 중이었다. 그래, 무얼 그리느냐고 내가 묻자 그녀는 한동안 사이를 두고 있다가 정말 모르겠냐고 내게 반문했다. 그녀의 목소리는 알게 모르게 묘한 여운을 품고 있었다. 한참을 망설이다가 나는 모르겠다고 말하고 천천히 수화기를 내려놓았다. 그 순간에 나는 그녀가 다시는 내게 전화를 걸어오지 않으리라는 걸 깨닫고 있었다. 그러나 나는 그렇게 할 수밖에 없었던 것이다. 생각해보면 모를 일이다. 그때 사막 앞에서 그녀가 먼저 뒤돌아가지 않았더라면 지금 그녀와 나 사이가 어떻게 변해 있을지. 그것은 나 자신도 확신할 수가 없다.

그래. 지금에 와서야 비로소 나는 내가 가지고 있던 것을 깨끗이 잃었다는 생각이 든다. 그래도 조금 전까지는 내게 뭔가가 남아 있었던 것이다. 며칠 후 나는 처가에 가서 공개적으로 내 실수를 시인하고 아내와 아이들을 이곳으로 데려오겠지. 그러나 그렇다고 해서 잃었던 한 부분이 온전히 되찾아지는 것도 아닐 텐데 말이다. 그것은 아내도 알고 있는 분명한 사실이다. 그다음부터는 보다 현실적인 관계로 하루하루가 지탱될 것이다. 지극히 사실적인 아내와 남편의 관계. 그리고 한 가정의 가장. 거기서 더이상 용서란 말이 적용될 리 없다.

이영주에게서 전화가 걸려온 그날 밤 나는 자정이 넘게까지 욕조에 들어가 눈을 감고 누워 있었다. 점점 식어가는 물. 그러나 시간이 갈수록 그녀가 캔버스에 그리고자 했던 것이 무엇인지가 못내 궁금했다. 아직도 뜨거운 것이 내게 조금 남아 있었던 걸까. 아니면 당연히 그걸 내가 알고 있을 거라는 투로 물어오던 그녀의 목소리가 귓가에 맴돌았기 때문일까. 새벽 두시까지 차가운 물속에 누워 있다가 나는 벌거벗은 채 욕실 밖으로 걸어나왔다. 그게 무엇인지 생각이 났던 것이다.

8

　백합은 세 줄기가 솟아올라 그중 두 개가 피어 있었다. 그것은 사막에서 돌아와 병원으로 실려가기 전 내가 이끼에 싸인 채로 화분에 묻어두었던 구근을 비집고 올라온 것이었다. 그때 밤의 사막 앞에서 그녀가 내 호주머니에 넣어주었던, 황하에서 샀다던 바로 그 구근. 나는 베란다에서 화분을 받쳐들고 달빛이 비쳐들고 있는 거실로 들어왔다. 백합은 희미한 달빛 속에서도 염염한 빛으로 타오르고 있는 중이었다.

　나는 백합 화분 옆에 가만히 웅크리고 누워 있었다. 유년에 못다 흘리고 남은 눈물이, 흐린 날 산에 올라 보게 되는 머나먼 한 줄기 강물처럼 내 뺨을 타고 흘러내리고 있었다. 그러한 잠시 내 눈에 문득 황량한 사막의 한가운데에 놓여 있는 피아노의 환영이 비쳐들었다.

　그렇다, 밤의 사막 한가운데 낡은 피아노 한 대가 놓여 있다.

　거기 누군가 앉아서 쇼팽의 〈녹턴〉 8번에서 10번까지를 치고 있다.

　아마도 죽은 내 친구겠지?

　피아노 소리는 사막의 구석구석으로 물주름처럼 번져나가고 있다.

　그 소리를 따라 사방에서 백합들이 투둑투둑 피어나기 시작한다.

넌 밤늦게 앉아 아직도 캔버스에 백합을 그리고 있는 중이겠지?

낮게 엎드려 있는 나는 등이 가렵구나.

왜냐고?

비로소 내가 사막과 같아져 피아노와 백합을 등에 지고 있기 때문일 테지.

그래, 그런 때문일 테지.

누가 나를 메아리쳐 불러, 비스듬히 고개를 돌려 창밖을 보니, 내가 거미처럼 사지를 벌리고 달을 끌어안고 있다.

사막과 바다의 접경을 보았던가

정혜경(문학평론가)

1. 사막에서 길을 잃다

첫번째 소설집 『은어낚시통신』에서 윤대녕은 일상의 '이쪽'과 '저쪽'이라는 겹의 세계를 긴장감 있게 보여주었다. 그는 현기증을 느끼며 '건널목'을 가로질러 '저쪽'의 '휘황한 불꽃나무'까지를 목격한 바 있다. 이른바 존재의 시원_{始原}이라고 일컬어질 만한 그것을 흘깃 보는 일은 고통스럽도록 황홀하다. 그러나 작가도 감지하고 있었던 것처럼 시원의 실체를 선명하게 그려낼 수는 없는 일이다. 『은어낚시통신』에 실린 작품들은 대체로 그 순간을 향한 안타까우면서 아름다운 도정_{道程}이었다.

『남쪽 계단을 보라』는 『은어낚시통신』을 닮아 있지만 거기에서 조금 비껴서 있다. 이번 소설집 역시 일상의 저편에 대한 갈망을 암묵적으로 지니고 있다. 그러나 우리가 눈여겨볼 것은 작가가 '저쪽'을 아득히 바라보던 시선을 좀더 '이쪽'으로 돌려놓고 있다는 점이다. 그가 때로 지독한 눈으로 때로는 흐린 눈으로 바라보는 이곳에는 모래바람이 분다.

작가가 가리키는 "남쪽 계단"에는 "세계와 나 사이에 벌어진 틈"이 있고 거기에는 모래와 암석사막이 펼쳐진다. 도시 한복판에 틈입한 사막은 나미브사막이기도 하고 타클라마칸사막이기도 하며 데스밸리이기도 하다. 나미브는 현지어로 '비어 있는 곳'이고, 타클라마칸은 위구르어로 '들어가면 나올 수 없는'이라는 뜻이며, 데스밸리는 말 그대로 '죽음'이 아닌가. 그러고 보면 누군들 지도 없는 사막에서 길을 잃지 않을 수 있겠는가.

작가에 의하면 사막은 이렇게 발생한다. "너와 나 사이에 팽팽하게 지속되고 있던 긴장의 끈이 한순간에 끊어지고 그리하여 아득한 거리로 서로 밀려나면서 그 사이에 황량한 모래벌판이 가로놓이게 된다."(「피아노와 백합의 사막」, 295쪽) 사막은 인간의 실존적인 상처와 단절을 가리키는 황량한 내면 풍경이다. 여기에서 좀더 중요한 것은 작가 윤대녕이 그 사막을 끝까지 보아내고 있다는 점이다. 그것은 사막에 들어가 스스로 사막이 되는 방식이며 그 지점에서 질적 변환의 순간이 포착된다.

2. sex with strangers

매일 우리는 "매양 같은 그렇고 그런 풍경"(「남쪽 계단을 보라」) 속에서 망각의 계단을 닳도록 오르내린다. 질문하는 타자를 격리시키는 방식으로 유지되는 질서의 체계에 순응해야 하고, 또 상처의 딱지를 끊임없이 떼내면서는 한순간도 살 수 없기 때문에 인간은 본능적으로 망각을 자처한다. 이 두 가지 차원은 서로 얽혀 있어 그 안과 밖을 구분하기 어렵다. 망각의 대가로 우리는 안온한 일상을 허락받는다. 그래서 우리는 안녕한가?

「뱀에 물린 자국」과 「남쪽 계단을 보라」에서 '나'는 뱀에 물리거나 완전히 멈춰진 십 분의 시간을 경험한다. 여기에서 주목할 것은 그러한 사건 자체보다 그것을 경험하는 자의 태도이다. 자기를 물고 달아났던 뱀을 죽이기 위해 한 철 내내 작대기를 들고 숲을 헤치고 다녔던 '나'의 살의(「뱀에 물린 자국」)는, 세계와의 사이에 생겨버린 시차 때문에 중심을 잃고 후들거리는 '나'의 치명적인 두려움(「남쪽 계단을 보라」)과 다르지 않다. 두려움에 떨며 서로의 시간을 맞추는 '나'와 '그녀'의 밤을 보라(「남쪽 계단을 보라」). 그들은 망각하고 있었던 자신의 은밀한 상처와 욕망을 인정하는 것만으로도 온몸의 기운이 소진된다.

……저녁바람 소리를 듣다가 얼결에 목이 달아난 토란 잎새들.

낙엽 떨구고 있는 가을나무의 뿌리 밑, 저 유수幽邃의 땅속으로 들어가다 되게 혼잡한 꽃배암. 누구를 향한 것인지도 모른 채 그토록 독이 올라, 저녁 대지에 땀방울을 뿌리며 죽어라 무기를 휘두르고 있던 사내…… 그는 과연 누구였을까.(「배암에 물린 자국」, 25쪽)

위의 인용문에서 '나'는 묻는다. 분명히 '나'였으나 '나'라고 하기엔 너무나 낯설고 무서운 표정의 '그'는 과연 누구인가. 「배암에 물린 자국」에서 뱀의 이빨 자국은 결국 '내'가 자신을 물어버린 '나의 이빨 자국'이며, 「남쪽 계단을 보라」에서 신비한 하늘색여자의 뒷모습은 전혀 다른 세계를 은밀히 욕망하던 '나'가 만들어낸 환영이다. 그들은 모두 '그'라는 '낯선 나'를 고통스럽게 '발견'하는 것이다.

윤대녕의 또다른 인물들은 상처를 감지하고는 있지만 그것에 아무런 손을 쓸 수 없는 무기력한 자들이다. 그들은 "마음 저 깊은 곳에 숨어 살며 소리없이 영혼을 갉아대고 있는 어떤 짐승의 그림자 같은"(「사막의 거리, 바다의 거리」, 247쪽) 도무지 아물지 않는 상처를 지니고 있다. "조임쇠가 풀려 있"(「사막의 거리, 바다의 거리」, 236쪽)는 그들은 "아직도 수두水痘에 걸린 듯한 얽은 얼굴"(「신라의 푸른 길」, 40쪽) 혹은 "사람에게 흥미를 잃어버린 권태로움이 굳은살처럼 박혀 있"(「지나가는 자의 초상」, 113쪽)

는 무표정한 얼굴을 하고 있다.

그들이 왜 그렇게 되었는지는 작품에 잘 나타나지 않는다. 그들의 상처는 어떤 뚜렷한 원인에 책임을 물을 수 없는 성질의 것이며, 세계와 '나'가 근본적으로 어긋나 있는 일상이 반복됨으로써 발생한 만성적인 징후이다. 윤대녕은 일종의 실존적인 무기력증이 삶의 조건이 되어버린 이들에게 그 원인과 해답을 추궁하는 일은 무의미하다고 보는 듯하다. 그렇기 때문에 작가는 환부의 사연을 캐기보다는, 처음의 기억마저 바랜 그 오래된 상처를 응시하는 데에 힘을 쏟는다.

'나'와 '그녀'들은 애써 상처를 외면하지만 그것은 치명적인 결락缺落과 같은 것이어서 여전히 낯선 길 위에서 서성일 수밖에 없다. 그들은 무의미한 대화만 지루하게 계속되는 술자리에서 소리를 낮춘 텔레비전처럼 앉아 있거나 비 오는 날 공사판 하수관 안에 들어가 무연히 서 있고, 혹은 혼자 배회하다 닫혀 있는 문앞에서 눈을 맞고 있거나 무모하고 충동적인 여행을 떠나곤 한다. 흥미로운 것은 그들이 낯선 길 위에서 서성이다 우연히 만나게 되고 말을 건네거나 설명하지 않고도 서로를 알아본다는 사실이다.

때로 그들은 그렇게 만난 낯선 이와 섹스를 한다. sex with strangers. 닮았으나 서로에게 낯선 자일 수밖에 없는 이들의 참담한 섹스. 그들은 무언가를 전달하려는 몸짓을 잠깐 보이기도 하지만 곧 포기하거나 때로는 그런 시도마저도 기대하지 않는다.

그래서 그러한 행위는 애초에 처절한 비극적 기미를 안고 있을 수밖에 없었다.

"아마 다른 빈방도 문이 열려 있을 거예요."

그녀의 목소리는 복도 저쪽까지 갔다가 이쪽으로 반사돼 돌아왔다. 나머지 일행은 이미 총에 맞은 것처럼 침대에 쓰러졌을 터였다. 나는 배낭을 들고 그 자리에서 일어났다. 다리가 맥없이 후들거리고 있었다. 배낭을 도로 어깨에 둘러메며 나는 성욕이 일종의 공격 본능일 수도 있다는 생각을 하고 있었다. 사방으로 내가 뜯겨나간다고 생각될 때, 그래 내가 사막처럼 황량해졌다고 믿게 될 때 나도 공격적인 인간으로 변한다는 걸 알고 있다. 나는 침착하게 복도 끝 빈방 문의 손잡이를 돌려보았다. (……) 안으로 들어가자마자 배낭을 집어던지고 옷부터 벗는 나를 그녀는 멍하니 바라보고 있었다. 그렇다고 그게 아니라는 말을 한 것도 아니었지만 어쨌든 그녀는 당황하고 있었다. (……) 그러나 그녀도 이윽고 돌아서서 옷을 벗었고 차디찬 침대 속으로 먼저 들어간 것도 그녀였다. 그녀와의 관계 도중에 나는 불현듯 내가 무섭다는 생각이 들었다. 입을 굳게 다물고 소리를 내지 않으려고 안간힘을 쓰고 있는 그녀가 사실은 누구인지 나는 모르고 있었던 것이다.(「피아노와 백합의 사막」, 335~336쪽)

그들은 말해야 할 것들을 말하지도 묻지도 않은 채 서로를 안는다. 그러나 '나'는 그녀의 마음을 들여다볼 수 없으며 그녀가 누구인지조차 알 수 없다. 그들의 섹스는 개체의 경계를 지우며 이루어지는 충일한 사랑의 행위와는 거리가 멀다. '나'는 사막처럼 황량해지거나 영혼이 조각조각 파열된다고 느낀다. 이는 그들의 상처가 매우 깊다는 것을 암시한다. 누구를 향한 공격 본능인지 분간할 수 없는 맹렬함으로 그들은 섹스를 한다. 자기를 방기放棄하는 행위와 같은 그들의 정사는 다만 "무언가에 의해 탈락돼가고 있"는(「피아노와 백합의 사막」, 346쪽) 자신의 낯선 모습을 확인하게 한다. 위의 인용문에서와 같이 관계 도중에 자기 자신이 무섭다고 느끼거나 「지나가는 자의 초상」에서 김은애가 결국 혼자 낙태를 감행하고 돌아와 빈방에 앉아 있는 것은 어쩌면 당연한 결과라고 할 수 있다.

　　낯선 자와의 섹스. 이는 공동空洞과 같은 빈방이나 기이한 황막함으로 둘러싸인 사막 한가운데에서 일어날 수밖에 없지 않겠는가. 그러나 다시 돌이켜보면 가장 낯선 자는 "너무 귀에 익어 있어서 지금은 차라리 생소하게 느껴지는"(「남쪽 계단을 보라」, 91쪽) '나'가 아닐까.

3. 사무치게 닮은 자들의 뒷모습

윤대녕의 소설에서 사람들의 만남은 모두 낯선 이들과의 만남이다. 가족의 이야기를 담고 있는 「가족사진첩」이나 「새무덤」도 예외라고 할 수 없다. 「가족사진첩」에서 '나'는 죽을 뻔한 일을 당할 때마다 아버지가 딴 사람 보듯이 자기 옆을 무심히 스쳐지나가곤 하는 환상을 본다. 가족사진 속에 "낯선 얼굴로 우뚝 서 있는 아버지"(「가족사진첩」, 194쪽), "당신이 누구라는 걸 내가 미처 깨닫기도 전에 저세상으로 가버"린(「가족사진첩」, 193쪽) 존재, "서로 '먼 사람'"(「새무덤」, 263쪽)으로 살았던 아버지 역시 낯선 자라고 할 수 있을 것이다. 그러나 이 경우는 낯선 자라고 하더라도 선행자先行者라는 측면에서 다른 의미를 갖는다.

나는 이불 속에 숨을 죽이고 누워 울컥울컥 올라오는 감정을 삭이느라 벌겋게 용을 써대고 있었다. 키 작은 자, 노역하는 자, 소리 내지 않는 자, 억눌린 자, 마음 깊은 곳에서는 어떤 자부심 같은 게 남아 있는 것 같기도 했지만 아무튼 남들 앞에 서면 서슬 푸른 힘한번 보여주지 못하는 자에 대한 묘한 원망과 분노와 가련함 같은 것들 때문이었다.(「새무덤」, 265쪽)

'나'의 아버지는 오롯한 존경의 대상이 아니다. 아버지는 공사판에서 돌덩이를 맞아 한 팔을 아예 쓸 수 없게 되었고, 변두리에서 하던 작은 슈퍼마켓은 화재로 날려버리고, 귀동냥 정도의 지식을 가지고 사육조를 키웠으나 영문도 모르게 새들이 죽고 만다. 하는 일마다 실패하며 피난민처럼 살아온 자, 억눌려도 소리 내지 않는 자, 초월·비상을 꿈꾸지만 서슬 푸른 힘 한번 보여주지 못하는 아버지는 "이제는 매순간 무유無有 유명幽冥을 외지 않으면 버틸 수 없게 껍데기만 남"(「새무덤」, 273쪽)았음을 시인하며 자신이 돌아갈 무덤을 마련해놓는다.

아들은 아버지를 생각하며 "병신 같은 인생, 오냐, 전소全燒해라. 나도 너처럼 불덩이에 휩싸여 재가 될 때까지 두 눈 홉뜨고 살아갈 테니"(「새무덤」, 270쪽)라고 외친다. 그제야 자신이 아버지를 미워했던 게 아니라 그의 험상맞은 인생을 저주하고 있었음을 알게 된다. 아버지의 삶 역시 사막과 같았다. '나'가 "서늘하게 풀어진 마음으로 아버지의 주름투성이인 얼굴을 마주 보"(「새무덤」, 283쪽)는 행위는 가슴에서부터 우러나오는 연민으로써 아버지와 화해하고 있음을 뜻한다. 그러나 작가가 아버지의 신산했던 삶을 이야기하는 행위의 중요성은, 개인적인 아버지와 화해하는 데에 있다기보다, '나'보다 앞선 자 역시 깊은 상흔을 새기고 있었다는 것을 절박하게 확인하는 데에 있다. '나'는 자신이 아버지와 무척이나 닮았다는 사실을 알게 된다. 실존적인 불안에 시달리는 자가 선행자에게서 자기와 같은 종류의 형질을 확인할 때 그는 위기감과 두려움에서 놓여날 수 있다.

이외의 작품들에는 반드시 아버지의 모습이 아니더라도 사막 같은 삶을 끝까지 살아내는 자의 뒷모습이 언뜻언뜻 나타난다. 시퍼런 독을 품고 뱀을 찾아 돌아다니던 '나'에게 "그만하면 됐으니 이제 마음을 수습"(「배암에 물린 자국」, 30쪽)하라고 말을 건넸던 남자, 생불生佛이라고 여겨지는 삼촌(「신라의 푸른 길」), 자신을 찾아온 친구에게 창밖을 응시하는 완강한 뒷모습만 보여주고 죽어간 시인 친구(「피아노와 백합의 사막」) 등이 그들이다.

그는 이백여 미터쯤 떨어져 있는 오른쪽 모래언덕 위에 새끼손가락만한 크기로 서 있었다. 나는 반사적으로 카메라를 들이대고 백오 밀리미터 줌으로 그의 모습을 당겨보았다. 그러나 파인더 안에서도 그의 모습은 뚜렷이 잡히지가 않았다. 그는 비쩍 마른 체구에 검은 모자와 인민복 차림이었다. 그는 사람이 살 리 없는 이 황무지의 모래언덕 위에 왜 혼자서 우두커니 서 있었던 걸까. 떨리는 손으로 셔터를 누르면서 순간 나는 까맣게 잊고 있었던 을지병원의 친구를 문득 떠올리고 있었다. 앞을 보니 일행은 오른쪽으로 내려앉은 길로 사라진 다음이었다. 더이상 거기서 머물 수가 없어 걸음을 재촉하면서 나는 모래언덕 위에 구부정하게 서 있는 그를 자꾸만 돌아보고 있었다.(「피아노와 백합의 사막」, 337~338쪽)

모래언덕의 사내는 이제 돌아서 있다. 돌아서 반대편으로 내려가고 있다. 다리가 내려앉고 허리가 내려앉고 가슴과 어깨도 언덕 뒤로 천천히 빠져들고 있다. 검은 모자만 공제선에 손톱처럼 걸려 있다.(「피아노와 백합의 사막」, 341~342쪽)

「피아노와 백합의 사막」에서 '나'는 여행 도중 황무지 모래언덕에 혼자 우두커니 서 있는 한 남자의 모습을 목격하면서 유년시절 함께 열심히 사막을 이야기했던 송갑영이라는 친구를 떠올린다. 집이 파산하여 서울로 올라간 친구는 빈민가 단칸방에서 어머니와 단둘이 살았고 그후 시인이 되었다. 그와 함께 사막을 보러 가기 위해 뒤늦게 수소문하여 친구의 행방을 찾아냈지만 친구는 병실에 홀로 앉아 죽음을 기다리고 있었다. 모래언덕에서 돌아서서 반대편으로 천천히 내려가는 자의 뒷모습은 친구의 뒷모습과 겹쳐진다. 먼 곳에서 서서히 사라지는 사내의 모습은 친구의 죽음을 암시한다. 친구는 "어깨를 길게 늘어뜨린 채 흐린 창문 아래로 급히 떨어져내리고 있는 오후의 서글픈 햇빛을 응시"(「피아노와 백합의 사막」, 314쪽)한다. '나'는 그렇게 친구의 마지막 모습을 뒤에서 만난다.

사람의 뒷모습은 다른 어떤 각도에서보다도 그 사람의 진실을 드러낸다. 황량한 삶을 살아온 시인 친구는 마지막 생을 바라보고 있는 자신의 말 없는 뒷모습만을 보여준다. 자기 앞에 있는 유리를 통해 등뒤에 와 있는 '나'와 시선을 맞출 뿐 완강하게 뒤를 돌아보려 하지 않는 친구의 행위는, 이때까지의 삶에 대해 구차하게 설명하거나 위로를 구하지 않고 자신의 삶과 죽음을 모두 수긍하는 자의 태도이다. '나'는 그의 뒷모습에서 스스로는 볼 수 없는 자기 자신의 뒷모습을 본다.

사막 같은 삶을 끝까지 살아내는 자들의 모습은 사무치도록 서로 닮아 있다. 살아온 내력은 모두 달라도 주체할 수 없는 생의 상처와 슬픔을 하나씩 안고 끝까지 가는 사람'들'의 뒷모습을 보면서 작가는 조용히 안도하는 것은 아닌가. 그 지점에서 비로소 두려움에 떠는 자기 자신에게서 놓여나 '나'의 모습을 바라보는 거리 감각을 얻어낼 수 있을 것이다.

4. 사막과 바다의 접경

윤대녕의 인물들이 만나고 헤어지는 풍경은 이렇듯 줄곧 황량한 사막의 이미지를 동반한다. 그들은 곧 부서질 것 같은 삶을 안고 두려움과 무기력증에 시달린다. 그러나 작가 윤대녕의 힘은 이렇게 무력한 이들이 사막 같은 삶을 끝까지 살게 하는 데에서 나온다.

'나'는 파국을 예감하면서도 끝까지 뱀을 쫓고(「배암에 물린 자국」), 어긋난 시간을 맞추면서 두려움을 처절하게 버텨내며(「남

370

쪽 계단을 보라」), 사랑의 상처를 묵묵히 견뎌낸다.(「지나가는 자의 초상」) 신산한 삶을 끝까지 받아들이는 아버지의 모습이나 그 아버지를 견디는 '나' 또한 그러했다.(「가족사진첩」「새무덤」)

「피아노와 백합의 사막」에서 '나'는 어느 날 그때껏 잊고 있었던 사막을 떠올리고 선배 일행과 함께 실크로드 여행을 떠난다. 어렸을 때 그렇게 골몰했던 사막을 보기 위하여. 그러나 그의 결정은 아내를 납득시키지 못할 정도로 충동적인 것이었고 죽음을 기다리고 있는 친구를 염두에 둔 것이어서 처음부터 매우 불안한 기미를 띠고 있었다. 그는 사막에 가는 길 내내 스스로도 잘 이해하기 힘든 초조함과 무언가에 마구 쫓기고 있다는 불안감에 시달린다. 그러나 그는 미열에 들떠 식은땀을 흘리면서도 "무언가에 지금 미쳐 있는 것"(「피아노와 백합의 사막」, 330쪽)처럼 어둠 속 사막으로 가는 길을 그만두지는 않는다.

그들은 사막의 끝에서 무엇을 만나는가? 「신라의 푸른 길」은 공간적 이미지를 통해 그것을 암시해준다. '나'는 우연히 버스의 옆자리에 앉은 여인과 7번국도를 동행한다. 그는 무단결근하며 생불이라고 여겨지는 삼촌을 만나러 가는 길이고, 그녀는 친정아버지의 병간을 하고 시집으로 돌아가는 길이다. 두 사람은 몇 가지 신상명세를 주고받는 외에 별달리 자신에 대한 설명을 하지 않는다. 그러나 그들은 서로 "삶의 거적때기를 벗고, 닫혔던 모든 문을 열고, 사랑이라는 것도 훌렁 벗어버리고 때로 길 떠나자 하는 마음을 어찌하랴. 이렇게 불현듯 실종되고자 하는 울울한 마음"(「신라의 푸른 길」, 59쪽)을 알아본다. "신라의 푸른 길"에 대해 이야기하며 가던 그들은 내려야 할 곳이 다가올 때쯤 "그녀와 내 손이 수갑 같은 것에 한 짝씩 묶여 있다는 생각에 사로잡"(「신라의 푸른 길」, 65쪽)혀 있었다.

나는 바람 속의 장작불처럼 사납게 타오르고 있었다. 그리고 그 뜨거움을 더이상 견딜 수 없었던 순간에 돌연 내 마음을 번개처럼 밝히고 지나가는 생각……

그래, 그러나 다시 멋쩍은 타인으로 돌아가 서로 건너편에 서서 바다로 흘러가는 강물에 어른거리는 당신의 더운 그림자를 들여다보고 있는 게 더 좋을 때가 있다. 불러도 서로 들리지 않는 멀찍한 거리에서 우리는 만난다. 가끔은 팽팽해지기도 하고 느슨해지기도 하는 그 거리의 아름다움을 확인하기 위하여. 우리는 모두가 타인이며 또한 이렇게 모두가 타인이 아니다. 그래, 나는 자주 부싯돌 같은 마음을 꿈꾼다. 겨우 환해졌다가는 이내 눈귀를 막고 단단한 어둠으로 스스로 돌아갈 줄 아는……(「신라의 푸른 길」, 65쪽)

위의 인용문에서처럼 뜨거움을 더이상 견딜 수 없었던 순간에 "거리의 아름다움"을 떠올릴 수 있었던 것은 그 길이 두 가지 유래를 동시에 가지고 있었던 데에서 비롯된다. 그들이 동행했던 길은 노옹이 수로부인에게 꽃을 꺾어주는 「헌화가」의 길이기도 하고, 신라 전설에 나오는 삼화랑과 스님들이 노래를 읊으며 지나다니던 길이기도 하다. 아름다운 여인에게 꽃을 꺾어주는 사무치는 마음, 그리고 존재에 대한 깨우침의 길을 가는 마음이 이 길 위에서 긴장을 만들어낸다. 사랑과 구도의 길이 서로 다르지 않은 것이다.

'나'는 내려야 할 곳에서 "천천히 수갑을 풀고 자리에서 일어났다".(「신라의 푸른 길」, 67쪽) 그들이 수갑을 풀지 않았다면 어쩌면 자신조차도 무서워지는 공격적이고 처절한 섹스에 이르렀을지도 모른다. '나'는 간절하게 사무치는 마음을 안고 타인이면서 또한 타인이 아닌 자들이 멀찍한 거리에서 만나는 "거리의 아름다움"을 발견한다. 해안선을 따라 이어지는 7번국도는 땅과 바다가 만나는 영원의 길이다. 해안선, 그것은 땅과 바다가 만나면서 동시에 구분되는 지점이다. 무릎 위에 『모래의 여자』라는 책을 놓고 가던 그녀가 마지막에 "짜디짠 바닷물 한 방울"(「신라의 푸른 길」, 67쪽)을 보인다. 해안선은 모래 혹은 사막과 바다의 접경이 아닐까.

작가 윤대녕은 이번 소설집에서도 여전히 일인칭의 원근법을 통해 세계를 바라보고 있다. 그러나 앞에서 언급한 바와 같이 '저쪽'이 아닌 '이쪽'을 살고 있는 서로 닮은 타자들을 작품 속에 끌어들이고 있다. "거리의 아름다움"이라는 작가의 화두는 이러한 점과 무관하지 않다. 뒷모습을 만나는 행위가 그러했듯 멀찍이 떨어져서 만나는 방식 혹은 부재의 형태로 만나는 방식은 파국을 연기하거나 멈추게 한다.

「사막의 거리, 바다의 거리」에서 자신의 장소를 찾지 못했던 '나'가 사막의 망루에서 서성이는 그녀를 찾아갔을 때 그녀는 자리를 비운다. 또 「피아노와 백합의 사막」에서 '나'와 참담한 섹스를 했던 그녀는 돌이킬 수 없을지도 모르는 어떤 순간에 작별을 고한다. 그들은 길이 만나고 헤어지듯 '부재'의 방식으로 이제까지와는 다른 존재론적 해후의 가능성을 만든다. '나'가 스스로 사막과 거의 같아졌다고 느끼는 순간 문득 바다가 들어서는 것이다.

밤새 고열에 시달리다 깨어난 아침처럼 말간 현기증을 느끼며 아래로 내려오고 있는 사이에 나는 모세관현상처럼 서서히 아랫도리가 축축이 젖어오르고 있다는 느낌을 받고 있었다. 그리고 아무도 없는 텅 빈 쇠상자 안에서 나는 아득히 이쪽을 향해 밀려오고 있는 큰물 소리를 듣고 있었던가.

하얀 망루를 나오자 바다의 환영이 눈앞에 검푸르게 엎드려 있는 게 보였다.

애써 몸을 가누고 철버덕거리며 택시를 잡고 있는 사이 뒤에서 누군가 다가와서는 내 등을 툭 치며 이렇게 말했다.

여기, 이 거리, 바다 같지 않아요?

홀연히 뒤를 돌아보았을 때 그러나 거기엔 아무도 없었다.

나는 우연한 내 목소리를 듣고 있었던 것이다.(「사막의 거리, 바다의 거리」, 254쪽)

「사막의 거리, 바다의 거리」에서 '나'는 폐허와 같은 사막의 거리를 함께 경험했던 그녀에게서 목숨을 걸지 않고는 사랑할 수 없으리라는 치명적인 사랑을 예감한다. 눈앞에서 길이 사라지는 경험을 하면서 결국 그녀를 찾아가지만 그녀의 집에 그녀는 없다. 자신에게 상실되어 있었던 게 무엇이었는지를 알아낸 그녀는 부재의 방식으로 그를 만난다. 먼 거리에서 만나는 부재의 방식을 끝내 받아들인 '나'에게 "이쪽을 향해 밀려오고 있는 큰물 소리"가 들린다. "기억하려 해도 도저히 기억이 나지 않는 일"이 무엇인지 그녀가 알아내었다고 하던 바로 그 바다의 환영이다.

「피아노와 백합의 사막」의 '나'는 사막 여행을 마친 후 서울로 돌아와 원인 모를 병을 앓고 그 와중에 친구의 부음을 들으며 아내를 떠나보내고 여행에 동행했던 여자의 마지막 전화를 받는다. 그는 모든 것을 다 잃어버리는 지점까지 온다. 그 지점에서 그는 그녀가 지금 화폭에 그리고 있는 것이 사막에서 헤어질 때 자신에게 준 구근이었음을 깨닫는다. 그것은 희미한 달빛 속에서 피어난 백합이다. 백합 화분 옆에 웅크리고 누운 '나'는 "머나먼 한 줄기 강물"(「피아노와 백합의 사막」, 355쪽) 같은 눈물을 흘리며 사막 한가운데에 놓여 있는 피아노의 환영을 본다. 죽은 친구가 치는 피아노 소리는 "사막의 구석구석으로 물주름처럼 번져나가고" "그 소리를 따라 사방에서 백합들이 투둑투둑 피어나기 시작"(「피아노와 백합의 사막」, 355쪽)한다. 또다시 바다의 이미지를 상기시키는 "물주름"이 나타나는 것이다.

사막은 "바다와 가장 멀리 떨어진 지점에서" 발생한다.(「피아노와 백합의 사막」, 292쪽) 그러나 사막을 끝까지 보아내는 자, 혹은 사막에 들어가 사막과 같아지는 자에게 문득 바다가 들어선다. 그들은 사막이면서 사막이 아닌 곳, 사막과 바다의 접경에 서 있다. 그 지점에서 '나'는 '나'에게서 놓여나 '나'를 본다. 「사막의 거리, 바다의 거리」에서 '나'는 "내 목소리"를 들으며, 「피아노와 백합의 사막」에서는 "거미처럼 사지를 벌리고 달을 끌어안고 있"(「피아노와 백합의 사막」, 356쪽)는 '나'를 보아낸다.

명료한 해답을 구하기보다는 사막에 들어가 스스로 사막과 같아지는 방식, 황량한 실존의 사막을 끝까지 살아내는 방식은 스스로를 응시할 수 있는 최소한의 거리를 마련해준다. 우리는 『남쪽 계단을 보라』에서 사막과 바다의 접경을 보았던가. 아마 그랬을 것이다. "사막은 바다와 가장 멀리 떨어진 곳에서 발생"하면서 동시에 "사막의 끝에서 바다가 발생"한다는 이 역설을 보라.

작가의 말

여름내 김춘수 선생의 「남천南天」이란 시를 외며 살았다.

　　남천과 남천 사이 여름이 와서
　　붕어가 알을 깐다.
　　남천은 막 지고
　　내년 봄까지
　　눈이 아마
　　두 번은 내릴 거야 내릴 거야

　모든 기억은 알고 보면 육체적인 것이다. 이 여름에도 나는 예외 없이 이 기억인 육체와, 육체인 기억과 싸우고 있었다. 문득문득 밤과 낮 사이에서 귀 멀어가면서, 터무니없이 벌써부터 눈 내리는 계절을 기다리면서. 그렇게 금붕어처럼 몸이 빨갛게 타들어가는 사이 나는 나중에, 정신만으로는 온전히 되살릴 수 없는 기억들이 내 육체에 들어와 박혀 알을 낳는 소리를 듣고 있었다. 오징그러워라, 이미 씹어 삼킨 밥알들이 내 몸 안에서 되살아나 생식을 하고 있으니.

삶은 현실적 경험임과 동시에 한편으론 이처럼 기억의 생식을 뜻하는 것인지도 모른다. 그것이 모두 내 경험을 뜻하는 것이라면 무섭지 않겠지만 그 자식들의 부릅뜬 눈은 나를 되게 무섭게 한다. 아무 때나 헛구역질이 나오니 말이다. 내 경우에 있어서 소설이란 그 헛구역질과의 다툼이거나 견딤 혹은 화해에 다름아니다.

작가가 하나의 직업일 수 있다는 이 이율배반적인 현실이 아직도 내게는 새삼스럽다. 그러나 그것이 꼭 행복하다는 뜻만은 아니다. 어떤 삶이 행복하다고 말할 때는 흔히 그만큼의 역설이 안에 도사리고 있게 마련이다. 그렇기 때문에 좀더 키를 낮추고 좀더 어둡고 추운 곳으로 돌아갈 양이 아니면 버틸 수 없으리란 과도기적 깨달음에 나는 이르러 있다. 그러한 뜻에서 인간학인 소설을 쓴다는 행위는, 인생에 반하는, 바로 모순의 리얼리즘이 아닐까 싶기도 하다. '무모순적 행동의 가정'이란 경제학 용어가 있기는 하지만 당연하게 행복을 추구하고 제때제때 그걸 운운하지 못하는 삶이 때로 앞을 가로막고 있기 때문이다.

그러나 이 작품들을 쓰는 동안에 내게 혼재된 상태로의 빛과 어둠을 가져다준 시간들에 지금 나는 감사하고 있다. '산 자의 무덤을 파헤치는 생의 고고학'이란 말을 지난 일 년여 동안 문득문득 떠올리곤 했다. 그래서였을까. 첫 책을 낼 때도 미처 느끼지 못했던 이상한 설렘과 흥분 같은 것이 이 작품집을 묶는 과정에서 나를 조용히 사로잡고 있었다. 그것이 비록 내 텅 빈 무덤을 파헤치는 일이었다 하더라도 말이다.

나 또한 어딘가로 간절히 나아가고 싶은 것이리라. 어쨌든 제 무게를 모르고서는 어디로든 나아갈 수가 없는 것이다.

1995년 여름

윤대녕

개정판 작가의 말

이 책에 수록된 여섯 편의 단편소설과 두 편의 중편소설은 1994년 봄부터 1995년 봄까지 집중적으로 썼다. 같은 기간에 나는 첫 장편소설인 『옛날 영화를 보러 갔다』를 쓰고 있었다. 그러므로 대략 일 년 동안 두 권 분량의 소설을 써낸 셈이다. 그럴 수 있었던 것은 첫 책인 『은어낚시통신』(1994년 3월)에 대한 독자들의 과분한 호응에 힘입은 바 크다. 고단한 나날들이었지만 작가로서 더이상 충만할 수 없는 시기가 아니었나 싶다. 무엇보다 나는 이 시기에 그 화염 같은 열기 속에서 작가로서의 내 운명을 확정적으로 받아들이고 있었다. 이후 주기적으로 슬럼프가 찾아왔지만, 지금껏 버텨온 것은 그 '화염'에 대한 뿌리칠 수 없는 그리움 때문이었다. 그것이 구심력으로 작용해 내가 소설의 바깥으로 달아나지 못하게 한사코 붙들어주곤 했다.

문장을 바로잡기 위해 전편을 다시 읽어보니, 아날로그 시대의 풍경이 판화처럼 곳곳에 남아 있다. 휴대폰과 인터넷이 상용화되기 전이었으므로 서로 지극히 몸을 움직여야만 가까스로 마음의 주고받음이 가능하던 시절이었다. 그러한 의미의 발견으로 새삼 독자들이 이 책을 읽어주었으면 하는 바람이다. 그래서는 안 되는 줄 알지만 중편 「피아노와 백합의 사막」과 「지나가는 자의 초상」이 어쩔 수 없이 더 마음에 남는다. 왜냐하면, 사막이 그리우면 결국 사막으로 갈 수밖에 없었던 이때의 간절함과 간곡함을 되찾고 싶기 때문이다.

문학동네 편집부에 거듭 감사드린다. 이로써 절판 상태에 있던 『많은 별들이 한곳으로 흘러갔다』를 포함해 소설집의 복간이 모두 완료됐다. 이후로는 새로운 작품에 순수히 몰두할 수 있는 계기가 된 것이다.

자, 그렇다면 다시 삶의 화염 속으로!

2013년 여름
윤대녕

윤대녕

1962년 충남 예산 출생. 단국대 불문과 졸업. 1990년 『문학사상』 신인상을 수상하며 작품활동을 시작했다. 소설집 『은어낚시통신』 『많은 별들이 한곳으로 흘러갔다』 『누가 걸어간다』 『제비를 기르다』 『대설주의보』 『도자기 박물관』, 장편소설 『옛날 영화를 보러 갔다』 『추억의 아주 먼 곳』 『달의 지평선』 『미란』 『눈의 여행자』 『호랑이는 왜 바다로 갔나』 『피에로들의 집』, 여행산문집 『그녀에게 얘기해주고 싶은 것들』, 음식기행문 『어머니의 수저』, 신문집 『이 모든 극적인 순간들』 『사라진 공간들, 되살아나는 꿈들』 등이 있다. 오늘의 젊은 예술가상, 이상문학상, 현대문학상, 이효석문학상, 김유정문학상, 김준성문학상을 수상했다. 현재 동덕여대 문예창작과 교수로 재직중이다.

문학동네 소설집
남쪽 계단을 보라
ⓒ 윤대녕 2013

1판 1쇄 2013년 8월 16일
1판 3쇄 2018년 10월 30일

지은이 윤대녕
펴낸이 염현숙
책임편집 황예인 | 편집 김내리 이경록 | 디자인 이경란 김마리 유현아
마케팅 정민호 박보람 나해진 우상욱 | 홍보 김희숙 김상만 이천희
제작 강신은 김동욱 임현식 | 제작처 영신사

펴낸곳 (주)문학동네
출판등록 1993년 10월 22일 제406-2003-000045호
주소 10881 경기도 파주시 회동길 210
전자우편 editor@munhak.com | 대표전화 031) 955-8888 | 팩스 031) 955-8855
문의전화 031) 955-3576(마케팅) 031) 955-8864(편집)
문학동네카페 http://cafe.naver.com/mhdn | 트위터 @munhakdongne

ISBN 978-89-546-2093-2 03810

www.munhak.com